KB075888

내 정원의 로봇

내 정원의 로봇

데보라 인스톨 장편소설 | 김석희 옮김

열림원

"이봐 탱, 너는 쓸모가 있어.
넌 아무것도 입증할 필요가 없어.
나한테도, 다른 누구한테도.
너는 네 존재 자체로 훌륭해."

차
례

1
언더도그*

"정원에 로봇이 있어." 아내가 알려주었다.

몇 초 뒤에는 아내의 발소리가 들렸고, 이어서 침실문 뒤에서 아내의 머리가 나타났다. 침대에서 신문을 읽고 있던 눈을 들자 아내의 얼굴에는 익숙한 표정이 떠올라 있었다. 그 표정은 "당신 때문에 정말 못 살겠어"라고 말하고 있었다.

나는 멍한 표정을 지었다.

"정원에 로봇이 있다니까."

나는 가볍게 한숨을 내쉬며 새털이불을 젖히고, 잔디가 제멋대로 자란 뒷마당이 내려다보이는 창가로 다가갔다.

"우리 정원에 왜 로봇이 있지? 정원 문을 또 열어둔 거 아냐,

---

* 싸움에서 이길 가능성이 적은 약자.

에이미?"

"그 문을 고쳐달라고 부탁한 게 한두 번이야? 그랬다면 아무 문제도 없을 텐데…. 낡은 집은 관리가 필요해. 정원도 마찬가지야. 사람을 쓸 수만 있어도…."

나는 이 말을 귓등으로 넘겼다.

커튼을 제대로 열면서 창밖을 내다보았다. 그랬다. 정원에 로봇이 하나 있었다.

그 로봇이 우리 삶에 들어온 것은 오전 7시 반이었다. 나는 그 시간에 일어날 필요가 없었지만, 부모님이 6년 전—내가 에이미를 만나기 직전—에 돌아가신 뒤로는 아침에 늦잠을 자기가 어려웠다. 내 집은 부모님 집이었고, 내가 어린 시절을 보낸 곳이어서, 잠에서 깨어나면 바로 내 머릿속에서는 "얼른 일어나서 하루를 알차게 보내야지" 하고 아래층에서 나를 부르는 어머니 목소리가 들렸다.

나는 반쯤 감긴 눈으로, 신문을 읽으면서 하루를 느긋하게 시작할 수 있으리라는 희망을 간직한 채, 에이미를 따라 아래층으로 비틀거리며 내려갔다. 부엌에 들어간 나는 신문 사회면 위에 홍차가 담긴 머그컵과 크림치즈를 바른 베이글빵이 차려져 있는 것을 보고, 신문에 대한 소유권이 벌써 아내한테 넘어간 것을 알았다. 에이미는 가장 엄격한 근무복을 입고 있었다. 줄무늬가 들어 있는 감청색 바지 정장에 옷깃 넓은 새하얀 셔츠를 받쳐 입고, 엄청나게 높은 하이힐을 신고 있었다. 자연 금발은 뒤로 말끔히 빗어 넘겨 돌돌 말아서 뒤통수에 단정하게 고정시켰고, 화장도 꼼꼼해서 빈틈이 없어 보였다. 이 모든 것은 에이미가 오늘 중요한 재판을 앞두고 있다는 신호였다. 에이미는 대화를 나눌 기분이 아닌 듯했기 때문에 나는 커피를 끓여서 내 서재—아니, 우리 아버지의 서재—로 퇴각했다. 사실 서재 자체는 나한테 필요가 없었지만, 에이미는 밤에 집에서 일할 때는 거실에서 일하기를 좋아했고, 그런 아내를 방해하지 않으려면 서재로 피신할 필요가 있었다.

나는 커피를 홀짝거리며, 아내가 어젯밤에 쓴 식기를 세척기에 넣는 소리를 들었다. 나는 책상 앞에 앉아서 이렇다 할 목적도 없이 낡은 의자—우리 아버지의 낡은 의자—를 빙글빙글 돌렸다. 의자는 한 바퀴 돌릴 때마다 삐걱거리며 항의하는 소리를 냈다. 나는 서재 벽에 가지런히 꽂혀 있는 아버지의 책들이 내 주위에서 회전하고, 책갈피 속에 살고 있다가 날마다 나타나 이리저리 공중을 떠도는 먼지가 이른 아침의 햇살을 받아 더욱 눈에 띄는 것을 보았다.

나는 아침 방송을 들으려고 라디오를 켰다. 하이볼 술잔과 식기들이 달그락거리는 소리가 복도를 건너 라디오 소리보다 더 크게 들려왔다. 이따금 하이힐이 또각거리며 부엌을 가로지르는 소리가 들리고, 이어서 에이미가 아침을 먹고 마시는 동안은 잠시 조용해졌다. 아침식사는 기분 좋게 끝났고, 나는 오늘 할 일에 대해 에이미가 한 말을 기억해내려고 애쓰면서 미간을 찌푸렸다. 아내는 뭔가를 기대하고 있었다. 까다로운 소송사건이 끝나기를 기대하고 있었는지, 아니면 또다른 까다로운 소송이 시작되기를 기대하고 있었는지는 모르겠지만.

한참 조용하다가 에이미가 나를 불렀다. 내가 대답하지 않자 아내가 나를 찾아냈다.

"말했잖아. 정원에 로봇이 있다고."

로봇은 키가 120센티미터쯤 되어 보였고, 너비는 그 절반쯤 되고, 금속으로 만들어진 네모난 머리통과 몸통을 갖고 있었다. 금속판을 연결한 대갈못은 조잡하게 만들어진 싸구려처럼 보였지만, 대갈못이 원래 어떻게 생겨야 하는지를 내가 알고 있는 것은 아니었다. 로봇은 세탁기의 배수호스에 페인트를 칠한 것처럼 보이는 짧은 다리와 거기에 어울리는 짧은 팔을 가졌고, 손과 발은 노인들이 갖고 다니는 기계손의 끝부분처럼 생긴 납작한 금속판이었다. 대체로 말하면 그 로봇은 학교의 공작 과제물처럼 보였다.

"저게 살아 있을까?" 나와 나란히 서서 부엌 창문으로 뒷마당을 내다보던 에이미가 물었다.

"살아 있을까─라니? 감각이나 지각을 갖고 있다는 뜻이야? 아니면 기계가 작동한다는 뜻이야?"

"한번 가서 확인해봐."

나는 당신이 먼저 로봇을 발견했으니까 당신이 먼저 가야 한다고 말했다. 그러자 아내는, 꽃을 갖고 싶으면 당신이 직접 사라고 내가 말할 때 반응하는 것과 똑같은 표정으로 나를 바라보았다.

"난 이러고 있을 시간이 없어, 벤. 당신이 가." 아내는 거실로 성큼성큼 들어가서 탁자에 놓여 있던 서류와 서류가방을 집어 들었다.

나는 뒷문으로 돌아갔다. 내가 뒷문 손잡이를 돌릴 때 현관문이 쾅 닫히는 소리가 들렸다.

로봇은 우리 집 창문을 등진 채 버드나무 밑에 두 다리를 앞으로 쭉 뻗고 앉아 있었다. 금속 몸통에는 가을 아침에 내린 이슬이 방울방울 맺혀 있었다. 로봇은 동양화와 고철 폐품을 합쳐 놓은 것처럼 보였다. 움직이는 것 같지는 않았지만, 가까이 다가가자 그가 우리 정원 너머에 있는 목마장 쪽을 바라보고 있다는 것을 알 수 있었다. 머리를 좌우로 조금씩 돌리는 것으로 보아 말들을 관찰하고 있는 게 분명했다.

나는 조금 떨어진 곳에 멈춰 섰다. 로봇과 어떻게 대화를 시작해야 할지 알 수가 없었다. 우리가 자랄 때는 집에 로봇이 있었던 적이 없지만, 친구들 중에는 집에 로봇이 있는 애들이 있었고, 그 로봇들은 대체로 맡은 일이나 할 뿐 인사도 하지 않는 것 같았다. 로봇들은 대부분 가사용이었다. 광나는 크롬과 하얀 플라스틱으로 만들어진 인체 모형들이 집 안을 어정버정 돌아다니며 진공청소기를 밀고 아침식사를 준비하고 이따금 아이들을 학교에서 데려오기도 했다. 누나도 그런 로봇을 하나 갖고 있었고, 아내도 갖고 싶어했지만, 나는 집에 우리 둘밖에 없는데 굳이 로봇을 하인으로 부려야 할 필요를 느끼지 못했다. 더 값싼 로봇도 구할 수 있었지만 그런 로봇은 반짝임도 덜하고 기능도 떨어졌다. 값싼 로봇이 할 수 있는 일이라고는 기껏해야 셔츠를 다림질하고 재활용 쓰레기를 집 밖에 내놓는 정도일 것이다. 하지만 지금 내 눈앞에 있는 것과 같은 로봇은 한 번도 본 적이 없었다. 아무리 값싼 로봇도 이렇게 초라하지는 않았다.

"어… 안녕?"

로봇은 놀라서 움찔했다. 그는 끽끽거리며 두 발로 일어서려고 애썼지만, 쿵 소리를 내며 옆으로 쓰러졌다. 그러자 풀밭에 풀이 납작하게 짓눌린 자리가 네모나게 드러났다. 그는 발바닥을 나에게 향한 채 벌렁 드러누워, 뒤집힌 무당벌레처럼 두 다리를 마구 버둥거렸다. 나는 그를 도와주어야 한다고 느꼈다.

"괜찮냐?" 나는 그를 뒤로 밀어 아까처럼 앉은 자세로 돌려놓으면서 물었다. 그는 내 쪽으로 고개를 돌리고 몇 번 눈을 깜박거렸다. 반구형의 금속 눈꺼풀이 윙 소리를 내며 움직였다. 로봇이 나를 살펴보는 동안 눈꺼풀 밑에서 반짝이는 공 모양의 눈알이 위아래로 휙휙 움직이고, 그가 무엇을 보고 있느냐에 따라 눈동자가 카메라 셔터처럼 넓어지기도 하고 좁아지기도 했다. 눈

밑에 자리잡고 있는 코는 크기와 모양이 꼭 레고 블록 같았는데, 내가 보기에 그 코는 미적인 목적 말고는 아무 쓸모도 없는 듯했다. 그 밑에 낡은 CD 드라이브처럼 보이는 검은 구멍이 입이었다. 이 로봇을 만든 사람은 먼지를 뒤집어쓰고 있던 CD 드라이브가 하나 있어서, 그것을 적당히 활용한 게 분명했다.

로봇은 온몸이 긁히고 찌그러진 상처로 뒤덮여 있었고, 갑자기 움직이면 덜거덕거리는 가슴판이 열리면서 놋쇠 태엽장치와 복잡한 컴퓨터 칩이 드러났는데, 그것들은 내가 도저히 이해할 수 없는 방식으로 한데 뒤섞인 채 묶여 있었다. 이 로봇을 만든 사람은 첨단 기술과 재래 기술에 모두 정통한 장인인 게 분명했다. 이 복잡한 기계장치의 한복판에서 율동적으로 고동치는 불빛 하나가 방사상으로 퍼져 나왔다. 나는 그게 이 로봇의 심장이 분명하다고 생각했다. 내가 좀 더 자세히 들여다보자 심장 옆에 노란 액체가 들어 있는 유리 실린더가 하나 보였지만, 무슨 기능을 하는지는 확실치 않았다. 좀 더 자세히 조사해보니 유리에 금이 가 있는 게 보였지만, 거기에 대해서는 더이상 생각하지 않았다.

산들바람을 맞으며 로봇을 살펴보던 나는 그의 몸이 너무 더러운 것을 알아차렸다. 그에게 달라붙어 있는 부스러기로 미루어보아, 그는 여기까지 오는 동안 사막과 농장을 가로지른 다음 도시를 지나온 것 같았다. 그가 어디서 왔는지 전혀 몰랐기 때문에, 그가 실제로 이런 파란만장한 여정을 거쳤을 수도 있다고 생각했다.

나는 풀밭에 앉아 있는 로봇 옆에 쭈그려 앉았다.

"이름은 뭐냐?"

그가 아무 반응도 보이지 않았기 때문에 나는 내 가슴을 손가락으로 가리키며 말했다.

"나는 벤이야. 너는?" 그러면서 그를 가리켰다.

"탱." 그의 목소리는 귀에 거슬리는 전자음이었다.

"탱?"

"탱. 탱. 애크리드 탱. 탱!"

"좋아… 알았어. 그런데 우리 정원엔 왜 들어와 있는 거지?"

"오거스트."

"지금은 8월(오거스트)이 아니야." 나는 부드럽게 말했다. "지금은 9월 중순이야."

"오거스트."

"9월이라니까."

"오거스트! 오거스트! 오거스트!"

나는 잠시 쉬었다가 질문의 방향을 바꿔보기로 했다.

"탱, 어디서 왔니?"

그는 나를 보며 눈을 깜박거렸지만 아무 말도 하지 않았다.

"내가 전화해서 너를 데려가라고 연락할 수 있는 사람이 있니?"

"아니."

"좋아. 이제 말이 좀 통하는군. 이 정원엔 얼마나 오래 있을 작정이냐?"

"애크리드 탱… 탱… 탱… 탱…"

나는 부드럽게 질문을 되풀이했다.

"탱! 애크리드 탱… 오거스트… 아니… 아니!"

나는 한숨을 내쉬며 팔짱을 끼었다.

열두 시간 뒤에 퇴근해서 집에 온 에이미가 뒷문을 열고 나를 손짓으로 불렀다.

"여기 그냥 있어. 알았지?" 그럴 필요는 전혀 없어 보였지만 나는 탱에게 그렇게 말했다. 오전에는 내내 서재에 틀어박힌 채 그를 무시했다. 그러면 그가 자진해서 떠날지도 모른다고 생각했던 것이다. 하지만 그는 꼼짝도 하지 않았다. 나머지 시간은 어떻게든 그와 의사소통할 방법을 궁리하면서 집과 로봇 사이를 오락가락하며 보냈다. 에이미가 돌아왔을 무렵에는 그의 완고한 태도만이 내 호기심을 자극하고 있었다.

"도대체 어떻게 돌아가고 있는 거야?" 아내가 물었다. 그러고는 아침에 아내가 출근할 때 내가 입고 있었던 진초록 잠옷 바지와 낡은 푸른색 가운을 아직도 입고 있는 것을 알아차리고 한쪽 눈썹을 치켜올렸다. 아내는 그 가운을 싫어했다. 아무리 빨아도 그 가운에서는 항상 곰팡내가 났기 때문이다.

"저 로봇은 사내 녀석이야. 어쨌든 말투가 그래."

"로봇한테도 성별이 있어?"

"일반적으로는 어떤지 나도 몰라. 하지만 저 로봇은 성별이 있어. 저 녀석은 좀 달라."

"다른 건 확실해. 기본 모델도 아니야."

"아니, 내가 다르다고 말한 건 특별하다는 뜻이야."

이 말을 듣고 에이미는 코를 찡그렸다.

"그걸 당신이 어떻게 알아?"

"나도 몰라. 그냥 특별하다고 느꼈을 뿐이야."

"저게 뭔가 말을 했어?"

"이름이 '애크리드 탱'이라고 말했고, 지금이 8월이니 뭐니 하고 말했어."

"하지만 지금은 8월이 아니라 9월 중순이잖아."

"나도 알아. 저 녀석은 정말로 완전히 녹초가 됐어. 온몸이 움푹 들어간 상처로 뒤덮여 있고, 속에는 금간 유리 실린더가 하나 들어 있더군."

"그러니까 저건 망가지기까지 한 로봇이네. 정말로 완벽해."

나는 대꾸하지 않았다.

에이미는 조금 누그러졌다.

"또 무슨 말을 했는데?"

"별로 없어."

"그런데 여긴 왜 왔대?"

"나도 몰라. 말하려고 하질 않아."

"그럼 얼마나 오래…."

"그것도 몰라. 우린 아직 그 단계까지 못 갔어."

에이미는 눈을 가늘게 떴다.

"저게 녹슬 때까지 우리 정원에 앉아 있게 내버려둘 수는 없어. 가서 다시 말해봐."

"나는 지금까지 온종일 저 녀석한테 내 말을 이해시키려고 애썼어. 나보다 잘할 수 있다고 생각한다면, 당신이 가서 말해봐."

또다시 그 표정—따귀를 한 대 얻어맞은 새끼고양이 같은 표정—이 아내 얼굴에 떠올랐다. 나는 아내가 나한테 이래라저래라 시키는 것을 싫어했지만, 평온한 생활도 소중히 여겼기 때문에 결국 낭패감을 느끼면서도 "알았어" 하고 중얼거리고 뒷문을 열었다.

그로부터 일주일 뒤, 에이미는 정원에 꼴사나운 로봇이 있는 게 눈에 거슬린다면서, 부엌 창문으로 밖을 내다볼 때마다 로봇을 보고 싶지 않다고 결론을 지었다. 나는 그를 구슬려서 몇 마디 말을 시키는 데에는 겨우 성공했지만, 그를 움직이게 하지는 못했다. 그가 어디서 왔는지 알아내는 문제에서도 별로 진전이 없었다.

"저것 좀 쫓아낼 수 없어?"

"왜 내가 해야 돼?"

"지금까지 저것과 대화를 나눈 건 당신이니까."

"하지만 나는 저 녀석한테서 아무것도 알아내지 못했어."

"어쨌든 저걸 정원에 계속 놔둘 수는 없어."

"도대체 이런 말다툼을 얼마나 되풀이할 작정이야? 저 녀석을 쫓아내고 싶으면 당신이 방법을 찾아봐."

"당신은 저걸 좋아하는 것 같아. 일자리를 구하는 데 노력을 기울이는 대신 저것한테 온 정신을 쏟고 있는 듯한 느낌이야."

"에이미, 이건 정말 진정으로 하는 말인데, 말다툼을 할 때마다 내가 백수라는 걸 들먹이는 이유가 뭐야?"

"당신이 직장을 얻으면 이런 말다툼을 할 필요도 없을 거야."

"우리는 말다툼을 할 필요가 전혀 없어. 나는 직장에 안 다녀도 되니까. 그건 당신도 알잖아."

"그래, 당신 부모님이 유언장에서 우리가 충분히 먹고살 만한 유산을 남겨주셨지. 하지만 일자리는 단순히 돈벌이가 아니야. 그걸 모르겠어?"

"그래, 모르겠어. 그리고 어쨌든 탱은 '저것'이 아니라 '저 녀석'이야."

에이미는 전술을 바꾸었다.

"요점은 내가 우리 정원에 로봇을 더이상 놔두지 않을 작정이라는 거야. 특히 저따위 로봇은…."

"'저따위 로봇'이라는 게 무슨 뜻이야?"

아내는 소름이 돋은 맨살이 드러난 팔로 로봇을 가리켰다.

"당신도 알잖아… 저따위 로봇. 구식에다, 망가진 로봇."

"아, 알겠어. 그럼 반짝반짝 빛나는 최고급 로봇, 손가락과 발가락과 제대로 된 얼굴을 가진 로봇이면 괜찮겠군."

"그럴지도." 적어도 그녀는 솔직했다.

"당신은 오래전부터 로봇을 갖자고 주장했고, 이제 로봇이 우리 손에 들어왔어. 그런데 도대체 뭐가 문제인지 모르겠군."

"그건 다 망가진 고물차를 사고는 도대체 뭐가 문제냐고 묻는 거나 마찬가지야. 나는 '안드로이드'(인간과 똑같은 모습을 하고 인간과 닮은 행동을 하는 로봇—옮긴이)를 원했는데, 저건 뭘 할 수 있지? 그냥 앉아서 말들을 바라보는 것 말고는 아무 일도 하려고 안 해. 저게 도대체 뭐야? 쓸모없는 로봇이 무슨 소용이지? 망가졌다면 수리도 해야 할 텐데, 왜 우리가 그래야 해?"

"저 녀석은 그렇게 심하게 망가지지 않았어. 그렇게 호들갑스럽게 굴지 마. 그리고 수리가 필요하다면 해줘야지."

"누구한테 맡길 건데?"

그건 나도 모르지만 고장난 로봇을 수리할 수 있는 사람이 분명 있을 거라고 나는 말했다.

에이미는 낙담한 듯 두 손을 번쩍 들어 올리고는 홱 돌아서서 부엌 싱크대를 여느 때보다 힘껏 문질러 닦기 시작했다. 잠시 침묵이 흐른 뒤 아내가 중얼거렸다.

"아까도 말했지만, 내가 갖고 싶었던 건 로봇이 아니라 안드로이드였어."

"뭐가 다른데?"

"엄청난 차이가 있지! 당신 말대로 우선 손가락과 발가락과 제대로 된 얼굴이 있어. 나는 브라이어니네 집에 있는 것 같은 신품을 원해. 브라이어니가 안드로이드에 대한 기사가 『로봇이란 무엇인가?』라는 잡지에 실렸다면서 보여주었는데, 거기에는 최신 기술과 모든 게 다 들어 있대."

브라이어니는 내 누나인데, 5년 반 동안 에이미와 친구 사이였다. 그리고 에이미와 나는 5년 3개월 동안 부부로 함께 살았다.

"탱은 못하는데 그건 할 수 있는 일이 뭐가 있지?"

"집안일을 할 수 있을 거야. 청소를 하고 먼지를 털고 정원을 가꾸고, 뭐 그런 일들은 할 수 있겠지. 요리도 할 수 있다면 멋질 거야. 하지만 저 상자 같은 땅딸이 로봇은 식사를 준비하기는커녕 조리기구에 손이 닿지도 않을 거야."

"하지만 요리는 당신이 하잖아."

"그래, 맞아! 온종일 직장에서 이런저런 법률문제와 씨름하다 퇴근하고 집에 왔을 때, 가장 하고 싶지 않은 일이 뭔지 알아? 바로 요리야."

"하지만 내가 요리를 하겠다고 하면 당신은 그러잖아. 내가 만든 요리는 먹고 싶지 않다고, 그건 너무 실험적인 요리여서 입맛을 돋우지 않는다고."

"알았어. 말을 바꿀게. 내가 퇴근하고 집에 왔을 때 두번째로 하고 싶지 않은 일이 요리라고. 그럼 가장 하고 싶지 않은 일이 뭐냐고? 당신이 요리한 설익은 베이컨 접시 앞에 앉는 거야."

"베이컨을 좋아하는 줄 알았는데?"

"물론 좋아해. 하지만 당신은 요점을 놓치고 있어. 우리한테 안드로이드가 있으면 나는 저녁식사를 준비하지 않아도 될 테고 당신도 요리할 필요가 없을 거야. 친구들 집에서 안드로이드를 본 적이 있는데, 안드로이드한테 조리법을 주고 냉장고를 가리키기만 하면 언제든지 맛있는 음식을 먹을 수 있어."

"광고 카피처럼 들리는군."

"그렇게 어린애처럼 굴지 마."

나는 아내의 말에 화가 났고, 열불이 나서 목덜미가 쿡쿡 쑤셨다. 나는 말다툼을 끝내야 한다는 것을 알았지만 그럴 수가 없었다.

"당신은 그저 친구들이 모두 그걸 갖고 있으니까 당신도 갖고 싶어할 뿐이야. 당신은 온갖 시중을 들어주는 그 끔찍한 사이버 몸종도 갖고 싶겠지?"

"천만에. 그런 건 절대 갖고 싶지 않아. 나는 집안일을 해주는 평범한 가정용 안드로이드를 갖고 싶을 뿐이야."

"그걸 구한다 해도, 도대체 어디다 놔둘 건데?" 나는 고집스럽게 말했다. "일하고 있지 않을 때는 어딘가에 가 있어야 돼. 충전이나 뭐 그런 건 필요 없나?"

"필요해. 그리고 우리 집에는 그걸 놔둘 공간도 있어."

"어디? 누나네 안드로이드 격납고는 다용도실을 거의 다 차지하고 있는데, 우리 다용도실은 거기에 비하면 훨씬 작아. 그리고 배관인지 뭔지는 모르지만, 어쨌든 안드로이드 내부에 필요한 설비를 하려면 전문가를 불러야 돼. 그게 무슨 의미가 있는지 난 모르겠어."

"그래, 당신은 모르겠지. 바로 그게 문제야. 내가 안드로이드를 갖고 싶어하는 이유는 친구들이 모두 갖고 있어서가 아니라, 그게 있으면 밖에서 온종일 일하고 퇴근해서도 집안일까지 해야 할 필요가 없기 때문이야."

나는 이 말다툼을 그만둘 수가 없었다.

"하지만 집안일에 왜 안드로이드가 필요한지, 난 이해할 수가 없어. 다른 일들은 내가 할 수도 있잖아."

"맞아. 당신이 할 수도 있지. 하지만 당신은 안 하잖아?"

"그 말은 공정하지 않아, 에이미. 나도 집안일을 하고 있어."

"예를 들면?"

"쓰레기통도 내놓고⋯."

"보름 전에 쓰레기통을 내놓았지."

"그래, 쓰레기차가 오는 날이었어."

"벤, 쓰레기통은 며칠에 한 번씩 내놓아야 돼."

"그건 미련한 짓이야. 쓰레기통은 그렇게 빨리 차지 않아."

"그건 내가 쓰레기통을 내놓기 때문이야."

"당신이?"

에이미는 한참 동안 험악한 표정으로 나를 노려보았다. 우리가 전에 했던 수많은 말다툼과 마찬가지로 이 말다툼도 폐쇄회

로처럼 끝이 없었다. 말다툼을 끝낼 수 있는 유일한 방법은 그 폐쇄회로에서 탈출하는 것이었다. 나는 원래의 쟁점으로 돌아 갔다.

"어쨌든 당신은 저 로봇⋯ 당신한테는 별로 마음에 안 드는 저 녀석을 나더러 어떻게 처리하라는 거지?"

에이미는 입을 오므렸다가 약간 거북한 표정을 지었다. 나한 테 거북한 제안을 하려는 게 분명했다. 아내는 그걸 알면서도 나한테 너무 화가 나서 사실 내 감정에는 신경을 쓰지 않았다.

"저건 아무짝에도 쓸모가 없어. 안 그래? 그러니까 그냥 갖다 버려. 쓰레기 버리는 곳에 갖다두면 되잖아?"

나는 이 제안에 기겁하여 잠시 말문이 막혔다. 분명히 말해서 나는 새 손님이 마음에 들었고, 그에 대해 좀 더 알아내고 싶었 다. 그래서 에이미에게 그렇게 말했다.

"게다가 흥미진진하잖아? 로봇이 어디선가 불쑥 나타나다 니⋯."

에이미는 두 손을 엉덩이에 대고 전혀 수긍할 수 없다는 표정 을 지었다. 그래서 나도 여느 때와는 달리 아내가 대답할 기회를 갖기 전에 단호한 행동을 취하기로 마음먹었다.

"이 집은 내 집이니까, 저 녀석은 있고 싶을 때까지 여기 있어 도 돼."

에이미는 화가 나서 눈썹을 모아 미간에 주름을 잡고 나를 노 려보았다. 하지만 내 말이 맞다는 것은 아내도 알고 있었다. 이 집은 분명 내 집이었다.

"이 집은 내 집이기도 해." 아내는 조용한 어조로 말했다. "나는 당신 마누라야. 그러니 나도 의견을 말할 권리가 있어. 안 그래?"

나는 입술을 깨물었다.

"물론 있지. 하지만 저 녀석을 쓰레기처럼 버리라고 하진 마. 하다못해 저 녀석이 어디서 왔는지, 그것만이라도 알아내게 해줘. 누군가가 저 녀석을 잃어버리고 애타게 찾고 있을지도 모르잖아."

에이미는 동의했지만, 로봇을 차고로 옮기고 몸을 좀 깨끗이 해주라고 요구했다.

"저게 저기 앉아 있으면 아무도 집에 초대할 수 없어."

결국 이것이 문제였다. 에이미는 친구가 찾아왔을 때 모든 게 완벽해 보이기를 원했던 것이다.

나는 아내를 얼싸안으려 했지만, 내 손이 미처 닿기도 전에 에이미는 가볍게 한 번 기침을 하고는 돌아서서, 나를 부엌에 혼자 남겨둔 채 나가버렸다.

2
묵묵부답

이튿날 아침, 나는 집과 붙어 있는 차고 바로 안쪽에 있는 계단에 로봇과 마주앉았다. 바닥과 부모님께 물려받은 '혼다 시빅'의 보닛을 제외하면 앉을 수 있는 곳은 거기뿐이었다. 그 고물차를 차고에 넣어두라고 고집을 부린 것은 에이미였다. 그와는 반대로 반짝반짝 광이 나는 아내의 '아우디'는 진입로에 자랑스럽게 서 있었다.

탱은 내가 어떤 돌파구를 마련해주기라도 기다리는 듯이 나를 똑바로 바라보았지만, 그가 도와주지 않으면 내가 어떻게 돌파구를 마련할 수 있을지 알 수가 없었다. 탱이 떠날 생각이 없다는 것은 이제 분명해졌고, 나는 아내의 말이 맞다고 결론지었다. 어쨌든 탱을 깨끗이 씻길 필요가 있었다.

나는 따뜻한 비눗물 한 바가지와 세차용 스펀지를 가져왔지

만, 스펀지에 적신 비눗물을 탱의 몸에 똑똑 떨어뜨리자 그는 별
로 좋아하는 것 같지 않았다. 그가 흥분한 것처럼 두 발을 번갈
아 굴렸기 때문에 나는 스펀지를 내려놓을 수밖에 없었다. 그러
자 탱은 내가 바보라도 되는 듯이 나를 쳐다보았다.

"물이 몸속에 들어갈까 봐 걱정하는 거냐?"

그는 눈을 깜박거렸다.

"좋아. 그럼 더 작은 도구를 사용하면 어떨까? 물을 덜 먹는
걸로?"

나는 적당한 도구를 찾아다니다가 작은 걸레를 발견했다. 탱
은 여전히 내키지 않는 듯했지만, 그래도 어쨌든 내가 그의 몸에
서 가장 더러운 오물을 닦아내게 해주었다. 하지만 내가 걸레로
부드럽게 몸을 닦아주는 동안 그는 계속 두 발을 번갈아 구르면
서 몸을 좌우로 흔들었기 때문에 이미 닦은 곳이 어디이고 아직
남은 곳이 어디인지 분간하기가 어려웠다. 게다가 금속판을 연
결한 대갈못들은 걸레로 아무리 닦아도 깨끗해지지 않았고, 나
는 아직 탱의 앞면도 다 닦지 못한 상태였다. 일을 끝내려면 시
간이 오래 걸릴 것 같았다. 어쩌면 며칠이 걸릴지도 모른다. 이
게 나는 좋았지만, 에이미는 좋아하지 않을 게 뻔했다. 아내는
내가 물을 양동이째 퍼부으면 일이 끝날 거라고 생각했을 것이
다. 아니면 내가 로봇을 세차장에 데려갈 거라고 생각했을지도
모른다.

나는 로봇을 닦기에 더 적당한 도구를 찾으려고 차고를 나

왔다.

"여보! 에이미? 어디 있어?"

"위층에. 뭐가 필요해?"

"우리 집에 헌 칫솔 있어?"

"헌 칫솔?"

"그래."

"헌 칫솔이 왜 필요한데?"

나는 한 가지 생각이 떠올랐기 때문에 아내의 질문에 곧바로 대답하지 않았다. 우리는 건전지로 작동하는 헌 칫솔을 여행가방에 보관하고 있었다. 치석을 제거하는 음파식 전동칫솔을 새로 사면서 원래 쓰던 전동칫솔은 휴가용으로 격하되었지만, 에이미와 나는 벌써 꽤 오랫동안 함께 여행을 가지 않았기 때문에 그 칫솔은 없어도 아쉬울 게 없을 것 같았다.

"어… 아무것도 아니야."

나는 여행가방 따위를 놓아두는 예비실로 가서 칫솔을 찾아다녔다. 그 방을 나올 때 나는 여행가방 가운데 하나가 다른 가방들과 함께 소파베드 옆에 쌓여 있지 않고 최근에 소파베드 위로 옮겨진 것을 알아차렸다.

전동칫솔로 로봇을 닦는 것은 묘한 경험이었다. 어쩌면 그것은 칫솔이 금속으로 된 탱의 몸에서 오물을 제거할 때 나는 윙윙거리는 진동음 탓이거나, 탱이 있는지조차 몰랐거나 잊고 있었던 금속 표면이 드러나는 것을 보고 그의 얼굴에 떠오른 표정 때문이었는지도 모른다. 아니면 칫솔의 진동으로 탱의 가슴을 덮고 있는 뚜껑이 계속 열려서 몇 분에 한 번씩 작업을 멈추고 뚜껑을 닫아야 했기 때문에 작업 시간이 더 길어진 탓인지도 모른다. 그래도 결국 나는 탱의 하체 쪽으로 옮아갔다. 이 거북한 부위를 닦는 동안 나는 탱을 바닥에 반듯하게 눕혔다. 내가 무언가를 발견한 것은 그때였다.

탱의 몸통 바닥면 중앙에 금속판 하나가 부착되어 있었다. 네 귀퉁이에 조잡한 대갈못 네 개로 고정된 그 금속판은 긁히고 찌그러진 자국투성이였지만, 한때는 거기에 글자가 새겨져 있었던 게 분명했다. 조명이라고는 천장에 매달린 전구 하나뿐이어서 어두컴컴했고, 그렇다고 해서 차고 문을 올려둔 채 앉아 있기에는 너무 늦은 시각이고 계절이었다. 그래서 나는 휴대폰 불빛을 이용하여 금속판에 새겨진 글을 읽으려고 했다. 하지만 도중에 끊긴 낱말 몇 개―'PAL-'과 'Micron-'―를 제외하면 읽을 수 있는 글자는 거의 남아 있지 않았다. 그리고 그보다 조금 위에 문장의 일부―'B-의 소유'―가 새겨져 있었다.

"탱, 'B'가 누구지?"

탱은 한껏 고개를 들어 눈도 깜박이지 않고 나를 빤히 쳐다볼 뿐, 아무 대답도 하지 않았다.

바로 그때, 차고에서 집으로 통하는 문이 열리고 에이미의 목소리가 들렸다.

"그런데 칫솔은 왜 필요… 도대체 당신 뭐하고 있는 거야?"

아내가 왜 놀랐는지는 나도 짐작할 수 있다. 아래층으로 내려올 때 아내는 아마 탱이 바닥에 반듯이 누워 있고 내가 카메라 기능이 있는 휴대폰과 진동수를 한껏 높인 전동칫솔을 양손에 쥐고 탱의 아랫도리를 보강하기 위해 덧댄 금속판을 산부인과 의사처럼 들여다보고 있는 광경을 보게 되리라고는 전혀 예상치 못했을 것이다.

"에이미, 이게 보기 좋은 광경이 아니라는 건 나도 알지만, 나는 당신이 요구한 대로 이 녀석을 깨끗하게 닦고 있을 뿐이야."

아내는 미심쩍은 표정을 지었다.

"여기 봐. 내가 이 녀석에 대한 단서 하나를 발견했어." 나는 금속판을 가리켰지만 아내는 꼼짝도 하지 않았다.

"벤, 당신이 무슨 말을 하고 있는지 스스로 생각해봐! 나더러 로봇의 엉덩이에서 단서를 찾으라는 거야?"

"하지만 당신이 보기만 하면 내가 설명할 수 있으…."

"난 지금 나갈 거야."

문이 쾅 닫히는 소리에 나는 움찔했다. 탱도 놀라서 가슴판이 튀어 올랐다.

나는 탱을 일으켜 세우고 다시 물었다.

"탱, 'B'가 누구지?"

그는 눈을 내리깔고 아무 대답도 하지 않았다. 나는 B가 누구든, 탱이 그 B라는 사람을 그리워하는 게 분명하다고 생각했다.

하지만 B가 탱을 찾으러 올 것 같지는 않았다. 나는 이 작고 고장난 로봇에게 가엾은 기분이 들었다.

　그날 밤 저녁을 먹으러 돌아왔을 때 에이미는 아침보다 훨씬 차분해져 있었고, 웬일로 나와 이야기를 나눌 마음이 내킨 듯했다. 나는 아내가 요리를 하는 동안 부엌의 높은 스툴에 앉아서 아내의 이야기에 귀를 기울였다. 에이미는 정원에 앉아서 말들을 바라보고 있는 탱을 계속 곁눈질하면서 변호사인 자신의 업무에 대해 말했다. 이제 에이미는 탱을 차고에 감추어두겠다는 생각을 포기했다. 우리는 탱을 그가 원하지 않는 곳에 가두어둘 수 없다는 것을 알았다. 하지만 적어도 이제 탱은 깨끗해져 있었다.

　나는 에이미가 파를 써는 것을 바라보면서, 지금이라면 아내가 그 금속판에 대한 이야기를 기꺼이 들어줄 것 같다고 판단했다.

　"그런데 탱의 금속판에는… 'B-의 소유'라고 쓰여 있어."

　에이미는 긴장한 듯 몸이 뻣뻣해졌지만, 흥미가 있는 체하려고 애썼다.

　"'B'가 누군데?"

　"나도 몰라. 탱한테 물어봤지만 대답하려 하질 않아."

　"놀랄노자네."

　그 말은 거의 농담이라고 말할 수 있었다. 나는 기뻤다.

　"그 낱말의 나머지 부분은 오래돼서 지워졌어. 그것 말고도 금속판에는 반쯤 남아 있는 낱말이 두 개 있었어. 'Micron-'과 'PAL-'"

에이미는 칼질을 멈추고 잠시 생각에 잠겼다.

"어쩌면 마이크론-은 로봇을 만든 회사 이름이 아닐까?"

"나도 그렇게 생각했어. 그 회사에서 탱을 고쳐줄 수 있을 거라고 생각했지. 그래서 온라인으로 검색해보고, 탱이 몇 살쯤 되었는지를 근거로 범위를 좁혀봤어. 탱한테는 일련번호가 없으니까 아마 대량 생산된 로봇이 아니라 주문을 받아서 하나씩 만들어지는 맞춤 로봇일 거야. 그런 로봇을 만드는 회사는 하나밖에 찾지 못했어. '마이크론시스템'이라는 회사인데, 미국 샌프란시스코에 있어." 나는 잠시 숨을 고르고 다시 말을 이었다. "거기는 이맘때쯤이면 아주 멋질 거야."

에이미는 다시 칼을 내려놓았다.

"벤, 그러기만 했단 봐!"

"나는 그저 캘리포니아에 대해서 간단한 의견을 말했을 뿐이야. 거기엔 한 번도 가본 적이 없거든."

"그래, 정확히 말하면 지금까지 한 번도 가본 적이 없는 곳, 그런데 가보고 싶은 곳. 그곳에 망가진 로봇을 고쳐주는 마법의 장비가 있을 거라고 생각했다면, 거기에 갈 그럴싸한 구실이 있는 곳이겠지. 난 당신을 알아. 당신은 이미 저 물건에 너무 많은 시간을 쓰고 있어. 분별 있는 어른이라면 그런 식으로 행동하지 않아."

나는 마지막 비난을 무시하고, 첫번째 비난을 처리하기로 했다.

"하지만 한번 시도해볼 가치는 있잖아? 나는 저 녀석을 옆에 두고 싶은데, 저 녀석을 고쳐줄 수 있다면… 안드로이드가 할 수 있는 일을 내가 몇 가지 가르칠 수도 있을 거야. 게다가 저 녀석은 아주 슬퍼 보이고 왠지 학대당한 것 같아. 저 녀석을 고쳐서 곁에 두는 건 좋은 일이야."

에이미는 입을 삐죽 내밀었다.

"벤, 저건 로봇이야. 감정 따위는 갖고 있지 않아. 자기가 어디에 있든, 얼마나 망가지든 상관하지 않아. 그리고 당신이 저걸 가르친다는 생각 말인데… 당신은 말도 제대로 시키지 못하잖아. 그보다는 좀 더 생산적인 일을 하는 게 낫지 않을까?"

"고장난 로봇을 캘리포니아로 데려가서 고치고, 고친 로봇을 집에 데려오는 게 왜 생산적이 아니라는 거야? 에이미, 한번 생각해봐. 그건 상당한 성취감을 주는 일일 거야."

"저게 그렇게 심하게 망가지지 않았다고 말한 건 당신이야. 그래놓고 왜 그렇게 신경을 써?"

"저 녀석한테는 눈에 보이는 것보다 더 많은 무언가가 있어. 난 그걸 알아."

"그래서 망가진 로봇을 재활용 쓰레기로 내놓고 신품 안드로이드를 사는 대신, 미국에 있는 회사가 저걸 수리할 수 있을 거라는 육감만 믿고 지구를 반 바퀴나 돌아서 가겠다는 거야? 그런 다음 저게 무슨 쓸모가 있는지 알아내겠다는 거야?"

나는 잠시 사이를 두었다가 대답했다.

"그렇게 나쁜 생각은 아니잖아?"

에이미는 말없이 저녁식사를 한 다음 외출했다. 어디에 가는지, 언제 돌아올 것인지도 말하지 않았다. 내가 한밤중에 눈을 떠보니 아내는 집에 없었다. 말다툼이 일어나면 그 원인이 나인 것처럼 느끼게 하는 에이미한테 화가 나서, 메시지를 보내 지금 어디 있느냐고 물어볼 마음도 나지 않았다. 게다가 아내가 누나네 집에 가 있을 가능성도 아주 높았다. 그 집은 아내가 나한테서 떨어져 있고 싶을 때면 늘 가는 피난처였다.

아내는 이튿날 아침에 돌아왔지만 여전히 나한테 말을 걸지 않았다.

"어젯밤에는 어디 가 있었어?"

아내는 나를 날카롭게 쏘아보았다. 나는 아내가 무언가를 숨기고 있다는 것을 알았지만 아내는 아무 대답도 않고 위층으로 올라가서 샤워를 하고 옷을 갈아입고 다시 출근했다.

"그래, 잘했다. 아주 잘난 태도야." 나는 닫힌 현관문을 향해 소리를 질렀다. 그리고 다시 말했다. "탱! 어디 있냐? 말들을 보러 가자."

에이미는 꼬박 일주일 동안 나하고 말을 나누지 않았다. 괴로웠지만, 처음 있는 일도 아니었다. 그러던 어느 날 밤, 잠자리에 든 뒤에 아내가 내 쪽으로 돌아누웠다.

"벤?"

"왜?"

"화내서 미안해. 우리 사이가 서먹해지는 건 원치 않아. 당신, 하고 싶어? 어때…?"

나는 어리둥절했지만, 대인배가 되어 아무 일도 없었던 척할 준비가 되어 있었다.

"으음… 그야 물론 하고 싶지. 나는 항상 원해."

에이미와 나의 섹스는 언제나 그런 식이었다. 하고 싶으냐고 묻고, 하고 싶다고 대답하고, 행동으로 옮긴다. 끝난 뒤에 아내는 천장을 보고 누워 있었다. 그러다가 불쑥 물었다.

"여보, 쓰레기통 내놨어?"

나는 멍한 표정을 지었다.

"쓰레기통… 내놨냐고?"

"물론 내놨지. 이틀 동안 두 번이나 내놨어."

아내는 나를 바라보고 내 마지막 말을 무시했다.

"뒷문은 잠갔어?"

"응."

"로봇은 어디 있어?"

"서재에."

에이미는 아직도 탱이 집에 있는 것을 못마땅하게 여겼지만, 항의하지는 않았다.

"문은 닫았어?"

"그래. 탱이 손잡이 돌리는 법을 배우지만 않으면, 한밤중에 당신한테 덤벼드는 일은 없을 거야." 유치한 말이었다. 그것은 나도 인정한다. 다시 대화를 나누기 시작한 지 20분 만에 우리는 벌써 상대를 짜증나게 하는 데 성공했다.

에이미는 나를 노려보고는 홱 돌아누워 잠이 들었다.

세 시간 뒤에 우리는 쨍그렁하는 소리에 잠에서 깨어났다.

"저게 뭐지?" 에이미가 겁먹은 소리로 물었다. "가서 보고 와."

나는 두 다리를 침대 밖으로 내놓았지만, 결국 그럴 필요는 없었다. 계단 밑에서 틀림없는 로봇의 목소리가 들려왔기 때문이다.

"벤… 벤… 벤… 벤… 벤…."

잠시 침묵이 흐르고 다시 들려왔다.

"벤… 벤… 벤… 벤…."

나는 침실을 나올 때 에이미한테 눈길도 주지 않았다. 그럴 필요가 없었다.

일주일이 지나도 나와 에이미의 관계는 좋아지지 않았다. 나는 캘리포니아에 가겠다는 생각을 밀어붙이지도 않았다. 탱은 내가 가는 곳마다 졸졸 따라다녔다. 나는 그를 떨쳐버릴 수 없을 것 같았지만 개의치 않았다. 탱이 에이미를 따라다니면 더 문제가 되었다. 그렇게 자주 있는 일은 아니었지만, 실제로 탱은 에이미도 따라다녔다. 그럴 때면 에이미는 탱을 데려가라고 나를 불러서 탱을 쫓아버렸다. 내가 서재에서 탱에게 말을 시키려고 애쓰면서 함께 보내는 시간이 점점 길어졌다. 탱의 명예를 위해 말해두면, 그는 낱말 몇 개를 새로 배웠다. '싫어'도 그중 하나였다.

"탱, 내가 점심을 먹는 동안 너는 밖에 나가서 말들을 보는 게 어때?"

"싫어."

"그건 사실 질문이 아니라 제안이었어."

"싫어."

"하지만 나는 일을 좀 해야 돼. 네가 잠시 밖에 나가 있어줘야겠다. 알았지?"

"싫어."

우리 대화는 그렇게 계속되었다.

어느 날 오후, 탱에게 유난히 오랫동안 어휘를 가르치고 유난히 심한 좌절감을 맛본 뒤, 나는 탱이 말들을 내다볼 수 있도록 서재 창문 앞에 탱을 남겨두고 방을 나왔다. 음료수라도 마시려고 부엌으로 가고 있을 때 에이미가 누군가와 통화하는 소리가 들렸다. 나는 방해하고 싶지 않아서 걸음을 멈추고, 서재로 돌아갈까 말까 망설이고 있었다. 그때 대화의 일부가 귀에 들어왔다.

"그게 처음 왔을 때는, 벤이 마침내 무언가에 책임을 지게 됐다고, 참 잘됐다고 생각했어요. 하지만 그게 여기 오래 머물수록 벤도 변하지 않으리라는 게 점점 더 분명해졌죠. 벤은 온종일 그 빌어먹을 로봇과 함께 지내요. 그건 벤을 졸졸 따라다니고, 나도 따라다녀요. 정말 구역질이 나요. 요전에는 새벽 네 시에 느닷없이 '벤… 벤… 벤… 벤…' 하고 소리를 질러서 우리를 깨웠다니까요. 벤이 침대에서 나가 아래층으로 내려갈 때까지 그 바보 같은 목소리로 계속 벤을 부르더라고요. 그리고 얼마 후에 눈을 떠보니까 그게 우리 침실에 들어와 있는 거예요. 다음에는 아예 침대에 들어와 있을 거예요! 그리고 벤은 그걸 고치러 캘리포니아로 날아가겠대요. 고등학교를 졸업하고 대학생활을 시작하기 전에 1년쯤 아르바이트도 하고 여행도 다니면서 다양한 경험을 쌓잖아요. 벤은 로봇을 상대로 그런 시기를 보내고 있어요. 바로 그거예요. 하지만 벤은 서른네 살이에요. 배낭여행을 다닐 게 아니라, 직업을 가지고 아이를 낳아야죠. 안 그래요?"

통화 상대가 의견을 말하는 동안 침묵이 흘렀다. 상대가 뭐라고 말했든 에이미는 한편으로는 상대와 같은 의견이었고 한편으로는 의견이 달랐다.

"그래요. 그건 바로 부모님이 생각해낼 만한 얼빠진 생각이죠. 하지만 부모님이라면 실제로 그렇게 했을 거라는 게 차이점이에요. 안 그래요?" 침묵. "내가 무엇에 더 화가 나는지, 나도 잘 모르겠어요. 벤이 캘리포니아에 갈 생각을 한 것 자체에 화가 나는지, 아니면 생각만 하고 실행하지 않을 게 뻔해서 화가 나는지." 침묵. "하지만 그건 문제가 아니에요. 문제는 벤이 왜 아기에 대해서는 관심이 없느냐는 거예요. 그런데 왜 로봇이죠? 게다가 그 로봇은 아무 쓸모도 없어요."

나는 에이미의 목소리가 갈라지는 것을 들었고, 다시 침묵이 흘렀다.

"물론 벤도 당연히 알고 있죠. 내가 골백번이나 말했으니까요." 침묵. "아니, 아니에요. 내가 실제로 벤한테 아기를 갖고 싶다고 말한 적은 없는 것 같아요. 하지만 암시는 충분히 주었어요." 침묵. "그 말이 맞는 것 같아요. 어쩌면 내 뜻을 명확하게 말로 표현했어야 했는지도 모르죠." 침묵. "아니에요. 너무 늦었어요. 그것 말고도 문제가 너무 많아요. 벤이 그 로봇에 열중해서 많은 시간을 보내고 있는 것 때문에 내 인내심이 한계를 넘었을 뿐이에요." 침묵. "예를 들면 벤이 실제로 무언가를 이룬 적이 한 번도 없다는 사실이라든가. 나는 벤을 처음 만났을 때 이렇게 생각했어요. 이 사람은 수의사가 되려고 교육을 받고 있으니까 영리하고 친절한 사람일 게 분명하다고. 하지만 어떻게 됐죠? 모두 헛일이었어요. 그리고 벤은 아직도 정원 문을 고치지 않았어요. 벤이 하는 게 다 그렇듯이, 로봇을 미국으로 데려가겠다는 바보 같은 생각도 결국 흐지부지되겠죠." 침묵. "나도 알아요. 하지만 나는 우리가 만난 이래 줄곧 벤을 너그럽게 봐줬어요. 언젠가는 벤도 앞으로 나아가야 돼요. 브라이어니는 계속 전진해 왔잖아요? 그런데 벤은 왜 못하죠?"

에이미는 누나한테 내 결점을 늘어놓고 그것들을 분석하며 비평하고 있었다. 나는 적응력이 모자란 사람이 된 것 같아서 창피했지만, 한편으로는 당황스럽기도 했다. 언제부터 에이미가 아기를 갖고 싶어했지? 우리가 만났을 때 에이미는 오로지 경력쌓기에만 관심을 쏟고 있었다. 그때 에이미는 막 승진한 참이었고, 아이들에게 쓸 시간은 '평생' 없을 거라고 농담조로 말했다. 나는 에이미가 진심으로 그렇게 말한 줄 알았다. 사실은 나 자신이 아이를 원하는지도 알지 못했다. 그것은 내 레이더에 포착되지 않았다. 내가 지독한 아버지라면 어떡하지?

하지만 에이미가 한 말 가운데 무엇보다도 나를 아프게 한 것은 '벤은 실제로 무언가를 이룬 적이 한 번도 없다'는 말이었다. 에이미가 옳았다. 나는 지금까지 아무것도 이룬 게 없었다. 이제는 내가 무언가를 이루어야 할 때였다.

3
접착테이프

에이미는 토요일 아침에 나를 떠났다. 내가 서재에 있을 때 전화벨이 울렸다. 그때 마침 탱은 나와 함께 있지 않았다. 몇 분 뒤 에이미가 문간에 나타났다.

"브라이어니가 전화했어." 아내가 말했다.

"아, 그래? 누나가 뭐래?"

"열한 시 이후면 언제든지 와도 좋대. 그 전에는 승마장에서 돌아오지 못할 거래. 조지는 테니스 강습을 받으러 갔고, 데이브의 비행기는 세 시나 되어야 도착한대."

누나는 지나치게 많은 것을 성취한 편이다. 에이미처럼 변호사이고, 둘은 내 결점을 가지고 입방아 찧기를 즐기는 모양이다. 나는 실패한 수의사다. 12년 동안 수의사 자격증을 따려고 애썼지만, 개 마취제와 토끼 항생제를 헷갈리는 바람에 마지막 직장에서 해고되었다. 누나는 버크셔(영국 잉글랜드 남부에 있는 카운티)를 대표하는 승마 선수로 선발될 만큼 말도 잘 타고, 두 아이—그것도 1남 1녀—가 있고, 몇 년 전 항공기 조종사와 결혼해서 행복하게 살고 있다. 우리 부모님에게는 누나가 아들이었으면 좋았을 것이다.

"우리가 오늘 누나네 집에 갈 예정인 줄은 미처 몰랐어." 드디어 내가 대꾸했다.

"우리가 아니라 나야."

"그래? 그럼 누나한테 안부나 전해줘."

"브라이어니가, 당신 일자리 구했대. 나는 당신이 로봇과 교신하려 애쓰느라 다른 건 염두에도 없다고 말했지."

잠시 침묵이 흐르고, 아내가 입을 열었다.

"또 할 이야기가 있는데….."

나는 눈썹을 치켜올렸다.

"브라이어니도 나도 이 집은 당신이 가져야 한다고 생각해. 어쨌든 당신 부모님이 당신한테 남겨준 집이고, 브라이어니나 나는 사실 이 집이 필요 없으니까. 당신한테 필요한 만큼 필요하진 않아."

"집을 가지라니, 그게 무슨 뜻이야? 이건 내 집이야. 우리 집이라고!"

"이혼하면, 내가 이 집을 갖는 건 부당할 거야. 가질 수도 있지만, 갖지 않겠어."

"이혼? 누가 이혼한다는 거야? 난 무슨 소린지 모르겠어."

"우리 이혼." 에이미는 목소리를 낮췄다. "나는 당신을 떠날 거야. 살 집을 찾을 때까지 당분간 브라이어니네 집에 신세를 질 작정이야."

나는 천천히 숨을 내쉬었다.

"물론 그렇겠지."

그 순간 아내에게서 연민과 차분한 태도는 사라지고 얼굴이 흐려졌다.

"알겠어? 바로 당신의 그런 태도야. 우리를 이 지경으로 몰고 온 원인이. 당신은 아무것도 진지하게 받아들이질 않아. 당신한 테는 그 빌어먹을 로봇 말고는 아무것도 중요하지 않아."

"우리는 탱이 어디서 왔는지, 탱을 어떻게 처리할지 모르고 있 지만, 그건 탱의 잘못이 아니야."

에이미는 방에서 나가 문을 쾅 닫았다. 내가 뒤따라가려고 일 어났을 때 아내가 욕설을 내뱉는 소리가 들렸다. 복도로 나가보 니 탱이 나무쪽으로 모자이크한 마룻바닥에 앉아 있었다. 그 옆 에는 에이미의 멋진 여행가방이 놓여 있고, 탱의 발치에는 기름 웅덩이가 생겨 있었다.

"탱은 지금 어쩔 줄 몰라서 당황해하고 있어." 나는 아내에게 알려주었다.

에이미는 소리 없는 외마디 비명을 지르고는 레인코트를 어 깨에 걸치고, 바퀴 달린 여행가방을 밀면서 현관문 밖으로 나갔다. 그 문도 에이미 뒤에서 쾅 소리를 내며 닫혔다. 그것으로 끝이었다. 아내는 그렇게 떠났다.

그날 밤 나는 어둠 속에서 부엌 홈바에 앉아 유리 장식장에서 제일 좋은 샴페인을 꺼내 에이미가 아끼는 머그컵에 따라 마시고 있었다. 그 샴페인은 우리의 네번째 결혼기념일에 누나와 매형이 준 선물인데, 그들은 해마다 우리 결혼기념일에 샴페인을 한 병씩 선물로 사주곤 했다. 다른 샴페인은 다 마셨지만 이 샴페인은 1년 넘게 먼지만 쌓이고 있었다.

"마누라가 돌아오면 이것 때문에 화를 낼 거야." 나는 탱에게 말했다. 그러고는 머그컵을 창문으로 비쳐드는 달빛 속으로 들어 올렸다가 또다시 술을 벌컥벌컥 들이켰다.

탱은 홈바 끝에 앉아서 머리를 홈바 위에 올려놓고 구부정한 자세를 취했다. 두 팔을 애처롭게 양옆으로 늘어뜨린 탱은 또다시 눈을 내리깔고 풀죽은 표정을 지었다. 나도 머리는 홈바 위에 올려놓고 있었지만 두 팔은 홈바 위로 뻗고 있었다. 탱은 무슨 일이 일어나고 있는지 이해할까? 나는 궁금했다. 아니, 탱은 애당초 무언가를 이해할 능력이 있는 걸까?

잠시 후 탱은 앉음새를 고치더니 손가락 하나로 자신을 가리켰다. 그 동작을 하느라 가슴판이 열리자 탱은 스스로 가슴판을 닫고 나서 물었다.

"나?"

"너?"

"에이미… 나?" 탱은 다시 자신을 가리켰다.

"아니야. 걱정 마. 네 탓이 아니니까. 오랫동안 상황이 안 좋았어. 모두 내 잘못이야."

탱은 아무 의견도 말하지 않았지만, 자신의 표현력을 총동원해서 안심한 표정을 지었다.

"사실은 그렇지도 않아. 모두 내 잘못만도 아니야. 그럴 리가 없지. 내가 수의사 자격증을 못 딴 건 내 탓이 아니야. 공부에 전념하지 않은 건 내 잘못이지만, 공부를 제대로 하지 않았으니까 낙방할 수밖에 없지.

에이미한테는 모든 게 너무 쉬워. 어떤 일에도 서투르거나 무능하지 않으니까, 자기는 아무짝에도 쓸모없는 사람이라는 열등감에 시달릴 필요가 없지. 나는 항상 맏이를 따라갈 수 없는 둘째일 뿐이었어. 그러다가 부모님이 사고로 돌아가셨기 때문에 부모님 생각이 틀렸다는 걸 입증하기에는 너무 늦어버렸지. 그런데 이제 내가 뭘 어떻게 해야 하지?

아마 나는 더 좋은 남편이 될 수도 있었을 거야. 에이미도 아마 더 좋은 아내가 될 수 있었겠지만, 한 번이라도 그럴 생각을 해봤을까? 에이미는 분명 이런 식으로 말할 거야. '벤, 나는 아직도 당신을 사랑해. 우리 친구로 지내자.' 흥, 턱도 없는 소리. 나는 에이미가 필요 없어. 아니, 누나도, 다른 사람들도 모두 필요 없어. 나한테는 네가 있잖아. 안 그래?"

탱은 나를 바라보면서 여느 때보다 더 빠르게 눈을 깜박거린 다음, 손을 뻗어 내 소매를 작은 손으로 움켜잡았다.

"있잖아, 탱. 제기랄!" 나는 비틀비틀 일어나면서 말했다. 스툴이 내 뒤로 쓰러져 참나무 마룻바닥에 요란한 소리를 내며 넘어졌다. 나는 왼손을 2초쯤 노려보다가 다시 한번 "제기랄!" 하고 외친 다음, 결혼반지를 빼어 칼 따위를 넣어두는 서랍에 던져 넣었다.

"이봐 탱, 우리 캘리포니아에 가자. 내일 당장 가는 거야."

샴페인 한 병으로 취한 나는 그들 모두에게 보란듯이 고장난 로봇과 함께 자동차 여행을 떠나기로 결심했다.

내가 짐을 꾸리기 시작한 것은 며칠 뒤였다. 하루는 숙취 때문에 아무 일도 못했고, 다음날은 아버지 서재에서 여행 안내서를 몇 권 뒤적이면서 가져갈 것인지 말 것인지 결정하려고 애썼다. 솔직히 말하면 나는 비행기 타는 것도 망설이고 있었다. 부모님이 사고로 돌아가신 뒤 나는 비행기 타기를 꺼렸다. 할 수만 있다면 비행기를 피했다.

탱은 정원을 들락거리며 말들을 바라보면서 이 막간의 대부분을 보냈다.

나는 우리 침실, 아니 내 침실에 서서, 짐이 넘쳐나 터져버린 채 침대 위에 펼쳐져 있는 여행가방을 바라보고 있었다. 그때 문득, 내가 계획하고 있는 여행에 짐가방을 가져가는 것은 미련한 짓이라는 생각이 떠올랐다. 나는 30대 중반이지만 배낭여행을 하는 데에는 전혀 문제가 없다고 판단했다. 문제는 배낭이 없다는 것이었다. 결국 나는 적당한 배낭을 주문하려고 애쓰다가 온라인 쇼핑의 덫에 빠지고 말았는데, 이 모험에는 내가 의도한 것보다 많은 시간이 걸렸다. 내가 화면을 계속 스크롤하면서 배낭의 이미지를 훑어보는 동안 탱은 자기를 멀리하는 나에게 짜증이 나서 다시 말들을 보러 나갔다.

주문한 배낭이 도착하기를 기다리는 동안 나는 예산과 일정을 짜기로 했다. 예산을 짜는 일은 지루하게 느껴졌기 때문에 도중에 포기해버렸고, 일정을 짜는 일은… 우리가 찾는 곳이 '마이크론시스템'이라는 증거는 전혀 없었기 때문에 그것은 도박이었다. 나는 다시 한번 탱한테서 정보를 얻어내기로 했다. 아마 처음부터 다시 시작해야 할 터였다.

"탱, 내 말 듣고 있냐?"

"응."

"좋아. 너는 어떻게 우리 정원에 오게 됐니?"

탱은 꼭 에이미 같은 표정으로 나를 바라보며 어깨를 으쓱했다.

"전에도 이 질문을 했다는 건 나도 알아. 지금까지 수십 번을 물었지만, 이번에는 그 정보가 정말 필요해서."

우리는 거실에 있었다. 나는 일어나서 소파 등받이에 걸쳐놓은 낡은 회색 카디건을 움켜잡았다. 그러고는 정원으로 통하는 프랑스식 창문(뜰이나 발코니로 통하는 두 짝으로 된 유리문)을 열고, 에이미가 '손님 접대를 위해' 만들자고 고집한 테라스로 나갔다. 탱은 철커덕거리며 밖으로 나와서 내 곁으로 다가왔다. 나는 탱 옆에 쪼그리고 앉아 그의 작은 금속 어깨에 두 손을 올려놓았다.

"너는 바로 저기 저 버드나무 옆에 있었어. 그게 불과 두 달 전이야. 기억해?"

탱은 상자처럼 네모난 머리를 위아래로 까딱거렸다.

"저긴 어떻게 오게 됐지?"

그는 여전히 질문을 이해하지 못한 것 같았다. 그래서 나는 옆문으로 성큼성큼 걸어갔다.

"이 문으로 들어왔니?"

그는 다시 고개를 끄덕였다.

"그러면 네가 문을 열었니? 아니면 열려 있었니?"

"열려-?" 그는 이 낱말을 복창했다. 그에게는 생소한 낱말인 것 같았지만, 그럴 리는 없었다. 나는 탱이 그 낱말을 알고 있다는 것을 알았다. 탱은 이따금 멍청하게 구는데, 일부러 그러는 게 아닐까 하는 의심이 들었다.

나는 그 낱말의 뜻을 실제로 보여주려고 문을 열었다. 문의 경첩이 쌀쌀한 10월의 공기 속에서 삐걱거리며 신음소리를 냈다.

"이렇게?"

"응."

그러니까 그건 결국 에이미의 실수였다.

"따라와, 탱." 나는 무슨 중대한 결심이라도 한 것처럼 문을 통과한 뒤, 집을 빙 돌아서 말끔히 손질된 넓은 잔디밭 한복판에 작은 장미 화단이 있는 앞마당으로 나갔다. 몇 분 뒤, 휙 하는 소리와 철거덕거리는 소리가 탱이 나에게 다가오고 있다는 것을 알려주었다.

"여기 오기 전에는 어디 있었지?"

다행히도 탱은 이 게임의 요령을 파악한 것 같았다. 그는 한 손을 들어 길 건너편의 버스 정류장을 가리켰다.

"버스를 타고 왔어? 정말?"

그는 당황하여 크게 뜬 눈으로 나를 바라보면서, 무게 중심을 이 발에서 저 발로 옮겼다. 그러자 그의 발치에 기름 웅덩이가 나타났다.

"탱, 미안해."

그는 눈을 아래로 기울였다. 나는 바지 주머니를 뒤져서 보풀로 뒤덮인 손수건 한 장을 찾아냈다. 거의 쓰지 않은 채 주머니 속에 방치해둔 몇 년의 세월 때문에 접은 자국에는 지울 수 없는 주름이 생겨 있었다. 나는 그 손수건으로 기름이 흘러내린 탱의 다리를 닦아주었다. 그때 헛기침 소리가 들렸다. 고개를 들어보니 이웃인 파크스 씨가 자기네 앞마당에서 나를 바라보고 있었다. 내가 로봇한테 무슨 짓을 할지 몰라 걱정하는 표정을 띠고 있었는데, 그런 일이 일어나기 전에 나를 막으려고 헛기침을 한 것이다.

"아저씨, 오랜만에 뵙는군요. 이맘때치고는 날씨가 좋은데요." 내 말은 입에서 나오자마자 내 얼굴 앞에서 구름처럼 흐려졌지만, 그 반어법도 파크스 씨에게는 효과가 없었다. 그는 코를 훌쩍이더니, 팔꿈치에 패드를 덧댄 원예용 셔츠 속에서 자세를 바꾸어, 공중에 정지해 있는 구름을 눈꺼풀 밑에서 바라보았다. 그것은 가을에만 나타나는 구름, 안개와 장갑의 계절이 다가오고 있음을 알려주는 구름이었다. 그는 노인용 중절모를 고쳐 쓰고, '펠코'(스위스의 전지가위 전문 제조회사) 전지가위를 이 손에서 저 손으로 옮기면서 높이 들어 올렸다. 그게 펠코 전지가위라는 사실을 내가 안 것은 에이미가 원예에 흥미를 가졌을 때 나한테 사다달라고 부탁한 게 펠코 전지가위였기 때문이다. 에이미는 부모님한테 집과 함께 물려받은 녹슨 전지가위를 들고 앞마당에 있는 모습을 남에게 보이고 싶어하지 않았다. 그 낡은 전지가위는 부모님 이전에 아마 조부모님도 사용했을 것이다.

나는 이웃 아저씨한테 미소와 함께 손을 가볍게 흔들어 보이고는 탱을 말끔히 닦아내는 작업을 다시 시작했다. 파크스 씨가 다시 헛기침을 했다.

"그 로봇은 30번 버스에서 내렸어." 그가 큰 소리로 말했다. "그게 버스에서 내리는 걸 봤지. 좌우 양쪽을 번갈아 보더니 길을 건너고, 모든 걸 다 가로질렀어. 그러고는 곧장 자네 정원으로 들어갔다네. 나는 자네가 그 로봇을 기다리고 있는 줄 알았어. 그런데 이제 보니 그렇지도 않은 모양이군."

파크스 씨! 나는 그를 껴안고 키스할 수도 있었을 것이다. 할리윈트넘, 좀 더 명확히 말하면 길 건너편에 있는 버스 정류장은 베이싱스토크와 히스로 공항을 연결하는 30번 버스가 멈추는 몇 안 되는 정류장 가운데 하나였다.

내가 주문한 배낭이 창고 냄새를 풍기며 이튿날 도착했다. 배낭 속에는 작게 포장된 방습제가 지나칠 만큼 많이 들어 있었다. 내가 물건을 배낭 속에 집어넣으면 탱은 꼭 그만큼 빠른 속도로 그것을 꺼내어, 물건마다 약 10초쯤 야릇한 흥미를 보이고는 휙 집어던졌다. 그가 내 선글라스를 발견할 때까지 되풀이되었다.

"탱, 조심해. 그건 깨지기 쉬워."

탱은 내 말을 완전히 무시하고, 선글라스를 이리저리 휘두르거나 이 손에서 저 손으로 넘기곤 했다.

나는 선글라스를 빼앗으려고 했지만 그가 팔을 이리저리 휘둘러 내 손을 피했다. 그의 몸은 빠르게 덜컹덜컹 움직였다. 내가 안달이 날수록 탱에게는 이 놀이가 더욱 재미있게 느껴졌다.

"탱, 그만해." 나는 선글라스를 낚아채어 케이스에 집어넣었다. 나는 그에게 소리를 지를 작정도 아니었고, 그가 부루퉁해서 쿵 소리를 내며 카펫 위에 쓰러져 가슴판이 열리자 나는 당장 미안함을 느꼈다. 나는 사과할 셈으로 손을 뻗어 그의 가슴판을 닫아주었지만, 가슴판은 곧 다시 휙 열려버렸다.

"그 가슴판을 어떻게든 해야 할 거야. 너의 내부에 좋을 리가 없어. 내부가 더러워지겠지. 그리고 다른 사람은 아무도 네 몸속의 기계장치를 보고 싶어하지 않을 거야."

탱의 몸이 조금 올라갔다가 다시 내려왔다. 그와 동시에 그의 입에서 쉿쉿거리는 작은 소리가 새어나왔다. 주전자나 압력솥에서 나는 듯한 소리였지만, 틀림없는 한숨소리였다.

한 가지 생각이 떠올랐다.

"여기 가만히 있어. 곧 돌아올게."

나는 최대한 빨리 차고로 내려가서 연장통을 뒤졌다. 반짝이는 새 경첩 한 쌍이 들어 있는 비닐봉지를 발견했다. 나는 눈살을 찌푸리며 그것을 옆으로 밀어내고는 강력 접착테이프를 집어들고 이층으로 서둘러 돌아갔다. 탱이 층계참에 있는 게 보였다. 그는 거기서 계단 쪽으로 힘겹게 나아가고 있었다.

"거기 가만히 있으라고 했잖아, 탱."

탱은 내 말을 알아듣지 못한 듯이 나를 쳐다보았다. 나는 무릎을 꿇고 접착테이프를 이로 물어서 끊었다.

"이걸 가져가는 게 좋을 것 같아." 나는 탱에게 말했다.

그의 가슴판을 닫고 테이프로 봉하려 할 때, 그를 처음 보았을 때는 그의 심장 옆에 있는 유리 실린더에 노란색 액체가 가득 들어 있었는데 지금은 3분의 2 정도밖에 남지 않은 것을 알아차렸다. 유리에 난 금도 전보다 더 커진 것 같았다.

"탱, 이 액체는 무엇에 쓰는 거냐?"

탱은 몸통에 가려 몸속을 들여다볼 수 없었기 때문에 나는 손거울을 들고 실린더를 가리켰다. 그는 두 손을 들어 자기도 모른다는 몸짓을 했지만, 그의 눈이 신경질적으로 이리저리 움직이는 것을 보고는 그를 믿어도 좋을지 의심스러웠다.

"중요한 거야?" 나는 다그쳤다.

그는 눈을 몇 번 깜박거렸다. "응" 하고 말한 다음 가슴판을 닫고 손을 그 위에 얹었다.

"액체가 다 떨어지면 어떻게 되지?"

그는 이 발에서 저 발로 무게중심을 옮겼다.

"멈춰."

나는 이 말을 곰곰 생각했다.

"그러니까 실린더가 비게 되면 네가 작동을 멈춘다는 거야?"

"응."

나는 당황했다. 그동안 나는 배낭 때문에 공연한 소란을 피우며 쓸데없이 시간만 낭비했던 것이다.

"맙소사. 우린 어서 너를 고쳐줄 사람을 찾아야 돼."

하지만 그의 태생에 관해 아무 정보도 없는 상황에서 최선의 유일한 행동 방침은 내가 원래 세웠던 계획을 고수하는 것이었다. 마이크론시스템을 찾아가자. 마음을 다잡고 용기를 내어, 우리가 탈 수 있는 가장 이른 비행기를 타고 샌프란시스코로 날아가는 거야.

4
프리미엄 좌석

우리가 체크인 창구로 갈 때 호기심 어린 눈길을 받지 않았다고 말하면 거짓말이 될 것이다. 물론 다른 사람들 중에도 안드로이드를 데리고 있는 사람들이 있었지만, 나처럼 접착테이프를 덕지덕지 붙인 공작 과제물 같은 로봇을 질질 끌면서 공항 구내를 지나는 사람은 없었다. 우리가 지나가면 잔물결처럼 퍼져가는 사람들의 수군거림이 들려왔다. 한 젊은 학생은 "우와, 저건 정말 업그레이드할 필요가 있겠어" 하고 논평했고, 어떤 할머니는 "아이쿠, 저런!" 하고 외쳤다. 심지어 "혹시 텔레비전 쇼를 촬영하고 있는 거 아냐?" 하고 말하는 사람도 있었다.

나는 머리를 높이 쳐들고 파란 캐주얼 신발 차림으로 체크인 카운터를 향해 성큼성큼 걸으면서 애써 품위 있는 체했다. 탱은 비틀거리며 내 뒤를 기계적으로 따라오다가 윙 소리를 내면서 내 옆에 멈춰 섰다. 그리고 접착테이프에 손가락을 댔다.

"그건 너를 위해서 붙인 거야." 나는 그에게 말했다.

탱은 눈을 깜박거리며 나를 쳐다보고는 눈을 내리깔고 팔을 양옆으로 떨어뜨렸다.

"일부러 한숨 내쉴 필요는 없어. 그래 봤자 아무 소용도 없으니까."

카운터 앞에 줄을 서 있는 동안 우리는 위탁수하물을 맡기려는 승객들이 적어야 하는 용지가 놓인 선반 옆을 지나갔다. 가까이에서 반짝거리는 수하물 카트가 탱의 관심을 끌고 있는 동안 나는 서둘러 그 용지에 필요사항을 적어넣었다. 그 작업을 하고 있을 때 주머니 속에서 휴대폰이 진동하는 게 느껴졌지만 나는 무시했다.

창구에 도착하자 나는 용지를 항공사 직원에게 건네주고, 그녀가 내용을 훑어보는 동안 말없이 기다렸다. 나는 며칠 전까지만 해도 결혼반지가 끼워져 있던 곳을 만지작거렸다.

"그러니까 저 로봇을 위탁수하물로 맡기실 건가요?" 직원은 카운터 너머로 탱을 살펴보고는 한심하다는 표정을 지으며 고개를 끄덕였다.

나는 탱이 격렬하게 고개를 젓는 소리를 들었다. 윙윙거리는 소리가 또렷하고 크게 들려왔다.

"네." 나는 탱을 무시하고 말했다. "가방도 하나 있는데, 새 거예요."

그러자 탱이 내 셔츠 소매를 잡아당기는 게 느껴졌다.

"고장-났어."

"뭐가?"

"탱이."

여행을 떠나는 데 흥분한 나머지 나는 하마터면 여행 목적을 잊을 뻔했다. 탱은 눈꺼풀을 양쪽으로 기울인 채 나를 빤히 바라보았다. 그 모습은 상처 입은 강아지처럼 보였다. 나는 결심이 흔들리는 것을 느꼈다. 하지만 내 뜻을 고집했다.

"너는 나와 함께 비행기 좌석에 앉을 수 없어. 비행기에는 인간을 위한 전용 공간이 있고, 로봇… 로봇을 위한 전용 공간이 있는데, 거기에 타는 게 너한테는 더 좋을 거야." 이렇게 말하긴 했지만 사실은 나 자신조차 그 말을 믿지 않았고, 여직원을 보니 그녀도 탱에게 설득당한 게 분명했다.

"비행기에는 좌석을 크게 개조한 구역이 있는데, 거기라면 저 로봇한테 딱 맞을 거예요. 프리미엄 좌석이에요."

이 말을 들더니 탱은 눈을 최대한 크게 뜨고 발을 동동 구르며 팔짝팔짝 뛰기 시작했다. 나는 직원을 노려보았지만 그녀는 뜻 모를 미소를 지을 뿐이었다.

"프리미엄 좌석을 두 개나 잡다니, 그건 말도 안 돼. 탱, 너는 다른 화물과 함께 화물칸으로 가야…"

"나도 인공지능 하인을 객실로 데려갈 거요." 어떤 녀석이 내 뒤에서 지껄였다. "샌프란시스코까지는 긴 비행입니다. 화물칸

59

에 혼자 놔두는 건 몰인정하다고 생각해요."

"몰인정하다고요? 로봇들은 원래 몰인정한 행위의 희생자로 살아야 하지 않나요?"

내 뒤에서 차례를 기다리고 있던 사업가와 젊은 가족이 항의의 뜻으로 고개를 젓기 시작했다. 쯧쯧 혀를 차는 소리도 들렸다.

"이봐 탱, 내 말 좀 들어봐."

갑자기 탱이 움켜잡고 있던 내 체크무늬 셔츠를 놓더니 두 팔을 쭉 뻗어 내 넓적다리를 감싸 안았다. 그러고는 목숨이 거기에 달려 있기라도 한 것처럼 필사적으로 달라붙었다. 그는 발을 동동 구르면서 새된 목소리로 외쳤다.

"탱… 탱… 벤… 탱… 좌석… 탱… 탱… 벤… 탱… 좌석… 벤…."

프리미엄 좌석은 탱의 마음에 들었다. 내가 창가에 앉으려고 하자 탱은 내가 그 자리를 양보할 때까지, 애당초 그를 객실에 타게 해준 그 앙탈을 또 부리기 시작했다. 나는 체크인 창구에서 탱에게 굴복하여 당혹스러운 상황을 피한 게 아니라 오히려 탱에게 나를 갖고 놀 수 있는 방법을 가르쳐준 셈이었다. 그래서 나는 현명하게 굴기로 작정하고 비행기에서 공짜로 제공되는 진토닉을 계속 주문했다. 필요한 것보다 훨씬 짧은 시간 동안, 필요한 것보다 훨씬 많은 양의 술을 들이켰다. 나는 창밖을 뚫어지게 내다보고 있는 탱을 남겨둔 채 어느새 스르르 잠이 들었다.

얼마나 지났는지 모르지만 탱의 차가운 금속 손이 내 볼을 쿡쿡 찌르는 바람에 나는 잠에서 깨어났다.

"벤… 벤… 벤… 벤… 벤… 벤… 벤…."

"뭐야?"

"벤… 벤… 벤… 벤…."

"찌르지 마. 원하는 게 뭐야?" 나는 눈을 감은 채 물었다.

탱은 아무 대답도 하지 않았다.

나는 왼쪽 눈을 뜨고 탱이 있는 쪽을 바라보았다. 내 볼을 찌르지 않은 손은 앞좌석 등받이에 장착된 화면을 가리키고 있었다.

"그건 텔레비전이야. 탱, 나 좀 자게 해줘." 나는 떴던 눈을 다시 감고 담요를 목까지 끌어올렸다. 탱은 내 볼에서 손을 뗐다. 잠깐 나는 그가 내 말에 따르려나보다고 생각했다. 하지만 다음 순간 그의 손이 돌아와서, 이번에는 내 턱을 아까보다 더 세게 찰싹 때렸다. 탱도 그렇게 힘껏 때릴 생각은 아니었을 것이다.

"아야! 도대체 이게 무슨…?"

탱은 눈도 깜박거리지 않고 나를 노려본 다음, 고개를 돌려 화면을 바라보고 다시 나를 돌아보았다.

아아, 터치스크린이구나.

그 후 한 시간 동안 나는 기내에서 오락용으로 제공되는 수많은 프로그램을 탱에게 맛보기로 보여주었고, 그런 뒤에야 탱이 30초 이상 보고 싶어하는 프로그램을 찾을 수 있었다. 탱처럼 생긴 로봇들이 사는 세상을 묘사한 만화영화가 있었고, 그가 이 영화를 보기로 결정한 것은 놀라운 일이 아니었다. 이 영화에는 안드로이드도 나왔지만, 그들은 별나고 이질적인 존재로 여겨 졌고, 이 점이 탱의 마음에 들었던 모양이다. 짐작컨대 그 스토리의 교훈은 자신에게 충실하라는 것, 남과 다른 것은 나쁜 게 아니라는 것이었지만, 탱에게는 그게 통하지 않았고 나도 굳이 그를 깨우쳐주지 않았다. 나에게 중요한 것은 탱이 앞으로 90분 동안 스튜어디스가 그를 위해 특별히 준비해준 특대형 헤드폰을 쓰고 조용히 앉아 있으리라는 점이었다. 나는 고마운 마음으로 눈을 감았다.

90분 뒤, 나는 전에도 똑같은 일을 겪은 듯한 착각을 느끼며 잠에서 깨어났다.

"이번에는 또 뭐야?"

"다시!" 그는 등받이 뒤에 붙어 있는 화면을 가리켰다.

"그건 방금 봤잖아. 다른 걸 보고 싶지 않아?"

탱의 눈꺼풀이 당황한 듯 조금 내려갔다. 이어서 한쪽 눈이 깜박거리기 시작했다. 탱은 내 제안 자체를 이해하지 못하는 것 같았다.

"다시."

나는 그를 위해 다시 그 영화를 틀어주었다.

"이 영화가 재미있었구나?"

그는 아무 대답도 하지 않았다.

나는 탱의 귀를 가리고 있는 이어폰을 들어 올렸다.

"재미있었느냐고 물었어. 영화가 재미있었니?"

"응." 그는 이어폰에서 내 손을 치우면서 대답한 다음, 그의 청각기관의 절반을 이루고 있는 그물로 덮인 구멍에 이어폰을 다시 집어넣었다.

"이 영화는 뭐가 그렇게 특별하지?"

탱은 다시 이어폰을 들어 올렸다.

"착한 로봇들이 나쁜 로봇들과 싸워." 이것은 분명 내가 그에게 들은 말 가운데 가장 긴 문장이었다.

"뭐가 로봇들을 나쁘게 만들지?"

"나쁜 로봇들 착한 로봇들한테 나빠." 탱은 자신을 가리킨 다음 화면을 가리켰다. "착한 로봇들 나쁜 로봇들한테 나빠."

바로 그거였다. 탱이 그 영화를 좋아한 것은 자기와 같은 로봇들이 지배자가 되어 일찍이 그들을 핍박한 안드로이드들에게 복수하고 있는 세상을 보여주었기 때문이다. 그에게 진상을 알려주는 게 과연 내 본분에 맞는 일인지 판단할 수가 없었다. 한가지는 확실했다. 악을 악으로 갚아봤자 좋을 게 없는 이유를 설명하려고 애쓰기에는 내가 너무 취했거나 너무 말짱했다. 나는 탱의 어깨를 토닥여주고 그를 영화에 맡겼다.

5
융통성 없는 규칙

우리가 샌프란시스코에 착륙한 것은 한밤중이었다. 나는 항공편을 예약할 때 시차를 고려하지 않았고, 아무리 캘리포니아라도 가을이 되면 낮에는 아직 따뜻해도 밤에는 쌀쌀할 수 있다는 점도 고려하지 않았다. 피곤한 몸을 이끌고 도착장 로비를 가로지르면서, 캔버스 운동화에 면셔츠와 면바지 차림이 아니라 점퍼와 청바지 차림에 두꺼운 양말을 신고 왔다면 좋았을걸 하고 후회했다.

우리는 회전식 수하물 수취대 옆에 서서, 내 배낭이 고무 커튼을 뚫고 나타나 내 쪽으로 미끄러져오기를 기다리고 있었다. 그때 문득 내가 받지 않은 전화가 생각났다. 확인해보니 누나한테서 걸려온 전화였다. 나는 인상을 쓰고 휴대폰을 '방해 금지 모드'로 설정한 다음 다시 주머니에 쑤셔넣었다. 휴대폰을 아예 꺼버릴까도 생각했지만, 이렇게 해놓으면 적어도 인터넷은 사용할 수 있었다.

탱은 내가 말리는데도 불구하고 수하물 수취대 가장자리에 앉아 컨베이어벨트 위에 손을 질질 끌면서 놀고 있었다. 그는 컨베이어벨트에 휩쓸려가기 전에 몇 초마다 한 번씩 손을 들어 다른 위치로 옮겨야 했다.

결국 나는 그에게 다가가서 수하물 수취대에서 안전한 거리까지 그를 끌고 갔다. 나는 장거리 비행을 마치고 오전 3시에 유실물 보관소에 가서, 내 로봇이 "안 돼"라는 말을 들으려 하지 않아서 로봇을 잃어버렸다고 설명하고 싶지는 않았다.

마침내 내 배낭이 컨베이어벨트를 타고 내 쪽으로 돌아왔을 때 배낭은 내가 기억하는 것보다 더 무거워져 있었다. 여행에 대해 내가 처음에 가졌던 열의는 피로 때문에 다소 무디어졌고, 우리가 할 수 있는 최선의 일은 차를 빌려서 호텔로 가는 것이었다. 그런데 믿을 수 없는 일이지만 렌터카 사무실이 모두 닫혀 있었다. 명색이 국제공항인데 야간에 자동차 한 대 빌릴 수 없다니, 이건 너무하다는 생각이 들었다. 나는 택시를 탈 생각은 하지도 않았다. 그래서 탱에게 말했다.

"가자, 탱. 우린 버스를 탈 거야."

"버스?"

"그래. 이쪽이야." 나는 표지판이 가리키는 쪽으로 성큼성큼 걸어갔다. 탱은 세탁기의 배수호스처럼 생긴 발을 최대한 빨리 움직여 철커덕거리는 소리를 내면서 나를 따라왔다.

모양이 일정하지 않은 그림자들이 버스 터미널의 희미한 인공
조명 속에서 이리저리 움직였고, 벽을 따라 늘어서 있는 물품보
관함 가운데 하나는 문이 망가져서 이따금 탕 하고 열렸다가 다
시 탕 하고 닫혔다. 너저분한 코트를 입은 부랑자가 구석에 앉
아서 내가 멘 새 배낭을 유심히 바라보고 있었다.

작은 매표소의 방탄유리 뒤에 버스표를 파는 안드로이드가
혼자 앉아 있었다. 그는 방탄조끼를 입고 있었다. 안드로이드에
게 그런 보호장구가 필요하다면 거기가 위험한 곳이라는 것을
알 수 있다. 안드로이드는 이런 업무에 배치되는 경우가 많다.
사람은 일하기를 꺼리는 곳이지만, 단순한 기계 이상의 작업이
필요한 곳에는 대개 안드로이드가 배치된다.

어떤 이유 때문이든, 탱 앞에서 체면을 잃지 않는 것이 나에게
는 중요했다. 그래서 나는 평정을 유지하려고 애쓰면서, 탱은 아
무 때나 형편이 좋을 때 나를 따라오도록 남겨두고 매표소로 곧
장 걸어갔다.

"실례지만 혹시 이 회사 알아요?" 나는 휴대폰을 들어 올려
저장해둔 회사 이름을 보여주면서 말했다. 탱의 몸통 아랫면에
서 발견한 그 단어를 나는 탱을 만든 회사의 이름일 거라고 생
각했다.

"손님, 휴대폰을 보이지 않는 곳에 넣어두세요." 안드로이드

가 단호한 투로 말했다.

나는 주위를 둘러보고 그 말의 의미를 이해했다. 내 목소리만 듣고도 가장 가까이에 있는 그림자 한두 개가 관심을 보였고, 액정 화면이 환하게 빛나는 휴대폰을 들어 올리는 동작은 나를 습격해보라고 도발하는 짓이나 마찬가지였다. 나는 휴대폰을 안주머니에 넣었다.

이때쯤 탱은 이미 내 옆에 와 있었다. 그는 내 셔츠 소매를 단단히 움켜잡고 매달렸다. 나는 안드로이드에게 회사 이름을 다시 말했고, 이번에는 안드로이드가 좀 더 성의 있게 대답해주었다.

"그건 저의 데이터뱅크에 있습니다. 마이크론시스템. 최신 가사용 로봇 메이커. 포춘 500대 기업. 3년 연속 '실용기술상' 수상. 최고경영자는⋯."

"좋아요, 알았어요." 나는 말한 다음 다른 수법을 써보았다. "정보를 주어서 고맙지만, 내가 정작 알고 싶은 건 그곳에 가는 방법인데요."

"손님에게 즉각 도움을 드릴 수 있도록 저에게는 다양한 지역 정보가 프로그램되어 있습니다." 그는 나에게 미소를 던졌다.

"그래서요?"

"무슨 말씀인지 잘 모르겠는데요. '그래서?'가 무슨 뜻인지 가르쳐주실 수 있습니까?"

"나는 당신이 내 질문에 대답해주기를 기다리고 있어요. 마이크론시스템에 대한…."

"어떤 질문이었죠?"

"그곳에 가려면 어떻게 가야 하는가…."

"손님과의 대화를 분석해보면, 마이크론시스템의 위치에 대해서는 손님이 아직 질문한 적이 없다고 나와 있는데요."

"이런, 제기랄!" 내가 집에 안드로이드를 둘 마음이 내키지 않았던 것은 규칙에 얽매여 융통성이라고는 눈곱만큼도 없는 바로 이런 부류의 안드로이드 때문이었다. 탱도 상상력이나 융통성이 없이 말을 어구에 충실하게 해석했지만, 적어도 탱은 재미있었다. 나는 안드로이드에게 마이크론시스템의 소재지를 알려줄 수 있느냐고 물었다.

"네, 손님."

나는 한숨을 내쉬었다.

"그럼 그게 어디 있죠? 아니, 지금은 그 질문에 대답하지 말고, 대신 이걸 알려주세요. 근처에 호텔이 있나요?"

"네, 손님. 이 지역에는 호텔이 많이 있습니다. 길 건너에도 호텔이 하나 있습니다." 그는 길 건너편을 가리켰다.

"아니, 내 말은 마이크론시스템 근처에 호텔이 있느냐는 뜻이었어요."

"네, 손님. 마이크론시스템에서 1마일 떨어진 곳에 손님의 요구에 맞는 호텔이 하나 있습니다."

"내 요구?"

"네, 손님. 제가 판단하건대 손님은 에너지가 떨어진 상태니까 방이 하나 필요하시군요. 지금 이 시각에 문을 연 호텔이 필요한데, 음식 매점이 있는 호텔이면 더 좋겠군요. 마이크론시스템 근처에 그런 조건에 들어맞는 호텔이 하나 있네요. 이 인쇄물에 손님에게 필요한 정보가 실려 있습니다." 안드로이드는 180도로 허리를 돌려 인쇄물을 한 장 꺼냈다.

나는 그에게 고맙다고 말했다. 탱은 창구 밑에서 안드로이드를 노려보았다. 그러고는 내 소매를 놓고 인쇄물을 움켜잡았다.

"탱, 그거 내놔. 난 그게 필요해."

탱은 인쇄물을 더 단단히 움켜잡고 매표소 옆면에다 내리치기 시작했다.

"탱! 그거 돌려줘. 어서!"

탱은 나를 노려보고는 인쇄물을 손에 쥔 채 비틀비틀 걸어가기 시작했다. 나는 안드로이드를 돌아보며 인쇄물을 한 장 더 달라고 부탁했다.

"어느 호텔이죠?" 나는 인쇄물에 적힌 호텔 목록을 보면서 물었다.

"호텔 캘리포니아입니다."

"그쪽으로 가는 버스가 있나요?"

"22번이 그 근처를 지나갑니다. 이 터미널 바로 밖에서 그 버스를 탈 수 있습니다. 저기요." 그는 그쪽을 가리켰다. "그리고 호텔 바로 앞에서 내리세요."

나는 22번 버스가 언제 오느냐고 물었다.

"20분 뒤에 옵니다. 호텔까지는 정확히 50분이 걸릴 겁니다. 불행히도 이렇게 장거리 여행인데 버스에는 화장실도 없고 음식을 제공하는 설비도 없습니다. 하지만 교통사고가 일어났을 경우에 대비하여 버스 앞뒤에 소화기와 구급상자가 비치되어 있습니다."

나는 안드로이드에게 고맙다고 말하고, 버스표 두 장을 달라고 말했다.

"어른 둘인가요?"

"어른 하나… 그리고… 음…" 나는 한 손을 들어 탱 쪽을 가리켰다. 탱은 물품보관함 쪽으로 걸어가고 있었다. "탱, 멀리 가지 마."

"싫어." 그는 돌아보지도 않고 소리쳤다.

나는 안드로이드와 다시 대화를 나누기 시작했다.

"혹시 로봇용 특별 요금은 없나요?"

"어린이와 노인, 신체장애인, 등록된 인공지능 하인과 보조용 안드로이드에 대한 특별 요금은 있지만, 로봇은 없습니다."

"그게 정말이오?" 탱이 안드로이드를 좋아하지 않는 것도 당연했다.

"죄송하지만 질문의 의미를 이해할 수가 없군요. 다시 한번 말씀해주시겠습니까?"

나는 어른용 버스표 두 장을 달라고 말했다. 그런 다음 주위를 둘러보며 탱을 찾았다. 탱은 팔을 한껏 뻗어 올려 보관함 문 하나를 열려고 애쓰고 있었다.

"탱, 그거 건드리지 마! 빨리 돌아와!"

"응." 그는 이렇게 대답했지만 그 자리에서 꼼짝도 하지 않았다.

나는 20분은커녕 단 1분도 그곳에 더 있고 싶지 않았지만, 지금 이 시간에는 달리 갈 곳도 없었다. 우리는 그저 꼼짝도 않고 앉아서, 비쩍 마른 영국 남자와 따분한 로봇이 누구의 관심도 끌지 않기만을 바라야 할 터였다. 나는 무거운 마음으로 붙박인 플라스틱 의자에 앉은 다음, 탱을 찾으려고 다시 주위를 둘러보았다. 탱은 이제 보관함 문을 손으로 때려서 "쾅, 쾅, 쾅" 요란한 소리를 내고 있었다.

그때 갑자기 우리 옆에 있는 문이 벌컥 열리더니, 회색 추리닝을 입고 백발이 성성한 머리에 안색이 창백한 남자가 나타났다. 그는 탱을 휙 밀치고 버스 터미널에서 뛰쳐나갔다. 탱은 휘청거리다가 다시 균형을 잡고는 크게 뜬 눈으로 사내를 노려보았다. 이윽고 탱은 발을 질질 끌면서 나에게 다가와, 제 몸뚱이에 붙어 있는 접착테이프를 만지작거렸다.

나는 터미널 시계가 째깍거리는 것을 지켜보았다. 시험장 시계와 마찬가지로 1초가 지날 때마다 소리가 점점 커졌다. 나는 자리에 털썩 주저앉아 최대한 구부정한 자세를 취하고, 두 손으로 머리카락을 쓸어 올렸다. 나는 지금까지 탱과 나 자신을 돌보는 중요한 일을 제대로 한 적이 없었다. 나는 에이미가 한쪽 눈썹을 치켜올리고 내가 좀 더 사려분별을 가졌다면 이런 일은 일어나지 않았을 거라고 비난하는 장면을 상상했다. 어쩌면 에이미가 옳을 터였다.

우리가 휴가 여행을 갈 때도 에이미는 계획을 꼼꼼히 세우곤 했기 때문에 한밤중에 버스 터미널에 발이 묶인 적은 한 번도 없었다. 하마터면 발이 묶일 뻔했던 적은 있었다. 차를 몰고 여행을 떠났을 때 프랑스 도르도뉴의 버스 정류장 근처에서 차가 고장났을 때였다. 하지만 에이미는 현지의 정비업체에 전화를 걸어 우리를 데리러 와달라고—프랑스어로—부탁했다. 한 시간 뒤에 우리는 시골의 아름다운 게스트하우스에서 뜨거운 초콜릿을 마시고 있었다.

매표원 뒤에 있는 출입문에서 외치는 소리가 들렸다.

"새너제이(미국 캘리포니아 주에 있는 도시. 실리콘밸리가 있다) 다운타운행 버스가 5분 뒤에 떠납니다. 표를 준비하세요."

야아, 살았다. 버스 운전수가 안내를 끝내기도 전에 나는 벌떡 일어났다.

"이리 와, 탱. 가자."

탱은 버스 계단을 올라가려고 버둥거렸다. 나는 그의 등판에 두 손바닥을 대고 뒤에서 힘껏 밀어주어야 했다. 그가 우리 집 뒷마당에 나타났을 때 타고 온 버스는 장애친화적인 저상버스였지만, 이곳에는 그런 행운 따위가 전혀 존재하지 않았다. 계단은 하나의 도전이었지만, 그 난관을 돌파하자 이번에는 버스 내부의 비좁은 통로가 기다리고 있었다. 탱은 통로를 간신히 비집고 지나가면서 자고 있는 승객들의 팔꿈치에 세게 부딪혔다. 때문에 우리는 누구에게도 호감을 받지 못했다.

다행히 버스 뒷좌석이 비어 있었다. 탱이 무거운 몸을 들어 올려 뒷좌석 가운데에 앉을 수 있고 충분한 여유 공간을 가질 수 있다는 의미였다. 우리는 버스의 서스펜션 위에서 계속 튀어 올랐고, 탱은 동그란 눈을 똑바로 정면에 고정시킨 채 앞만 열심히 바라보았다. 나는 창문에 머리를 기대고 자는 체했지만, 한시도 탱한테서 눈을 떼지 않고 예리한 눈으로 유심히 살피고 있었다. 나는 탱의 실린더를 언제나 볼 수 있도록 그의 가슴판을 계속 열어두고 싶었지만, 그렇게까지 하면서 탱을 불안하게 하고 싶지 않았다. 하지만 한편으로는 우리에게 시간이 얼마나 남았는지 알 수가 없어서 불안한 것도 사실이었다. 어쩌면 집과 가까운 곳에서 탱을 고칠 수 있는 사람을 찾으려고 애써야 하지 않았을까? 여기까지 온 것은 어리석은 선택이었는지도 모른다. 아니, 어쩌면… 어쩌면 결국에는 만사가 잘될지도 모른다. 결과가 어찌 될지, 나는 알 도리가 없었다.

6
룸서비스

버스는 매표원이 말한 대로 우리를 '호텔 캘리포니아' 앞에 내려주었다. 우리가 해안선을 등지고 호텔 앞에 서자 그 낡고 스산한 건물 너머에 희미한 아침 햇살이 보이기 시작했다. 새벽의 분홍빛과 잿빛과 푸른빛은 그 일대를 실제보다 훨씬 매력적으로 보이게 해주었다. 해변에서 엎어지면 코 닿을 거리에 있는데도, 호텔 앞을 지나는 도로는 유행의 첨단을 걷는 샌타모니카(미국 캘리포니아 주 남서부, 로스앤젤레스 서쪽의 태평양 연안에 있는 도시)의 환락가와 같은 부류는 아니었다. 아니, 사실은 그곳과 정반대였다. 내 눈길이 닿는 곳에 허름한 버스 정류장이 있었다. 좀 더 자세히 주위를 둘러보니 버려진 콘돔들이 하수구를 막고 있었고, 포장된 보도에 늘어서 있는 벤치들 밑에는 쓰고 버린 주사기가 아무렇게나 버려져 있었다. 그래도 날이 밝아오고 있다고 생각하자 기운이 났다. 뿐만 아니라 커피를 마실 수 있고 푹신한 침대에서 잠을 잘 수 있다는 생각도 내 기운을 북돋워주었다. 아무리 형편없는 호텔이라도 침대는 있을 테니까. 실제로 침대는 있었다. 하지만 호텔 지배인이 분명히 말했듯이 탱은 재워줄 수 없다는 것이었다.

우리가 문턱을 넘자마자 "이봐… 그래, 머리 헝클어진 당신"이라고 외치는 소리가 들려왔다.

그는 조폭 영화에 나오는 행동대원처럼 보였다. 영업시간이 지난 뒤, 망사 조끼를 입고 초록색 야구 모자를 쓴 채 카운터 밑에 총을 숨겨두고 있는 전당포 주인처럼 보이기도 했다.

내가 다가가자 그가 말했다.

"우리 호텔은 저런 걸 들여놓지 않아요." 그는 통통한 손가락으로 탱을 가리켰다.

나는 대답하려 했지만 그가 내 말을 가로막았다.

"안드로이드만 받아요. 표지판에 써놨는데, 글도 못 읽어요?" 그는 체크인 카운터 대용인 나무상자에 붙여놓은 표지판을 가리켰다. 거기에는 이렇게 쓰여 있었다. '로봇 금지. 숙박료 선불'

탱은 으르렁거리는 개처럼 낮은 소리를 내면서 발을 굴렀다.

"내가 잠을 자는 동안 몇 시간만 봐주면 돼요. 우린 방금 비행기에서 내렸거든요."

"귀먹었소? 로봇은 안 된다고 분명히 말했을 텐데."

"하지만 이 녀석은 고장났어요. 이 녀석도 쉴 필요가 있다고

75

요."

"고장난 로봇은 특히 더 사절입니다."

"좋아요. 그럼 다른 데로 갈게요." 나는 발꿈치를 돌려 문 쪽으로 향했다.

그러자 그가 말했다.

"이봐요, 그냥 잠만 자고 싶다고?"

나는 숨을 깊이 들이마셨다.

"그래요. 장거리 비행기를 타고 왔어요. 아내는 나를 떠났고, 나는 몹시 피곤해요. 어딘지 아무도 모르는 곳을 찾아왔는데, 하마터면 버스 터미널에서 공격당할 뻔했다고요. 지금 나는 누구하고도 말씨름할 기분이 아니니까 다른 데로 가겠소."

"이 시간에는 우리 말고는 문을 연 데가 없어요. 그리고 몇 시간 대실 요금만 받는 곳도 없고요. 우리뿐이죠. 이렇게 합시다. 일층 방을 하나 내줄 수 있지만, 남들 눈에 띄지 않게 조용히 있어야 합니다. 이 호텔은 평판이 좋은 편이니까, 로봇을 재워준 걸 남들이 보면 곤란해요. 알겠소?"

아까도 말했듯이 나는 너무 피곤해서 말씨름할 기력도 없었다. 다른 호텔로 가겠다는 협박을 실행할 기력도 없었다.

그때는 로봇을 안드로이드와 다르게 취급하는 이유를 물어볼 생각도 나지 않았다. 나는 방값으로 몇 달러를 건네주었고, 그는 벽에 붙은 열쇠걸이에서 열쇠 하나를 골라 카운터 위에 놓더니, 원한다면 추가 요금을 내고 아침식사를 할 수 있다고 말했다. 시간은 '7시부터 10시까지'라고 했다. 커피 생각이 동했지만, 우선 잠을 자야 했다. 내가 할 수 있는 일은 그에게 고맙다고 말하고 방으로 가는 것뿐이었다.

잠시 눈을 붙일 생각이었는데 결국은 열두 시간이나 자버렸다. 오후 5시 직전에 깨어나보니 옷을 입은 채 더러운 매트리스에 덮인 분홍색 누더기 시트 위에 불가사리처럼 누워 있었다. 그동안 탱이 무엇을 했는지는 모른다. 어쨌든 그가 뭘 하고 있었든, 나와 다소 비슷한 자세로 마룻바닥에 누워 있는 것을 보고 안심했다. 내가 '다소'라고 말한 것은 그의 대부분은 마룻바닥에 있었지만 팔 하나는 허공에 떠 있고 손은 침대 가장자리에 얹혀 있었기 때문이다. 그를 좀 더 자세히 살펴본 뒤, 세탁기의 배수호스 같은 팔의 '손목'이 침대시트에 나 있는 실밥에 걸려서 그를 움직이지 못하게 만들어버린 것을 알아차렸다. 그가 도움을 청했다 해도 나는 너무 깊이 잠들어서 그가 내는 소리를 듣지 못했을 게 분명하다. 나는 실밥에 걸린 그의 팔을 풀어서 옆에 살며시 내려놓았다.

내가 아무 방해도 받지 않고 줄곧 숙면을 취한 것은 아니었다. 내 수면 주기에서 얕은 잠을 자는 단계에 들어가 있는 동안은 무언가를 두드리는 듯한 야릇한 소리가 내 뇌에 침투했다. 나는 그게 낡은 배관 탓일 거라고 생각했지만 확신할 수는 없었다. 그 소음과는 별개로 끽끽거리는 소리와 철커덕거리는 소리도 들렸다. 마치 보일러가 주전자와 말다툼이라도 하고 있는 듯했다. 한번은 용수철이 탁 하고 튀기는 소리에 이어 슬링키(스프링 장난감)와 비슷한 무언가가 아래층으로 내려가는 소리도 분명히 들렸다.

나는 침대에 일어나 앉아서 더러운 손으로 얼굴을 문지르고 주위를 둘러보았다. 우리가 도착했을 때는 새벽이라서 어둑어둑했기 때문에 우리가 투숙한 방에 대해서는 자세히 알지 못했다. 이제 가을날 오후의 희미하지만 충분한 빛 속에서 방을 둘러보니, 내가 비록 낮잠을 오래 자긴 했지만 한 번의 낮잠을 위해 치른 대가가 정말로 크게 느껴졌다.

커튼은 거즈처럼 성기고 얇은 천으로 만들어져 있었고, 고리가 없어진 부분은 낮게 늘어져서 커튼의 본래 목적에는 거의 쓸모가 없었다. 벽지는 올리브색의 나사지였고, 구석은 누수로 얼룩져 있었고, 여기저기 곰팡이가 번져 있었다. 습기는 방 전체에 퍼져 있었고, 그래서 방에서는 방치된 지하실 같은 눅눅한 냄새가 났다.

카펫은 없었다. 욕실용 매트 같은 깔개 몇 장이 탱이 누워 있는 마루를 덮고 있을 뿐이었다. 깔개 가장자리는 마루와의 접촉을 피하려는 듯이 위로 말려 올라가 있었다. 나는 갑자기 탱에게 미안한 기분이 들었다. 그의 잠자리에 신경도 쓰지 않았기 때문이다. 솔직히 말하면, 금속으로 된 탱의 몸이 푹신한 느낌을 좋아하는지 어떤지도 나는 아직 모르고 있었다.

그래도 잠들기 전에 손목시계를 벗을 정도의 정신은 있었던 모양이다. 이제 내가 손목시계를 다시 차려고 침대 옆 탁자 쪽으로 몸을 기울이자 내 손이 축축한 무언가에 닿았다. 나는 화들짝 놀라서 얼른 손을 거둬들였다.

도대체 저게 뭐지? 나는 손가락의 냄새를 맡아보았다. 기름 냄새가 났다. 이상한데. 더구나 로봇도 받지 않는 호텔에서 기름 냄새라니. 나는 다시 손목시계로 손을 뻗다가 별다른 이유도 없이 탁자 서랍을 열어보기로 했다. 나는 서랍에 국제기드온협회가 기증한 성경책이 들어 있을 거라고 기대했다. 아니, 그러기를 바랐다. 또는 서랍에 정상적인 느낌을 줄 만한 무언가가 들어 있기를 바랐다. 하지만 서랍을 열었을 때 내가 본 것은 건전지였다. AAA 건전지부터 AA 건전지를 거쳐 9볼트가 넘는 건전지에 이르기까지 다양한 건전지가 갖추어져 있었다. 나는 침대 밑에 반쯤 감추어진 무언가를 발견했고, 그게 무엇인지 보려고 몸을 더욱 기울였다. 그것은 자동차용 배터리였다. 그리고 부스터 케이블(배터리가 방전되었을 때 사용하는 충전용 케이블)도 있었다.

용도가 무엇인지는 생각할 필요도 없었다. 나는 그것들을 다시 침대 밑으로 밀어넣고 탁자 서랍도 닫았다. 그런 다음, 푹 꺼진 침대에서 일어나 최대한 조용히 문 쪽으로 걸어갔다. 나는 그 문이 욕실로 통해 있을 거라고 생각했다. 호텔 지배인은 방마다 욕실이 딸려 있다고 말했으니까. 그렇게 말한 다음, 무슨 까닭인지 윙크를 해 보였던 게 기억났다.

욕실에서 소변을 보면서 나는 주위를 찬찬히 둘러보았다. 변기의 물탱크 위에 섀미가죽과 아주 튼튼한 원예용 스웨이드 장갑 한 켤레가 놓여 있었다. 화장실에서 쓰기에는 좀 지나친 물건이라고 생각했다. 이어서 나는 닫힌 샤워 커튼 뒤쪽도 들여다보았다. 샴푸 병이나 위생용품이 놓여 있을 거라고 예상한 욕조 구석에는 윤활방청제인 'WD-40' 한 통이 놓여 있었다. 그 옆에는 머리도 감을 수 있고 몸도 씻을 수 있는 세정제 한 병이 놓여 있었다. 욕조가 있는 곳은 전체적으로 얇은 막에 덮여 있는 것처럼 보였고, 나는 꼭 샤워를 할 필요는 없다고 판단했다.

내가 욕실에서 비누 같은 것으로 손을 다 씻었을 때쯤 탱은 마루에서 몸을 일으켰다. 내가 욕실 문을 열자 그는 손뼉을 치며 인사를 했다.

"지금 가?"

"갈 수 없어. 정말 미안해. 우리는 이 동네에서 어떤 사람을 만나러 왔는데, 잠을 너무 오래 자는 바람에 지금 가도 그 사람을 만나지 못할 거야. 내일까지 기다릴 수밖에 없어."

탱은 금속으로 된 아래턱을 내밀어 토라진 표정을 짓고, 가슴에 붙은 접착테이프를 만지작거렸다.

"딱딱한 바닥."

나는 고장난 로봇이 잠잘 침대 하나 얻지 못하고 내가 너무 오래 잠을 자서 그를 고칠 가능성마저 지연시킨 것에 대해 심한 죄책감을 느꼈다.

"알아. 미안해. 다음에는 잘할게. 너무 피곤했을 뿐이야."

"지금은 안 피곤해?"

"걱정해줘서 고마워. 자, 우리 나가서 이 근처에 다른 호텔이 있는지 알아보자."

늦은 오후의 태양이 자욱한 안개를 뚫고 나오려고 애썼지만 뜻을 이루지 못했다. 우리가 묵은 호텔을 대신할 곳을 찾아 길을 오르내리는 동안 내 발소리와 탱의 발소리가 보도에 둔탁하게 메아리쳤다. 우리가 걸으면 걸을수록 그 소리는 점점 더 둔탁해졌다. 호텔 지배인의 말이 맞았다. 다른 호텔은 전혀 없는 것 같았다. 길가에 늘어서 있는 가게와 회사의 문에는 알루미늄판이 못으로 박혀 있었고, 찾아오는 것은 쓰레기뿐인 것 같았다. 좌우를 아무리 살펴봐도 차가운 안개 속에서 볼 수 있는 범위 안에서 문이 열려 있는 건물은 호텔 캘리포니아뿐이었다.

나는 친구를 돌아보았다.

"이봐 탱, 그 호텔로 돌아갈 수밖에 없을 것 같아. 이 근처에 호텔이라고는 거기밖에 없고, 안개가 너무 짙어서 멀리 갈 수도 없겠어."

탱은 좀 낙심한 것 같았지만, 우는소리로 불평을 늘어놓지 않은 점은 인정해줄 만했다. 그가 때로는 정말로 골칫거리가 될 수 있지만, 어쩔 도리가 없을 때는 그도 상황을 이해했다.

우리는 호텔 캘리포니아의 우리 방으로 돌아갔다. 적어도 나는 이 방 열쇠를 지켰다. 초라한 승리지만 어쨌든 이겼다. 실제로는 또다시 큰 실수를 저질렀을 뿐이었지만.

탱은 창가의 삐걱거리는 의자에 털썩 주저앉아, 어두운 바깥을 내다보려고 얇은 커튼을 젖혔다. 나는 호텔에 의무적으로 비치하는 안내 팸플릿을 찾아서 여기저기 둘러보다가, 침대를 사이에 두고 아까와는 반대쪽에 있는 탁자의 서랍 속에서 찾아냈다.

팸플릿은 아침식사를 제공하는 식당이 '오붓한 저녁식사'도 제공한다는 것을 알려주었다. 견본 메뉴는 '너트와 볼트'나 '기름칠한 생선' 같은 익살스러운 이름의 정식으로 구성되어 있었다. 나는 로봇을 혐오하는 호텔이 내세우는 컨셉은 뭘까 하고 곰곰 생각했다. 그러다가 내가 비행기에서 내린 이후 지금까지 아무것도 먹지 않았다는 생각이 문득 떠올랐고, 그걸 깨닫자 몹시 배가 고파졌다. 나는 아직 커피 한잔도 마시지 않았다. 카페인이 떨어지자 두통이 나기 시작했다.

나는 방을 나가서 식당으로 가고 싶지는 않았다. 아니, 식당만이 아니라 호텔의 다른 구역 어디에도 갈 마음이 나지 않았다. 그래서 나는 룸서비스용 메뉴를 주문했다. 커피도 부탁했지만, 커피 머신이 고장났다는 것이다.

"인스턴트라도 타줄 수 없나요?"

"손님, 우린 그런 커피를 제공하지 않습니다. 여긴 고급 호텔이에요."

"좋아요. 그럼 맥주 한 병은 갖다줄 수 있겠죠?"

프랑스인 하녀 차림의 안드로이드가 식사를 가져왔다. 그녀를 보고 나와 탱 중에 누가 더 저속한 생각을 했는지는 나도 잘 모르겠다. 하녀는 한 손을 엉덩이에 대고 다른 손에는 저녁식사가 담긴 쟁반을 든 채 삐딱하게 서 있었다.

"제가 시중을 들어도 될까요?" 그녀는 나에게 윙크를 했다.

나는 그녀의 서비스를 거절하고, 나 혼자 먹을 수 있다고 말했다.

그녀는 또다시 윙크를 했다.

"네, 알겠습니다. 제가 필요하면 데스크로 전화만 하세요. 당장 돌아올 테니까."

이 말을 남기고 그녀는 어슬렁거리며 가버렸다.

"도대체 그건 다 뭐지?" 내가 중얼거리자 탱은 나를 쳐다보면서, 금속으로 된 작은 어깨를 조금이지만 분명히 알아볼 수 있을 정도로 으쓱했다.

내가 식사를 하는 동안 탱과 나는 침울하게 침묵을 지켰다. 식사가 끝나자, 지독하게 낡은 텔레비전을 살살 달래어 그런 대로 볼 만한 화면을 얻어내려고 애쓰면서 시간을 보냈다. 얼마 후 우리는 텔레비전을 포기했고, 일찍 잠이나 자는 게 상책이라고 판단했다. 나는 탱이 절반을 차지할 수 있도록 침대 가장자리로 자리를 옮겼다. 침대는 약간 작은 더블베드였기 때문에, 덩치 큰 탱이 자리를 차지하면 나는 침대에서 떨어질 위험에 놓인 채 하룻밤을 보내야 했다.

이튿날 아침, 호텔 복도와 로비가 오가는 사람들로 갑자기 북적거렸다. 그들은 모두 안드로이드를 하나씩 데리고 있었다. 제대로 잠도 자지 못하고 여전히 카페인 결핍증에 시달리던 나는 호기심을 자극하는 일에 맞붙을 기분이 아니었지만, 나에게 바싹 붙어 걸으면서 신경질적으로 고개를 돌리고 있는 탱을 보니 나보다 훨씬 더 불안한 모양이었다. 우리가 로비로 가는 동안, 인간과 안드로이드가 모두 우리 쪽으로 고개를 돌리면서 재미있다는 듯이 우리를 빤히 바라보고 있는 게 분명해졌다.

나는 방에서 배낭을 갖고 나왔다. 호텔과 그 일대에서 하루만 지내보면, 너무 불안해서 짐을 방에 둔 채 아침을 먹으러 갈 수 없다. 나는 배낭을 카운터 옆에 내려놓고 앞에 있는 데스크 벨을 눌렀다. 오전 교대 근무를 하는 직원은 호리호리한 몸에 나이 지긋한 여자였는데, 화장이 너무 진하고 실용적인 목적보다 훨씬 길게 손톱을 기르고 있었다.

나는 식당으로 가는 길을 공손하게 물었다.

"저쪽이에요." 그녀는 쭈그렁 할멈 같은 팔로 로비 반대쪽을 가리켰다.

요금을 정산하고 아침식사—와 커피—가 기다리는 쪽으로 막 걸어가기 시작했을 때 문득 어떤 생각이 떠올랐다.

"실례지만, 왜 사람들이 우리를 빤히 바라보고 있는지, 그 이유를 아세요?"

연지 바른 그녀의 얇은 입술이 뒤틀리면서 억지웃음을 지었다.

"그건 당신이 로봇을 데리고 있기 때문이에요. 저 사람들은 그걸… 으음, 그걸 이상하게 생각하거든요. 이렇게 말해도 된다면, 좀 변태적이라고 생각해요."

"변태요?"

"주위를 둘러보세요. 여기 있는 사람들 가운데 당신의 로봇 같은 걸 데리고 있는 사람이 보이나요?"

이때쯤에는 나도 탱 같은 로봇을 데리고 있는 사람이 나뿐인 상황에 익숙해져 있었지만, 주위를 둘러보는 동안 놀라운 사실을 깨달았다. 모든 안드로이드가 여자였고, 모두 룸서비스 담당 웨이트리스처럼 바깥세상과는 전혀 어울리지 않는 요염한 차림을 하고 있었다.

그래서 나는 깨달았다. 그들은 탱을 내 '짝'으로 생각한 것이다. 나는 배낭을 집어들었다.

"가자, 탱. 우린 여길 떠날 거야."

7

유리

열쇠를 프런트 직원에게 던져준 뒤 나는 최대한 빨리 호텔에서 나왔다. 탱은 철커덕거리며 내 뒤를 따라왔지만 나와 보조를 맞추려고 안간힘을 썼다.

"벤… 벤… 벤… 벤… 벤… 멈춰… 벤!"

우리가 전날 버스에서 내렸던 정류장에 이르자 나는 걸음을 멈추었다. 잠시 뒤에 도착한 탱은 이글거리는 눈으로 나를 노려보았다. 눈알이 눈구멍에서 밀려나왔다.

"미안해, 탱. 하지만 호텔에서 되도록 멀리 떨어지고 싶었어."

탱은 고개를 끄덕였다.

"하지만… 커피는?"

"그건 다른 데서 구할 거야."

"오오."

"네가 옳았어, 탱. 어제 떠났어야 하는 건데. 지금 당장 가자." 나는 말했지만, 버스 시간표를 자세히 살펴보니—시간표는 여러 겹의 낙서로 뒤덮여 알아보기 어려웠다—앞으로 40분 동안은 이곳을 떠나는 버스가 한 대도 없다는 것을 알 수 있었다. 적어도 우리 목적지 방향으로 가는 버스는 없었다. "젠장. 택시를 타자."

5분 뒤에 겨우 택시를 잡았고, 탱을 뒷좌석에 밀어넣다시피 한 뒤 나도 택시에 올라탔다.

"어디로 모실까요?" 택시 운전수가 물었다.

"혹시… 마이크론시스템을 아세요?" 나는 휴대폰을 내밀어 그 회사의 주소를 운전수에게 보여주었다.

운전수는 내가 택시 엔진 속에서 발견된 죽은 설치류라도 되는 것처럼 나를 힐끔 돌아보았다.

"예, 압니다. 미리 예상했어야 하는 건데…."

"그게 무슨 뜻이죠?" 운전수가 급히 출발하자 나는 물었다.

"당신은 호텔 캘리포니아에서 묵긴 하지만 바로 그 이튿날에는 반짝이는 큰 건물로 출근할 타입이라고요."

"타입?"

"차림은 말쑥하지만, 집에서는 얻지 못하는 것을 여기서 대신 채우고 있는 거죠. 저 호텔에는 당신 같은 사람이 많아요. 물론 당신이 데리고 있는 종류의 파트너는 지금까지 본 적이 없지만요. 그것들은 대개… 뭐랄까, 좀 더 인간처럼 보이죠."

"나도 그렇게 추측했어요. 하지만 난, 아니 우린 당신이 말한 그런 족속이 아니에요."

나는 백미러 속에서 그가 한쪽 눈썹을 치켜올리는 것을 보았다.

"그래요? 당신이 그렇게 말한다면 그렇겠죠."

"사실이 그러니까요." 나는 이것으로 대화가 끝났다는 것을 분명히 하려고 애쓰면서 말했다. 나는 이곳 사람들이 탱과 나를 어떻게 생각하는지를 듣는 데 넌더리가 나기 시작한 참이었다.

택시는 안개를 뚫고 달려서 스케이트장처럼 번들거리는 커다란 유리건물 바깥에 우리를 내려주었다. 높은 두 옆면이 중앙의 물받이 쪽으로 비스듬히 내려가는 구조였다. 건물 앞에는 포장된 구역이 있고, 입구로 이어지는 길 양쪽에는 아름답게 손질된 작은 나무들이 비상시에 탈출구를 알려주는 통로의 불빛처럼 늘어서 있었다. 탱과 나는 좌우 대칭을 이룬 그 길을 걸어갔다. 입구에 도착할 때까지는 아무리 걸어도 건물이 가까워지지 않는 느낌이었다. 건물을 감싸고 있는 차가운 안개 때문에 건물은 마치 구름 속에 떠 있는 듯한 인상을 주었다.

건물 안의 로비는 외관을 보고 예상한 것과 똑같았다. 바깥 통로에 있는 것과 비슷한 나무를 심은 화분들이 점점이 놓여 있고, 정문 가까이에는 튼튼한 가죽을 씌운 소파가 몇 개 놓여 있었다. 로비 안쪽에 안내 데스크가 있었다. 문에서 거리가 너무 멀어서, 손님이 그곳에 도착할 때까지는 직원과 손님이 둘 다 어색한 막간을 견뎌야 했다. 우리는 운이 좋았다. 데스크 뒤에 앉아 있는 작은 몸집의 금발 여자가 때마침 전화를 받고 있어서, 우리가 다가가는 동안 다른 데 정신이 팔려 있었기 때문이다. 우리 둘을 제외하고는 로비에 방문객이 아무도 없었다.

나는 조용한 공간에 발소리가 울리지 않도록 뒤꿈치를 들고 걷다시피 했지만, 탱의 발은 금속으로 되어 있어서 대리석 바닥에 닿을 때마다 요란한 소리를 냈기 때문에 우리의 도착을 눈치채이지 않게 할 수는 없었을 것이다. 나는 탱의 아담한 몸에 여기가 어디인지 알아본 조짐이 나타나지나 않을까 하고 그를 유심히 바라보았다.

"이곳을 알겠니, 탱?"

"아니."

"확실해?"

"응."

"그럼 여기서 온 게 아냐?"

"응."

직원이 상냥한 목소리로 전화 통화를 막 끝냈을 때 탱과 나는 데스크에 도착했다. "무슨 일로 오셨습니까?" 그녀가 미소를 지으며 물었다.

"이 회사 이름을 인터넷에서 찾았는데, 어쩌면 로봇에 대해 말해줄 수 있는 사람이 여기 있을지도 모른다고 생각했어요."

직원은 유행에 맞는 멋진 블라우스에 달린 지나치게 큰 나비

넥타이를 손가락에 돌돌 감았다.

"로봇이라고요?"

"네, 이 녀석입니다." 나는 탱을 가리켰다.

그녀는 데스크 뒤에서 일어나 카운터 너머로 탱을 바라보았다.

"약속하셨나요?"

"요행수를 바라고 그냥 왔습니다. 이 로봇을 만든 사람을 찾고 있어요. 이 로봇의 아랫면에 금속판이 하나 박혀 있는데, 거기에 '마이크론 뭐뭐'라고 쓰여 있어요. 그래서 이 로봇이 이 회사와 관계가 있을지도 모른다고 생각했지요. 이 회사에서는 로봇이며 그 밖의 온갖 것을 다 만들고 있으니까요."

"우리는 안드로이드를 만듭니다."

"아아."

"이 로봇이 우리 회사 제품일 가능성이 있다고는 생각지 않습니다."

나는 잠시 생각했다.

"다른 문제는 없나요?"

"여기서 이 로봇을 만들지 않았다 해도 옛날 로봇들, 어쨌든 이것과 비슷한 로봇에 대해 아는 사람이 없을까요?"

그녀는 미간에 주름을 잡고 프랑스식으로 손질한 손톱으로 이를 톡톡 두드렸다.

"코리한테 물어보시면 될 것 같아요. 코리는 게임사업부에 소속되어 있지만, 로봇에 열중해 있거든요. 취미죠."

"그거 좋은데요."

"대기 구역에 앉아 계시면 그 사람을 여기로 부를 수 있는지 알아볼게요."

탱과 나는 서로를 바라본 다음, 대리석이 깔린 넓은 로비 건너편에 놓여 있는 소파로 다시 눈길을 돌렸다.

"고맙지만, 우리가 저기 도착할 때쯤에는 다시 여기로 돌아와야 할 것 같은데요." 나는 가볍게 웃었지만 직원은 전혀 즐거워하지 않았다. 나는 어색한 침묵을 얼버무리려고 잠시 머리를 긁적거렸지만, 내 검은 더벅머리의 끝부분이 벌써 곱슬곱슬하게 말린 것을 느꼈다. 에이미는 나를 처음 만났을 때 내 머리가 그렇게 된 것이 마음에 든다고 말했다. 아내는 그게 귀엽다고 생각했다. 하지만 나를 떠날 때쯤에는 내 더벅머리도 신경에 거슬렸는지, 아내는 내가 학생처럼 보인다고 말했다.

직원은 앞에 놓인 노트북에 무언가를 입력한 다음, 방긋 미소를 지었다. 그러다가 다시 타이핑을 하고, 엔터키를 탁 치는 것으로 입력을 끝냈다.

"지금 내려오고 있어요."

코리는 우리를 오래 기다리게 했다. 나는 탱의 따분함과 우리 주위의 유리벽이 걱정됐다. 탱은 인내심이 바닥나자 창문이 아니라 바닥을 괴롭히는 쪽을 택했다. 그는 대리석 바닥에 비친 제 모습을 보고는 더 자세히 보려고 몸을 구부렸고, 그 순간 그의 두 발이 미끄러졌다.

나는 몸에 상처를 입히지 말라고 그에게 말했다.

"싫어."

그는 대리석 바닥에서 미끄러지는 감각에 놀라서 눈을 동그랗게 뜨고는 한 발을 시험 삼아 앞으로 내디뎠다. 그리고 다음 순간 획 방향을 바꾸더니, 철커덕거리며 서둘러 달려가기 시작했다. 나는 무슨 일이 일어날지를 알아차리고 아연실색했다. 탱은 미끄러운 대리석 바닥에서 스케이트를 타면서 목청껏 소리를 질렀다.

"탱, 돌아와." 나는 조용히 말하려고 애썼지만, 비행기 격납고 같은 그 로비에서 목소리가 울리지 않을 가능성은 전혀 없었다. 탱의 외침 소리와 내가 나무라는 소리가 모든 창문에 부딪혀 메아리쳤다. 직원이 벌떡 일어났다.

"저 로봇을 당신 곁에 붙잡아둘 수는 없나요? 저 로봇이 무언가를 파손하는 걸 바라지 않아요."

나는 눈살을 찌푸려 그녀에게 언짢은 표정을 지어 보이고는 탱을 불렀다. 탱은 스케이트를 타는 동작으로 나에게 미끄러져 왔다.

"너를 묶어둘 고삐(rein) 같은 게 필요하겠어." 내가 말했다.

"비(rain)?" 탱은 바깥 하늘을 손으로 가리키면서 물었다.

"비가 아니라 고삐. 말에 매는 거…."

탱의 눈이 빛났다.

"벤의 말?"

"그건 내 말이 아니야. 하지만 그래. 말에 맨 것 같은…."

"탱은 벤의 말을 좋아해."

"그래, 나도 좋아해. 자, 이젠 지금 있는 곳에 그대로 있어줄 수 있겠니?"

탱은 한숨을 내쉬고는 바닥에 털썩 주저앉아 가슴판에 붙어 있는 접착테이프를 만지작거렸다.

지루한 10분이 지난 뒤, 유리문이 돌아가는 날카로운 소리에 우리는 오른쪽을 돌아보았다. 키 큰 남자가 다가오고 있었다. 어딘가 모자란 느낌을 주는 부류의 사람이었다. 어깨가 넓고 햇볕에 그을었지만 지나치게 갈색은 아니고, 디자이너가 만든 셔츠에 유행하는 반바지를 입고 있었다. 사무실에는 어울리지 않는 차림이었지만, 그가 입으니까 아주 적절해 보였다. 그가 로봇 애호가일 가능성은 거의 없었다. 그는 미소를 지으며 나에게 손을 내밀었다. 완벽한 치아가 드러나고 두 볼에 멋진 보조개가 생겼다.

"코리 필즈입니다. 만나서 반갑습니다."

"벤 체임버스라고 합니다."

"나에게 보여줄 로봇을 데려왔다고 카일라가 그러던데요. 로봇을 파실 생각이십니까?"

탱은 두 손으로 내 다리를 움켜잡았다.

"천만에요. 이 로봇은 보시다시피 고장났어요. 도움이 필요합니다. 이 로봇을 고쳐줄 사람을 찾아야 해요." 나는 침착하려고 애썼지만, 내 목소리를 들으니 내가 전혀 침착하지 못하다는 것을 알 수 있었다.

"이쪽으로 오세요. 한번 봅시다." 코리는 또다시 미소를 지으며 말했다.

그는 우리를 안내하여 문을 통과한 뒤, 햇빛이 잘 드는 유리 복도를 지나갔다. 로비에서 이 복도가 보이지 않은 것은 프리즘을 독창적으로 이용했기 때문이었다. 코리는 복도를 조금 걷다가 갑자기 왼쪽으로 돌아서 벽을 통과했다. 내가 그를 따라잡자 그는 또다른 유리문을 열고 내가 지나가도록 기다려주었다.

그곳은 회의실이었다. 환경친화적인 음료수 냉각기가 설치되어 있고, 역시 유리로 만들어진 회의용 탁자 주위에 고풍스럽고 불편해 보이는 의자들이 놓여 있었다. 코리는 의자에 앉아서 나에게도 앉으라고 권한 다음, 탱을 손짓으로 불렀다.

"이리 와. 해치지 않을게."

탱은 허락을 구하기 위해 나를 바라보았다. 나는 고개를 끄덕였다. 탱은 철커덕거리며 코리에게 다가가서 그 앞에 멈춰 섰다. 그러자 놀랍게도 코리가 안경을 꺼냈다. 캘리포니아에 대해 들은 이야기가 있는데, 여기서는 눈에 결함이 있는 게 불법이라고 했다.

"아내 때문입니다." 그가 안경을 흔들며 말했다. "나는 레이저 시술을 받고 싶었지만 아내는 안경을 쓰는 게 기품 있어 보인다고 생각하죠. 내가 무슨 지식인이라도 되는 것처럼 말이죠. 정말 곤란해요." 그는 탱을 바라보았다. "정말 특이한 로봇이군요? 어쨌든 요즘 시대에는 보기 드문 로봇이에요."

"맞습니다. 고장난 건 실린더예요. 가슴판 속에 있지요." 그런 다음 나는 내 말을 설명하기 위해 탱의 가슴판에 붙여놓은 접착 테이프를 떼었다.

코리는 유리에 난 금을 보고 고개를 끄덕이고는 두 볼을 부풀리며 말했다.

"하지만 카일라 말이 맞아요. 이 로봇은 우리가 만든 게 아니에요. 우리 회사의 초창기에 만든 제품도 아니고요. 이건 우리 스타일이 아니에요. 어디서 부품을 구할 수 있을지, 설령 부품을 구한다 해도 실린더를 어떻게 조립할 수 있을지 전혀 모르겠네요. 실린더를 주문 제작할 수도 있겠지만, 누가 그걸 만들 수 있는지, 제작하는 데 시간이 얼마나 걸릴지는 나도 모르겠습니다."

"이런." 나는 점점 걱정스러워졌다. 하지만 코리의 다음 말이 나를 조금이나마 위로해주었다.

"하지만 나 같으면 너무 걱정하지 않겠습니다. 이 로봇에게는 몇 마일 더 갈 만한 힘이 남아 있습니다. 가능할 때 실린더를 교체하세요. 하지만 이 로봇이 지금 당장 쓰러져 죽지는 않을 겁니다. 당신이 걱정하는 게 그거라면⋯."

나는 긴장이 풀리면서 어깨가 털썩 내려가는 것을 느끼고 숨을 훅 내쉬었다. 내가 숨을 참고 있었다는 것도 그때까지 알아 차리지 못했다.

"실린더 안에 있는 액체가 무슨 용도인지 알 수 있나요?" 내가 물었지만 코리는 고개를 저었다.

"미안하지만, 솔직히 나도 모르겠습니다. 생각할 수 있는 물질이 너무 많아요. 윤활유, 냉각수, 연료 등등. 당신 귀에 들어 있는 액체처럼 단순히 평형을 유지하기 위한 것일 수도 있잖아요?" 그는 어깨를 으쓱했다. "이 로봇을 만든 사람은 서둘러 만들 필요가 있었지만, 인공지능에 대해 당신이 생각하는 것보다 훨씬 많은 것을 알고 있는 사람인 것 같습니다. 여길 보세요." 그는 탱의 팔과 몸통이 만나는 접합부를 가리켰다. "이건 그냥 튜브처럼 보일지 모르지만, 제작자는 뭔가 이유가 있어서 이렇게 했습니다. 추측하건대 그 사람은 이 로봇을 만들 때 본래 쓰고 싶었던 재료가 모두 갖추어져 있지 않았을 겁니다. 그래서 손에 넣을 수 있는 걸 무엇이든 사용했어요. 이런 튜브를 사용한 것은 이 로봇의 동작 범위가 넓다는 것을 의미합니다. 제작자가 움직이지 않는 금속 조각을 사용하고 그것들을 한데 용접했다면 이 로봇은 지금 할 수 있는 일의 절반도 하지 못할 겁니다. 이 로봇의 몸통은 보다시피 고정된 상자지만, 팔의 동작 범위가 그것을 벌충하고 있지요. 다리도 마찬가지예요. 이 로봇을 만든 사람이 누구든, 그 남자는 자기가 하는 일을 잘 알고 있었어요. 이 로봇을 만든 사람을 찾아내는 게 상책일 겁니다."

나는 탱을 힐끔 바라보았다. 그는 눈을 크게 뜨고 있었지만 그가 어떤 감정을 느끼고 있는지는 알아차릴 수 없었다. 그때 탱은 코리의 제안에 찬성하지도 반대하지도 않는 것처럼 보였다.

코리는 턱을 문질렀다.

"그 사람이 한 일은 의도적인 것 같다고까지 말할 수 있어요."

"의도적?"

"그건 에펠탑이 세워졌을 때하고 좀 비슷해요. 그것도 처음엔 그렇게 오래 남아 있을 거라고는 아무도 생각지 않았지만, 아직도 서 있잖아요."

"무슨 말씀인지 잘 이해가…."

"이 로봇의 몸은 오래 견디도록 만들어지지 않았던 것 같습니다. 실린더를 포함해서 임시로 필요한 로봇을 만들 작정이었던 거죠."

"왜 그런 짓을 했을까요?"

코리는 다시 어깨를 으쓱했다.

"내가 생각하기에 그 사람은 아마 급했을 겁니다. 어쩌면 필요한 부품이 없었는지도 모르죠. 나중에 기회가 오면 로봇을 업그레이드할 작정이었을 겁니다."

"업그레이드라면… 완전히 새 것으로 만든다는 겁니까? 아니면 개조한다는 뜻입니까?"

"이거든 저거든 둘 중 하나겠죠."

나는 고개를 끄덕인 다음, 잠시 침묵을 지켰다.

"질문이 또 하나 있는데요."

"뭐죠?"

"당신은 이 로봇을 만든 게 남자라고 하셨는데, 왜 그렇게 생각하시죠?"

코리는 빙긋 웃고는 의자에 깊숙이 앉아 손가락 한 개를 나에게 흔들었다.

"좋은 질문이군요. 나도 완전히 그렇게 확신하는 건 아니지만 90퍼센트 이상은 확실하다는 게 내 대답입니다. 나는 인공지능을 많이 보았는데, 그러다 보면 얼마 후에는 제작자의 독특한 버릇이랄까, 작업 유형을 알게 되지요. 그건 경험의 문제예요. 어떤 필적을 보고 남자가 쓴 것인지 여자가 쓴 것인지 알 수 있는 경우가 많잖아요? 그와 같은 겁니다. 단정할 수는 없지만 이 로봇은 남자가 만든 것 같습니다. 아주 남성적이에요."

나도 그의 말에 동의했다.

"나도 이 로봇을 처음 만났을 때 사내 녀석이라는 걸 알았습니다. 목소리가 남자 목소리라는 건 알지만, 단순히 그것만은 아니에요."

"재미있군요. 우리가 이런 기계한테 인간의 속성을 갖다붙이는 방식이 재미있지 않나요? 사람들은 로봇에게 정말로 애착을 가질 수도 있어요. 저 길을 따라 내려가면, 안드로이드를 잃은 사람들을 위해 만들어진 안드로이드 전용 묘지가 있답니다."

"농담이시겠죠?"

코리는 고개를 저었다.

"아뇨. 안드로이드는 어떤 사람들한테는 유용한 반려동물 같아요. 당신이 무슨 생각을 하는지 알아요. 그런 건 캘리포니아에서나 일어나는 일이라고 생각하시죠?"

나는 항변하는 몸짓을 했지만 그의 말이 옳았다. 확실히 나는 대체로 그와 비슷한 생각을 하고 있었다.

"어쨌든 나는 당신의 여행이랄지 임무에 대해서는 도와줄 수 없지만, 당신을 도와줄지 모르는 친구가 하나 있습니다. 사실 그 여자는 내 온라인 친구인데, 거기서 쓰는 이름은 키티캣 9835, 본명은 리지 카츠 박사예요."

"그 여자도 로봇을 만드나요?"

그는 다시 고개를 저은 다음, 안경을 벗고 깨끗한 손가락으로 눈을 비볐다.

"아니요. 그 여자는 휴스턴에 있는 박물관에서 일합니다. 그 여자는 로봇 역사학자인데, 당신에게 필요한 건 바로 그거라고 생각합니다." 그는 말을 끊고 내 눈을 똑바로 들여다보았다. "당신은 업그레이드해야 돼요. 우리 최신 모델 가운데 하나를 싼 가격에 드릴 수도 있어요. 최신 모델이 훨씬 더 많은 일을 할 수 있다는 걸 알게 되실 겁니다. 게다가 그건 고장도 안 나요. 당연한 얘기지만." 그는 큰 소리로 웃으며 내 팔을 때렸다.

그때까지 참을성 있게 기다리던 탱이 난폭하게 발을 구르며 내 팔을 아플 만큼 힘껏 움켜잡았다. 탱에게 그 이야기를 듣게 했다는 죄책감으로 나는 심장이 오그라들었다. 탱과 함께 다니는 게 남들 눈에 이상해 보인다는 것은 나도 알고 있었지만, 탱한테 너무 익숙해져서 그가 안드로이드에 비해 얼마나 초라해 보이는지를 자꾸 잊어버렸다. 탱은 그렇게 늙지도 않았고, 아마 여섯 살도 채 안 되었겠지만, 로봇의 세계에서는 아마 늙었을 것이다.

"고맙지만 사양할게요. 나는 이 녀석을 지킬 겁니다."

코리는 어깨를 으쓱했다.

"좋으실 대로 하세요. 내 명함인데, 마음이 바뀌거든 연락 주세요." 그러고는 나에게 몸을 기울이고 내 귀에 속삭였다. "나 같으면 로봇의 기분을 해칠까봐 걱정하지 않겠습니다. 모두 결국에는 업그레이드를 해요. 게다가 당신 로봇은 이미 고장났으니까… 이해할 겁니다."

그는 에이미처럼 말했다. 나는 탱이 이해하리라고는 생각지 않았지만, 그것을 입 밖에 내어 말하지는 않았다. 나는 시간을 내주고 내 다음 행동에 대해 조언해준 코리에게 고맙다고 말했다. 떠나기 전에 그에게 또 한 가지 질문을 했다.

"이 근처에 커피 머신 없을까요?"

8
본 투 비 와일드

가장 가까운 그리고 평판 좋은 렌터카 회사로 우리를 데려다 달라고 택시 운전수에게 부탁했을 때, 나는 좀 더 인간다운 기분을 느끼기 시작했다. 새로 친구가 된 코리 필즈가 끓여준 커피 한잔 덕분이었다.

탱과 나는 도중에 택시 안에서 말다툼을 했다.

"안 돼, 탱. 그냥 좀 체념할 수 없어?"

탱은 하늘을 가리켰다.

"프리이이이미이이엄."

"안 돼. 말했잖아. 그건 너무 비싸." 그렇게 말하면서도 나는 내가 거짓말을 하고 있다는 것을 알았다. 사실은 탱에게 아직 '몇 마일'은 더 버틸 수 있는 힘이 남아 있다는 코리의 말을 듣고 나는 비행기를 피하기 위해 그보다 더 느린 수단을 선택할 구실을 거기서 찾았을 뿐이다.

탱이 다시 떼를 쓰기 시작했을 때 나는 솔직히 털어놓았어야 했지만 내 자존심이 허락하지 않았다.

"프리이이이."

나는 집게손가락을 탱 쪽으로 단호하게 치켜들었다. 그는 나를 힐끔 보고는 가슴판의 접착테이프를 만지작거렸다. 나는 단호하게 행동했다. 적어도 이번에는 고물상에서 얼렁뚱땅 만든 로봇에게 감정적으로 협박당하지 않았다.

나는 약 20분 동안 주도권을 되찾았다. 그 20분은 렌터카 회사의 대표가 나한테 질문할 때까지 지나간 시간이었다.

"그래, 어떤 차종을 원하십니까?"

탱은 내 다리를 붙잡고 손가락으로 꼬집으면서 자기가 탈 수 있도록 바닥이 낮은 차를 빌려야 한다고 고집했다. 요컨대 머슬카(차체에 비해 엔진이 강력한 자동차), 가능하면 '머스탱'을 빌리라는 말이었다. 나는 머스탱을 빌리는 것을 거절했다. 탱은 내 상투적인 말을 받아들이려 하지 않았다. 직원은 내 편을 들어서 머슬카 대신 모빌리티카(기동력이 좋은 자동차)를 빌리라고 제의했다. 그 차에는 화물용 승강기가 달려 있어서 그것을 이용하여 탱을 차에 태울 수 있었다. 탱은 전혀 감명을 받지 않았다.

우리는 결국 머슬카를 빌렸다.

직원은 운전면허증을 취득할 수 있는 나이도 안 되어 보였지만, 그래도 장사꾼 기질을 십분 발휘하여 내 로봇의 억지스러운 태도를 무시했다. 나는 머스탱이 다 나갔다고 말해준 그에게 팁을 듬뿍 주었고, 그는 우리가 빌린 차—크라이슬러의 '닷지 차저'—에 여분의 연료를 넣어주었다. 여분의 연료라고 해봤자 렌터카 회사의 급유장을 간신히 빠져나올 정도의 분량이었지만, 나는 그의 마음 씀씀이를 고맙게 여겼다.

탱은 윙윙거리는 소리를 내면서 어떻게든 몸을 들어 올려 동승석에 올라타더니, 눈에 띄는 버튼은 모조리 만지작거리고 눌러보기 시작했다. 그가 기쁨에 들떠서 라디오 채널을 이리저리 돌리자 캘리포니아 록에 이어 캐나다 발라드가 나오는가 했더니 기독교 채널로 바뀌었다.

"탱, 라디오 꺼."

그는 팔을 오므리고 좌석 등받이에 털썩 기대앉아 가슴판의 접착테이프를 만지작거렸다.

"미안해. 순조롭게 달리기 시작하면 네가 원하는 건 뭐든지 들을 수 있어. 됐지?"

탱은 짧은 다리를 앞으로 올렸다가 다시 내렸다. 나는 그 몸짓을 동의의 뜻으로 받아들이기로 했다.

우리는 출발했다. 새너제이를 떠나자 기복이 심하던 구릉지가 평탄해지기 시작했다. 혹독한 날씨를 견뎌내는 초록빛 관목이 드문드문 눈에 띌 뿐 다른 식물은 거의 없는 모래땅 위에 비행운이 꼬리를 길게 끌고 있는 드넓은 하늘이 드리워져 있었다. 멀리 산그림자가 보였지만 길은 거기에 닿을 것 같지 않았다. 산들은 항상 우리가 닿을 수 있는 범위 바로 밖에서 이동하는 풍경화의 일부 같았다.

탱은 곧바로 라디오 채널을 돌리기 시작했다. 그가 듣고 싶은 채널을 찾을 때까지는 조금 시간이 걸렸다. 마침내 그가 마음에 드는 채널을 찾아냈을 때쯤 우리는 광활한 평원 한복판에서 5번 고속도로를 따라 달리고 있었다. 나는 탱이 선택한 채널에서 흘러나오는 노래를 듣고 마음이 무거워졌다.

얼마 전까지만 해도 나는 은행에 담보로 잡히지 않은 안락한 집에서 내가 좋아하는 일이라면 뭐든지 즐겁게 하면서 지냈고, 나를 사랑하는 아내도 있었다. 나중에 드러났듯이 아내는 어쩌면 나를 사랑하지는 않았을지 모르지만 적어도 좋아하기는 했을 거라고 확신한다. 아마도 한때는 좋아했을 것이다. 그런데 지금 나는 아내도 없고 직장도 없고 도대체 내가 어디로 가고 있는지도 모른 채 캘리포니아에서 닷지 차저를 몰고 흙먼지에 뒤덮여 누레진 선인장과 회전초 옆을 지나고 있었다. 나는 또한 하고많은 라디오 채널 중에 하필이면 '본 투 비 와일드'(캐나다의 록밴드 '스티펜울프'가 1968년에 발표한 곡. 이듬해 개봉된 영화 〈이지 라이더〉의 주제가로 더욱 유명해졌다)가 나오고 있는 채널을 고른 구식 로봇도 데리고 있었다.

나는 앞유리창을 노려보면서 라디오로 손을 뻗었지만, 탱은 내가 뻗은 손을 자신의 금속 주먹으로 쾅 내리쳤다. 나는 움찔해서 손을 도로 잡아당겼다. 탱은 나를 무섭게 노려보았다. 탱은 그 노래를 즐기는 게 분명했다. 그는 손잡이를 돌려 자기 쪽 창문을 내리더니 좌석에 최대한 깊이 몸을 묻고 짧은 팔 하나를 자동차 문 위에 올려놓았다. 그러고는 열린 창문으로 쏟아져 들어와 눈알을 간질이는 바람을 맞으며 즐거운 듯이 윙윙거리는 소리를 냈다. 그는 머리통을 최대한 차 밖으로 내밀더니 곧이어 상체의 대부분도 차 밖으로 기울였다. 가슴판에 붙인 접착테이프가 바람에 펄럭이며, 맥주병 속에 들어간 파리처럼 윙윙 소리를 냈다.

"탱, 창문 닫아. 너무 시끄러워!" 나는 외쳤지만 아무 소용이 없었다. 나는 탱의 옆구리를 쾅 때렸다. "창문 닫으라니까. 노래도 안 들리잖아!" 나는 카스테레오를 가리켰다. 그러자 탱은 좌석에 기대앉아 창문을 도로 올렸다.

탱은 박자에 맞춰 왼발을 움직이면서 잠시 앉아 있었다. 그러다가 차츰 발의 움직임이 빨라지고 오른발도 거기에 가세하더니 급기야는 두 팔까지 박자에 맞춰 움직이기 시작했다. 오래지 않아 그는 관절을 덜컥덜컥 움직이는 그 특유의 춤동작으로 이 노래에 대한 애정을 표현하고 있었다. 그것을 보고 나는 웃지 않을 수 없었다. 탱은 내가 키득거리는 것을 알아차리고, 행복한 듯 두 다리를 위아래로 대롱거리기 시작했다. 하지만 노래가 계속 울려 퍼지자 내 기분도 가라앉기 시작했다. 탱은 그렇게 많은 개성을 갖고 있었고, 그 개성은 계속 늘어나고 있었다. 하지만 그는 '와일드하게 태어나'지 않았다. 그는 '노예처럼 비굴

하게 만들어'졌다. 그리고 새고 있는 그의 실린더는 그의 수명이 조만간 끝나리라는 것을 의미했다. 그것을 생각하면 슬퍼졌다.

단조로운 풍경이 계속되는 5번 고속도로는 결국 도회지가 꼴 사납게 퍼져나간 로스앤젤레스 옆을 지나서 밋밋한 평지와 무지개 끝자락이 걸려 있는 산악지대로 다시 들어갔다. 하지만 우리는 풍력발전단지를 보았고, 우리가 점점 가까이 다가가는 동안 탱은 잠시도 눈을 떼지 않았다. 탱의 머리는 터빈의 움직임과 보조를 맞추기 위해 작은 회전운동을 계속했다. 풍력발전단지를 지나치자 탱은 최대한 몸을 돌려 우리 뒤쪽의 풍경 속으로 사라져가는 풍차를 뒷유리창으로 지켜보았다.

나는 몇 시간이나 쉬지 않고 차를 몰았다. 차는 크루즈 컨트롤(일정한 속도를 유지하도록 제어하는 장치)을 이용하여 자동적으로 조종되었다. 그것은 다행이었다. 시각적 자극에 변화가 거의 없는 그런 곳에서는 운전에 정신을 집중하기가 어려웠기 때문이다. 나는 어느새 에이미를 생각하고 있었다. 에이미는 지금 무얼 하고 있을지, 에이미가 함께 왔다면 뭐라고 할지 궁금했다. 아마 에이미는 운전에 집중하고 내 머릿속에서 떠도는 잡념을 몰아내라고 말할 것이다.

우리도 모르는 사이에 차는 애리조나 주를 지나고 있었다. 뉴멕시코 주를 향해 한참 달리고 있을 때 탱이 걷어 올린 내 셔츠 소매를 손가락으로 잡아당기는 바람에 나는 깊은 생각에서 깨

어나 다시 현실로 돌아왔다. 나는 어떤 도시—사실 도시라고
할 정도는 아니었지만—를 통과하려고 무의식중에 속도를 낮
추었던 모양이다. 탱은 우리 뒤쪽에 있는 무언가를 가리키고 있
었다.

나는 백미러를 들여다보았지만 아무것도 보이지 않았다.

"우프… 우우프… 우우프." 탱이 말했다.

내가 어리둥절한 표정을 짓자 탱은 얼굴을 찌푸렸다.

"무슨 말을 하고 있는 거야? 꼭 강아지 같잖아."

그는 뒤로 몸을 기대고 끽끽거리며 두 다리를 버둥거렸다.

"개 흉내를 내는 거야? 왜?"

"응. 개."

나는 왜 개 흉내를 내느냐고 물었다.

"개. 개. 개. 개…." 그는 다시 뒤쪽을 가리키며 말했다.

나도 이번에는 내 쪽에 있는 창문을 내리고 머리를 차 밖으로
내밀어 뒤쪽을 내다보았다. 트렁크 근처에 다리가 짧아서 소시
지처럼 보이는 닥스훈트가 한 마리 있었다. 너무 가까워서 백미
러로는 볼 수 없었지만, 우리 뒤에 바싹 붙어서 달리고 있었기
때문에 간신히 보였다.

나는 다시 몸을 돌려 정면을 보았다. 내가 원한 것은 우리를
따라 달리고 있는 그 작은 개를 완전히 무시하는 것이었다. 나
는 똑바로 앞을 바라보면서, 버려진 듯이 보이는 이 도시를 무
사히 빠져나가고 싶었다. 하지만 내 방광이 관심을 가져달라고

요구했을 때, 운명의 여신이 끼어들었다. 나는 한숨을 내쉬며 사이드미러를 들여다보았다. 바로 그 순간 닥스훈트가 차 뒤에서 휙 모습을 나타냈다가 다시 시야에서 사라졌다. 개는 우리 뒤에서 좌우로 방향을 바꾸어가면서 어떻게든 뒤처지지 않고 차를 따라오고 있었다.

"개… 개… 개…." 탱은 닥스훈트가 동승석 쪽에 모습을 나타낼 때마다 일정한 간격을 두고 소리쳤다.

"시끄러, 탱. 그게 개라는 건 나도 알아." 하지만 그렇게 말하면서도 나는 닥스훈트가 무엇을 원하는지 알아내기 위해 차를 세울 수밖에 없다는 것을 알았다.

"어쨌든 나는 소변을 봐야 돼." 나는 길에서 벗어나 철물점과 주류판매점과 식료품점이 늘어서 있는 작은 상가 앞에 인도와 나란히 차를 세웠다. 가게들은 모두 닫혀 있었다. 길을 위아래로 둘러보니 모든 게 닫혀 있는 듯했다. 문도, 창문도, 셔터도 모두.

"여기서는 무슨 일이 일어나고 있는 거지? 공휴일인가? 좀비가 침략했나?"

무언가가 내 다리를 슬쩍 찌르는 것을 느끼고 아래를 내려다보니 개의 길쭉한 얼굴이 나를 올려다보고 있었다. 개는 온몸이 누런색이었고 흐리멍덩한 초록빛 눈을 갖고 있었다. 한쪽 귀는 절반이 잘려나갔고, 물방울무늬가 박힌 빨간 목걸이를 자랑스럽게 매고 있었다. 나는 허리를 숙여 녀석의 머리를 토닥이고 목

걸이에 매달린 인식표를 들여다보았다.

"이 개는 이름이 카일이야. 카일—그거 재미있군!"

탱은 차에서 내려 철커덕거리며 나에게 다가왔다. 그리고 개의 옆구리를 콕콕 찔렀다. 그러자 닥스훈트는 탱의 다리와 아랫부분을 킁킁 냄새 맡더니, 짧은 다리 하나를 들어 올려 로봇의 다리에 오줌을 누는 것으로 반응해 보였다. 탱은 비명을 지르며 개를 쳐내려 했지만 개는 완강하게 버텼다. 개는 눈 하나 깜짝하지 않고 로봇의 얼굴을 태연히 쳐다보았다. 당연히 탱은 화가난 것 같았지만, 내가 그 상황을 재미있어하는 것은 문제 해결에 전혀 도움이 되지 않았다.

"진정해, 탱. 이 녀석은 너랑 친구가 되고 싶어해."

"친구?" 탱은 그 낱말을 생각하면서 말했다. "벤은 친구. 개는 안 친구."

나는 닥스훈트를 발로 쫓아버리고, 탱의 몸을 닦아줄 헝겊 같은 게 없나 하고 주위를 둘러보았다. 내가 찾을 수 있었던 것은 자동차 트렁크에 들어 있는 섀미 가죽뿐이었다.

"지금 가." 탱이 요구했다.

"마음이 변했나보구나. 몇 분 전에는 멈추기를 원했잖아."

"도시에 사람은 아무도 없고 개만 있어. 그리고 개는 고장났어. 물이 새. 그러니까 도시도 고장났어."

나는 그의 논법에 이의를 제기할 수 없었지만, 여전히 용변을 볼 필요가 있었다. 개는 짧은 다리로 자동차 주위를 뛰어다니며 바퀴와 라디에이터 그릴의 냄새를 맡고 있었다.

나는 카페나 술집—어디든 내가 화장실을 이용할 수 있는 곳
—을 찾아 도시의 중심가를 오르내렸지만 문을 연 곳은 하나도
없었다. 결국 나는 어느 골목길의 쓰레기통 뒤에서 소변을 보았
다. 탱이 나를 지켜보는 것이 내 시야 구석에 잡혔다. 볼일을 끝
내자 나는 탐험을 재개하기 위해 재빨리 큰길로 돌아왔다.

"정말 이상한 곳이군." 나는 또다시 내 생각을 소리내어 말했
다. 도시는 이 도로 하나를 빼고는 아무것도 없었고, 문을 연 가
게도 하나 없고, 창문에 셔터를 내리지 않은 주택이나 아파트도
없었다. 우리는 어딘가에서 길을 잘못 든 게 분명했다. 하지만
크고 넓은 고속도로에서 길을 잘못 드는 게 과연 가능한지는 의
문이었다.

사막의 먼지가 베니어판처럼 모든 표면을 덮고 있었다. 주위
를 둘러보니 어느 가게 창문 안쪽에 종이를 붙여놓은 게 눈에
들어왔다. '우리의 귀환이 허용될 때까지 폐점합니다'라고 적혀
있었다. 나는 상점가를 끝까지 걸어 내려갔다. 마지막 집에 울타
리 기둥이 있고, 거기에 붙어 있던 비닐테이프가 찢어져서 펄럭
이고 있었다. 노란 테이프에는 굵은 검은색 글자로 '경고'와 '방
사능'이라는 단어가 적혀 있었다.

나는 깜짝 놀라서 차로 최대한 빨리 달려갔다. 탱은 어리둥절
한 얼굴로 나를 쳐다보고 있었다.

"탱! 어서 차에 타. 우리는 떠날 거야!"

카일은 여전히 바퀴 주위에서 냄새를 맡고 있었다. 나는 녀석의 부드러운 배를 감싸 안아서 차 뒷좌석에 던져 넣었다.

탱은 이제 훨씬 더 혼란스러워 보였다. 그의 작은 눈이 안쪽으로 돌아가기 시작했다.

"걱정 마, 탱. 우리는 떠나야 돼. 지금 당장. 그리고 카일도 가야 돼. 여기는 카일한테 안전하지 않아."

나는 탱의 얼굴이 흐려지는 것을 보았다. 에이미의 얼굴이 흐려지곤 했던 것과 똑같았다. 탱은 카일을 보려고 고개를 돌렸다. 그러자 카일은 그에게 달려들어 얼굴을 핥았다. 탱은 비명을 지르며 두 팔을 도리깨질하듯 휘둘렀다. 탱은 이글거리는 눈으로 나를 노려보고는 자리에 털썩 몸을 기댔다.

솔직히 말해서, 구식 로봇과 방사능에 노출된 닥스훈트와 함께 닷지 차저를 타고 사막을 가로지른다는 건 상상조차 못했던 일이다. 하지만 인생은 때로 우리를 기묘한 방향으로 데려간다. 그럴 때 우리가 할 일은 인생과 손뼉을 마주치고 함께 굴러가는 것뿐이다. 이보다 더 나쁜 방법으로 가을을 보낼 수도 있다. 예를 들면 파탄 직전의 결혼생활 속에서 발꿈치를 들고 살금살금 집 안을 돌아다닐 수도 있다. 그렇다. 그보다는 이 편이 훨씬 즐거웠다.

나는 오랫동안 차를 몰았고, 졸리면 갓길에 차를 세우고 차

안에서 잠을 자기도 했다. 하지만 우리는 이제 겨우 텍사스 주에 도착하려는 참이었고, 아직 휴스턴 근처에도 이르지 못했다. 우리가 달리는 길은 끝없이 뻗어 있었고, 아무 변화도 없이 단조롭기만 했다. 우리를 지나쳐가는 차량은 거대한 유조차와 트럭뿐인 듯했고, 트럭 한 대는 짐칸에 죽은 말을 한 마리 싣고 있었다.

나는 배도 고프고 진력이 나기도 해서 맨 처음 보이는 주유소에 차를 댔다. 차에 기름을 가득 채운 뒤 요금을 치르고 먹을거리를 찾으려고 가게 안으로 들어갔다. 나는 전자레인지에 데워 먹는 핫도그 한 개와 슬라이스 치즈 몇 장, 그리고 그밖에도 맛있어 보이는 다양한 음식을 골랐다. 계산대 안쪽에 있는 점원은 지하실에 수류탄을 숨겨두고 있을 것 같은 뚱뚱한 남자였기 때문에 나는 그 가게에 너무 오래 머물고 싶지 않았다. 하지만 내가 현금을 건네주었을 때, 대화를 피할 수 없다는 사실이 분명해졌다.

"길을 잃었나보군요?"

"아니요. 길을 잃은 것 같지는 않습니다."

"아니, 길을 잃었어요."

"왜 그렇게 말하는 거죠?"

"당신이 여기 있으니까. 그리고 당신은 '저쪽'에서 왔으니까. '저쪽'에 무엇이 있는지는 누구나 다 알고 있소."

"그 도시 말인가요? 사람이라고는 아무도 없는 도시?"

"맞아요. 개 한 마리 말고는 아무도 없는데, 그 개는 계속 오락가락하고 있지요."

"오락가락해요?"

"그렇소." 그는 딱 잘라 말했다. 카일에 대해서는 더이상 할 이야기가 없는 게 분명했지만, 그는 대화의 방향을 다른 쪽으로 돌려서 이야기를 계속했다. "길을 잃고 여기로 잘못 들어왔으면서 그 사실을 알지도 못하는 사람이 당신이 처음은 아니오." 점원은 계산대 위에 지도를 펼치고 오동통한 손가락으로 우리가 지금 있는 지점을 가리켰다. "여기가 지금 당신이 있는 곳이오." 그런 다음 손가락을 다른 지점으로 옮겼다. "짐작하건대 당신이 있어야 할 곳은 여기요. 당신이 어떻게 여기 왔는지는 모르겠지만 이 길로 계속 가면 네거리가 나올 거요. 거기서 우회전해야 돼요. 그러면 본래 가야 할 길로 다시 돌아가게 될 거요."

나는 그가 가리키는 지점을 들여다보았다. 확실히 그 길은 휴스턴으로 곧장 뻗어 있었다. '곧장 뻗어 있다'고는 하지만, 그곳은 아직도 수백 킬로미터나 떨어져 있었다. 여기는 드넓은 텍사스였다.

"혹시 그 도시에 무슨 일이 일어났는지 말해주실 수 있나요?"

"방사능 누출 사고가 있었소." 그는 내 핫도그를 계산대 뒤에 있는 전자레인지에 넣으면서 말했다. "그 도시는 전적으로 가까운 원자력 시설에서 일하는 노동자들을 지원하기 위해 세워졌지요. 내가 여기 있는 것도 그 때문이오. 하지만 나는 어리석지 않아요. 원자로 위에 앉아 있고 싶지 않았지. 그래서 조금 떨어진 이곳에 자리를 잡았던 거요."

"아주 현명한 선택을 하셨군요. 지나고 나서 보니까…."

"그렇소. 어쨌든 그 사람들이 거기서 무엇을 하고 있었든 일이 잘못되었고, 그들이 와서 사람들을 모두 떠나게 하고 그곳을 폐쇄했소."

점원은 내 불안한 기색을 눈치챘다.

"걱정 마쇼. 아주아주 오래전 일이니까. 당신은 괜찮을 거요. 나도 여기서 이렇게 멀쩡하게 살고 있잖소."

나를 안심시키려는 말이었을 테고, 실제로 다소는 효과가 있었다고 생각한다. 나는 '아주아주 오래전'이 언제냐고 물으려다가 사실은 알고 싶지 않다는 것을 깨닫고 그만두었다.

나는 점원에게 다시 고맙다고 말하고, 이제 김이 모락모락 나는 부드러운 핫도그를 들고 차로 돌아갔다.

"괜찮아?" 탱이 물었다.

"그래, 거기에 대해서는 걱정하지 마." 나는 내가 느낀 것보다 더 자신있게 말했지만, 탱을 불안하게 만들지 말자고 생각했다. 자동차 좌석에 기름 얼룩이 묻으면 차에 걸어둔 보증금을 돌려받지 못하게 될 테니까. 나는 또한 탱의 실린더 문제를 절박하게 느끼고, 거기에 대한 걱정이 점점 더 깊어지고 있었다.

그때 내 귀에 대고 코를 킁킁거리는 소리가 들렸다. 옆을 돌아보니 카일이 내 핫도그를 베어 물려고 애쓰는 참이었다. 나는 탱을 먹일 필요가 없는 데 익숙해져서, 개가 배고플지도 모른다는 생각을 미처 못했다. 나는 핫도그 끝을 조금 떼어서 카일에게 주었다. 카일은 영양실조에 걸린 것처럼 보이지는 않았지만, 그래도 역시 개였다. 그렇게 맛있는 건 먹어본 적이 없다는 듯이 눈 깜짝할 사이에 핫도그를 먹어치웠다. 그래서 나는 포테이토칩 봉지를 열고 내 손바닥에 포테이토칩 몇 개를 올려서 카일에게 내밀었다.

나는 식사를 끝내자마자 재빨리 출발했다. 점원은 그렇게 말했지만, 그래도 나는 '원도그'(개 한 마리) 마을에서 되도록 멀어지고 싶었기 때문이다. 하지만 지금 우리 차에 개 한 마리가 있다는 사실은 여전히 남아 있었다. 카일을 어떻게 해야 할지 나는 좀처럼 판단할 수가 없었다.

"탱, 이 근처에서 좀 더 시간을 보내야 할지도 몰라. 카일의 주인을 찾아야겠어."

우리는 카일에게 주인이 필요하지 않는다는 것—또는 카일이 주인을 원하지 않는다는 것—을 곧 알아차렸다. 내가 카일에게 먹인 정크푸드 때문인지, 아니면 탱이 계속 뒤를 돌아보며 카일의 귓구멍을 손가락으로 찌르거나 앞발을 꼬집었기 때문인지, 내가 또다시 화장실을 이용하고 식사를 하기 위해 다음 도시에 차를 세우자 카일은 자발적으로 차에서 뛰어내렸다. 나는 카일이 화장실까지 나를 따라올 줄 알았는데 녀석은 뜨거운 아스팔트 위에 작은 엉덩이를 붙이고 앉았다. 나는 몇 걸음 가다가 뒤를 돌아보며 카일을 불렀다.

"내버려둬." 탱이 차에서 말했다.

"그건 친절하지 않은 짓이야, 탱."

나는 카일에게 돌아가서 쥐가 난 무릎을 쪼그리고 앉아서 손을 내밀었다. 카일은 내 손을 핥고, 쓰다듬어달라는 듯이 머리를 내 손바닥 아래로 디밀었다.

"야! 카일!" 내 뒤에서 외치는 소리가 들렸다.

뒤를 돌아보니 체크무늬 셔츠에 옅은색 진바지를 입은 잘생긴 사내가 뽐내는 듯한 걸음걸이로 우리를 향해 다가오고 있었다. 그는 카일 옆에서 허리를 숙이더니 개의 얼굴 앞에 손을 들어 올렸다. 개는 그와 손뼉을 마주쳤다.

"이 개를 아시는군요?" 내가 물었다.

"이 개는 모르는 사람이 없어요. 이 근처에 정기적으로 나타나거든요."

"주인이 누굽니까?"

그는 뜻밖에 눈부신 치아를 드러내며 웃었다.

"주인요? 없어요. 이 도시에서 카일을 입양하려고 애쓰지 않은 가족은 하나도 없지만 카일은 속박당하는 걸 참으려 하지 않아요. 카일은 이곳저곳 떠돌며 먹이를 얻어먹지만 몇 시간 이상은 한곳에 머무르는 법이 없지요. 카일은 집에 가고 싶어해요."

나는 카일의 집이 어디냐고 물었다.

"저쪽에 있는 작은 도시예요." 그는 그쪽을 가리켰다. "사람은 살지 않고 이 개뿐이죠. 그래서 카일도 그곳을 좋아하는 것같아요. 내 말을 오해하진 마세요. 카일은 혼자 있기를 좋아하는 독불장군이 아니라 자유를 좋아할 뿐이에요. 카일은 애완동물이 되는 걸 바라지 않아요."

"하지만 목걸이가…."

"목걸이는 하고 있죠. 누가 그걸 카일한테 채웠는지는 아무도 몰라요. 옛날, 그 도시가 살아 있을 때 카일의 주인이었던 사람이 채운 게 분명해요."

"나는 그 도시에서 카일을 데려왔어요. 길을 잃은 줄 알았죠. 카일이 우리 차를 쫓아왔거든요."

"카일은 늘 그런답니다. 미친놈이에요."

카일은 그 사내의 말에 동의하는 것처럼 요란한 소리로 짧게 짖고는 공중으로 펄쩍 뛰어올랐다.

"거기 놔두고 왔어야 했나요? 카일을 집에서 떼어놓을 생각은 아니었어요."

사내는 손을 내저었다.

"아니, 그건 걱정하지 마세요. 카일은 차를 얻어 타는 걸 좋아하니까. 길을 잃고 이쪽으로 오는 사람이 얼마나 많은 줄 아세요? 그걸 알면 깜짝 놀랄 겁니다. 카일은 이따금 그런 사람들과 함께 드라이브를 하러 오지요. 어쨌든 이제 가봐야겠네요." 그는 나와 악수를 하고 카일과 다시 손뼉을 마주쳤다. "나중에 또

보자, 카일. 내가 하지 않을 짓은 아무것도 하지 마."

그가 떠나자 나는 주유소 점원과 나눈 대화를 생각해냈다. 그는 카일이 '오락가락한다'고 말했다. 카일은 우리를 셔틀버스로 이용했을 뿐인지도 모른다. 그리고 이게 처음이 아닌 것도 분명했다.

내 뒤에서 문이 열리고 탱이 나타났다.

"놔두고 가?" 그가 제의했다.

"으음… 그래. 그래도 될 것 같아."

탱은 발을 구르며 소리를 지른 뒤, 팔로 내 두 다리를 감싸 안았다.

"벤과 탱. 벤과 탱."

"좋아. 무슨 뜻인지 알겠어." 나는 탱을 떼어놓았고, 우리는 식당을 찾으러 갔다.

9
만물은 신의 창조물

날이 저물고 있을 때에야 우리는 고르고 고른 모텔 앞에 차를 세웠다. 도로 표지판에 따르면 그곳은 10번 고속도로의 포트스톡턴(미국 텍사스 주 서쪽 끝에 있는 도시) 근처 어딘가에 있는 말굽 모양의 단층 모텔이었다. 내가 그 모텔을 고른 이유는 전적으로 그곳이 깨끗해 보였고, 유지 보수가 꽤 잘되어 있었고, 가장 중요한 이유는 살인청부업자나 조폭이 운영하는 곳처럼 보이지 않았기 때문이다. 마지막 이유는 앞의 두 가지 기준에 대한 내 판단에 바탕을 둔 추정이지만, 자동차 운전자들을 자기네 모텔로 꾀어 들이려 애쓰는 사이코패스라면 모텔을 깨끗하고 매력적으로 꾸밀지도 모른다. 하지만 그때는 생각이 거기까지 미치지 못했다.

우리는 도로를 벗어나 주차장을 가로질렀다. 주차장에 깔린 모래 섞인 자갈이 바퀴 밑에서 달그락 소리를 내고 삐걱거렸다. 우리가 번쩍거리는 네온사인 옆을 천천히 지나는 동안 탱은 올빼미처럼 머리를 움직여 '어서 오세요!'라고 쓰여 있는 네온사인에 시선을 고정시켰다. 노란색과 파란색 불빛이 그를 즐겁게 해주는 것 같았다. 불이 꺼졌다가 다시 켜질 때마다 탱은 지금까지 그렇게 멋진 것은 본 적이 없는 것처럼 새된 소리로 비명 같은 환성을 질렀다.

탱의 환성이 우리의 존재를 알렸다. 키가 크고 실팍한 체격의 사내가 모텔 부지 한쪽에 세워진 조립식 사무실에서 쿵쿵거리며 걸어 나왔다. 컨트리록 가수를 연상시키는 카우보이모자를 쓰고 턱수염과 콧수염을 함께 기르고 있는 것부터 체크무늬 셔츠 차림에 산탄총을 어깨에 올려놓은 것에 이르기까지, 그는 전형적인 텍사스 사내였다. 하지만 눈길이 그의 무릎에 이르자, 한쪽 다리는 빛바랜 청바지를 입은 진짜 다리였지만 다른 한쪽 다리는 석양을 받아 캐딜락처럼 어렴풋이 빛나는 금속제 다리라는 것을 알아차렸다.

이것을 본 탱의 눈이 휘둥그레졌다. 그에게 이 사내는 불운한 사고의 희생자도 아니고 상이군인도 아니었다. 탱에게 그는 생체공학적인 인간, 로봇 동화에 등장하는 인간과 로봇의 잡종이었다.

"방을 찾으세요?"

"예, 우리 둘 다… 트윈을 주세요."

남자는 한쪽 눈썹을 치켜올렸지만 고개를 끄덕였다. 그가 사무실 쪽으로 고개를 젖히고 걷기 시작했기 때문에 우리도 그를 따라갔다.

"멋진 녀석을 데리고 다니는군요. 고전적이에요."

나는 탱을 힐끔 바라보았다. 그의 머리에서 하트 모양의 거품이 뽀글뽀글 나오고 있었다 해도 나는 놀라지 않았을 것이다. 이 사내에게 탱은 녹슨 로봇이나 과거로의 역행이 아니었다. 그가 보기에 탱은 고전적인 걸작이었다. 게다가 그 텍사스 사내는 우리가 만난 사람들 가운데 닥스훈트인 카일을 제외하면 나와 내 구형 로봇을 두 번 쳐다보지 않은 최초의 인간이었다. 벌써 그가 좋아지기 시작했다.

"예, 맞아요. 고맙습니다. 다른 사람들은 이 녀석을 시대에 뒤떨어진 폐물로밖에 봐주지 않아요."

"천만에요. 당신이 데리고 있는 건 순수하게 아름다운 로봇이에요."

나는 탱의 가슴판에 붙은 접착테이프를 힐끔 바라보았다.

"그래요. 이젠 더이상 이런 걸 만들지 않아요."

"맞아요. 그건 사실입니다."

이때쯤 우리는 사무실에 도착했고, 텍사스 사내는 벽에 줄지어 걸려 있는 열쇠를 손가락으로 쓸고 있었다.

"자, 8호실이에요. 트윈베드인데 침대 하나가 망가져서, 다른 침대보다 좀 낮습니다. 이 꼬마 녀석이 올라가기에는 더 편할 거예요."

나는 그에게 고맙다고 말했다.

"방에는 텔레비전도 있고, 온수와 냉수가 나오고, 샤워기도 있고, 모든 게 다 갖추어져 있지요. 세탁 로봇이 저녁마다 들릅니다. 또 필요한 게 있으면 나를 부르세요. 그럼 편히 쉬세요."

침대 하나가 망가졌기 때문인지, 아니면 탱한테 반해서 우리를 특별대우하기로 마음먹었기 때문인지는 모르지만, 그는 아주 적당한 요금을 불렀다.

나는 짐을 가지러 차로 돌아갔을 때 차창에 비친 내 모습을 보았다. 샤워를 할 필요가 있었다. 세탁 로봇을 시켜서 옷을 세탁하는 것도 괜찮겠다고 생각했다. 세탁 로봇은 주로 호텔과 모텔에서 손님들에게 세탁 서비스를 제공하는 가장 효율적인 방법으로 이용되었다. 대체로 나는 안드로이드의 목적을 이해하지 못했지만, 세탁 로봇은 좀 달랐다. 그들은 아주 편리했다. 게다가 대체로 공손했다. 조작하기도 쉬웠다. 로봇의 몸통 안에다 빨래를 던져 넣고 동전 몇 개를 넣기만 하면 되었다. 그러면 로봇은 가버렸다. 아니, 눈에 띄지 않는 구석으로 사라져서 바지를 세탁하는 동안 혼자 툴툴거렸다. 하지만 옷을 가지고 문자 그대로 사라지는 것은 아니었다. 로봇이 고장이라도 나지 않는 한 그런 일은 일어나지 않는다. 하지만 그런 경우는 극히 드물었다. 최신 모델의 경우, 그런 일은 거의 일어나지 않았다.

나는 세탁 로봇과 관련하여 딱 한 번 불쾌한 경험을 한 적이 있다. 몇 년 전 에이미가 제네바로 출장을 가야 했다. 그때는 우리가 함께 있기를 좋아했던 시절이었다. 나는 아내와 동행하여 호수가 내다보이는 멋진 호텔에 묵었다. 숙박비를 비롯한 모든 비용은 에이미의 회사가 지불할 예정이었고, 호텔에는 온갖 편의시설이 갖추어져 있었기 때문에, 나는 호텔에서 나가지 않고도 여행 기간 내내 맘껏 즐길 수 있을 터였다. 에이미의 회의는 이튿날 시작될 예정이었고 그녀의 동료들은 아직 도착하지 않았기 때문에, 첫날 저녁은 에이미와 단둘이 보내게 되었다. 우리는 호텔 레스토랑으로 식사를 하러 갔는데, 고기 요리를 먹고 있을 때 와인이 가득 들어 있는 술잔을 내가 손으로 건드려 엎지르고 말았다. 술잔은 식탁 위를 굴러가더니 에이미의 무릎으로 떨어졌다. 포도주는 순식간에 에이미의 크림색 드레스—물론 에이미가 특히 좋아하는 드레스—를 흠뻑 적셨고, 저녁은 엉망이 되고 말았다. 우리는 디저트도 먹지 않고 식당을 나왔다.

"여보, 정말 미안해. 내일 세탁 로봇한테 그 옷을 봐달라고 할게."

"하지만 내일이면 늦어. 옷이 완전히 망가질 거야. 빨리 처리해야 돼. 밤새도록 물에 담가두어야 할 거야."

"그럼 내가 그 옷을 프런트에 가져가서 지금 이 시간에도 이용 가능한 로봇이 있는지 알아볼게."

방으로 돌아와서 아내는 잠옷으로 갈아입고 그 소중한 드레스를 나에게 건네주었다.

프런트에서 나는 모든 세탁 로봇이 사용 중이거나 충전 중에 있다는 것을 알았다.

"제발 좀 도와주세요. 이건 아내가 특히 좋아하는 드레스라서, 아내는 나한테 정말로 화가 나 있거든요. 제네바에 머무는 동안 아내가 나한테 말도 걸지 않고 차갑게 대하면 곤란해요. 그런 꼴은 당하고 싶지 않군요."

"손님, 죄송하지만 이 시간에는 이용할 수 있는 세탁 로봇이 하나도 없습니다. 아침에 맨 먼저 손님께 가도록 로봇 하나를 예약해드릴 수는 있습니다."

나는 펄럭이는 털을 가진 영국산 강아지 같은 눈으로 최대한 애처롭게 여직원을 바라보았다.

"정말로 당신이 해줄 수 있는 게 아무것도 없나요?"

그녀는 입을 삐죽 내밀고 잠시 생각에 잠겼다가 입을 열었다.

"우리는 최근에 모든 세탁 로봇을 신형으로 교체했는데, 낡은 로봇 몇 개가 지하 창고에 남아 있답니다. 한동안 사용되지 않았고 또 프랑스어밖에 못하지만, 지금 당장 손님을 도와드릴 수 있을 만큼 충전된 로봇이 있는지 알아봐드릴 수는 있습니다."

"고맙습니다." 나는 안도의 한숨을 내쉬면서 말했다. "정말 고맙습니다."

잠시 후 호텔 보수원이 나타났다. 세탁 로봇 하나가 발을 끌며 그를 따라왔다. 먼지를 뒤집어쓰고 있어서 좀 더러워 보였고 어리둥절한 표정을 짓고 있었다.

"손님." 보수원이 퉁명스럽게 말했다. 그가 로봇에게 손짓을 하자 로봇은 나를 보고 눈을 껌벅거렸다. 그 후 보수원은 가버렸고 나는 로봇과 단둘이 남겨졌다.

"'프랑스어를 할 줄 아세요'?" 세탁 로봇이 프랑스어로 물었다.

"'아니'." 나도 프랑스어로 대답했다. 하지만 나의 프랑스어 실력은 맥주를 주문할 수 있는 정도여서, 여기서는 도움이 안 될 터였다. 로봇과 나는 서로를 빤히 바라보며 서 있었다. 늦은 시간이었지만 프런트에는 아직도 사람이 몇 명 있었다. 그래서 나는 난처한 꼴을 당하지 않으려고 로봇을 다른 곳으로 데려가기로 마음먹었다. 나는 사우나로 통하는 복도를 발견하고 의자에 앉았다. 로봇은 맞은편에 웅크리고 앉아서 내 세탁물을 기다리고 있었다. 나는 한숨을 내쉬고 드레스를 가리켰다.

"이거야. 부드러운 옷감이니까 살살 빨아야 돼. 알았지?"

로봇은 나에게 눈을 껌벅거리고는 뚝딱거리는 소리를 내기 시작했다. 나는 로봇 앞면에 있는 금속판의 문자를 읽으려고 의자에서 몸을 반쯤 일으켰다. 그것도 역시 프랑스어로 되어 있었지만, 그 밑에 간단한 영어 번역이 적혀 있었다.

1. 보통 코스

2. 빠른 코스

3. 풀코스

4. 천연섬유

5. 린넨

'풀코스'가 무엇을 뜻하는지는 몰랐지만 내가 그 드레스에 대해 원하는 세탁 방식은 아닐 터였다. 그 드레스가 어떤 옷감으로 만들어져 있는지도 몰랐지만, 드레스에 붙어 있는 라벨을 보니 반은 실크였고 반은 내가 생전 들어보지도 못한 소재였다. '빠른 코스'를 택하는 게 좋을 듯싶었다. 드레스를 세탁하는 게 긴급한 문제라고 에이미가 말했기 때문이다. 나는 로봇에게 손가락 두 개를 들어 보였다.

"'둘'?" 로봇이 말했다.

"'그래'."

그러자 로봇은 프랑스어로 또 뭐라고 말했고, 나는 그 말을 드레스와 요금을 넣으라는 지시로 받아들였다. 나는 그렇게 했다. 이제 남은 일은 앉아서 기다리며 최선의 결과가 나오기를 바라는 것뿐이었다.

세탁을 시작한 지 20분쯤 지났을 때 로봇이 벌떡 일어나 저쪽으로 걸어갔다.

"어어… 이봐! 으음… 어디 가는 거지? …맙소사." 나는 뒤를 쫓아가서 앞을 막으려 했지만, 로봇은 나를 밀치고 누구도 막을 수 없는 기세로 계속 걸어갔다. 나는 무지한 영국인처럼 무력하게 그 뒤를 따라갈 수밖에 없었다. 다행히 로봇은 프런트 쪽으로 돌아갔다. 그곳에 가면 직원에게 개입해달라고 부탁할 수 있을 터였다.

로봇은 놀랄 만큼 빠른 속도로 프런트를 그대로 지나쳐서 엘리베이터로 곧장 걸어가고 있었다. 나는 로봇을 따라 급히 달려가면서 프런트 직원에게 외쳤다.

"저 녀석이 드레스를 가진 채 달아나고 있어요. 제발 도와주세요. 저걸 막아주세요!"

여직원은 놀라서 숨을 훅 들이마시고는 로봇에게 프랑스어로 뭐라고 외쳤다. 그러자 로봇은 당장 멈춰서 그녀 쪽으로 고개를 돌렸다. 여직원과 로봇 사이에 말다툼이 벌어졌다. 처음에는 로봇이 이기고 있는 것 같았다. 결국 여직원이 주먹으로 로봇의 머리를 탁 때렸다. 그러자 짤까닥 소리가 나고 세탁조 문이 열렸다. 비눗물이 바닥으로 흘러나왔고, 그것과 함께 나온 에이미의 드레스는 이제 검정과 초록이 뒤섞인 끔찍한 색을 띠고 있었다.

"'아니, 저런'." 여직원이 외쳤다.

모텔 주인이 말했듯이 그날 저녁에 세탁 로봇이 들렀다. 문을 두드리는 희미한 소리가 들렸을 때 탱은 망가진 침대에 팔다리를 벌린 채 누워 있었고, 나는 샤워를 하는 중이었다.

"탱, 문으로 가줄래?"

침묵.

"문. 탱. 문."

"문… 가?"

"문으로 가서 열라는 뜻이야. 누가 왔는지 봐줘." 잠시 조용하다가 가벼운 외풍이 욕실 안으로 들어와서 샤워 커튼을 날렸다. "누구야?"

"안드로이드." 탱이 못마땅한 투로 말했다.

"세탁 로봇이야?"

"응."

"기다리라고 해줄래?"

"기다려?"

"그래. 빨랫감이 몇 개 있어."

"안드로이드가 가고 있어." 탱이 알려주었다.

"탱! 기다리라고 하랬잖아!"

나는 서둘러 샤워기를 끄고 수건을 허리에 둘렀다. 그리고 방으로 돌아간 순간, 탱이 세탁 로봇의 코앞에서 문을 닫으려 하는 게 보였다.

"탱! 저 로봇한테 뭐라고 했지?"

"당장 꺼져."

"그럼 내가 시킨 것과는 정반대로 말했군."

"응."

"왜?"

"벤은 안드로이드가 필요 없어. 탱이 있으니까."

"이것 봐, 탱. 그래, 나한테는 네가 있어. 하지만 나는 깨끗한

옷도 필요해, 알겠니?"

탱은 눈을 내리뜨고 접착테이프를 만지작거렸다.

"때로는 안드로이드도 필요해. 그리고 저 안드로이드는 너한테 아무 짓도 안 했잖아?"

"응."

"좋아. 그럼 됐어."

나는 여전히 수건만 허리에 두른 채 온화한 텍사스의 밤 속으로 달려나가서 세탁 로봇을 다시 방으로 데려왔다. 나는 그 로봇이 신형 모델인 것을 알아차리고 안심했다. 이 모델의 침대는 망가졌을지 모르지만, 로봇에 관해서는 무엇을 어떻게 해야 하는지 모텔 주인도 알고 있었다. 나는 로봇의 몸통에 반바지 몇 벌과 속옷과 셔츠 몇 벌을 넣고 동전을 몇 닢 넣었다. 로봇은 그 자리에 편히 앉아서, 자기 내부에 설치된 세탁기가 내 옷을 빠는 동안 멀지도 가깝지도 않은 중간쯤을 가만히 바라보고 있었다.

탱은 침대에 앉아서 안드로이드를 빤히 내려다보았다. 둘의 차이는 뚜렷했다. 탱은 네모난 상자 두 개가 위아래로 포개진 형태였고, 긁히고 찌그러진 데다 약간 녹이 슬어 있었다. 세탁 로봇은 부드러운 곡선의 매끄럽고 반짝이는 기계였다. 그 기계는 조용히 작동하면서 임무를 아무런 불평 없이 해냈다.

세탁이 다음 단계로 넘어갈 때면 안드로이드는 잠깐 깨어났다. 그러면 안드로이드는 자기를 노려보는 탱에게 조금도 뒤지지 않는 기세로 상대를 노려보았다. 개척시대 서부 도시의 중심가에서 적과 마주서기라도 한 것 같았다.

세탁이 끝나자 로봇은 이용해주어서 고맙다고 말하고 몸을 일으켜 떠났다. 탱은 부루퉁한 표정으로 눈꺼풀 밑에서 나를 쳐다보았지만, 당장 눈에 띄게 편안해졌다.

"왜 안드로이드를 싫어하는 거냐? 이유를 말해봐."

"싫어."

"질투 때문이야?"

탱이 대답할 때까지는 잠시 시간이 걸렸다.

"아니."

"그럼 뭐야?"

탱은 아무 말도 하지 않았다.

"고집 부리지 말고 말해봐."

"지금 자."

나는 한숨을 내쉬고 구석에 놓인 흔들의자에 앉아서 팔짱을 끼었다.

"알았어. 좋을 대로 해."

그날 밤 나는 쉽게 잠들지 못했다. 나는 옷을 다 입은 채 침대에 누워, 깜박거리는 네온사인을 커튼 틈새로 바라보았다. 동글동글한 불빛이 북극의 오로라와 디지털시계를 합쳐 흐물흐물하게 짓이긴 것처럼 벽에 번져갔다.

내 마음은 에이미에 대한 생각으로 들끓고 있었다. 에이미는 지금 뭘 하고 있을까? 어디서 지내고 있을까? 누군가와 함께 있을까? 행복할까? 나는 우리 관계가 유지되고 있는 동안은 아내를 불합리하고 비타협적인 여자로 생각했지만, 내 마음속 깊은 곳에 숨어 있던 무언가가 전면으로 달려나와서 나에게도 일부 책임이 있다고 말했다. 내가 조금만 덜 아내를 실망시켰다면, 아내는 아마 나를 사랑할 수도 있었을 거야.

자정쯤 되었을 때 나는 밖에 나가서 밤늦게까지 영업하는 술집을 찾아보기로 했다. 탱은 두 팔을 머리 위로 털썩 던져놓고 잠들어 있었다. 탱은 잠잘 때는 낮게 틱틱틱 하는 소리를 냈다. 귀여운 소리였지만 내가 잠드는 것을 방해했다. 그 소리는 탱이 밤새도록 대기 상태에 있다는 것을 나타냈고, 그래서 탱을 혼자 놔두고 나가도 괜찮겠다고 생각했다.

나는 차를 몰고 짙은 어둠과 따뜻한 밤공기 속을 지나 가장 가까운 도시로 갔다. 크기는 '윈도그'와 비슷하지만 그보다 활기찬 도시였다. 거기서 나는 문을 연 술집을 발견했다.

가게 구석의 천장 근처에 설치된 스크린에서는 권투 경기가 방영되고 있었다. 단골손님들은 이따금 선수들에게 이래라저래라 외치고 있었다. 내가 술집의 나무 출입문을 밀고 들어가자 술잔을 씻고 있던 바텐더가 고개를 끄덕이고는 다시 권투 시합 쪽으로 눈길을 돌렸다. 나는 카운터의 등받이 없는 의자에 앉았다.

"뭘 드릴까요?" 바텐더는 스크린에 눈을 고정시킨 채 물었다.

나는 선반을 살펴본 뒤 맥주를 골랐다. 그는 '버드와이저' 뚜껑을 열어서 내 앞에 내려놓았다. 그런 다음 다시 권투 시합으로 주의를 돌렸다. 나한테는 그게 더 좋았다.

나는 시원한 맥주를 마시며 오랫동안 조용히 앉아 있었다. 처음 한 병은 쉽게 목구멍으로 넘어갔다. 그 쾌감은 내가 모텔을 떠나 여기 도착할 때까지의 짧은 시간 동안 내 피부를 뒤덮은 땀과 먼지로 몸이 더러워진 느낌을 달래주었다. 나는 맥주를 또한 병 주문했다. 두번째 맥주를 꿀꺽꿀꺽 몇 모금 들이켠 뒤에야 내가 조심하지 않으면 두번째 술병도 순식간에 바닥나버릴 거라는 사실을 깨달았다. 가능하면 모텔까지 닷지 차저를 몰고 돌아가고 싶었다. 고속도로를 지그재그로 달리다가 보안관 대리에게 걸려 정지 명령을 받고 싶지는 않았다. 게다가 나한테는 돌봐야 할 로봇이 있었다. 내가 유치장에 갇히기라도 하면 탱은 어떻게 되겠는가?

얼마 후 나는 누군가의 시선을 느꼈다. 위험을 무릅쓰고 좌우를 힐끔힐끔 살펴보니 희끗희끗한 콧수염을 기른 노인이 카운터 끝에서 나를 응시하고 있었다. 그 술집에서 권투 시합에 무관심한 손님은 나 말고는 그 노인뿐이었다. 노인에게 살짝 눈길을 던졌는데, 그게 실수였다. 노인에게 초대장을 보낸 거나 마찬가지였기 때문이다. 노인은 나와 눈이 마주친 순간 카운터를 따라 내 쪽으로 미끄러져왔다. 보아하니 한두 번 해본 솜씨가 아니었다. 노인은 벌써 꽤 취해 있었음에도 방해가 되는 의자들을 볼링핀처럼 이리저리 밀치면서 나에게 다가왔다. 그가 내 옆에 오자 나는 그를 더 자세히 살펴보았다. 왼쪽 손가락 두 개가 누레져 있는 것은 그가 담배를 피운다는 것을 알려주었다. 셔츠는 위스키 색깔로 물들인 것이었다.

"내 이름은 샌디요." 노인은 나에게 손을 내밀었다. 손은 끈적끈적하고 앙상한 느낌이었다.

"벤이라고 합니다."

"맥주병의 라벨을 잡아떼는 놈들에 대해 사람들이 뭐라고 하는지 알고 있소?"(그건 내가 방금 하고 있었던 짓이었다.) 샌디는 내 술병을 고갯짓으로 가리켰다.

나는 모른다고 말했다.

"당신이 여자를 원한다는 뜻이라고 사람들은 생각한다오."

"나한테는 여자가 있습니다. 아니, 있었어요."

"아하."

"지금은 로봇을 데리고 있습니다."

잠시 침묵이 흘렀다. 샌디는 하얗게 센 텁수룩한 눈썹을 한쪽만 치켜올렸다.

"로봇을 돌보고 있다는 뜻입니다. 그래서 여자한테 쓸 시간이 없어요. 나는 그 녀석을 고쳐주려고 애쓰고 있지요. 로봇 말입니다."

샌디는 말문이 막힌 듯 두 눈썹을 모아서 미간에 주름을 잡고

긴 코에도 주름을 잡았다.

"으음… 그거 좋은 직업이구려."

"베트(수의사)만큼 좋지는 않습니다."

그의 눈 속에서 희망이 번득였다(좀 전에는 흐리멍덩했는데).

"베트(퇴역군인)한테는 많은 이점이 있지만, 거기에 따르는 고통도 많다는 것을 잊지 마시오." 노인은 의자 위에 주저앉아 벽에 적힌 글씨라도 읽고 있는 것처럼 앞을 뚫어지게 바라보았다. "퇴역군인은 자기가 목격한 광경을 절대로 잊지 않아요."

"아니, 나는 수의사라는 뜻으로 말한 거예요."

"뭐라고?"

"그러니까 내 말은… 아니, 됐습니다. 신경 쓰지 마세요."

하지만 샌디는 포기하려 하지 않았다.

"그런데 당신의 로봇은 어디 있소?" 그는 다양하게 땜질한 이가 늘어서 있는 넓은 입안에서 말을 굴렸다. 그의 심한 텍사스 사투리가 듣기 좋았다.

"모텔에서 자고 있습니다. 대기 상태에 있다는 뜻입니다."

"안전한가?"

"그게 무슨 뜻이죠?"

"당신이 거기 없어도… 로봇이 괜찮을까?"

"괜찮지 않을 이유라도 있습니까?"

"당신은 그 로봇을 돌봐주고 있다고 말했지만, 여기서 나와 함께 술을 마시고 있잖소. 그래서 물어본 거요. 그 로봇은 안전하냐고?"

나는 우리가 '함께 술을 마시고 있다'고 말할 정도는 아니라고 대꾸하고 싶었지만, 그만두었다. 그 대신 이렇게 말했다.

"그 녀석은 로봇인데 무슨 짓을 하겠습니까?"

"그 녀석이 잠에서 깨어났는데 당신이 거기에 없다고 합시다. 겁을 먹지 않겠소? 내가 이야기 하나 해주지. 한때 나는 목장을 가지고 있었소. 그때는 손도 제대로 움직이고 사랑하는 아내도 살아 있을 때였지. 어쨌든 나는 휴머노이드 타입의 로봇을 하나 갖고 있었소. 키가 150센티미터쯤 되었지. (그는 손으로 자신의 가슴께를 가리켰다.) 사금을 캐러 갈 때는 그 녀석을 데려가곤 했지."

그가 이야기를 계속하는 동안 나는 그가 이야기를 모두 꾸며 내고 있는 게 아닐까 하는 의심이 들었다. 그는 퇴역군인인가, 목장주인가, 광부인가? 그 자신도 결정을 내리지 못하는 것 같았다.

"…그런데 어느 화창한 날, 나무 밑에서 잠깐 낮잠을 자게 되었소. 얼마 후 잠에서 깨어나보니 로봇이 보이지 않는 거요. 그날 낮부터 밤늦게까지, 이튿날도 사방팔방으로 로봇을 찾아다녔소. 그렇게 멀리 가지는 못했을 거라고 생각했지. 며칠 뒤에 결국 로봇을 발견했는데, 강을 따라 하류로 내려가 보니 물굽이 쪽에 녀석이 있었소."

"로봇은 괜찮았나요?"

"아니, 전혀 괜찮지 않았지. 로봇은 강물 속에 얼굴을 처박고 있었소. 그냥 어이없이 죽어버린 거지." 이렇게 말하면서 샌디는 강물 속에 얼굴을 처박고 쓰러지는 로봇을 손짓과 휘파람으로 나타내고, 손바닥으로 카운터를 탁 내리치는 것으로 끝을 맺었다. "나는 녀석을 말리려고 애썼지만, 당신도 알다시피 로봇은 일단 물에 젖으면 헤어드라이어나 오븐 같은 걸 동원해도 소용이 없다오."

"정말 슬픈 일이군요."

"아아, 그렇소. 그래서 다시 말하겠는데, 당신이 없어도 로봇은 괜찮을까?"

나는 오싹한 두려움으로 가슴이 오그라들어 잠시 입을 다물었다. 노인의 이야기가 사실인지는 의심스러웠지만, 그의 말은 뜻밖에 내 마음을 흔들어 나를 불안하게 했다. 내가 없는 동안 탱이 깨어났다고 하자. 탱은 어떻게 생각할까? 어떻게든 방에서 나와 이리저리 헤매면서 나를 찾아다닐까? 그리고 탱의 금간 실린더는 어떨까? 한동안 계기판을 확인해보지 않았다는 사실을 깨달았다.

"가봐야겠습니다." 나는 의자에서 몸을 일으키면서 불쑥 말했다.

"그래, 가보쇼." 샌디도 동의했다.

나는 두번째로 그와 악수를 했다.

"만나서 즐거웠습니다, 영감님." 나는 지갑에서 지폐 몇 장을 꺼내 카운터 위에 놓으면서 바텐더를 불렀다. "이걸로 내 술값을 계산하고, 남는 돈은 이분이 마실 술값으로 충당해주세요."

샌디는 나에게 모자를 기울여 인사했고, 나는 술집에서 뛰쳐나오다시피 했다. 내 다리는 점점 빠르게 고동치는 심장과 보조를 맞추려고 애썼다.

나는 서둘러 닷지 차저를 타고, 술을 조금 마셨기 때문에 안전하게 갈 수 있는 한도 안에서 최대한 빨리 모텔로 돌아갔다. 주차장에 들어갈 때부터 무언가가 잘못되었다는 것을 알 수 있었다. 파란 경광등이 모텔 건물을 비추고, 내 방으로 들어가는 입구 주위에 사람들이 모여 있었다. 모텔 직원과 손님들이 모두 나온 것 같았다. 나는 위가 꽉 조이는 듯한 기분을 느꼈고, 손바닥에서 땀이 나기 시작했다. 나는 서투르게 주차를 하고, 급히 차에서 뛰어내려 마지막 몇 미터를 달려갔다. 금속 의족을 단 모텔 주인이 나를 알아보고 노려보았다. 그는 허리춤에 두 손을 댔다.

"당신이군. 도대체 당신은 어떻게 돼먹은 괴물이야?"

"무슨 일이죠? 누가 좀 말해줄 수 없나요? 그리고 내 방에 들어갈 수 없나요? 탱? 괜찮니, 탱?"

탱은 보이지 않았다. 나는 군중을 밀치고 지나가려 했지만 그들은 놀랄 만큼 단단하게 뭉쳐서 틈을 주지 않았다.

"부끄러운 줄 알아야지." 금속 다리가 말을 이었다.

나는 탱이 담요로 몸을 감싼 채 망가진 침대 위에 앉아 있는 것을 보았다. 경찰관 한 명이 그 옆에 쪼그리고 앉아서 탱의 작은 어깨를 토닥이고 있었다. 내가 문을 지나 방으로 들어가자 그들은 모두 고개를 돌려 나를 노려보았다.

"당신 로봇인가요?"

"예. 탱, 괜찮니?"

"응." 그는 찌무룩하게 대답했다.

나는 쪼그리고 앉아서 최대한 힘껏 그를 끌어안았다. 그 바람에 담요가 마룻바닥으로 떨어졌다. 탱은 담요를 집으려고 손을 뻗었다.

"담요. 담요. 담요. 담요."

"그래, 그래. 자, 여기." 나는 담요를 탱의 어깨에 두르고 단단히 여며주었다. 탱은 담요가 다시 떨어지지 않도록 손가락으로 움켜잡았다.

"무슨 일이 있었지? 말해봐."

하지만 탱이 입을 열기도 전에 경찰관이 설명했다.

"열두 시 반쯤 여기 주인이 나한테 전화를 해서, 이 방에서 비명소리가 나는 걸 들었다고 신고를 했어요…."

금속 다리가 이야기를 이어받았다.

"나는 산탄총을 들고 와서 문을 발로 차서 열었소. 그랬더니 이 꼬맹이가 마치 세상의 종말이라도 오고 있는 것처럼 비명을 지르며 울고불고 떠들어대고 있더군. '벤! 벤! 벤! 벤! 벤!' 하고 소리치면서 방을 빙글빙글 돌고 있었소. 그래서 경찰을 부른 거요."

나는 이제 좀 더 차분하게 숨을 쉬기 시작했다.

"그러니까 이 녀석한테는 아무 일도 없었던 거죠? 나는 담요를 보고 탱이 어디 강물에라도 빠진 줄 알았어요."

"그건 아니고, 혼자 겁을 먹었을 뿐이오. 이 꼬맹이를 그런 식으로 혼자 두고 나가다니, 당신은 부끄러운 줄 알아야 돼. 이 녀석이 밖에 나가기라도 했다면 어쩔 뻔했소?"

나는 문을 발로 차서 열지 않는 한 문이 잠긴 방에서 탱이 나가지는 않았을 거라고 말해줄까 생각했지만, 그의 말도 타당하다고 생각했다.

"무서웠어." 탱이 말했다.

"알아. 정말 미안해." 그리고 나 자신을 포함하여 다른 사람들도 모두 놀랐지만, 나는 몸을 앞으로 기울여 그의 시원한 머리에 입을 맞추었다.

"성함이?"

"벤 체임버스입니다."

"체임버스 씨." 경찰관은 무릎을 삐걱거리며 바닥에서 일어나면서 말했다. "여기서는 로봇 학대를 무척 심각하게 받아들입니다. 당신이 무슨 일을 하는지, 어디서 왔는지는 모르지만, 여기서는 로봇이 일꾼이고 당신은 로봇을 잘 돌봐야 합니다."

내 모텔 방을 가득 채운 사람들 뒤쪽에 서 있던 한 노인이 갑자기 큰 소리로 외쳤다.

"맞는 얘기요. 안 그러면 로봇은 고장이 나고, 그러면 농작물도 수확할 수 없어."

"이 로봇은 고급형 안드로이드는 아닐지 몰라요." 경찰관은 제복에 묻은 먼지를 털어내면서 말을 이었다. "하지만 그래도 신의 창조물입니다. 그걸 잊지 마세요."

"맞는 얘기요." 노인이 맞장구를 치자, 그의 아내로 보이는 여자와 뒤늦게 현장에 온 두어 명이 고개를 끄덕였다.

"어쨌든 당신을 체포할 근거는 없는 것 같으니까 지금은 일단 떠나겠소. 하지만 경고하는데…"

나는 수치심과 자기혐오감에 사로잡혀 무릎을 꿇다시피 하고, 다시는 이런 일이 일어나지 않을 거라고 경찰관에게 말했다.

"당연하지. 그런 일이 다시는 일어나지 않을 거요." 금속 다리가 맞장구를 쳤다. 그리고 허리를 숙여 탱과 눈높이를 맞추었다. "여기서 나랑 함께 지내는 게 어때?"

갑자기 차가운 전율이 내 몸을 꿰뚫었다. 문득 깨닫고 보니 온몸이 가늘게 떨리고 있었다. 하지만 탱은 고개를 돌려 그를 바라보고는 머리를 좌우로 돌려 '싫다'는 뜻을 분명히 나타냈다.

"벤." 그는 조용히 말하고 손을 뻗어 내 손을 잡았다.

"그렇다면 좋아." 금속 다리는 나를 돌아보았다. "하지만 우선 내 모텔에서 나가줘야겠어. 알았지? 이 모텔에서 계속 비명소리가 나게 할 수는 없으니까. 그건 영업에 도움이 안 돼."

경찰관은 문 밖으로 사라졌고, 구경꾼들은 그를 따라 내 방에서 나갔다. 나는 이곳 사람들의 로봇에 대한 동정심이 강한 데 놀랐고, 내가 얼마나 탱을 좋아하는지를 그들이 모르는 데 기분이 상했다. 하지만 아마 나는 그런 마음을 겉으로 드러내지 않았을 테고, 내 감정에 나 자신도 깜짝 놀랐다. 마지막 구경꾼이 떠나자 나는 탱의 실린더를 점검했다. 코리가 낙관했듯이 실린더 안에는 아직 상당한 양의 액체가 남아 있었지만, 수위는 캘리포니아에 있을 때보다 눈에 띄게 낮아져 있었다.

아침 일찍 우리는 모텔에 작별을 고했다. 탱은 도덕적으로 상당히 유리한 입장에서, 그리고 나는 적당히 단련된 태도로 그곳을 떠났다.

10
핼러윈데이

우리는 모텔에서 휴스턴까지 마지막 남은 거리—겨우 7시간 거리—를 친밀한 침묵 속에서 달렸다. 나는 아직도 나 자신이 부끄러웠지만 탱은 나를 용서한 것 같았다. 내가 좋아하는 라디오 방송을 틀자 탱은 박자에 맞추어 발을 흔들면서 창밖을 연달아 지나는 선인장을 내다보았다.

우리가 휴스턴 근교에 도착한 것은 점심때가 훨씬 지난 뒤였다. 태양은 하늘에서 뜨겁게 타오르고 있었다. 나는 편의점에서 음식을 산 다음 곧장 박물관으로 가기로 결정했다.

휴스턴 우주박물관은 산업용 시설 같은 느낌을 풍기는 NASA(미국항공우주국)의 오래된 건물이었다. 벽돌과 금속으로 이루어진 낡은 창고 같은 박물관에는 수학여행을 온 학생들이 20세기의 마지막 프런티어를 살펴보고 있었다. 요즘에는 우주여행에 관심을 갖는 사람이 별로 없는 듯했다. 천장에 소형 로켓과 태양계 모형이 매달려 있는 현관홀은 박물관의 실제 내용물에 비해 너무 웅장하게 느껴졌다. 현관홀을 둘러싼 벽에는 다양한 전시실로 통하는 입구가 여러 개 뚫려 있었다. 홀 중앙에는 금속제 계단이 있고, 계단 위의 중2층에도 아래층과 비슷한 형태로 전시실 문이 배열되어 있었다. 입구마다 방문객에게 길을 안내하기 위한 화살표 안내판이 바깥쪽에 세워져 있었지만, 거기에 뭐라고 쓰여 있는지 현관홀에서는 보이지 않았다. 우리는 관광하러 온 게 아니라 이곳 직원을 만나러 왔기 때문에, 나는 안내소로 다가가서 리지 카츠 박사라는 분을 불러달라고 부탁했다.

"박사님은 나를, 아니 우리를 기다리고 계십니다."(나는 캘리포니아에서 오는 길에 이메일로 그녀와 짧은 대화를 나누었다.)

"잠깐만 기다리세요." 안내소의 여직원이 카츠 박사에게 전화하는 동안 나는 조용히 기다렸다. "박사님은 곧 내려오실 겁니다. 앉아 계세요. 물은 마음대로 드셔도 됩니다."

나는 앉을 곳을 찾아 주위를 둘러보았지만 의자가 하나도 보이지 않아서 두 손을 주머니에 찔러 넣고 기다렸다. 카츠 박사가 '곧' 내려오지 않아서 나는 가까운 음수대에서 원뿔 모양의 종이컵으로 물을 받아 마셨다. 탱이 사라진 것을 알아차린 것은 바로 그때였다. 주위를 둘러보았지만 탱은 어디에도 보이지 않았다. 안내소의 여직원을 보니, 손톱을 손질하면서 잡지를 훌훌 넘기고 있었는데, 그녀도 탱을 보지 못했다고 말했다.

"카츠 박사님이 내려오시면… 내가 곧 돌아올 거라고 전해주세요. 박사님이 나랑 만나기로 한 약속을 취소하지 않게, 꼭요."

나는 대답도 기다리지 않고 전시실로 통하는 문으로 들어가보기로 했다. 웅장한 계단은 굳이 올라가볼 필요가 없다고 생각했다. 입구 하나를 통과했을 때 다른 전시실에서 쨍그랑하는 요란한 소리가 들렸다. 나는 그 소리가 난 곳—옆방—으로 미끄러지듯 달려갔다. 탱이 전시품에 다가가지 못하도록 쳐놓은 밧줄 안쪽에 손 하나를 내밀고 서 있었다. 그리고 안드로이드 모형처럼 보이는 것이 탱 앞 바닥에 부서진 채 놓여 있었다.

탱은 나를 보고 얼어붙었다.

"탱, 도대체 무슨 짓을 하고 있는 거냐? 네가 이걸 깨뜨렸니?"

"아니."

"거짓말 같은데?"

"거짓말?"

"그래. 그건 사실이 아니라는 걸 알면서 사실인 것처럼 말한다는 뜻이야. 네가 건드려서 모형이 떨어진 게 사실이지?"

탱은 이 말을 곰곰 생각했다. 그는 손을 천천히 조심스럽게 오므렸다. 그때 나는 탱이 플라스틱 손가락 한 개를 쥐고 있는 것을 알아차렸다. 탱은 내가 보고 있다는 것을 알아차리고는 그것을 바닥에 떨어뜨렸다. 손가락은 데굴데굴 굴러서 내 발치에 멈춰 섰다.

"탱, 사실이지?"

"응." 탱은 눈을 내리깔았다.

"솔직하게 말해줘서 기뻐. 그런데 왜 모형을 건드렸지?"

탱은 대답할 기회를 갖지 못했다. 내 등 뒤의 입구로 리지 카츠 박사가 들어왔기 때문이다.

우리가 박물관에 온 지 10분밖에 지나지 않았는데 벌써 전시품 하나를 박살낸 것을 생각하면, 그 로봇사학자의 태도는 놀랄 만큼 상냥했다. 탱은 카츠 박사의 집무실에서 박사가 그의 실린더를 들여다보는 동안 초록색 가죽을 씌운 낡은 의자에 앉아 있었다. 나는 마지막으로 확인했을 때보다 액체 수위가 그렇게 많이 내려가지 않은 것을 보고 안심했다. 박사는 탱의 가슴판을 닫고, 길고 섬세한 손가락으로 접착테이프를 문질러서 다시 붙인 다음, 탱을 전체적으로 세세하게 살펴보기 시작했다. 그녀는 탱의 팔 하나를 들어 올린 데 이어 다른 쪽 팔도 들어 올린 뒤, 탱의 발을 계속 이리저리 흔들었다. 결국 탱이 참지 못하고 몸을 흔들었다. 나는 또다시 그 모습을 탱이 킬킬거리며 웃는 걸로 받아들였다. 박사는 제멋대로 뻗치는 금발을 멋지게 길들여 말총머리로 묶고, 보라색 블라우스와 거기에 잘 어울리는 통바지를 입고 있었다. 그 모습은 내가 상상한 박물관장과는 전혀 달랐다. 실은 에이미와 좀 비슷했다.

나는 내 차림새를 내려다보았다. 치노 반바지, 버켄스탁 샌들에 하얀 셔츠는 어느 모로 보나 관광객 같은 느낌이었다. 가을

─정확히 말하면 핼러윈데이(만성절 전날인 10월 31일. 새해와 겨울의 시작을 맞는 날로, 아이들은 유령 같은 괴상한 복장을 하고 이웃집을 돌아다니며 음식을 얻어먹는다)─이었지만 아직 따뜻했다. 텍사스 사람들은 더위에 익숙해졌을지 모르지만 나는 아니었다. 나는 차림새에 신경을 쓰면서 한 손을 정수리로 들어 올렸다. 내 머리카락은 더부룩하고 물결처럼 굽이쳤다. 아직은 어머니처럼 검은 머리였지만, 아버지처럼 희끗희끗해지기 시작한 상태였다.

하지만 카츠 박사는 설령 내 옷차림을 알아차렸다 해도 그런 기색을 전혀 보이지 않았다. 박사는 내가 데려온 구형 로봇에 열중해 있었다. 나는 탱의 실린더를 고칠 수 있는 사람을 찾고 있지만, 박사가 탱에 대해 줄 수 있는 정보가 있다면 그것도 알고 싶다고 말했다. 나는 탱을 정원에서 발견했다고 말했다. 무엇 때문인지, 에이미에 대해서는 언급하지 않았다.

"이 로봇, 정말 놀라워요." 박사가 말했다.

나도 그렇다고, 정말 놀랍다고 대답했다.

"이 로봇이 그냥 나타났다고 하셨죠? 그런데 어디로 데려가면 좋을지, 어떻게 아셨어요?"

"소거법으로 알아냈습니다. 운도 좋았고, 코리도 도와주었죠."

그녀는 고개를 끄덕였다.

"코리와는 채팅방을 통해서 알게 되었어요. 로봇을 취미로 하는 친구죠. 당신이 나를 수상한 눈으로 보기 전에 솔직히 인정할게요. 나는 세상물정에 어두운 따분한 괴짜예요. 코리는 안드로이드를 만드는 회사에서 청소년을 위한 게임을 디자인하고, 나는 우리가 어떻게 거기까지 갔는지를 그 아이들이 잊지 않도록 하고 있죠. 어느 정도는."

나는 그녀의 목소리에 부러움이 담겨 있는 것을 감지했다. 그녀는 책상 뒤에 앉아서 한참 동안 탱을 이리저리 살펴보았다.

탱과 나는 서로를 곁눈으로 바라보았다.

탱은 의자에 앉은 채 두 발을 멍하니 흔들 뿐, 끼어들지는 않았다.

박사가 갑자기 미소를 지으며 벌떡 일어났다.

"미안하지만 이 로봇에 대해서는 드릴 말씀이 없네요. 내가 고쳐줄 수도 없어요. 이 로봇 안에 있는 부품은 모두 처음 보는 것들이라 전혀 알아보지 못하겠어요. 말하자면 로봇이라고 말할 수도 없는 엉터리예요." 박사는 내 걱정 어린 표정을 흘끗 보고는 재빨리 덧붙였다. "하지만 내가 아는 사람 가운데 당신을 도와줄 만한 사람이 있는데, 이름은 가토 오버진이에요. 대학 친구인데, 몇 년 전에 도쿄의 집으로 돌아갔어요."

"오버진?"

"이름이 이상하죠? 일본어 이름은 '나스비'인데, '가지'라는 뜻이에요. 그런데 그 친구가 여기 왔을 때 아무도 그 이름을 발음하지 못해서 우리말로 번역한 거죠. 오랫동안 만나지 못했지만 대단한 친구예요. 틀림없이 당신을 도와줄 수 있을 거예요."

"왜 그렇게 생각하시죠?" 나는 또다른 곳으로 가야 한다고 생각하자 맥이 풀렸고, 탱의 실린더가 버틸 수 있는 시간이 얼마 남지 않은 것 같아서 두려웠다. 하지만 어쨌든 다음에 취할 수 있는 조치가 적어도 하나는 남아 있었다.

"대학을 졸업한 뒤 가토는 인공지능 분야에서 두각을 나타내어, 그쪽 업계에서 정상급 인재들과 함께 일했어요. 로봇 마니아라면 누구나 꿈꾸는 그런 종류의 일을 했죠. 로봇과 관련해서 가토가 모르는 게 있다면 그건 알 가치가 없는 거예요. 가토는 안드로이드와 관련된 극비 프로젝트에 참여하는 행운을 얻었지만, 그 행운은 오래가지 않았어요. 가토는 자리를 잃었죠. 그게 아마…8년쯤 전이었나? 내가 아는 건 그게 다예요."

나는 희망을 느꼈다.

"혹시 연락처를 아세요?"

"그 친구와는 한동안 연락이 끊겼어요." 박사는 눈을 내리뜨고 손가락을 비틀면서 말했다. 그녀의 목소리에는 아쉬움이 담겨 있었다. 그러다가 갑자기 그녀의 얼굴이 밝아졌다. "하지만 이메일 주소가 있어요. 그것도 도움이 될까요?" 그녀는 접착 메모지에 무언가를 끼적여서 나에게 건네주었다. 그것은 도로명이 적힌 주소였다.

"이게 뭐죠?"

"내가 사는 곳이에요. 오늘밤 저녁을 먹으러 갈 곳이 어딘지 알려면 그게 필요할 거예요. 여긴 가토의 이메일 주소가 없어요.

집에 가서 찾아봐야 해요."

나는 몇 초 동안 멍한 표정으로 그녀를 바라보고 있었던 모양이다. 하지만 그녀는 어중간한 미소를 띤 채 나를 마주보았다. 이윽고 나는 얼굴을 붉혔고 박사는 생긋 웃었다.

"실은 밖에서 저녁을 먹자고 당신을 초대할 작정이었지만, 로봇 때문에 그러기가 어려울 것 같아서, 그렇다면 우리 집에 초대해도 되지 않을까 생각한 거예요."

"하지만 나를 모르잖아요? 나는 위험한 사람일 수도 있습니다."

"그러기를 기대합시다." 그녀는 무슨 뜻인지 알 수 없는 함박웃음을 지었다.

탱과 나는 차로 돌아갔지만, 내가 운전할 수 있는 상태가 되기까지는 몇 분이 걸렸다.

"방금 나한테 무슨 일이 일어났지?" 나는 혼잣말로 중얼거렸다.

"우리는 박물관 여자를 만났어."

"그래. 내 말은… 아니, 아무래도 좋아."

나는 시동을 걸고 여전히 당혹스러운 기분으로 박물관 주차장을 빠져나왔다.

"내 발음 때문인 게 분명해." 나는 내 생각을 입 밖에 냈다. 내 발음은 뉴스 캐스터만큼 훌륭하고 확실했다. 그것은 몇 안 되는 내 장점 가운데 하나였다. 에이미도 항상 내 말투를 좋아했다.

도쿄로 가는 다음 비행기는 내일 아침이 되어야 떠나기 때문에 나는 밤을 보낼 모텔을 찾았다. 우리는 프런트에서 열쇠를 받아 방에 짐을 풀었다. 내가 샤워를 하고 다시 나갈 준비를 하는 동안 탱에게 할 일을 주기 위해 나는 텔레비전을 켜고 리모컨을 탱에게 주었다. 내가 막 욕실에서 나가려고 할 때 문을 노크하는 소리가 들렸다.

"탱, 가서 누가 왔는지 좀 봐줄래?"

세탁 로봇 사건이 있은 뒤, 나는 '문에 간다'는 말의 의미를 탱에게 설명해줘야 한다고 느꼈지만, 탱은 아직도 그 말뜻을 잘 이해하지 못한 것 같았다. 그래서 나는 탱이 알아듣기 쉽게 말을 조절했다. 탱은 침대에서 몸을 일으켜 철커덕거리며 문 쪽으로 걸어갔다.

그런데 문을 열자마자 탱은 내가 들어본 적이 없는 새된 소리로 비명을 지르고는 최대한 빨리 옷장 속으로 도망쳐서 문을 닫으려고 애썼다.

"도대체 왜 그래? 탱, 무슨 일이야?" 나는 반쯤 열려 있는 문으로 달려갔다.

키가 120센티미터쯤 되는 마녀가 빗자루와 고양이 봉제인형까지 들고 문 밖에 서 있었다. 마녀는 은빛 양동이 하나를 들고 있다가 그것을 나에게 내밀면서 고개를 한쪽으로 기울였다.

"과자를 안 주면 장난칠 거야!"

빌어먹을 핼러윈!

"너 때문에 내 로봇이 겁먹었잖아. 당장 꺼져!"

"과자를 안 주면 장난칠 거야!" 마녀가 같은 말을 되풀이했다.

"그 말은 아까 들었어. 이제 가. 어서 꺼져!" 나는 근엄한 몸짓이 되기를 바라면서 문 밖을 가리켰다. 효과가 있는 것 같았다. 마녀는 홱 돌아서서 달아났다. 내가 문을 닫자 밖에서 킬킬거리는 소리와 탁탁거리는 소리가 들렸다. 다시 문을 열어보니, 아까 왔던 마녀와 친구 몇 명이 닷지 차저에 달걀을 던지고 있었다.

"야, 꼬마 괴물들아! 어서 꺼지지 못해! 그건 내 차야! 그래서 우리가 애를 낳고 싶지 않았던 거야!" 나는 달아나는 아이들 뒤에다 대고 소리쳤다.

그건 사실이라고, 15분 뒤에 나는 비누 묻힌 스펀지로 닷지 차저를 문지르면서 생각했다. 에이미와 나는 교제를 시작한 초기에 아들딸—그리고 핼러윈—에 대해 이야기를 나누었는데, 그때 우리는 아들딸에게 친구들보다 덜 형편없는 의상을 찾아 주어야 하는 의무에서 해방되고 아이들이 과자를 달라고 이웃 사람들을 괴롭히는 동안 아이들과 동행할 필요가 없다는 것은 아이를 낳지 않을 충분한 이유가 되고도 남는다는 데 의견이 일치했다. 하지만 언제부턴가 에이미는 마음을 바꾸었다. 지난 핼러윈데이 때 에이미가 그랬다. 과자를 얻으러 온 아이들에게 문을 열어주지 않는 건 비열한 짓이라고.

"그 아이들은 그냥 어린애일 뿐이야,"

"당신, 생각이 바뀌었군. 당신도 핼러윈데이의 이 시시한 풍습을 싫어하는 줄 알았는데?"

"싫어해. 난 다만… 내 생각에는…"

"됐어. 사람은 저마다 생각이 다르니까." 나는 아내의 마음이 변한 것을 이해할 수 없었고, 무엇이 그런 변화를 일으켰느냐고 물어볼 생각도 하지 않았다.

나는 닷지 차저에 묻은 달걀 얼룩이 마르기 전에 닦아냈지만, 차에서 달걀 얼룩을 깨끗이 지워버리기까지는 시간이 좀 걸렸다. 내가 방으로 돌아왔을 때쯤에는 벌써 약속시간이 다 되어가고 있었다. 하지만 그보다 더 큰 문제는 탱이 아직도 옷장 속에 숨은 채 나오려 하지 않는 것이었다. 탱은 서랍과 옷걸이 사이로 들어가 있었지만, 옷장 폭이 너무 짧아서 탱의 몸통이 다 들어갈 수는 없었다. 그래서 옷장 문은 끝까지 닫히지 않고 빼꼼히 열려 있었다. 문 사이의 좁은 틈새로 탱의 가늘고 긴 조각이 엿보이면서 비참하고 겁먹은 로봇이 드러났다. 나는 문을 열려고 했지만 탱의 손이 안에서 나타나 문을 잡아당겼다.

"이젠 괜찮아. 바보 같은 짓을 하고 다니는 어린애였을 뿐이야. 리지와의 약속에 늦겠어. 아까 그 여자애는 사실은 마녀가 아니었어. 어서 나와."

"싫어."

"제발 부탁이야. 지금 나가지 않으면 약속시간에 늦을 거야. 리지를 기억하지? 아까 만난 여자…"

"응."

"이봐 탱. 마녀는 이제 가버렸어. 다른 애들도 다 갔어. 간 지 오래. 지금쯤은 아마 집에 가 있을 테고, 과자를 너무 많이 먹어서 배탈이 났을 거야."

"정말? 확실해?"

사실 확실한지는 알 수 없었다.

"물론이지. 장담할게. 어쨌든 우리는 오늘 저녁에 여기 있지 않을 테고, 그 아이들도 다시는 올 것 같지 않아. 침대에서 자고 있을 테니까."

탱은 옷장 문을 열고 철커덕거리며 밖으로 나왔다. 탱은 내가 욕실에 좀비나 도끼 살인마를 숨겨두기라도 한 것처럼 고개를 빙글빙글 돌리고 있었다. 탱은 침대 위로 몸을 끌어올려 베개에 기대앉았다.

"영화 봐도 돼?"

"아니야, 탱. 지금은 안 돼. 내가 말했잖아. 우리는 리지와 만나기로 약속했는데, 벌써 늦었어. 우린 가야 돼."

"나는 여기 남아서 영화 볼래."

"안 돼. 널 또 혼자 두고 갈 수는 없어. 게다가 카츠 박사가 너도 초대했잖아? 네가 가지 않으면 실례야." 말은 그렇게 했지만, 속으로는 탱을 놔두고 갈 수 있다면 얼마나 좋을까 생각했다. 나는 잠시 그 생각을 갖고 놀았지만, 결국 마음에서 밀어냈다.

"가자, 탱. 닷지를 타고 갈 거야. 재미있겠지?"

탱은 내 말을 곰곰 생각하다가 몸을 반쯤은 들어 올리고 반쯤은 굴리듯이 하면서 침대에서 내려왔다. 그러면서 기묘하게 끙끙거리는 소리와 쿵쿵거리는 소리를 냈다.

"좋아, 벤. 어서 가. 벤은 늦었어."

11
디젤

"안녕? 아니, 안녕하세요? 안녕하십니까? 안녕하시죠? 그래, 그냥 안녕이라고 하자. 그게 좋겠어."

우리는 밤의 환락을 즐기는 사람들로 분주한 텍사스의 번화가에 자리잡은 리지 카츠 박사의 건물 밖에 서 있었다.

"왜 문이랑 얘기해?"

"리지한테 뭐라고 인사할지 궁리하고 있는 거야."

나는 탱이 더 질문하기 전에 얼른 손을 뻗어 초인종을 눌렀다. 내 손가락이 초인종을 막 누르려는 순간 소형 모니터에 얼굴이 나타나고 목소리가 울려 퍼졌다.

"그곳에 얼마나 오랫동안 서 있을 작정인지 궁금했어요. 들어오세요. 2층이에요."

우리가 엘리베이터에서 내리자 그 앞에 리지가 기다리고 있었다. 그녀는 낮과 마찬가지로 면 블라우스와 통바지를 입고 있었지만, 이번에는 연두색과 파란색이었다. 머리카락은 풀어 내려서 구불구불하게 물결치고, 그녀가 머리를 흔들면 리듬에 맞춰 춤을 추었다. 에이미의 머리카락과 아주 비슷했다. 그녀의 옷차림은 고풍스러운 인상을 풍겼다. 그것은 에이미도 한때 갖고 있었지만 법정에서 경력을 쌓으면서 잃어버린 여성스러운 측면을 보여주었다. 에이미와 함께 사는 동안은 그 변화를 알아차리지 못했는데 방금 그것을 깨닫고, 지금까지 그 변화를 알아보지 못한 나 자신에게 놀랐다. 리지 앞에 서자 에이미에게 일어난 변화가 뚜렷해 보였다.

나는 내가 아침보다는 좀 더 멋져 보였으면 좋겠다고 생각했다. 어쨌든 나는 배낭에서 말쑥한 바지를 찾아냈고, 호텔에 비치되어 있는 다리미로 셔츠를 다렸다. 희끗해지기 시작한 머리카락은 여전히 제멋대로 뻗쳤지만, 거기에 대해서는 어떻게 해볼 도리가 없었다.

"안녕!" 나는 말했다. 말했다기보다, 오히려 외침소리처럼 입에서 튀어나왔다.

탱은 놀라서 조금 움찔했다. 리지 카츠는 검고 또렷한 눈썹을 치켜올렸다.

"당신도 안녕!" 리지도 외치고는 웃음을 터뜨렸다. 나는 그녀의 볼에 입을 맞추려고 다가갔지만, 그녀는 내가 겨냥한 볼과는 반대쪽 볼을 내주었다.

그녀는 허리를 숙여 하얗고 작은 손을 탱에게 내밀었다. 탱은 나를 쳐다보았고, 내가 고개를 끄덕이자 그녀에게 손을 뻗었다. 하지만 그녀는 악수를 한 다음 몸을 더 깊이 굽혀 탱에게도 입을 맞추었다. 탱은 그녀의 입술이 닿은 머리로 손을 들어 올렸다. 탱이 그럴 수만 있다면 얼굴을 빨갛게 붉혔을 거라고 나는 생각했다. 리지는 여전히 탱의 손을 잡은 채 몸을 돌려 우리를 집 안으로 안내했다. 그러고는 나에게 문을 닫으라고 손짓을 했다.

리지 카츠의 아파트는 아담하고 따뜻하고 안락했다. 갈색 카펫이 깔린 거실 옆에 비닐 바닥재가 깔린 부엌이 있었다. 아파트가 모퉁이에 있어서 인접한 두 벽에 창문이 나 있었는데, 바깥의 술집과 식당들에서 명멸하는 네온사인 불빛이 흘러 들어와 벽과 바닥을 비추었다. 창턱에는 작은 호박이 놓여 있고, 그 양쪽에는 세모꼴 눈과 네모꼴로 미소 짓는 입이 새겨져 있었다. 밖에서 흘러든 불빛이 호박에 뚫린 구멍을 통과하여 카펫에 기다란 세모꼴과 네모꼴의 빛을 던지고 있었다.

"마실 거 드릴까요?" 리지가 두 손을 내밀면서 물었다. 그제야 나는 여기 오는 길에 산 와인을 아직도 손에 들고 있다는 것을 알아차렸다. 내가 술병을 건네줄 기미를 보이지 않자 그녀는 술병을 살며시 빼앗았다.

"나한테 주실 거죠?"

"맞아요, 당신한테 드리려고 산 겁니다."

"고마워요."

나는 그녀의 얼굴에 떠오른 표정을 언뜻 보았다. 나를 까칠한 남자로 여기는 기미가 엿보이는 표정이었다.

"미안합니다." 나는 말했다. "평소에는 이렇지 않은데… 대개는 부드러운 편인데, 지금은 좀 신경이 예민해져서요."

"그럴 거라고 짐작했어요. 자, 앉으세요. 와인 좀 가져올까요?"

거실에는 소파와 안락의자가 하나씩 있었고, 둘 다 약간 아스텍풍의 셔닐 모포로 덮여 있었다. 탁자 위에는 『박물관 투데이』와 『큐레이터』 같은 잡지가 몇 권 놓여 있고, 『로봇이란 무엇인가?』도 있었다. 나는 탱을 옆에 앉히려고 소파를 택했지만, 탱은 안락의자로 곧장 다가가서 기어오르더니 팔걸이 위에 팔을 올려놓고 등받이에 기대앉았다.

"푹신해." 탱이 말했다.

그러자 박사가 맞장구쳤다.

"내가 좋아하는 의자야. 텔레비전을 볼 때 편해."

나는 난감한 기분이 들어서, 탱이 그 의자에서 내려오게 하려고 애썼다.

"아니, 괜찮아요. 나는 여기 앉을게요." 그녀는 나에게 와인잔을 건네주고, 탁자 위에 와인병을 놓고 내 옆에 앉았다. "이젠 나를 편하게 불러주세요."

그녀는 두 다리를 구부려 소파 위에 올리고 한쪽 팔꿈치를 소파 등받이 위에 올려놓고 포도주를 홀짝거리기 시작했다. 내가 리지와 탱을 동시에 보려면 소파 등받이에 몸을 기대야 했지만, 탱이 지루해져서 방을 돌아다니다가 무언가를 건드려 깨뜨리기라도 할까봐 겁이 나서 탱을 모른 체할 수가 없었다. 실제로 탱은 벌써 책꽂이 턱에 놓여 있는 화분에서 넘쳐나 늘어져 있는 자주달개비를 발견하고, 털뭉치를 쫓아다니는 고양이처럼 줄기에 매달려 있는 잎을 손으로 가볍게 치기 시작했다.

나는 불안해졌지만 리즈는 침착했다.

"나는 늘 학생 단체를 상대하고 있어서 참을성을 발휘하는 데 익숙해져 있어요. 로봇도 아이들과 별로 다르지 않아요."

잠시 침묵이 흐른 뒤 리지는 실례한다고 말하고 소파에서 일어나 부엌으로 갔다.

"쇠고기 찜은 오븐에 넣어놓았지만, 감자껍질을 벗겨야 돼요." 그녀가 말했다.

나는 도와주겠다고 말했지만 그녀는 들으려 하지 않았다.

그녀가 감자껍질 벗기는 모습을 보자 에이미가 생각났다. 그리고 탱과 함께 여행을 가겠다는 생각을 에이미한테 처음 털어놓았을 때가 떠올랐다. 채소를 썰 때 에이미는 놀랄 만큼 정확하고, 모질게 느껴질 만큼 단호했다. 거기에 비해 리지의 칼질은 훨씬 부드럽고 물 흐르듯 매끄러워서 꼭 춤을 추는 것처럼 보였다.

잠시 침묵이 흘렀다. 그동안 나는 뭔가 그럴듯한 말을 꺼내려고 머리를 굴렸지만, 대화의 기술은 궁지에 빠진 나를 내버려두고 어딘가로 떠나버렸다. 탱은 의자에서 두 다리를 대롱거리며 주위를 둘러보고, 뭔가 골치 아픈 말썽을 부리기 전의 긴장된 분위기로 빈 공간을 채우고 있었다. 아니나 다를까, 탱은 의자에서 몸을 일으켜 바닥으로 내려오더니 리지의 호박을 집어들었다.

"벤, 이거 뭐야?"

"호박."

이 말은 탱한테 아무런 설명도 되지 않았다.

"호박이 뭔데?"

"채소. 먹는 거야."

탱은 알 듯 모를 듯한 표정으로 나를 빤히 바라보았다. 내 말을 믿지 않는 것 같았다.

"먹는 부분은 껍질 안쪽에 있어." 리지가 부엌에서 내 말을 보충 설명했다. "바깥쪽은 장식을 위한 거야. 핼러윈 장식."

핼러윈이라는 말에 탱의 눈이 휘둥그레졌다. 그는 새된 소리로 "마녀!" 하고 외치고는 호박을 떨어뜨리고 방에서 뛰쳐나가려다가 벽과 정통으로 부딪혔다.

"도대체 무슨…." 리지는 부엌에서 나와 탱을 일으켜 세우는 나를 거들면서 말했다. 나는 리지와 함께 탱을 다시 의자로 데려가면서, 핼러윈 복장을 한 아이들 때문에 모텔에서 일어난 소동을 설명했다.

"무서워." 탱이 그녀에게 말했다.

"괜찮아." 그녀는 탱을 가볍게 안아주면서 말했다. "여긴 마녀가 없어. 무서운 호박 마녀도 가버렸어."

그녀는 바닥에 떨어진 노란색 얼룩을 가리켰다.

"정말 미안해요." 나는 또다시 말했다.

"괜찮아요. 정말이에요."

리지가 호박을 치우는 동안 또다시 어색한 침묵이 흘렀다. 나는 도와주겠다고 말했지만 이번에도 그녀는 내 말을 들으려 하지 않았다. 나는 다른 무엇보다도 침묵을 깨기 위해 입을 열었다.

"가토 오버진의 연락처는 찾았나요?"

하필이면 그 순간 그 화제를 꺼낸 것이 좀 곤혹스러운 듯 그녀는 어리둥절한 표정을 지으며 손을 내저었다.

"그건 나중에 찾아드릴게요."

리지는 싱크대 밑에 있는 쓰레기통에 호박을 버리고 조리 일로 돌아가서, 감자를 효율적으로 소스팬에 떨어뜨렸다. 가스불이 켜지면서 작게 펑 하는 소리와 쉿쉿 하는 소리가 들렸다.

그녀는 행주로 손을 훔치고 거실로 돌아와서 내 옆에 앉았다. 또다시 침묵이 흐른 뒤 그녀가 느닷없이 물었다.

"부인과 헤어진 지는 얼마나 됐어요?"

나는 이 갑작스러운 질문에 깜짝 놀라서 아무 대답도 하지 못했다.

"부인과 헤어진 게 그리 오래된 것 같지 않은데… 맞죠?" 그녀가 이번에는 좀 더 부드러운 말투로 말했다.

내가 대답할 마음도 먹기 전에 그녀는 내 무릎 너머로 손을 뻗어 내 왼손을 잡고 천천히 들어 올렸다. 에이미가 아닌 다른 여자가 갑자기 내 손을 잡자 팔 전체에 짜릿한 전율이 달렸다. 그 감각을 어떻게 해야 좋을지 알 수가 없었다. 그녀에게서는 좋은 냄새가 났다. 상쾌한 향수 냄새였지만 음식 냄새도 섞여 있었다. 불에 그슬린 고기와 양파 냄새였다. 그런 냄새를 맡자 배가 고파졌다.

"반지를 끼었던 손가락에 자국이 나 있어요. 그런데 자국이 아직 또렷한 걸 보면 최근까지 반지를 끼고 있었던 게 분명해요. 그리고 만약에 부인과 사별했다면 반지를 끼고 있을 거라고 생각해요." 리지는 잠시 말을 끊었다가 덧붙였다. "그래, 얼마나 됐죠?"

"그게… 2, 3주… 그쯤 됐어요. 관찰력이 대단하시네요."

"아시다시피 나는 독신녀예요. 그러니 더욱 조심해야죠. 철저히 확인해야 돼요."

그녀는 나보다 훨씬 세상물정에 밝고 총명했다. 전처와 비슷한 데가 없지 않은 매력적이고 자신만만한 여성과 함께 앉아 와인을 마시고 있는 것이 나에게는 이미 버거운 현실이었다. 나는 당황한 나머지 떠날 생각까지 했지만, 그랬다면 무례한 짓이었을 것이다. 그때 그녀가 말했다.

"아이들은 있나요?"

"아니요." 아이 문제를 설명할 작정은 아니었지만, 그녀가 나를 빤히 바라보자 아무래도 설명이 필요할 것 같아서 덧붙였다. "전처가… 아이를 원하는 줄 몰랐는데, 나를 떠나기 전, 아니 우리가 헤어지기 직전에야 알았지요. 아내가 아이를 원했다는 걸…."

"그랬군요." 이게 리지의 반응이었다. "어쨌든 당신은 아이 아버지처럼 보이진 않았어요."

이 말에 기분이 상할 수도 있었겠지만 전혀 불쾌하지 않았다.

"충분히 이해할 수 있습니다. 나도 아버지 노릇은 잘하지 못할 거라고 생각했거든요. 아니, 사실은 그 문제를 진지하게 생각해볼 기회도 없었어요."

"그런 뜻으로 말한 게 아닌데, 내 말을 오해하셨군요. 당신이 좋은 아버지가 되지 못할 거라는 뜻이 아니에요. 오히려 그 반대죠. 당신이 정말로 좋은 남자처럼 보이기 때문에 아마 아이 아버지는 아닐 거라고 생각했던 거예요. 당신한테 아이가 있다면 아이들과 함께 집에 있겠죠. 여기 나와 함께 있지 않고."

"아아…." 그녀의 말에 나는 어떻게 대꾸해야 좋을지 몰라서 입을 다물었다. 그러자 리지는 가볍게 웃고 다시 대화로 되돌아가려고 했다.

"박물관에서 일하고 있으면 데이트를 많이 못해요. 만나는 남자라고 다 주소를 알려주지도 않아요." 그녀의 목소리는 좀 슬프고 연약하게 들렸다.

"그 말은 칭찬으로 받아들이겠습니다."

그녀는 방긋 웃었고 나는 그녀의 작고 하얀 치아를 언뜻 보았다.

"그러셔야죠."

나는 그녀에게 칭찬을 받은 게 좀 쑥스러워서 화제를 좀 더 일반적인 것으로 바꾸었다.

"그런데 왜 우주박물관에서 일하고 있죠?" 이 질문을 할 때 나는 탱이 복도로 나가는 것을 알아차렸다. 탱을 다시 데려오려고 일어났지만 리지가 내 손을 잡고 탱을 그냥 내버려두라고 권했다.

리지의 손은 한동안 내 손 안에 머물러 있었지만, 이윽고 그녀는 손을 빼면서 말했다.

"왜요? 우주박물관에서 일하는 게 뭐 잘못됐나요?" 그녀의 목소리는 왠지 화가 난 것처럼 들렸지만, 그것은 그녀 자신도 박물관이 자신에게 어울리는 일자리가 아니라고 생각한다는 것을 암시하는 가짜 분노였다.

"천만에요. 잘못된 건 없습니다." 나는 기침인지 웃음인지 알 수 없는 소리를 내면서 말했다. "그런 뜻이 아니라… 코리한테 당신이 로봇사학자라는 말을 들었기 때문에."

"그 친구가 그렇게 말하던가요?" 그녀는 미소를 지으며 얼굴을 붉혔다. 그러자 그녀의 초록빛 눈이 갑자기 선명하게 돋보였다. "평가가 너무 후하네요. 나는 그저 온라인에서 로봇에 대해 언급하기를 좋아할 뿐이에요."

나는 왜 그것을 직업으로 삼지 않느냐고 물었다.

"그건 취미일 뿐이에요. 가토는 대학에서 머리 좋은 친구였어요. 나는 절대로 그 친구를 따라가지 못했을 거예요. 가토와 같은 길을 갈 수는 없었다는 뜻이에요. 로봇에 대해 어느 정도 지식을 갖고 있을지는 모르지만, 그 지식을 어디에도 써먹을 수 없을 거예요. 이 근처에는 로봇 박물관이 없어요. 나는 이사를 가야겠지만, 사실은 가까이에 가족이 살고 있어요."

그녀는 갑자기 벌떡 일어나 창가로 다가갔다. 낮게 기운 태양이 창문을 통해 강렬하게 빛나고 있어서 방이 환하게 밝아졌다. 갑자기 그녀의 책들이 모두 불타는 것처럼 보였다.

"이해합니다." 나는 누나를 생각하면서 말했다. 누나도 우리가 자란 곳에서 멀리 떠나지 못하고 이웃 마을에 정착했다. "하지만 내가 이해할 수 없는 건 당신이 왜 안드로이드를 가지고 있지 않은가 하는 겁니다."

그녀는 나를 돌아보며 어깨를 으쓱했다. 가냘픈 두 어깨가 그녀의 귀에 거의 닿을 듯했다.

"그건 간단해요. 살 여유가 없거든요. 내 봉급으로는 무리예요. 안드로이드는 중고도 비싸요. 게다가 놔둘 자리도 없고요." 그녀는 주위를 가리켰다. 자투리 공간까지도 모두 채워져 있었고, 책과 잡지는 더 큰 집을 기다리며 바닥에 쌓여 있었다. "이 작은 아파트 어디에 안드로이드를 두겠어요? 내가 백만장자와 결혼하거나 복권에라도 당첨되면 안드로이드를 다 갖추어놓을 거예요. 그리고 로봇을 찾을 수 있다면 로봇들도 구입할 거예요. 벤, 당신은 자신이 얼마나 운이 좋은지 모르고 있어요. 요즘 사람들은 저런 로봇을 만들지 않아요. 요즘만이 아니라 전에도 만든 적이 없어요."

그녀는 방금 한 말을 후회하는 것처럼 말을 끊었다가 다시 계속했다.

"탱을 고쳐줄 수 없어서, 그리고 탱에 대해 아무 도움말도 해줄 수 없어서 미안해요. 처음으로 대량 생산된 로봇부터 오늘날의 안드로이드에 이르기까지 설계의 역사에 대해서는 말해줄 수 있고, 앞으로 어떻게 되어갈 것인지에 대해서도 말해줄 수 있지만, 탱처럼 별난 로봇이 어디에 적합한지는 말할 수 없어요. 하지만 가토는 당신을 도와줄 수 있을 거예요." 그녀는 말을 끊고 탱을 바라보았다. 그 순간 방으로 돌아온 탱은 얼굴에 립스틱을 바른 것처럼 보였다. "어쨌든 미안하다, 꼬맹아. 너와 이야기를 나누어야 할 때 우리끼리만 이야기해서." 리지는 탱 앞에 쪼그리고 앉아서 탱의 손을 잡고, 주머니에서 꺼낸 휴지로 탱의 얼굴을 닦아주었다. "벤이랑 멋진 휴가를 보내고 있니?"

리지가 직접 말을 걸자 탱은 놀라서 발을 구르며 몸을 뒤뚱거렸다.

"응."

"지금까지 가장 마음에 든 곳은 어디였어?"

"닷지."

리지가 눈썹을 치켜올리며 나를 쳐다보았다.

"닷지는 렌터카예요. 그러니까 그 차를 타고 있을 때가 가장 즐거웠다는 뜻이죠."

나는 지금까지 지나온 여행에 대해 그녀에게 말하기 시작했다. 어떻게 차를 빌리게 되었는지, 카일과 방사능 도시에 대해, 그리고 안드로이드 애호 클럽에 대해. 그녀는 다시 내 옆에 앉아서 웃고 또 웃었다.

"안드로이드 매춘업소?"

"나도 알아요! 호텔 캘리포니아에서는 상황을 이해하지 못해서 좀 힘들었지만."

"물론 그렇겠죠. 그런 이야기는 나도 들어본 적이 없어요. 그런데 그 사람들은 당신이 거기에 간 이유를 정말로 그렇게 생각했단 말예요?"

"그렇다니까요."

"가토한테도 잊지 말고 그 이야기를 해주세요. 가토는 아마 경악할 거예요. 그 친구는 항상 모든 것에 대해, 심지어는 인공지능에 대해서도 진정한 존경심을 갖고 있었거든요."

리지는 잠깐 슬픈 표정을 지었다. 그러다가 그 감정을 떨쳐버린 듯 작고 사랑스러운 입술로 다시 나에게 미소를 지어 보였다.

"벤, 미안한 얘기지만 당신은 인공지능에 관심이 있는 타입으로는 보이지 않아요."

"그건 사실입니다. 난 그런 타입이 아니에요. 안드로이드를 갖고 싶어한 적도 없어요. 내 아내… 전처는 원했지만 나는 아니에요."

리지에게 탱 이야기를 하는 것은 기분이 좋았고, 리지가 탱의 행동에 짜증을 내지 않고 즐거워하는 것도 기뻤다. 에이미와 함께 보낸 지난달과는 전혀 달랐다. 에이미는 탱을 걸어 다니는 쓰레기통처럼 취급했고, 탱이 옆에 있기를 원한다는 이유로 나까지 그렇게 취급했다. 에이미가 떠난 것은 신의 뜻이었을지도 모른다.

하지만 리지는 느긋한 태도를 취하면서도 나를 놀리는 것은 잊지 않았다.

"당신은 아마 휴대폰도 구형을 쓰고 있을 거예요. 그렇죠?" 그녀가 팔짱을 끼면서 말했다.

나는 아니라고 말하고, 그녀에게 보여주려고 휴대폰을 꺼냈다.

"카메라도 있고 손전등도 있고, 다 있다니까요."

리지는 등받이에 기대어 키득거리다가 배가 아픈 듯 옆구리를 부여잡기까지 했다. 나는 더이상 곤혹스러워지는 것을 피하려고 휴대폰을 치웠다.

"하지만 로봇과 안드로이드에 대해 당신이 한 말은 옳아요. 대체로 나는 살아 있는 걸 더 좋아하죠. 한동안 수의사가 되려고 교육을 받은 적도 있는걸요."

이제 그녀는 내 말을 알아들을 만큼 차분함을 되찾고 있었다.

"그래요?"

"그런데 그걸 별로 잘해내지 못했어요. 이제 와서 생각해보면 우리 부모님은 정말 묵묵히 나를 뒷바라지해주셨죠. 그러다가 두 분이 사고로 돌아가시고⋯ 나는 이러지도 저러지도 못하게 됐죠. 어찌할 바를 몰랐던 것 같아요."

"정말 안됐군요. 수의사 공부를 다시 해볼 생각인가요?"

"그럴지도 몰라요. 어쨌든 집에 돌아가면 냉정을 되찾고 일자리를 구해야 돼요." 나는 숨을 깊이 들이마셨다. "하지만 어떤 일에도 쓸모가 없다면, 결국 노력하는 것도 포기하게 돼요."

그녀는 잠시 침묵을 지키다가 말했다.

"당신이 쓸모없는 사람이라고는 생각지 않아요."

"그래요?"

"물론이죠. 부모님을 여의는 것은 중대한 사건이에요. 벤, 여유를 좀 가지세요. 게다가 당신이 탱과 함께 얼마나 멀리까지 왔는지 보세요. 무척 힘들었을 거예요."

나는 남의 칭찬을 마지막으로 받은 게 언제인지도 기억나지 않을 정도였기 때문에, 정말로 따뜻한 행복감이 내 안에서 점점 커져가는 것을 느꼈다.

"고마워요." 나는 말했다.

고맙게도 리지는 화제를 바꾸었다. 우리는 편안하게 이야기를 나누었고, 시간은 쏜살같이 지나갔다. 문득 정신을 차리고 보니 우리가 그곳에 간 지 어느새 한 시간이 지나 있었다. 우리는 아직 식사를 하지 않았지만 리지는 음식을 다 준비해놓고 있었다. 작은 부엌에서 그녀가 큰 소리로 물었다.

"우리가 식사를 하는 동안 탱은 뭘 하고 싶어할까요?"

"뭘 하냐고요?"

"탱도 먹나요? 먹지 않는다면, 우리가 먹는 걸 구경하면서 따분하지 않을까요?"

"글쎄… 그건 나도 모르겠습니다." 나는 큰 소리로 대답했다. 그런 생각은 해본 적이 없었다. 내가 식사를 하는 동안 탱은 언제나 황홀한 눈으로 나를 바라보았다. 아니, 어쨌든 그래 보였다. 때로는 내 곁을 떠나 창밖을 내다보기도 하고 텔레비전이나 다른 무언가를 보러 가기도 했다. 하지만 나는 탱에게 뭘 하고 싶으냐고 물어본 적이 없었다.

"탱, 너도 음식을 먹니?" 리지가 탱에게 직접 물었다.

"아니." 탱이 대답했다.

"그럼 마실 것은 필요하니? 어떻게 작동하지?"

"작동?" 탱은 나를 쳐다보았지만 나는 탱을 도와줄 수 없었다. 리지 못지않게 나도 탱의 대답에 흥미를 느꼈다.

"뭐가 너를 움직이게 만들지?" 리지는 질문을 고쳐 쉽게 말하려고 애썼지만 별로 효과가 없었다. 나는 리지가 찾고 있는 대답을 얻지는 못하리라는 것을 경험으로 알 수 있었다.

"몰라." 탱이 말했다. 그리고 잠시 뒤에 덧붙였다. "디젤."

"뭐라고?" 리지와 나는 동시에 외쳤다.

"이따금 디젤. 1년에 한 번, 아니면 두 번. 너무 많으면 안 돼. 나빠… 그리고 좋아." 탱은 주위를 둘러보고는 눈꺼풀 밑에서 눈을 치뜨고 우리를 쳐다보았다. 탱은 마치 우리가 자기한테서 깊은 비밀을 억지로 끌어내기라도 한 것처럼 당혹스러워 보였다. 아마 우리는 실제로 그랬을 것이다.

나는 깔개 위에 탱과 나란히 앉아 그의 상자 같은 어깨에 손을 올려놓았다.

"탱, 왜 나한테 말하지 않았어? 디젤은 얼마든지 구해줄 수 있었을 텐데."

하지만 탱은 손을 내저어 그 제의를 뿌리쳤다.

"아니, 자주 마시면… 안 돼."

"올해 마신 적 있니?" 리지가 물었다.

"아니!"

"그럼 지금 좀 마시고 싶어?"

이렇게 묻고 나서 리지는 나에게 말했다.

"아래층 차고에 가면 디젤을 보관해둔 깡통이 있는데… 탱, 괜찮겠어?"

"글쎄…." 탱은 안심시키는 말을 듣고 싶어서 고개를 돌려 나를 바라보았다.

"마시고 싶으면 좀 마셔. 걱정하지 마. 네가 너무 많이 마시지 않도록 우리가 지켜볼 테니까."

리지는 컵에 디젤을 가득 따라서 탱에게 주었다. 처음에 탱은 시험 삼아 맛을 보는 것처럼 홀짝거렸지만, 마실수록 속도가 빨라졌다. 몇 모금 마신 뒤에 탱은 킬킬거리기 시작했다. 우리가 쇠고기 찜 요리를 다 먹었을 때쯤 탱은 의자에서 내려와 한 손은 여전히 의자에 올려놓은 채 천장을 바라보고 있었다.

"탱, 괜찮냐?" 내가 물었다.

"응."

"정말?"

"응."

"디젤을 충분히 마셨으면 나한테 알려줘. 알았지?"

아무 대답도 없었다. 나는 걱정이 되었다. 하지만 바로 그때 낮게 틱틱틱 하는 소리가 나기 시작했다. 나는 탱이 잠을 잘 때 그런 소리를 내는 것을 들은 적이 있었다.

"탱은 왜 잠을 잘까요?" 리지에게 물었다.

리지는 어깨를 으쓱하며 말했다.

"무언가를 계속 배우고 있다면 잠을 자지 않겠어요? 탱은 어린애나 마찬가지예요. 주위에서 일어나는 것들을 처리하려면 어린애들한테는 잠이 필요해요. 아마 탱의 회로는 이따금 안정을 찾을 필요가 있을 거예요."

탱은 자기 이야기를 하고 있는 우리에게 반응하듯 몸을 약간

씩 움직였다. 손이 의자에서 미끄러져 마룻바닥에 퉁 하는 소리
와 함께 떨어졌다.

"탱이 취한 것 같은데요."

"취한 건 우리도 마찬가진걸요."

리지 말이 옳다는 것을 깨달았다. 나는 리지의 아파트까지 차
를 몰고 왔지만, 차에 대해서는 까맣게 잊어버린 채 저녁 내내
리지가 주는 대로 와인을 받아 마셨다. 이렇게 된 이상 모텔로
돌아가려면 택시를 타야 할 것이고, 아침에는 다시 택시를 타고
리지의 아파트로 와서 차를 몰고 가야 할 터였다.

"물어보고 싶은 게 있었는데…" 리지가 갑자기 내 생각을 방
해하며 내 옆에 앉았다. 나는 설레기 시작했고 배가 실룩거리
듯 떨리기 시작했다. "인공지능에 관심이 없다면, 왜 로봇과 함
께 여행을 떠나기로 결심했어요? 이 로봇은 뭐가 그렇게 특별하
죠?" 그러면서 리지는 이제 혼수상태에 빠져 있는 탱을 바라보
았다.

나는 잠시 생각하고 나서 대답했다.

"탱이 우리 정원에 나타났을 때 나는 녀석이 딱하게 보였고,
어떻게 왔을까 궁금하지 않을 수 없었어요. 하지만 탱을 알면
알수록… 녀석은 단순한 구형 로봇이 아니고, 안드로이드와는
전혀 달라요. 탱은 학습 능력이 있는 게 분명합니다. 단순히 명
령을 수행하는 게 아니라… 아니, 사실 탱은 좀처럼 명령에 따르
지 않아요. 고집불통이다, 내가 하는 일에 항상 의문을 제기하

죠. 하지만 녀석은… 매사에 관심을 갖고 신경을 씁니다. 당신 말대로 탱은 특별해요."

나는 잠시 말을 멈추고 숨을 돌리면서 탱의 더 많은 장점을 털어놓을 준비를 했다. 그때 리지가 나에게 입을 맞추었다.

이튿날 아침, 나는 리지의 침대에서 눈을 떴다. 내 옆에는 쪽지가 놓여 있었다.

벤, 만나서 정말 즐거웠어요. 탱도요. 멋진 밤을 보낼 수 있게 해줘서 고마워요. 당신한테 덤벼들어서 미안해요——아마 와인 탓이겠죠. 휴스턴에 다시 오거든 커피 마시러 오세요. 아침은 마음대로 드세요. 여기서 나가는 법은 아시겠죠? 즐거운 여행 하시고, 찾고 있는 것을 찾았으면 좋겠네요. 리지.

추신: 가토한테 안부 전해주세요. 그가 어떻게 지내고 있는지 알려주실래요?

쪽지 옆에는 가토 오버진의 이메일 주소가 적힌 다른 쪽지가 놓여 있었다. 나는 안심했다. 리지는 우리가 '이튿날 아침'의 민망함을 면할 수 있도록, 나를 깨우지 않은 채 슬며시 출근해버린 것이다.

나는 몇 분 더 침대에 누워서 어젯밤의 일을 생각해보았다. 리지와 섹스한 것이 생각났고, 그래서 내가 끝까지 잘해낸 모양이라고 안심할 수 있었다. 하지만 에이미가 알면 뭐라고 할까 생각하자 좀 부끄럽기도 했다. 나는 결혼반지가 끼워져 있었던 손가락을 만지작거렸다. 리지가 말했듯이 손가락에는 아직도 우묵한 반지 자국이 남아 있었다.

나는 이상하게도 기분이 우울해지는 것을 느낄 수 있었다. 그래서 몸을 일으켰다. 사실상 낯선 여자의 침대에서 몸을 끌어내자, 손가락으로 머리를 빗은 다음 바지를 찾아다녔다. 그제야 나는 탱이 의자에 기대어 잠들어버린 것을 기억해내고 잠시 당황했다. 탱을 찾으러 거실로 들어가보니 탱은 아직도 잠들어 있었다. 다만 지금은 탱의 몸에 담요가 덮여 있었다.

"정말 사랑스러운 여자야." 나는 중얼거렸다. "에이미라면 절대로 그렇게 하지 않았을 거야." 에이미의 모자란 점을 새삼 생각하자 묘하게도 위안감이 들었다.

탱은 금방 깨어날 기미를 보이지 않았고, 내가 깨우려고 탁탁 두드리자 신음소리를 내면서 내 손을 떨쳐버렸다. 그래서 나는 탱이 계속 자게 내버려두고 어젯밤에 사용한 그릇을 설거지하기 시작했다.

12
보안검색

나는 탱을 깨우고, 리지에게 '고마워요. 나도 즐거웠어요'라는 짧은 메모를 남긴 다음, 공식적으로 체크아웃을 하기 위해 모텔로 돌아갔다. 숙취에 시달리는 탱은 차에 남아서 머리를 문에 기댄 채 한숨을 푹푹 내쉬고 있었다. 우리는 달걀 얼룩이 말끔히 지워져서 반짝반짝 빛나는 닷지 차저를 휴스턴 공항의 렌터카 사무소에 반납하러 갔다. 아니, 차를 반납한 것은 나였고, 가뜩이나 기분이 언짢은 탱은 무슨 일이 일어날 것인지를 알아차리자 잔뜩 골이 나서 뚱해져 있었다.

"내가 말했잖아. 도쿄에 사는 리지 박사의 친구를 만나러 갈 거라고. 나도 비행기 대신 차를 몰고 도쿄까지 가고 싶은 마음이 굴뚝같지만, 그럴 수는 없어. 그리고 도쿄까지 차를 가져갈 수도 없어."

"왜?"

"왜라니, 그게 무슨 뜻이야? 방금 말했잖아. 우리는 비행기를 탈 거라고. 그게 이유야."

"왜?"

"왜 비행기를 타냐고 묻는 거야? 아니면 왜 비행기에 차를 실을 수 없냐고 묻는 거야?"

이 질문에 탱은 당황하여 말문이 막혔다. 자신의 말이 무슨 뜻인지는 탱 자신도 알지 못했다. 탱은 '왜?'라는 말의 의미를 전혀 파악하지 못했고, 그 말과 논리를 일치시키기까지는 아직도 갈 길이 멀었다. 탱을 꾀로 이기기는 쉬웠다. 적어도 지금은 그랬다. 하지만 나는 조만간 탱이 나를 이기리라는 것을 알았다.

그 후 탱은 렌터카 사무소까지 가는 동안 조용히 앉아서 언짢은 얼굴로 동승석 문의 내장재를 어루만지고 있었다. 탱은 닷지를 내주고 싶지 않았다. 문자 그대로 닷지를 놓아주고 싶어하지 않았다. 로봇의 두 손이 자동차 문손잡이를 움켜잡으면 얼마나 강한 힘을 발휘할 수 있는지는 놀라울 정도다. 이와 마찬가지로 눈사람 모양의 로봇에 그 두 손이 달려 있고, 그 로봇이 금속 허파를 최대한 사용하여 쇳소리로 비명을 지르면 얼마나 많은 사람들의 눈총을 받는지도 놀라울 정도다. 아니, 어쩌면 이런 것들은 전혀 놀라운 일이 아닐지도 모른다. 놀랍다기보다는 불안과 공포를 불러일으킨다는 표현이 적당하다. 그것은 사람을 불안하게 하고 난처한 곤경에 빠뜨린다.

　이번에는 탱을 화물실에 태워볼 생각조차 하지 않았다. 탱과 함께 체크인 카운터 앞에 줄을 서서 기다리는 동안 나는 내가 선택할 수 있는 몇 가지 방법을 생각해보았다. 또다시 프리미엄 좌석 두 개를 구입하는 것을 정당화할 수 있을지는 의심스러웠다. 우리는 아직도 갈 길이 멀었고, 나는 언제 어디서나 여행 자금을 확보할 수 있도록 손을 써야 했다. 중도 해지하기 어려운 정기예금 계좌에서 언제든지 입출금할 수 있는 보통예금 계좌로 돈을 이체하도록, 지구를 반 바퀴 돈 곳에서 거래 은행에 전화하여 은행원을 설득하는 것은 쉬운 일이 아닐 터였다. 탱은 에이미만큼 돈이 많이 드는 길동무가 되기 시작했다. 나는 지금까지 여러 번 에이미 때문에 휴가 여행의 수준을 높여야 했다. 한 번은 호텔 객실을 스위트룸으로 바꾸었고, 또 한 번은 배를 타고 몰디브 주위를 도는 대신 헬리콥터를 타고 몰디브 위를 날았다(그랬다고 그것이 나를 기쁨으로 채워주진 않았다). 사실 탱은 아직까지는 에이미보다 훨씬 돈이 적게 드는 길동무였다. 프리미엄 좌석이 꼭 필요하다면, 그렇게 할 수밖에 없을 것이다.
　"좌석은 몇 개나 필요하세요?"
　탱은 나에게 더 바싹 다가와서, 버켄스탁 샌들 밖으로 드러나 있는 내 발가락을 작은 금속 발로 밟았다.
　"두 개요."

직원은 나에게 활짝 미소를 지었다.

"좋습니다. 그럼 어떤 등급의 좌석을 원하십니까? 이코노미, 비즈니스 이코노미, 퍼스트 이코노미, 퀄리티 이코노미, 비즈니스 퀄리티, 퀄리티 퍼스트, 그리고 비즈니스 퍼스트가 있습니다. 퍼스트 클래스도 있구요."

나는 그 좌석들의 차이를 설명해달라고 부탁했다.

"많은 차이가 있습니다. 원하신다면 저쪽으로 가서 팸플릿을 검토해보시고 준비가 되면 다시 줄을 서시는 게…."

나는 그 제의를 거절하고, 로봇한테 적당한 좌석을 달라고 요구했다.

직원은 데스크 너머로 탱을 살펴보았다.

"저 로봇은 화물실에 맡기는 게 좋을 것 같은데요."

탱이 내 바짓가랑이를 움켜잡는 게 느껴졌다.

"이 녀석을 화물실에 맡기고 싶지 않군요. 어떤 좌석이 이 아이한테 적합할지 알고 싶네요."

직원은 반들반들한 콧날 위로 안경을 밀어 올리고는 한숨을 내쉬었다.

"상위 세 등급은 모두 적합할 겁니다."

나는 그를 노려보았다.

"그럼 다른 좌석은요?"

"우리 비행기의 좌석은 안드로이드에 적합하게 설계되어 있습니다. 누구에게나 편의를 제공하는 것이 우리 항공사의 자랑이긴 하지만, 로봇에게 서비스를 제공하는 데에는 익숙지 않습니다. 특히 손님이 데리고 있는 로봇 같은 건 더욱 그렇지요. 상위 세 등급만 저걸 실을 수 있을 만큼 큰 좌석을 갖고 있습니다."

"저거라뇨? 손님이라고 부르세요." 나는 직원의 말을 바로잡았다. "저게 아니라 손님요."

"그래도 상황은 달라지지 않습니다. 저 손님은 여전히 우리 비행기에서 제일 좋은 상위 세 등급에만 적합합니다."

"그럼 그중에서 제일 싼 좌석 두 개를 주세요."

"좋습니다. 혹시 저 손님한테 칩이 심어져 있는지 여쭤봐도 될까요?"

"칩을 심어요?"

"네, 손님."

나는 묻는 듯한 눈으로 그를 바라보았다.

"새로운 방침입니다. 화물실이 아니라 객실에 탑승하여 미국을 떠나는 로봇은 모두 마이크로칩을 갖고 있어야 합니다. 그건 사람들이 갖고 있는 생체 여권과 좀 비슷합니다. 칩이 심어져 있거나, 아니면 손님 여권에 저 손님이 기재되어 있어야 합니다. 기재되어 있나요?"

"이해할 수가 없군요. 우리는 영국을 떠나 샌프란시스코에 도착했는데, 그때는 아무 질문도 받지 않았어요. 거기선 이 아이를 그냥 여분의 승객처럼 취급했다고요." 나는 그때의 일을 생각해 내려고 애썼다. 히스로 공항에서는 내가 탱을 화물실에 태우겠다고 말했기 때문에 말썽이 벌어졌다. 그런데 여기서는 탱을 쓰레기처럼 바라보고, 비행기표를 사기도 전에 이런저런 시련을 겪도록 강요하고 있다.

"아까도 말했듯이 새로운 방침입니다. 지금은 히스로 공항에서도 똑같이 하고 있을 겁니다."

"이 아이한테 칩이 심어져 있지 않고 내 여권에도 기재되어 있지 않다면 어떻게 되죠?"

"그러면 탑승할 수 없습니다. 아니면 저 손님을 화물실에 맡기시면 됩니다."

"그래요? 고맙군요. 큰 도움이 되었어요."

"천만에요. 그럼 저 손님을 화물실에 맡기실 건가요?"

"아니요. 화물실에 맡기고 싶지 않습니다. 나와 함께 객실에 태우고 싶어요."

"그럼 칩이 심어져 있나요?"

"솔직히 말하면 아마 칩은 심어져 있지…"

갑자기 나는 바지 주머니를 누군가가 잡아당기는 것을 느끼고 아래를 내려다보았다. 탱이 나를 쳐다보며 미소를 짓고 있었다.

"탱, 왜 그래?"

탱은 내 다리를 잡고 있지 않은 빈손을 위로 한껏 뻗어 올렸다. 그 손은 탱의 몸통 위쪽을 돌아서 등 쪽으로 뻗어갔다. 탱은 어깨 뒤쪽을 톡톡 두드렸다.

"너한테 칩이 심어져 있다는 거야?" 내가 물었다.

탱은 고개를 끄덕였다.

"좀 더 일찍 말하지 그랬어."

"벤은 알 필요가 없었어."

나는 한숨을 내쉬었다.

"됐어." 나는 직원을 돌아보았다. "칩이 심어져 있다는군요."

"좋습니다." 그는 말하고, 데스크 뒤에서 휴대용 무선장비를 집어들어 탱 쪽으로 뻗었다. 탱은 즐거워 보이지는 않지만 그래도 직원이 스캔할 수 있도록 돌아섰다. 나는 그가 불만스러워하는 이유를 이해할 수 있었다. 탱은 애완동물처럼 취급당하는 것을 좋아하지 않았다.

직원은 컴퓨터를 다시 들여다보고 얼굴을 찌푸렸다.

"문제가 있나요?" 내가 물었다.

직원은 나를 바라본 다음, 눈을 돌려 탱을 바라보고 다시 나에게 눈길을 돌리고, 마지막으로 다시 컴퓨터로 돌아갔다. 그는 땀에 젖은 이마를 한 손으로 쓱 훔치고 콧마루를 긁었다. 그러고는 한숨을 내쉬고 고개를 저으면서 우리에게 탑승권을 내주었다.

"그게 다 뭐였지?" 나는 체크인 카운터를 떠나면서 탱한테 묻는다기보다 오히려 혼잣말처럼 중얼거렸지만, 로봇은 상자 같은 어깨를 으쓱해 보였다. 나는 보안검색대로 걸어가다가 탱 앞에 무릎을 꿇고 말했다.

"너를 그런 식으로 취급하게 해서 미안해."

"괜찮아. 벤이 그런 것도 아닌데."

"나도 알아. 하지만…."

탱은 내 손을 잡았다.

"벤?"

"왜?"

"고마워."

"뭐가?"

그는 내 다른 손도 마저 잡았다.

"좌석."

우리는 말없이 보안검색대로 다가갔다. 나는 우리를 미국에서 오도가도 못하는 처지에 빠뜨릴 또다른 엉뚱한 방침과 만나게 되지나 않을까 걱정했다.

보안검색대가 가까워졌을 때 나는 가슴이 철렁 내려앉았다. 우리 앞에는 종별로 분리된 수많은 줄이 생겨 있었다. 나는 안내에 따라 '인간'이라는 표지판 밑에 있는 금속 탐지기를 통과했다. 가까이에는 휴머노이드 로봇들이 '안드로이드'라고 적힌 또다른 종류의 탐지기를 통과하기 위해 줄을 서서 기다리고 있었다. 그리 가깝지 않은 곳에 먼지가 쌓인 탐지기가 하나 있었다. 방해가 되지 않도록 한쪽 구석에 처박아둔 듯한 그 탐지기 뒤에는 똑같이 먼지투성이인 보안검색 요원이 하나 있었고, 탐지기와 요원 위에 '로봇'이라는 표지판이 보였지만 줄을 서서 기다리는 로봇은 하나도 없었다.

탱은 나와 동시에 상황을 알아차렸다. 나는 탱의 반응을 염려하면서 그의 서늘한 머리 위에 손을 올려놓았다. 하지만 탱은 철커덕거리며 뒤도 돌아보지 않고 탐지기 쪽으로 걸어갔다. 나는 탱이 줄을 서 있는 안드로이드들 옆을 지나가는 것을 지켜보았다. 인공 합성된 목소리의 잔물결이 탱을 뒤따라갔다. 안드로이드들이 탱을 놀리고 있었다. 그들은 탱을 비웃고 있었다. 나는 그들에게 정말로 화가 났다.

"이봐, 너희들 입 닥쳐. 자기만족에 빠진 복제품들아. 겉모양은 티타늄으로 만들어져 번들거리지만 독창적인 생각은 할 줄 모르는 것들! 너희 줄에나 신경 써. 내 친구는 관두고. 그애는 감정을 갖고 있어. 그거 알아?"

탱은 계속 걸었다.

"탱, 걱정하지 마." 나는 외쳤다. "나도 곧 반대쪽으로 갈 테니까. 거기서 잠시만 기다려. 오래 걸리지 않을 거야!"

그러나 나는 꽤 오랜 시간이 걸렸다. 인간의 행렬은 끝이 없었고, 탱의 줄에 있는 로봇은 탱뿐이었다. 나는 탱이 차분하게 탐지기를 통과하는 것을 지켜볼 수밖에 없었다. 나이가 지긋한 보안검색 요원은 탱을 쿡쿡 찌르고 쑤시더니, 결국 탱의 가슴판을 열고 안을 들여다보았다. 그런 다음 탱에게 뭐라고 말했고 탱은 나를 가리켰다. 나는 사람들과 각종 장비를 타고 넘어 탱에게 달려가고 싶었지만, 그런 기분을 간신히 억눌렀다.

보안검색대를 통과하자 나는 반들거리는 바닥에서 옆으로 미끄러지면서 최대한 빨리 탱을 찾으러 달려갔다. 탱은 자기 탐지기와 내 탐지기 사이에 놓인 벤치에 앉아 있었다. 눈을 내리깔고 있었지만, 누군가가 가까이 올 때마다 내가 아닐까 하고 고개를 들었다. 마침내 내가 다가가자 그의 얼굴이 환하게 빛났다. 그는 벌떡 일어나서 두 팔로 내 다리를 꽉 끌어안았다.

"너무 오래 걸려서 정말 미안해."

"벤 탓이 아니야."

"너한테 뭐라고 하는 것 같던데? 보안검색을 한 여자 말이야."

186

"응."

"뭐라고 했는데?"

"왜 공항에 있냐고. 그리고 누구와 함께 왔냐고."

문득 어떤 생각이 머리에 떠올랐다. 탱에게 칩이 심어져 있다면 거기에 주소가 입력되어 있지 않을까?

"그 여자가 네 칩에 대해서 뭐라고 하던?"

"응."

"뭐랬는데?"

"칩이 망가졌대. 고칠 필요가 있대."

"그랬구나. 어쨌든 그 여자는 너를 보내주었네?"

"응."

그녀는 탱에게 동정심을 느낀 게 분명했다. 그리고 탱이 폭탄도 아니고 몸속에 마약을 감추고 있는 것도 아니라고 판단했을 것이다. 그때 나는 체크인 카운터에 있던 남자 직원을 생각해내고, 그도 아마 탱을 스캔했을 때 칩이 망가진 것을 알고도 문제 삼지 않기로 했다는 것을 깨달았다. 탱은 사람들한테 자기가 원하는 것을 얻어내는 요령을 알고 있는 것 같았다. 강아지처럼.

"친절한 분이었구나." 내가 말했다.

"응." 탱은 내 손을 잡았다. "이제 날아가?"

"그래. 우리는 이제 곧 여기를 떠날 거야. 하늘을 날아서."

13
히비 교차

　도쿄로 가는 여행은 더 바랄 나위가 없을 만큼 쾌적한 비행이었다. 특히 유쾌했던 것은 우리를 냉대하고 모욕한 '조지 부시 인터콘티넨탈 공항'(휴스턴 국제공항의 정식 명칭)을 떠났기 때문이었다. 샌프란시스코의 버스 터미널에서 겪은 끔찍한 경험을 고려한다 해도, 휴스턴 국제공항은 이번 여행에서 최악의 장소 가운데 하나였다. 공항에서 일어난 사건들은 특히 탱에게 심한 굴욕감을 안겨주었고, 탱이 즐거워하는 것을 보면 나도 즐거워진다는 것을 깨닫고 나는 깜짝 놀랐다.

　비즈니스 퀄리티인지 퀄리티 퍼스트인지는 모르지만, 어쨌든 우리 좌석에 앉아 안전벨트를 매자마자 탱은 지난번과 마찬가지로 앞좌석 등받이에 설치되어 있는 기내 개인용 모니터에 뜬 목록을 스크롤해달라고 요구했다. 탱은 이번에는 도쿄까지 열

세 시간을 비행하는 동안 한 가지 게임만 하면서 시간을 보냈다. 상대와 난투극을 벌이는 게임이었는데, 탱은 키가 작고 날씬한 중국 여자 캐릭터의 액션을 조종하면서 즐거워했다. 거대한 허벅지 근육을 가진 그 여자 캐릭터는 킥을 하면, 발이 다른 플레이어들의 머리보다 더 높이 올라갔다.

나는 지난번과 같은 방법을 택하기로 마음먹고 진토닉을 몇 잔 마신 뒤 잠들었다.

비행기에서 꾸는 꿈은 다른 어떤 꿈과도 다르다. 진토닉에 취해 몽롱한 상태에서 나는 브라톱과 미니스커트를 입고 다리 하나를 잃은 로봇 강아지를 보았다. 강아지는 외투와 미니스커트를 입은 매춘부로 변신했고, 이 매춘부는 다시 에이미로 변신했다. 하지만 아쉽게도 에이미는 미니스커트 차림이 아니었다. 탱은 내가 코를 골고 있다는 것을 알려주려고 두어 번 나를 쿡쿡 찔렀지만, 나는 곧 다시 잠들었다.

승무원이 기내 방송으로 착륙 절차를 알려줄 때 게임 화면이 꺼지자 탱은 화가 났다. 그래서 팔걸이를 두 주먹으로 탕탕 치면서 새된 소리로 비명을 질렀다. 처음 있는 일도 아니지만 나는 탱에게 '오프'(끄기) 스위치가 달려 있다면 얼마나 좋을까 하고 생각했다.

도쿄에는 곳에 따라 약간의 비가 내리고 있다고 조종사가 인터콤으로 알려주었다. 하지만 내가 비행기의 타원형 창문으로 밖을 내다보니 비가 약간 내리는 게 아니라 억수같이 쏟아지고 있었다. 탱의 눈이 불안으로 휘둥그레졌다. 그의 눈꺼풀이 대각선으로 눈을 가로질러 반쯤 내려왔다.

"괜찮아. 네가 쓸 우산을 찾아줄게."

도착장 로비로 들어가서 몇 초도 지나기 전에 우리는 1960년대에서 바로 온 듯한 투명비닐우산으로 가득 차 있는 자동판매기를 발견했다. 탱은 그 우산이 마음에 들었는지, 당장 펼쳐서 체조선수처럼 우산을 빙글빙글 돌렸다. 나는 우산을 계속 펴고 있으면 안 된다고 주의를 주었지만 탱은 그 이유를 이해하지 못했다.

"탱, 우산은 밖에 나갈 때까지 접어둬. 우산은 밖에 나갔을 때 쓰는 거야."

"탱… 우산… 지금."

"안 돼. 어쨌든 네 우산은 지금 다른 사람들의 얼굴과 같은 높이에 있어. 그들의 얼굴을 찌르거나 때릴 위험이 있어." 탱은 얼굴을 찡그리며 내 말을 무시했다. "탱, 우산을 접어. 안 그러면 내가 빼앗아버릴 거야. 둘 중 하나를 택해."

탱은 1~2초쯤 생각한 다음, 우산을 접어서 겨드랑이에 끼우고 두 손으로 가슴판에 붙은 접착테이프를 만지작거렸다.

"탱, 이쪽이야. 탄환열차(일본 신칸센 초특급열차의 별명) 표지판이 있어." 나는 그쪽으로 걸어가기 시작했다.

"탄-환?"

"그래. 정말로 아주아주 빠른 열차야. 순식간에 우리를 도쿄 한복판으로 데려가줄 거야. 가장 좋은 건 열차를 타려고 밖에 나갈 필요도 없다는 거야."

"애걔." 탱은 실망하여 고개를 푹 숙이고 두 팔을 옆으로 축 늘어뜨렸다. 그 바람에 탱이 겨드랑이에 끼었던 우산이 떨어졌다. 우산은 샌들을 신은 내 맨발 가까이에 떨어졌고, 나는 우산을 집어들었다.

"열차에서 내리면 우산을 쓸 수 있을 거야. 내가 장담할게."

우리가 일단 탄환열차에 올라타자 탱은 우산을 까맣게 잊어 버렸다. 열차는 억수같이 쏟아지는 비를 뚫고 도쿄 외곽의 아름다운 시골을 쏜살같이 달렸다. 우리는 결국 교외로 불규칙하게 퍼져나간 도쿄의 도시 풍경 속으로 들어갈 때까지 함께 풍경을 즐겼고, 나는 이런저런 것들을 탱에게 가리켰다. 바닷가에 서 있는 집들, 언덕을 가로지르며 기어오른 숲, 가을을 맞아 노란색, 주홍색, 갈색으로 단풍든 나뭇잎, 벼로 덮인 평탄하고 네모난 논. 나는 가토 오버진에게 이메일을 보냈지만 아직 답장을 받지 못했다. 그래서 나는 도쿄에서 정확히 어디로 가야 할지 몰라서 불안했다. 최선책은 괜찮은 호텔을 골라서 가토가 연락해올 때까지 기다리는 것이었다.

나는 우리 여행의 지난 경험을 현명하게 이용하여, 종착역에 도착했을 때쯤에는 이미 전화로 호텔을 찾았고, 거기까지 가는 길도 꼼꼼히 조사해서 잘 찾아갈 수 있다는 자신이 생겼다. 한편 탱은 여행하는 동안 내내 좌석 위에 올라서서 얼굴과 손을 유리창에 눌러대고, 우리 옆을 쏜살같이 지나가는 흐릿한 풍경을 보면서 "휘이이이이이" 하고 환성을 질렀다.

도쿄에 도착하면 우산을 쓸 수 있을 거라고 탱에게 장담했지만, 결과적으로는 본의 아니게 거짓말한 셈이었다. 탄환열차에서 내리자, 여기서도 역 밖으로는 한 걸음도 나갈 필요가 없이 그대로 곧장 도쿄 메트로(지하철)라는 인상적인 미로 속으로 들어갈 수 있었다. 그래서 나는 지하철에서 내리면 우산을 쓸 수 있을 거라고 탱에게 거듭 약속해야 했다. 탱은 부루퉁하고 찌무룩한 표정을 지으며 가슴판의 접착테이프를 좀 더 못살게 굴었다. 테이프를 갈아줄 필요가 있었다. 호텔에 도착하면 테이프를 바꿔줘야겠다고 마음먹었다.

일단 지하철에 올라타자 탱의 주의를 다른 쪽으로 돌리기는 쉬웠다. 이번에 탱의 마음을 사로잡은 것은 전차의 속도나 차창으로 보이는 풍경과는 아무 관계도 없었다. 이번에는 전적으로 일본의 독특한 취향인 노래하는 지하철이 탱의 흥미를 끌었다. 역에 정차할 때마다 인터콤으로 딸랑딸랑 울리는 짧은 멜로디가 흘러나와 전차가 역에 도착했음을 알려주었다. 역마다 멜로디가 달랐고, 탱은 이것이 재미있고 즐거워서 자리에 앉은 채 두 다리를 파닥거리며 환성을 질렀다. 나는 계속 탱에게 "쉿" 하고 말했지만 여느 때처럼 탱은 나를 무시했다. 하지만 탱이 다른 승객들에게 폐를 끼치고 있을 거라는 내 걱정과는 반대로 승객들은 탱이 전차를 재미있고 즐거운 곳으로 여기는 만큼 탱을 재미있고 즐거운 존재로 여기는 것 같았다. 우리가 전차에 탄 지 10분도 지나기 전에 탱은 교복 차림의 여학생들과 단정한 양복 차림의 회사원들에게 둘러싸였다. 그들은 모두 탱과 함께 사진을 찍고 싶어했다. 관습적인 평화의 표시로 손가락 두 개를 펼쳐서 V자를 만들어 보이는 일본인들과 그들을 흉내내려고 애쓰지만 손가락이 없어서 그럴 수 없는 탱이 수십 컷의 사진을 찍는 동안, 나도 그들의 사진을 찍었다.

무슨 일이 일어나고 있는지를 탱이 정말로 이해했다고는 생각지 않는다. 탱은 사진이라는 개념을 이해하는 것 같지 않았다. 하지만 탱은 분명 사람들의 관심을 고맙게 여겼다. 이제까지 탱과 나는 많은 조롱을 받고 웃음거리가 되었기 때문에, 탱이 있는 그대로의 모습으로 인정받는 나라에 도착한 것은 정말 기분 좋은 일이었다. 나는 일본을 많이 좋아하기로 결심했다.

내가 일본에 대해 가진 따뜻하고 유쾌한 감정은 호텔로 가는 동안 차가운 빗방울이 떨어지기 시작했을 때 조금 줄어들었다. 하지만 탱은 상관하지 않았다. 마침내 우산을 쓸 수 있게 되었기 때문이다. 우리가 걸어가는 동안 탱은 투명한 우산을 통해

비를 쳐다보고, 비닐에 빗방울이 떨어져 펑 하고 튀는 광경에 매혹되었다. 한번은 작고 네모난 차를 탄 작달막한 노인이 우리를 태워주겠다고 제의했지만, 건포도만 한 크기의 차에 탱을 태울 방법이 없어서 사양했다. 괜한 고집 때문이라는 것도 솔직히 인정하겠다. 도쿄에 온 것은 내가 결정한 일이니까 누구의 도움도 받지 않고 나 혼자 힘으로 호텔까지 가겠다고 결심했다.

'선라이즈 호텔'은 비즈니스호텔이었다. 프런트에 있는 직원들은 비에 젖은 배낭 여행자와 우산을 휘두르는 작달막한 로봇을 보고 좀 당황했다. 그래도 어쨌든 그들의 태도는 모범적이었고, 15분도 지나기 전에 나는 아주 깨끗하고 멋진 방에서 내 평생 가장 긴 샤워를 하고 있었다.

그날 저녁, 나는 53층 모퉁이에 있는 우리 방 창문에서 눈 아래 펼쳐진 시가지를 내려다보았다. 차량의 흐름이 넓고 복잡한 고속도로를 따라 굽이쳐 흐르고, 사무용 건물이 늘어서 있는 빌딩가와 넓은 공원을 지나고, 낮은 절과 고층 호텔 옆을 누비며 달리고 있었다.

나는 어항 모양의 술잔에 담긴 올드패션드(위스키를 베이스로 각설탕과 얼음을 넣어 만든 칵테일)를 흔들면서, 정교하게 깎인 각얼음이 서로 부딪쳐 달그락거리는 소리에 귀를 기울였다. 탱은 두 개의 창문 사이에 서서 좌우 창문에 손을 하나씩 얹고는 한쪽 유리창에 얼굴을 눌러댔다가 다시 다른 쪽 유리창에 얼굴을 눌러대곤 했다. 탱이 방향을 바꿀 때마다 머리가 유리창에 부딪혀 달그락거린다는 사실을 제외하면, 탱은 마치 테니스 경기를 관전하고 있는 것처럼 보였다.

어쩌면 탱도 나처럼 도쿄 같은 곳에 와본 적이 없는 게 아닐까 하는 생각이 들었다. 한편으로는 밖에 나가서 도시를 탐험하고 싶기도 했지만, 또 한편으로는 너무 겁이 났다. 나는 작은 도시에서 온 하찮은 남자였고, 탱은 전체적으로 작았다. 우리는 이 놀라운 도시에는 전혀 어울리지 않았다.

"와우." 나는 혼잣말로 중얼거렸다.

"응." 탱이 대꾸했다.

우리는 한 시간 동안 침묵에 빠진 채, 저마다 마음이 가고 싶은 곳으로 가도록 내버려두었다.

전에 이런 호텔에 묵은 적이 딱 한 번 있었다. 에이미와 신혼여행을 갔을 때였다. 어렸을 때는 한 번도 호텔에 묵은 적이 없었다. 아버지는 대개 크루즈나 스키 여행을 선택했고, 아니면 낮 동안 우리를 남겨두고 어머니와 단둘이 지낼 수 있도록 어린이 클럽이 있는 곳으로 휴가 여행을 갔다. 내가 에이미에게 뉴욕으로 신혼여행을 가자고 제의한 것은 그 때문이었다. 그리고 우리는 예산이 허락하는 범위 안에서 최고급 호텔에 묵었다.

"멋지지 않아?" 에이미는 말했다.

"호텔? 그래, 정말 멋져."

"아니, 내 말은 돈 걱정 않고 여기 묵을 수 있다는 게 멋지다는 뜻이었어."

"그래, 그건 틀림없이 멋지겠지."

나는 돈 걱정을 해야 하는 처지에 놓여본 적이 없어서 에이미의 말을 정말로 이해하지는 못했다. 하지만 에이미에게 그것은 중대한 문제였다. 에이미가 그렇게 가난한 어린 시절을 보낸 것은 아니었지만, 집에 돈이 풍족했던 적은 없었다고, 그게 항상 자기 탓인 듯한 기분이 들었다고 그녀는 말했다. 에이미는 4남매 가운데 막내였고, '군식구'라는 말을 들으면서 자랐다. 대학에 진학해서 변호사가 되겠다는 에이미의 강한 의욕에 가족은 모두 깜짝 놀랐고, 그녀의 성공에 그들은 위협을 느꼈다. 에이미의 말에 따르면, 그녀가 도시에서 일하기 시작한 뒤 가족들은 그녀가 가족에게 너무 건방져졌다고 생각했고, 그래서 크리스마스와 생일에 의례적인 문자 메시지를 보내는 것 말고는 연락을 끊어버렸다. 에이미가 그렇게 정신적으로 안정되어 있는 것은 놀라운 일이라고 나는 늘 생각했다. 그것은 에이미의 장점 가운데 하나다.

지금 도쿄에서 그러고 있듯이, 그때도 나는 창가에 서서 맨해튼을 내다보고 있었다. 에이미가 다가오더니 뒤에서 나를 두 팔로 감싸 안았다. 이곳저곳 상점을 들락거리며 하루를 보낸 뒤여서 그녀의 팔은 햇볕에 조금 그을려 있었다.

"괜찮아?" 에이미가 물었다. "아직도 부모님 생각을 하고 있어?"

"응… 아니… 그 정도는 아니야. 실은 집 생각을 하고 있었어."

"집?"

"돌아가면 집을 새로 꾸밀 필요가 있을 것 같아. 우리 집은 아직도 부모님이 살고 계실 때와 똑같아 보여서 말이야."

"그게 그렇게 오래된 일도 아니잖아. 서두르지 않아도 돼. 게다가 당신이 그걸 할 필요도 없어. 사람을 부를 거니까."

그 말에 나는 미소를 지었지만 아무 말도 하지 않고 야릇한 우울감을 떨쳐버렸다. 나는 '잠들지 않는 도시'에 나를 사랑하는 아름답고 자신만만하고 유능한 젊은 여자와 함께 있었다. 모든 것을 고려해보면, 결국 나는 잃은 것보다 얻은 게 더 많았다.

한 가지 기억이 또다른 기억으로 이어졌다. 이제 나는 내가 자란 할리윈트넘의 집에 돌아가 있었다. 에이미가 나가버린 집. 나는 머릿속에서 그 집을 돌아다니며 방들을 들여다보고, 벽장을 열어보고, 뒷문이 잠겼는지 확인하고, 복도에 걸려 있는 기압계를 톡톡 두드려보고, 아버지가 스물다섯번째 결혼기념일 선물로 어머니에게 준 꼴사나운 복고풍 여행용 시계의 태엽을 감아주었다. 우리는 아무도 그 시계를 좋아하지 않았지만, 그 시계는 여전히 거실 벽난로 위에 놓여 있었고, 성가신 장난감처럼 계속 태엽을 감아주어야 했다.

그때 나는 무언가를 깨달았다. 에이미한테는 우리 집을 새로 꾸미겠다고 말했지만 나는 그러지 않았다. 실제로는 아마 집을 새로 꾸밀 생각도 전혀 없었을 것이다. 에이미는 부엌을 비롯해서 집의 일부를 개수했지만, 집은 대체로 부모님이 돌아가셨을 때와 똑같은 상태로 남아 있었다. 에이미가 옮겨왔을 때도 똑같았고, 에이미가 나갔을 때도 똑같았다. 미처 알아차리지 못했지만, 나는 에이미를 데리고 결혼생활 속으로 들어가지 않고 내 어린 시절 속에 머물러 있게 했다. 내가 부모님을 그렇게 좋아한 줄은 나도 미처 몰랐다. 부모님이 돌아가셨을 때 나는 아무 감정도 느끼지 않았다. 그저 누나와 나를 남겨두고 떠난 부모님이 원망스러웠을 뿐이다. 부모님이 사고를 당했을 때 나는 이미 스물여덟 살이었지만, 아직 세상살이에 미숙한 나를 인간적으로 성숙할 때까지 이끌어주지 않고 훌쩍 떠나버린 부모님에게 나는 화가 났다.

내 상념이 빈집 안에서 어슬렁거리고 있을 때 아버지의 서재에서 전화벨이 울렸다. 나는 그 벨소리를 완벽하게 기억했다. 날카롭고 고통스러운 벨소리. 부모님은 거실에 전화기를 두지 않았다. 우리는 모두 휴대폰을 쓰니까 유선 전화기는 필요 없다고 말했다. 그렇긴 하지만 대다수 사람들이 받는 신호가 너무 질이 나빠서 유선 전화가 르네상스를 맞이하고 있었다. 적어도 유선 전화를 사용하면 통화가 도중에 끊기지는 않을 거라고 확신할 수 있었다.

"벤 체임버스 씨나 브라이어니 체임버스 씨와 통화할 수 있을까요?"

브라이어니는 결혼한 뒤에도 성(姓)을 바꾸지 않았다.

"제가 벤인데요. 누구시죠?"

"옥스퍼드셔 경찰서의 연락관인데요, 이런 소식을 알려드릴 수밖에 없어서 정말 유감이지만, 사고가 있었습니다." 여자 목소리가 말했다.

그 말은 한동안 나에게 아무런 느낌도 주지 않았다. 나는 친구들 가운데 누가 옥스퍼드셔에 살고 있는지를 생각해내려고 애쓰고 있었다. 그러다가 기억이 났다. 부모님이 옥스퍼드셔에서 열리는 경비행기 경주에 참가하여 자가용 비행기를 조종하고 있었다. 나는 무슨 말을 해야 할지, 아무 생각도 나지 않았다.

"내가 가봐야 할 병원이 있나요?"

상대는 잠깐 침묵하고 나서 입을 열었다.

"으음… 아… 예, 그럴 필요가 있을 겁니다."

"우리 부모님한테 무슨 일이 일어났나요?"

"병원 소재지를 알려드릴 테니, 거기서 직접 만나 이야기하는 편이 낫겠네요."

"아니, 지금 당신이 알고 있는 것만이라도 알아두는 게 좋을 것 같은데요. 괜찮으시다면 말씀해주세요." 애매하고 교묘하게 시간을 버는 말투가 갑자기 나를 짜증나게 했다. 이 여자가 무슨 말을 할지, 나는 이미 알고 있었다. 다른 일이었다면 벌써 그렇게 말했을 것이기 때문이다.

"가족에게 이런 소식을 이런 식으로 알려드리고 싶지는 않지만… 부모님이 조종하던 비행기의 프로펠러가 고장났습니다. 정확히 무슨 일이 일어났는지는 우리도 아직 모르지만… 당신 부모님은 해내지 못하셨어요. 정말 유감입니다."

"됐습니다." 나는 아무 생각도 하지 않고 멍하니 말했다.

"체임버스 씨, 이런 소식을 받은 직후의 반응과 나중에 느끼는 감정이 다른 것은 지극히 자연스러운 일입니다. 당신이나 누이가 여기 와서 신원을 확인할 필요가 있겠지만, 제가 두 분을 돕기 위해 여기 있다는 것을 알아주시기 바랍니다. 의문이 있거나 필요하신 게 있으면 저한테 알려주세요."

그녀는 사무실 전화번호와 내선번호를 알려주고, 그녀와 직접 통화할 수 있는 휴대폰 번호까지 알려주었다. 그럴 필요는 없을 거라고, 당시에는 그렇게 생각했다. 내가 도대체 무슨 의문을 가질 수 있겠는가? 부모님은 늘 '될 대로 되라지. 안 될 게 뭐 있어?' 하면서 무모한 원정길에 올랐고, 이번에는 그 여행에서 돌아오지 못할 터였다. 간단했다. 비행기 사고로 돌아가시지 않았다 해도, 태국에서 그림 그리는 코끼리가 두 분에게 반감을 품고 상아로 찔러 죽였을지도 모른다. 또는 남극 대륙이나 다른 어딘가에서 펭귄에게 물려 파상풍으로 목숨을 잃었을지도 모른다. 나는 시간이 흐르면 다른 감정을 느낄 거라는 그녀의 말을 이해했지만, 과연 그녀가 예상하는 대로 내 슬픔을 표현하게 되는 날이 올지는 확실치 않았다.

브라이어니는 달랐다. 누나는 울었다. 그리고 장례식 준비에 몰두했다. 그런 다음, 좀 더 울었다. 그리고 앞으로 나아갔다.

에이미와 나는 부모님의 죽음에 대해 거의 이야기를 나누지 않았다는 것을 이제야 깨달았다. 집에서 멀리 떨어진 도쿄 한복판의 호텔 창가에 서서 부모님을 그리워하고 있다는 것을 깨달았다. 하지만 내 인생의 이 고비에 더이상 머물러 있고 싶지는 않았다. 그것은 별로 행복한 기억이 아니었다. 나는 기운을 차릴 필요가 있었다.

"그래, 탱, 가자. 밖에 나가는 거야."

"나가?"

"그래, 나가. 여기는 세계에서 가장 흥미진진한 도시 가운데 하나야. 모처럼 여기 왔는데 유리창을 통해서만 보고 있을 수는 없지."

탱의 눈알이 위로 올라갔다. 걱정할 때의 버릇이었다. 탱은 가슴판에 붙은 접착테이프를 만지작거리기 시작했다. 테이프는 이제 너덜너덜해져 있었기 때문에, 나는 이 기회에 테이프를 교체하기로 했다.

"괜찮을 거야." 나는 새 테이프를 탱의 가슴판에 붙이면서 말했다. "내가 널 보살펴줄게. 걱정하지 마. 최악의 사태가 우리한테 일어날 리 없잖아?"

우리에게 일어날 수 있는 최악의 사태는, 가라오케 술집을 찾아가는 것도 멋진 생각이라고 판단하고 가엾은 내 로봇 친구를 함께 데려간 것이었다. 탱은 아주 잘 처신했다―나보다 훨씬 나왔다.

술에 취할 작정은 아니었다. 원래 마시고 있던 술이 올드패션 드였기 때문에 나는 계속 그 칵테일을 마시기로 마음먹었다. 그 래서 어떤 경위로 내가 '삿포로 맥주'를 마시게 되었는지는 확실 치 않다. 말이 나온 김에 덧붙이자면, 삿포로 맥주는 이제 내가 제일 좋아하는 일본 맥주다. 가라오케의 칸막이 방에는 개별 의 자가 없고 탁자 양쪽에 올라앉을 수 있는 푹신한 자리만 있었기 때문에, 탱은 거기가 마음에 들어서 자리에 털썩 올라앉았다. 나 는 탱을 거기에 남겨두고 술을 사러 갔다. 머릿속으로는 올드패 션드를 주문할 작정이었지만, 바텐더가 들은 말은 "여기서 제일 좋은 맥주가 뭡니까?"였다. 그가 나에게 내준 술이 바로 그거였 기 때문이다. 맥주를 몇 잔 마신 뒤, 문득 정신을 차리고 보니 내 가 가라오케 무대에 올라가 마이크 스탠드에서 마이크를 빼내 고 있었다. 나는 숨을 한 번 깊이 들이마시고 목청껏 소리를 질 렀다. 노래가 시작될 때까지는 내가 무슨 노래를 골랐는지도 몰 랐던 것 같다. 그러자 어딘가 전혀 다른 곳처럼 여겨지는 곳에서 어떤 주정뱅이가 내 목소리로 '마음의 일식'(영국 가수 보니 타일러 가 1983년에 불러 히트했다)의 가사를 외치는 것이 들렸다.

30초도 지나기 전에 일본인 손님들이 무대로 몰려와 나를 에 워싸고 작은 술잔을 높이 쳐들며 나에게 성원을 보냈다. 그들 은 하나같이 멋진 셔츠에 넥타이를 매고 잘 재단된 바지를 입고 있었다. 청바지에 꽃무늬 셔츠를 받쳐 입고 샌들을 신은 나와는 뚜렷한 대조를 이루었다. 노래가 끝나고 그들이 박수갈채를 보내자 내가 성공한 것은 분명해 보였다. 나는 거기에 용기를 얻어, 그 노래를 다시 듣고 싶으냐고 그들에게 물었다. 이 질문, 또는 질문에 대한 대답이 잘못 해석된 게 분명했다. 노래를 다시 시작하여 몇 소절을 부르자 사람들이 투덜거렸고, 나를 에워쌌던 사람들은 모두 자리로 돌아가버렸기 때문이다. 그래도 나는 종업원 하나가 나를 도와주러 올 때까지 기죽지 않고 노래를 계속했다. 그 종업원은 내가 무대에서 내려와 자리로 돌아가는 것을 도와주었다. 나는 종업원들이 무척 친절하다고 생각했다. 탱은 탁자에 얼굴을 대고 두 팔을 옆으로 늘어뜨리고 있었다. 탱에게 무슨 문제가 생겼는지, 나는 알 수가 없었다.

내가 무대에 올라가 노래를 부른 것도, 가토가 우리의 삶 속에 들어왔을 때 하필이면 내가 그런 상태에 있었던 것도 모두 내가 우발적으로 맥주를 몇 잔이나 마신 탓이었다. 가토가 왔을 때 나는 볼을 탁자에 대고 엎드려 있었고, 탱은 넌더리가 난 것처럼 벽에 기대어 멍한 얼굴로 접착테이프를 만지작거리고 있었다. 그래도 가토는 이 모든 것에 대해 놀랄 만큼 관대했다. 하지만 너그러웠던 것은 탱도 마찬가지일 것이다.

"아까부터 지켜보고 있었어요. 노래 잘 부르더군요. 즐거웠습니다."

"고맙습니다. 아주 재미있죠." 나는 그렇게 대답한 뒤에야 겨우 머리를 들 수 있었다.

"실례지만 이 로봇을 어디서 구했는지 여쭤봐도 될까요?"

그때 내가 분별을 차렸다면, 한쪽 눈썹을 치켜올리고 법도에 맞게 술잔을 들어 품위 있게 술을 한 모금 마신 다음, 이렇게 말했을 것이다. "그걸 왜 알고 싶어하시죠? 로봇에게 특별한 관심이라도 있나요?" 그러면 상대는 내가 내민 술잔을 받아들고 이렇게 대답했을 것이다(나는 이제 그가 누군지 알기 때문에 현재의 정보를 토대로 과거를 재구성하고 있다). "나는 로봇한테 변함없는 관심을 갖고 있습니다. 나는 인공지능 분야에서 상당한 전문가거든요. 가라오케에서 남다른 로봇을 찾아내는 재능을 타고났지요." 하지만 그때는 내가 취해서 분별을 잃었기 때문에 그런 대화는 일어나지 않았다.

어떤 일본인이 내 로봇에 대해 물었을 때 나는 탁자에서 고개를 들어, 공손하기 이를 데 없는 표정으로 나를 내려다보고 있는 그를 가늘게 뜬 눈으로 바라보았다.

"얘기하자면 깁니다. 아니, 사실은 그렇지도 않아요. 아주 간단한 이야기죠. 이 로봇이 우리 정원에 왔어요."

"이 로봇이 당신네 정원사인가요?"

"아니요… 우리 정원에 와서 버드나무 밑에 앉아 있었어요. 아니, 내 말은 무시하세요. 시차… 시차 때문에… 머리가 멍해졌어요." 그제야 겨우 내 두뇌가 대화를 따라잡았다. "잠깐만… 그건 왜 물으시죠?"

그는 탱의 배수호스 같은 팔을 들어 올렸다.

"이런 로봇 팔을 만든 사람을 전에 알았거든요. 오래전 일이지만, 이건 그분의 최고 걸작은 아니에요." 그는 탱을 돌아보았다. "미안해." 그는 탱에게 사과했다. "하지만 틀림없어요. 그 사람은 이 로봇을 서둘러 만든 것 같습니다."

"우연찮게도 나는 지금 꼭 당신 같은 사람을 찾고 있는데… 그 사람 성이 뭐라고 했더라. 뭐 자주색… 가… 가지. 무슨 가지."

"오버진?"

"그거예요!"

"가토 오버진?"

"맞아요!" 그러고 나서 나는 내 두뇌가 대화를 따라잡을 때까지 또 기다렸다. 결국 내 두뇌가 대화를 따라잡았다. "잠깐만… 잠깐만요… 당신이 그걸 어떻게 알죠?"

"왜냐하면 그게 나니까요. 가토 오버진."

"세상에!"

14
직무상 비밀

이튿날 탱과 나는 가토의 사무실로 가기 위해 100층이 넘어 보이는 초고층 빌딩의 엘리베이터에 올라탔다. 이 건물도 캘리포니아에 있는 코리의 회사처럼 유리로 뒤덮인 건물이었다. 인공지능 업계에서는 그게 꼭 필요한 모양이었다. 우리가 그곳에 있었다는 것조차 일종의 기적이었다. 하고많은 도시들 가운데 특히 도쿄에서는 우리가 같은 술집에 있을 확률이 백만 분의 1밖에 안 되기 때문이다. 그런데 알고 보니 가토의 사무실은 그리 멀지 않은 곳에 있었고, 그 술집은 그의 단골 가게였던 것이다. 방금 말했듯이 그것도 백만 분의 1의 확률이다.

전날 밤에 나눈 대화는 거의 기억나지 않지만, 가토의 말에 따르면 내가 그에게 욕을 내뱉은 다음 왜 내가 보낸 이메일에 답장을 하지 않았느냐고 물었다고 한다. 그래서 가토는 답장을 했는데 내가 보지 않았을 뿐이라고 대꾸했다. 그는 탱을 좀 더 자세히 살펴볼 수 있도록 이튿날 11시에 탱을 데리고 자기 사무실로 오라고 요청했으며, 나에게 명함을 주면서 반드시 약속을 지키라고 말했다는 것이다. "지금은 당신이 내가 묻고 싶은 질문에 집중할 수 있는 상태가 아니고." 어쨌든 술집이 너무 어두워서 탱을 제대로 볼 수 없었기 때문이다. 가토가 그렇게 친절했던 것은 그게 마지막이 아니었다.

엘리베이터는 올라가면서 '후프- 후프-' 같은 소음을 냈는데, 그 소리는 내 속을 메스껍게 하고 숙취에 시달리는 머리를 욱신거리게 만들었다. 엘리베이터의 한쪽 면도 역시 유리였다. 탱은 뺨을 유리에 눌러대고, 차량으로 가득 찬 도로가 멀어져가자 '휘이' 하고 소리를 지르며 기뻐했다. 반면에 나는 그 꼴을 참고 볼 수가 없었다.

"탱, 좀 조용히 해. 나 머리 아파."

탱은 나를 쳐다보고는 다시 바깥 전망으로 고개를 돌리고 계속 환성을 질렀다. 나는 이마를 문지르며 숨을 헐떡거렸다.

엘리베이터가 목적지인 53층에 도착한 것을 알렸다. 우리는 좌우 양쪽으로 나 있는 복도로 나왔다. 하지만 어느 쪽으로 갈까 하고 망설일 기회도 갖기 전에 왼쪽으로 조금 떨어진 곳에 있는 문이 열리고, 가토의 얼굴이 나타났다.

"체임버스 씨, 이쪽으로 오세요." 그는 다정하게 활짝 웃었고, 나는 전날 밤의 내 행동이 더욱 부끄러워졌다.

"오버진…상." 나는 일본의 호칭 예절에 따라 '상'이라는 경칭을 붙여보았다. "어젯밤에 추태를 보인 것 같은데, 정말 죄송합니다. 평소에는 그러지 않아요. 그건 결코 정상적인 상태가 아닙니다." 나는 두 손을 모으고 허리를 숙였다. 일본 영화에서 이런 식으로 사과하는 것을 본 적이 있었기 때문이다. 그런 다음, 내 태도가 본의 아니게 무례하거나 모욕적이지 않았기를 바란다고 말했다. 하지만 가토는 미소를 지으며 손을 내밀어 악수를 청했다.

"나는 미국에서 오랜 시간을 보냈고, 도쿄에 오는 영국인도 많이 보았습니다. 시차 때문에 고생하는 사람은… 전에도 본 적이 있지요. 그리고 그냥 가토라고 불러주세요."

"정말 친절하시군요." 나는 나를 배려해주는 그의 태도에 진심으로 감동했다. "나도 그냥 벤이라고 불러주세요."

"이쪽으로 오세요, 벤. 그리고 탱-짱도. 너를 한번 보자." 탱의 이름에 '짱'을 붙이는 것은 애정의 표현이라는 것을 나중에야 알았다. 그래서 그때는 그 애칭이 나한테는 효과가 없었지만 탱한테는 효과가 있었다. 탱은 가토에게 활짝 웃어 보이면서 철커덕거리며 가토 옆을 지나 사무실로 들어갔다.

그 방은 무척 아름다웠다. 가구는 별로 없지만, 모든 것이 있어야 할 곳에 놓여 있고, 한쪽 벽 앞에는 금속 팔처럼 보이는 물건이 담긴 투명한 유리상자가 놓여 있었다. 상자의 한쪽 면에는 구멍이 두 개 뚫려 있고, 각 구멍에는 고무장갑이 씌워져 있었다. 가토는 내가 바라보고 있는 것을 보고는 그쪽을 손으로 가리켰다.

"요즘에는 주로 강의를 하고 자문도 하지만, 실용 로봇공학을 포기하기는 어려워요. 로봇 업계를 떠나도 실제로는 다른 분야로 옮겨가지 못하는 사람을 많이 보았지요. 그 사람들은 항상 연구할 거리를 옆에 놔두고 있답니다."

"왜 장갑을 씌워놓았죠?" 나는 끈적끈적한 손으로 장갑을 만져보려고 허리를 숙이면서 물었다.

"실험 재료에 먼지가 묻지 않게 하려면 그게 최상책이거든요."

"아, 그렇군요." 바보 같은 질문이었다. 변명하자면 사실 나는 아직 머리가 제대로 돌아가고 있지 않았다.

"차를 드실래요? 커피를 끓일 수도 있어요. 어느 걸로 하실래요?"

커피는 유혹적이었다. 커피에 입맛이 당겼지만, 섬세하게 만들어진 찻주전자가 옻칠한 쟁반 위에서 모락모락 김을 내고 있고 그 옆에 찻잔 두 개가 기다리고 있는 것을 보았다.

"일본 녹차예요. 시차 피로를 푸는 데 그만이죠."

지금 가토는 나를 놀리고 있었다. 그는 전형적인 일본 신사였을 테지만, 유머감각도 갖고 있었다. 나는 그를 좋아할 수밖에 없었다.

가토는 녹황색 액체가 가득 든 잔을 나에게 건네주고 탱 앞에 쪼그려 앉았다. 그리고 카츠 박사와 비슷한 의식을 치렀다. 탱의 가슴판을 열어 실린더를 확인하고(실린더에 남은 액체는 이제 절반을 조금 밑도는 정도였다), 가슴판을 닫고, 팔을 들어 탱에게 발이나 그 밖의 부위를 흔들게 했다. 하지만 가토는 팔다리를 좀 더 오래 살펴보면서 고개를 끄덕였다.

"몸통 아랫면에 글자가 새겨진 금속판이 있어요. 오래돼서 닳아버렸지만, 당신이라면 아마 그 뜻을 이해할 수 있을 겁니다. 탱, 누워서 오버진 아저씨한테 네 금속판을 보여줄래?"

탱은 어깨를 으쓱하고 드러누웠다. 보강용 덧붙임판을 바깥쪽으로 벌려도 탱은 별로 싫어하는 것 같지 않았다. 가토는 탱의 금속 접합 부분을 여기저기 만지면서 자세히 살펴보았다. 많은 점에서 가토는 전형적인 일본인으로 보였다. 짧게 자른 검은 머리, 검은 눈, 빈틈없이 말쑥한 양복 정장. 물론 사무실에서는 재킷을 입지 않고 문 뒤에 단정하게 걸어두고 있었다. 하지만 그는 내가 도쿄에서 만난 다른 일본인들과는 무언가가 달랐다. 어쩌면 그것은 그의 키가 유난히 컸기 때문인지도 모른다.

그는 일어나서 탱이 일어나도록 도와주었다. 로봇은 당장 그 자리를 떠나 팔이 들어 있는 유리상자의 고무장갑에 손을 밀어 넣기 시작했다. 그러다가 가토의 사무실 문을 열고 밖으로 나갔다. 나는 그를 불렀지만 가토는 탱이 그렇게 멀리 갈 수는 없을 거라고 나를 안심시켰다.

"탱을 고칠 수 있을까요?" 나는 낙관적인 기분을 느끼며 물었다.

"글쎄요. 나한테는 필요한 부품이 없습니다."

나는 어깨를 축 늘어뜨렸다.

"실린더를 꼼꼼히 살펴보던데, 용도가 무언지는 아세요?"

가토는 고개를 젓더니 코리와 비슷한 말을 했다.

"그건 연료 전지일 수도 있지만, 만약 그렇다면 장치가 좀 더 정교했을 겁니다. 좋은 소식은, 그걸 아는 분을 당신한테 알려 줄 수 있다는 겁니다. 어쩌면 그분은 알고 있을 가능성이 있어요."

"그래요?"

"볼린저라는 분인데…."

"볼린저?"

"탱의 아랫면에 'B-의 소유'라고 새겨져 있잖아요. 그 B가 볼린저예요. 괴짜 영국인인데, 나의 옛 동료, 아니 멘토였지요. 내가 지금까지 만난 로봇공학자 가운데 가장 놀라운 분이시죠."

'아아, 그러니까 B-가 바로 그 사람이었군.'

"반쯤 지워진 낱말들은 어떤가요? 두 낱말 가운데 하나는 탱을 만든 회사 이름이 아닐까 생각했지만, 아직 알아내지 못했어요."

"둘 다 회사 이름은 아닙니다. 주소의 일부죠. 내가 마지막으로 들은 볼린저의 소식은 그분이 은퇴하고 미크로네시아의 외딴 섬으로 갔다는 거였지요. 그러니까 'Micron-'은 아마 '미크로네시아'일 겁니다. 그리고 짐작이지만, 'PAL-'은 '팔라우'(태평양 서쪽에 있는 섬 무리로 이루어진 공화국)인 것 같습니다. 볼린저는 그곳에 사서함을 갖고 있는 게 분명합니다."

"멋진 은퇴 생활을 하고 있는 것 같은데요?"

"그렇죠? 하지만 내 생각에 그건… 은퇴라기보다 오히려 은신이 아닐까 싶어요."

그게 정확히 무슨 뜻이냐고 물었다.

그러자 그는 나에게 참나무로 만들어진 손님용 의자에 앉으라는 몸짓을 한 다음, 자기도 역시 참나무로 만들어진 책상 뒤의 회전의자에 앉았다.

"나는 '동아시아 인공지능회사'로 일하러 왔을 때 볼린저를 처음 만났어요. 그 일이 나한테는 뜻밖의 대성공이었다고 할까요? 나는 볼린저의 작업에 줄곧 흥미를 가졌고, 내가 지원한 프로젝트에 회사는 많은 돈을 투자했지요. 그 프로젝트에 참여한 사람은 열두 명쯤 되었는데, 모두 많은 급료를 받고 회사 구내에 있는 특별 아파트에서 살았어요. 회사는 오사카 근처에 있었는데, 우리는 거기서 풍족한 생활을 했지만 정말 열심히 일했지요."

"무슨 일을 하고 있었습니까? 프로젝트가 뭐였죠?"

가토는 찻주전자를 가리켰다. 내가 그에게 찻잔을 건네주자 그는 다시 가득 채웠다. 그의 말이 맞았다. 차는 숙취—아니, 시차 피로—해소에 아주 효과가 좋았다.

"우리는 거기서 로봇의 지각능력을 연구하고 발전시키는 일을 했어요. 좀 더 구체적으로 말하면 우리는 명령을 받고 그 명령을 수행하는 가장 좋은 방법을 스스로 판단할 수 있을 만큼 '살아 있는', 뿐만 아니라 그 명령의 옳고 그름에 대한 판단까지도 할 수 있는 로봇 원형을 만들어내려고 애썼지요. 우리 연구는 결국에는 전쟁 테크놀로지에 포함되었을 겁니다. 대개는 그렇지요." 그는 이 궁극적인 결말에 대해 사무적인 투로 말했지만, 그래도 역시 그 목소리는 슬프게 들렸다.

"성공했나요? 원형을 만드는 데 성공했느냐는 뜻입니다."

"아니요. 아니, 그렇기도 하고 아니기도 합니다. 우리는 원래 우리가 가르칠 수 있고 보호할 수 있는 인간 같은 로봇을 하나만 만들기로 되어 있었어요. 그런데 스스로 다룰 수 없을 만큼 강한 힘을 가진 어른 크기의 기계를 20여 개나 만들었지 뭡니까. 그 기계들은 옳고 그름을 분간할 수 없었기 때문에 우리 프로젝트의 주목적은 실패로 끝난 셈이지요. 바로 여기에 볼린저가 관련되어 있습니다. 그의 야심만 아니었다면 우리는 성공했을 거예요. 나는 지금도 그렇게 생각합니다. 그런데 볼린저는 너무 멀리 갔어요. 실험 대상인 로봇… 로봇들한테 너무 많은 '생명'을 불어넣었지요. 볼린저는 지시에 따르지 않고 로봇을 여러 개 만들었고, 그 로봇들은 '오프' 스위치를 갖고 있지 않았어요. 최대한 인간과 비슷한 로봇을 만드는 것은 그 로봇들을 완전히 '셧다운'하는 것 말고는 그들의 스위치를 끌 방법이 존재하지 않는

다는 것을 의미한다고 볼린저는 말했지요. 우리는 로봇들에게 행복해지는 법을 가르쳤어야 했지만 그러지 않았어요. 대신 로봇들은 화를 냈습니다."

"잠깐만요. '로봇들을 완전히 셧다운한다'고 하셨는데, 로봇들을 죽인다는 뜻인가요?"

"그렇게 말하고 싶다면 그렇다고 할 수도 있습니다." 그는 한숨을 내쉬었다. "그건 큰 실수였어요. 그러다가 사고가 일어났고, 우리는 모두 일자리를 잃었지요. 프로젝트는 중지되었고요. 볼린저는 업계에서 은퇴하여 어딘가에 숨어서 모래 속에 머리를 파묻고 가만히 있으라는 충고를 받았지요. 내 생각에 볼린저는 그 충고를 문자 그대로 받아들인 것 같습니다." 그는 슬픈 미소를 지었다.

"가토, 도대체 무슨 일이 일어난 겁니까? 그 사고 말입니다."

"미안하지만 나는 말할 수 없습니다. 볼린저는 자신의 설계를 보호하려는 욕망이 지나치게 강했지요. 자신의 아이디어가 외부로 새어나갈지도 모른다는 생각을 아주 싫어했어요. 우리는 모두 함구령에 서명해야 했지요. 내가 지금까지 말한 것만 해도 법률이 허용한 한도를 넘었을 거예요. 나는 나 자신만이 아니라 옛 동료들까지 위험에 빠뜨리고 있는지도 몰라요. 내가 말할 수 있는 건, 내 개인적인 생각으로는 볼린저가 비열한 겁쟁이라는 것뿐입니다." 그는 내 쪽으로 몸을 기울이고 낮은 목소리로 말했다. "당신은 내 충고를 요청한 적이 없지만, 그래도 어쨌든 충고해드리고 싶네요. 죄송하지만 저 로봇을 데리고 그냥 집으로 돌아가세요. 볼린저를 찾으러 가지 말고, 그 대신 다른 방법을 찾아보세요."

나는 가토의 말을 이해했다. 그는 볼린저라는 인물을 우상처럼 숭배했지만 볼린저는 그의 인생을 파멸시켰다. 그는 내게도 똑같은 일이 일어날까봐 걱정하고 있었다. 하지만 볼린저라는 인물은 실제로 얼마나 악당일까? 오랜 시간이 지난 지금은 용서받을 수도 있지 않을까? 게다가 나에게 다른 방법이 있었다면 그 방법을 택했을 것이다. 그러나 내게는 선택의 여지가 없었다. 볼린저가 탱을 고쳐줄 수 있는 사람이라면, 그에게 가야 하지 않겠는가.

15
계속 앞으로

떠나려고 자리에서 일어날 때 문득 어떤 생각이 떠올랐다. 탱의 실린더는 한시도 내 마음에서 멀리 떠난 적이 없었지만, 팔라우로 가는 다음 비행기는 주말이 되어야 뜰 테니까 우리는 도쿄에서 앞으로 며칠을 더 보내야 했다.

"가토, 정말 고마웠습니다. 큰 도움이 되었어요. 오늘 저녁에 식사라도 대접하고 싶은데…."

"고맙습니다. 그러면 영광이죠. 볼린저만 화제에 올리지 않는다면…."

"좋습니다."

가토는 자신이 자주 가는 근처 레스토랑을 추천했고, 우리는 그의 사무실에서 8시에 만나기로 약속했다.

우리는 가토와 작별인사를 하고 호텔로 돌아왔다. 우리는 여기서 친구를 사귀었고, 그렇게 생각하자 도시가 덜 위험하게 느껴졌다.

방으로 돌아오자 나는 터무니없이 크지만 훌륭한 특대형 침대에 팔다리를 쭉 뻗고 드러누워 생각을 정리하려고 눈을 감았다. 그때 움직임이 느껴져서 눈을 떠보니 탱이 내 옆으로 올라와 있었다. 탱도 침대에 누워서 내가 뻗은 팔 위에 머리를 올려놓았다. 탱의 머리는 너무 무거워서 내 팔을 짓누르고 있었지만, 탱에게 그렇다고 말할 용기는 나지 않았다. 그래서 몇 분 동안 꾹 참고 견뎠다. 그러다가 탱의 눈이 감기고 희미하게 틱틱 하는 소리가 그의 머리에서 나고 있는 것을 알아차렸다. 나는 자유로운 손으로 베개를 최대한 살며시 그의 머리 밑으로 밀어넣고 내 팔을 빼냈다. 나는 룸서비스로 점심을 주문했다. 점심은 도시락 우동이었다. 나는 텔레비전에서 방영하는 게임쇼를 보면서 탱이 깨기를 기다렸다.

잠에서 깨어난 탱은 무척 기분이 좋았다. 나는 가토와 저녁을 먹기 전에 밖에 나가서 도시를 탐험하고 싶었고, 탱도 동의했다. 특히 내가 술집에 가지 않겠다고 약속하자 더욱 기꺼이 동의해주었다.

"전차?" 그가 물었다.

"그래, 전차 타고 갈 거야. 네가 하고 싶은 게 그거냐?"

"응, 전차. 노래하는 전차."

나는 호텔 프런트에 가서 가볼 만한 관광지를 추천해 달라고 부탁했고, 그들은 간단한 가이드북을 건네주었다. 그러면서 덧붙이기를, 로봇과 함께 여행하고 있으니까 테크놀로지 거리인 아키하바라가 마음에 들지도 모르겠다고 말했다.

우리는 도쿄 도심을 순환하는 야마노테선 전차를 탔다. 나는 역을 몇 개 지난 뒤 아키하바라역—호텔 프런트 직원이 추천해준 곳—에서 내릴 작정이었지만, 탱은 전차에서 너무나 즐거운 시간을 보내고 있었기 때문에 꼼짝도 하지 않으려 했고, 결국 우리는 내릴 역을 놓치고 말았다. 야마노테선은 순환선이니까, 가장 합리적인 방법은 전차가 한 바퀴를 다 돌 때까지 계속 타고 있다가 다음번에는 내릴 역을 놓치지 않고 내리는 것이었다. 탱은 자기가 하려는 일을 알고 있었던 모양이다. 전차가 한 바퀴를 다 돌았을 때쯤에는 역에 정차할 때마다 나오는 멜로디를 다 외워서, 전차가 다음 역으로 가는 동안 줄곧 그 멜로디를 흥얼거리고 있었다. 그게 내 신경을 건드리기 시작했고, 다른 승객들도 짜증이 나지 않을까 걱정했지만, 설령 그렇다 해도 입 밖에 내어 말한 사람은 아무도 없었다.

마침내 아키하바라역에 도착하자 나는 탱이 떼를 쓰기 전에 얼른 팔을 움켜잡고 전차에서 끌어냈다. 다른 승객들이 걱정스러운 표정을 짓는 것을 보았지만, 그들은 탱의 고집에 휘둘리는 것이 어떤 건지 이해하지 못했다.

우리는 아키하바라역에서 기분 좋게 따뜻한 초저녁 햇살 속으로 나왔다. 우리가 지난 며칠 동안 겪었던 비 내리는 날씨와는 전혀 달랐다. 인도는 반짝이고 건물들은 방금 빗물에 씻긴 냄새가 났다. 우리는 도쿄에서도 네온사인이 가장 많고 번화한 동네에 들어왔지만, 거리에는 온통 아름답고 평화로운 분위기가 감돌고 있었다.

"오오오… 빛난다." 탱이 말했다.

"정말 예쁘지 않냐?"

그것은 에이미가 좋아할 만한 광경이었기 때문에 나는 휴대폰을 꺼내어 에이미를 위해 사진을 한 장 찍었다. 그리고 주머니에 휴대폰을 다시 넣으면서 말했다.

"탱, 어느 쪽으로 갈까?"

탱은 오른쪽을 택했다. 우리는 희미해져가는 햇빛을 배경으로 이제 막 최대한의 울림으로 공명하기 시작한 선명하고 다채로운 광고판들을 쳐다보면서 길을 걸어갔다. 벽난로에서 타오르는 장작불과 와인색 체스터필드 의자가 등장하는 위스키 광고판이 보였다. 하이테크 거리에는 어울리지 않는 광고였다. 또 다른 광고는 서양인처럼 보이는 일본인 모델이 벚꽃에 둘러싸여 탁한 색깔의 에너지 음료를 마시는 즐거움을 보여주었다. 세 번째 광고는 붉은색과 주홍색과 황금색 단풍잎의 화려한 행렬이었고, 일본말을 전혀 몰라서 확신하기는 어려웠지만 후지산 근처로 겨울 여행을 떠나면 요금을 할인해주겠다는 광고인 듯 했다.

탱이 전차에서 고집을 부리지 않았다면 우리는 좀 더 일찍 여기 왔을 것이고, 그랬다면 석양빛 속에서 움직이는 불빛을 보지 못했을 것이다. 우리는 어느 도시에도 있을 수 있었다. 하지만 실제로는 여기가 아닌 다른 어디에도 있을 수 없었을 것이다.

전자제품 상가에서 우리는 더 예스러워 보이고 더 색다르고 재미있어 보이는 가게들이 모여 있는 곳을 지나쳤다. 우리는 그 중 하나를 택해서 어슬렁어슬렁 들어가보았다. 그곳에서는 다양한 관광객용 물건들을 팔고 있었다. 일본을 상징하는 물건들이었다. 부채와 기모노, 미소 짓는 고양이 모양의 도자기 장식품, 후지산 그림, 녹차, 그리고 발가락이 달린 양말도 있었다. 나는 가게를 둘러보면서 한 가지 결정을 내렸다.

"탱, 나는 가족한테 줄 기념품을 살 거야. 크리스마스 선물로. 우리가 그때까지 집에 돌아갈 수 있다면 말이야. 조카들한테 줄 선물은 온라인으로 주문하겠지만, 브라이어니와 데이브한테 줄 선물은 여기서 사고 싶어. 그리고 에이미한테 줄 선물도. 선물 고르는 것 좀 도와줄래?"

브라이어니와 데이브에게 줄 선물로는 젓가락을 골랐다. 에이미에게 줄 부채를 고르는 데에는 한참 시간이 걸렸다. 탱은 발가락 양말에 흥미를 보였기 때문에 나는 그 양말을 한 켤레 사주었다. 하지만 탱은 양말이 어디에 쓰는 물건인지 알지 못하는 것 같았다. 그냥 손에 쥐고 있기를 원했다. 여점원은 내가 산 물건들을 우리 집에 소포로 보내주겠다고 제의했다. 나는 배낭이 짐으로 가득 차 있고 여행이 언제 끝날지도 모른다는 생각에 그 제의를 받아들였다. 하지만 점원이 탱의 양말을 가져가려 하자 나는 그녀를 말렸다.

"괜찮아요. 그 양말은 집으로 보내지 않을 거니까. 그 녀석이 갖고 놀게 그냥 놔두세요."

무심코 들어간 기념품 가게에서 보낸 시간이 재미있었는지, 탱은 우리가 역을 나온 뒤 줄곧 지나치고 있는 그 유명한 전자제품 양판점을 구경하고 싶어했다. 우리는 밖에서 보기에 탱이 철커덕거리며 돌아다닐 수 있을 만큼 통로가 널찍해 보이는 가게 하나를 골랐지만, 그 가게를 고른 것은 탱이 수많은 화려한 색깔과 가게 안쪽에서 깜박거리는 불빛이 밖에까지 새어나오는 데 매혹되었기 때문이기도 했다.

그곳에 진열된 다양한 전자제품을 보고 눈이 더 휘둥그레진 게 탱인지 나인지는 나도 모르겠다. 나는 그 많은 제품들의 용도를 짐작조차 할 수 없었지만, 세계 과학기술의 중심에 사는 사람이라면 뭐가 뭔지 정확히 알 수 있을 거라고 생각했다. 그런데 나는 탱을 데리고 있었고, 윗주머니에 들어 있는 낡은 휴대폰은 걸핏하면 접속이 끊겼고, 우리 집 차고에서 나를 기다리는 것은 엔진이 금방이라도 멈출 것처럼 탕탕거리는 '혼다 시빅'이었다.

우리는 6층이나 되는 가게를 여기저기 구경하고 다니다가 안드로이드들이 마치 세탁기처럼 즐비하게 진열되어 있는 곳에 이르렀다. 안드로이드들은 저마다 충전대 위에 앉아서 구매자가 나타나 자기를 집으로 데려가서 작동시켜주기를 기다리고 있었다. 탱은 들어가기를 거부했지만 나는 흥미를 느꼈다.

"가자, 탱. 저애들은 지금 작동하고 있지 않아. 그러니까 널 해코지할 수 없어."

탱은 불안한 표정으로 눈을 가늘게 떴지만 내가 손을 잡고 끌고 가도록 내버려두었다. 엔화 표시와 동그라미나 네모 따위의 큰 점이 찍힌 안내판이 안드로이드 진열 공간 여기저기에 흩어져 있었다. 그게 무슨 내용인지는 알 수 없었지만, 각 모델의 특징이 열거되어 있으리라는 것은 짐작할 수 있었다. 안드로이드들은 내 눈에는 모두 똑같아 보였다. 탱도 안드로이드들이 저마다 하는 일에 대한 설명을 해독하려 애쓰는 것 같았다. 탱은 그중 하나를 유심히 들여다보았다. 그것은 브러시로 연마한 강철 같은 색깔의 안드로이드였는데, 흐릿한 유리 눈알이 박혀 있고, 키는 180센티미터쯤 되고, 정원용 잔디깎이(그게 아니었을지도 모른다)를 들고 있었다.

"무엇에 쓰는 애들인지 모르겠어."

"나도 잘 몰라. 하지만 이건 요리용 안드로이드인 것 같아. 팔에 무언가가 붙어 있는데… 거품기와 칼이군. 스위스 군용칼 같아."

"스위스…."

"신경 쓰지 마. 요리를 도와주는 다양한 도구를 많이 갖고 있다는 뜻이야. 에이미는 바로 저런 종류의 안드로이드를 갖고 싶어했지. 남편보다는 쓸모 있는 걸 원했을 거야."

안드로이드 구경은 내 입에 쓴맛을 남겼고 탱도 좀 실망한 것 같았기 때문에 우리는 그곳을 떠나기로 했다. 밖으로 나오자 탱은 당장 기운을 차렸고, 넓은 네거리가 가까워졌을 때 나는 탱이 무언가를 뚫어지게 쳐다보고 있는 것을 알아차렸다. 탱은 네거리 모퉁이에 있는 'Condomi!'라는 상호의 커다란 가게를 발견한 것이다. 다행히 가게는 닫혀 있었다. 하지만 탱이 굳게 결심한 듯 가슴을 앞으로 내밀고는 길을 건너 곧장 가게로 다가가는 것을 막을 수는 없었다.

"탱, 이쪽으로 가자. 이 길을 따라 켜져 있는 저 불빛을 봐."

나는 탱의 손을 잡고 반대쪽 방향으로 탱을 살며시 끌어당겼다.

"싫어! 콘도미! 콘, 도, 미! 콘…"

"쉿! 제발 좀 조용히 해."

탱은 나에게 고개를 돌렸다.

"뭐라고?"

"그걸 몇 번이고 말할 필요는 없어. 네가 어느 가게를 말하는지 난 알아. 하지만 문이 닫혔어. 보이지?"

탱은 가게를 보고 눈을 몇 번 깜박거리다가 그의 새로운 주문을 다시 외치기 시작했다. 그 낱말의 발음이 마음에 든 것 같았다.

"콘, 도, 미! 콘, 도, 미! 콘, 도, 미!"

이런 상황에서는 그냥 그 자리를 떠나는 게 상책일 때가 있다. 나는 탱이 따라오기를 기도하면서 그 자리를 떠났다. 나는 자동차의 소음을 뚫고 나를 따라오는 탱의 발소리를 들으려고 귀를 곤두세웠다. 오래지 않아 귀에 익은 철커덕거리는 소리가 들렸고, "콘, 도, 미! 콘, 도, 미!" 하고 외치는 구형 로봇의 새된 목소리도 들렸다. 무슨 수를 써도 그 소리에서 벗어날 수는 없었다. 나는 호텔로 돌아가는 게 좋겠다고 생각했다.

가토와 식사를 하러 나갈 때, 나는 바닥에 앉아서 앞에 놓인 텔레비전을 보고 있는 탱을 호텔방에 남겨두었다.

"혼자 밖에 나가면 안 돼. 알았지?"

"응." 탱은 현란한 복장으로 활짝 웃고 있는 시끄러운 게임쇼 사회자에게 눈을 고정시킨 채 대답했다.

방은 카드키로 잠겨 있었고 안쪽에서는 언제든지 문을 열 수 있기 때문에, 나는 밖에 나가지 않고 안에 머물러 있겠다는 탱의 말을 믿을 수밖에 없었다. 그리고 예방책으로 내가 외출한다는 것을 호텔 수위에게 알리고, 상자같이 생긴 로봇이 문으로 다가오는 것을 보거나 들으면 우리 방으로 돌려보내달라고 부탁했다.

나는 8시 정각에 가토의 사무실에 도착했다. 가토는 건물 밖에서 기다리고 있었다.

"엘리베이터를 타고 내 사무실이 있는 층까지 올라오는 수고를 끼쳐드리고 싶지 않았어요." 그는 함께 걸어가자는 몸짓을 하면서 "갑시다" 하고 덧붙였다.

"탱에 대해 귀중한 정보를 알려주셔서 다시 한번 감사드립니다. 정말 도움이 됐어요."

"천만에요. 더 많은 것을 알려드리지 못해서 죄송합니다."

"아니, 당신은 이미 허용된 범위를 넘어서 많은 이야기를 해주셨잖아요. 당신을 그런 입장에 몰아넣어서 죄송합니다."

"괜찮습니다. 참, 한 가지 물어볼 게 있는데, 리지는 어떻게 지내고 있던가요?"

나는 전깃줄이 복잡하게 얽혀 있는 전봇대를 피하려고 몸을 옆으로 기울이면서 그를 힐끔 쳐다보았다. 전봇대는 지하철의 전동차와 마찬가지로 노래를 부르고 있었다. 그 이유를 물어볼 생각은 미처 못했다.

"나한테 연락해보라고 제의한 게 리지였다고 이메일에서 말씀하셨죠?"

"맞아요." 나는 감정이 담기지 않은 무난한 대답을 찾으려고 애쓰면서 잠시 말을 멈추었다. "리지는 당신한테 안부를 전해달라고 했습니다. 우주박물관에서 근무하고 있는데, 실은 인공지능을 연구하고 싶어하는 눈치더군요. 하지만 우주는 인공지능 다음으로 좋은 거죠."

가토는 전혀 놀란 기색을 보이지 않은 채 내 말에 고개를 끄덕였다. 우리는 몇 분 동안 말없이 걸었다. 가토는 먼 곳을 바라보는 듯 멍한 눈빛이었고, 나는 그의 생각을 방해하고 싶지 않았다. 입을 다물고 있는 동안 나는 어느 시점에서 '사고' 이야기를 꺼내도 될지 어떨지를 생각하고 있었다. 그리고 가토와 리지 사이에 그들이 말한 것보다 더 깊은 관계가 있었던 게 아닐까 하는 생각도 들었다.

"리지는 당신을 아주 높이 평가하더군요. 아주 훌륭하고 두뇌가 뛰어난 사람이라고…."

"그 말을 들으니 우쭐해지는데요. 오랜 세월이 흐른 뒤에도 리지가 나를 기억하고 있다는 걸 아니까 기분이 좋네요. 리지와는 오랫동안 연락이 끊겼으니까요."

"리지도 그러더군요. 연락하지 않은 이유를 물어봐도 될까요?"

"우리는 대학에 다닐 때 한동안 사귀었어요."

'아하, 그럴 줄 알았어.' 나는 속으로 생각했다.

"그때는 원하는 게 서로 달랐어요." 가토는 설명하기 시작했지만, 한마디로 간단히 설명을 끝내버렸다. "그래서 헤어졌지요."

"리지는 당신과 사귀었다는 말은 하지 않았어요. 괜한 걸 물어본 것 같네요. 죄송합니다. 그런 질문은 하지 말았어야 하는 건데."

나는 그들이 원한 게 서로 달랐다는 말이 무슨 뜻이냐고 물어보고 싶었지만, 에이미를 생각하자 내가 사실은 그것을 알고 싶어하지 않았다는 것을 깨달았다.

내가 보기에 변호사라는 직업은 항상 에이미를 짜증나게 하는 원인으로 보였다. 그 일은 에이미에게 장시간 노동을 강요하고 스트레스만 안겨주는 것 같았다. 하지만 가토와 대화를 나누면서 나는 그것을 오로지 내 관점에서만 보았다는 사실을 깨달았다. 에이미의 직업도 가토의 직업 못지않게 창의적이고 흥미롭다는 것을 나는 알아차리지 못했던 것이다. 어쩌면 리지가 자기 일에 실망하고 좌절한 원인은 그녀 자신에게 있을지도 모른다. 그리고 내가 일에서 성공하지 못하고 좌절한 원인도 나 자신에게 있을 것이다.

가토의 목소리가 내 생각을 중단시켰다.

"옛날 일입니다. 리지도 나도 연락을 끊을 작정은 아니었다고 생각해요. 어쨌든 리지가 잘 지내고 있다는 말을 들으니 기쁘네요."

우리는 만화영화 캐릭터처럼 차려입은 소녀들 옆을 지나치면서 다시 입을 다물었다. 소녀들 가운데 네 명은 짧은 치마 차림에 머리를 돼지꼬리처럼 땋아 늘었고(그것을 보고 나는 기겁했다), 한 명은 눈을 크게 뜬 초록색 용처럼 차려입고 있었다(이것은 별로 당황스럽지 않았다). 그들의 재잘거림이 우리 뒤쪽으로 사라져가자 가토가 다시 말을 이었다.

"리지는 결혼했나요?"

나는 헛기침을 했다.

"어어, 아뇨… 아마 안 했을 겁니다."

"아, 잘됐군요."

"잘됐다고요?"

"내 말은…"

"됐습니다. 무슨 뜻인지 알아요." 보통 때라면 나는 이런 종류의 대화를 액면 그대로 받아들였겠지만, 단순히 가토에게 저녁을 대접하는 것보다 더 좋은 방법으로 가토에게 감사의 뜻을 표할 수 있을지도 모른다는 생각이 그때 문득 떠올랐다.

"그건 유감이네요. 리지는 혼자 살기를 별로 원하는 것 같지 않았으니까요. 리지는 당신과 연락이 끊긴 걸 안타까워하고 있을지 몰라요."

가토가 생각에 잠긴 것처럼 보였기 때문에 나는 말을 이었다.

"당신은요? 결혼했나요?"

"아뇨. 일하느라 너무 바빠서요. 그리고… 나한테 맞는 여자를 만나지 못했어요."

"그게 확실합니까?"

그는 걸음을 멈추었다.

"글쎄, 아닐지도 모르죠."

"텍사스는 아주 좋은 곳이에요."

"그래요?"

"휴스턴에서 여기로 오는 직항 비행기도 있습니다." 나는 그의 눈을 똑바로 바라보았다. "가토. 리지를 만나러 가실 거죠?"

그는 미소를 지었다.

"어쩌면 그럴지도. 여기가 레스토랑입니다, 벤-상."

가토가 데려간 레스토랑은 여행 안내서에는 절대 실리지 않을 곳이었다. 골목으로 조금 들어간 곳에 별로 눈에 띄지 않는 목조 건물이 서 있고, 길가에 면해 있는 출입구에는 포럼이 드리워져 있었다. 그 건물은 좀 더 근대적인 두 건물 사이에 끼여 찌부러진 것처럼 보였지만, 양쪽 건물과 따로 떨어진 독립가옥이었고, 옆에서 보면 처음에 생각했던 것보다 뒤쪽으로 훨씬 길게 뻗어 있음을 알 수 있었다.

가토는 포럼을 들어 올려 내가 지나갈 수 있도록 잡아주었다. 그런 다음, 나를 따라 안으로 들어와서 레스토랑으로 이어지는 미닫이문을 열었다. 멋진 양복 차림의 신사가 가토를 맞이하여 안쪽에 있는 또다른 나무문을 지나 본채로 우리를 안내하고, 칸막이 안에 놓여 있는 좌탁에 우리를 앉혔다. 레스토랑 내부는 아름다웠지만 맨 처음 내 주의를 끈 것은 냄새였다. 따뜻한 나무 냄새와 바다 냄새. 내부는 외관을 보고 기대한 대로 나무널판으로 꾸며져 있었고, 냄새로 짐작컨대 삼나무나 백단향이 분명하다고 생각했다. 바다 냄새는 레스토랑 끝에 설치된 두 개의 대형 수조에서 풍겨오고 있었는데, 수조는 홀 안쪽으로 패션쇼 무대처럼 불쑥 튀어나온 일종의 좁은 통로 양쪽에 설치되어 있었다. 우리가 들어간 곳과 같은 칸막이석이 삼면 벽을 따라 줄지어 늘어서 있었고, 카바레 스타일의 탁자들이 말굽 모양으로 무대를 빙 둘러싸고 있었다. 무대 자체는 비어 있었지만, 레스토랑이 고객들로 붐비는 것으로 미루어보아 이제 곧 어떤 여흥이 벌어질 예정인 것 같았다.

우리는 식사를 하면서 리지에 대해 더 많은 이야기를 나누었고, 그러는 동안 가토에게만이 아니라 나 자신에게도 리지와 잠자리를 같이한 적이 없는 척하는 게 좋겠다고 판단했다. 짐작한 대로 가토는 리지를 사랑하는 게 분명했다. 헤어진 지 거의 10년이 지났는데도 가토는 여전히 리지를 사랑하고 있었다.

"나는 항상 리지보다 더 솔직하게 리지에 대한 내 감정을 표현했었어요." 가토가 말했다. "일본 남자와 미국 여자에게는 정말 이례적인 일이었죠. 보통과는 정반대라고 말할 수 있을 거예요."

"그래서 헤어진 건가요? 당신이 너무 열정적이라고 리지가 생각했나요?"

그는 고개를 저었다.

"대학에서는, 그러니까 같은 장소에서는 두 사람이 같은 생활을 할 수 있었지만, 대학을 졸업한 뒤에는 각자의 희망과 꿈을 이룰 수 있는 나라가 달랐을 뿐이에요. 나는 내 일에서 성공하기 위해서는 도쿄로 돌아갈 필요가 있다고 느꼈고, 리지는 미국에 남아서 가족과 가까운 곳에서 살고 싶어했지요. 결국 우리 관계는 끝없이 돌고 도는 말다툼처럼 되어버렸죠."

"가토 씨, 이따금 일어나지만 결코 해결되지 않는 말다툼에 대해서는 나도 잘 알고 있어요. 하지만 인생은 후회를 거듭하는 것보다 더 중요하다는 것도 알고 있지요. 그냥 미국으로 리지를 찾아가는 게 좋지 않을까요? 우선 두 사람이 서로에게 아직도 같은 감정을 느끼고 있는지, 그것부터 확인하는 게 어때요? 생활의 현실적인 문제들은 그 뒤에 걱정해도 됩니다."

가토에게 이런 말을 하고 있을 때, 바로 나의 이런 태도 때문에 에이미가 내게서 멀어졌을지도 모른다는 생각이 문득 떠올랐다. 에이미에게는 감정과 현실적인 문제가 영원히 결부되어 있었을 것이다. 나는 사람이 누군가를 사랑한다면 중요한 건 오로지 그것뿐이라고 생각했지만, 실제로는 그것만으로 충분치 않다는 것을 지금은 분명히 알 수 있었다. 확실히 에이미에게는 충분치 않았다. 언제가 될지 모르지만 언제든 집에 돌아가면 에이미한테 그 이야기를 해야겠다고 생각했다. 내가 달라졌다는 것, 지금은 모든 것을 과거와는 다르게 보고 있다는 것을 에이미에게 납득시킬 수 있을까. 지금의 나는 당신을 행복하게 해줄 수 있는 사람일지 모른다고 에이미를 설득할 수 있을지 궁금했다. 하지만 내 마음 한구석에는 여전히 에이미가 나를 떠난 것은 옳은 선택이었다는 생각이 자리잡고 있었다.

실패한 결혼생활을 생각하고 있을 때, 높은 피리 소리가 무대 밑에서 들려오고, 가토가 '샤미센'이라고 부른 현악기가 배경음처럼 피리 소리를 받쳐주었다. 탁자에 앉아 있던 손님들이 박수갈채를 보내기 시작했다.

고개를 들어보니 무대 한복판에 서 있는 게이샤가 보였다. 다만 그것은 진짜 게이샤가 아니라 안드로이드였다. 그녀는 벚꽃무늬가 찍혀 있고 백로가 수놓인 빨간 기모노를 입고 허리에는 연분홍색 허리띠를 두르고 있었다. 이 허리띠는 등 뒤에 커다란 사각형으로 접혀 있었다. 그녀는 검은색 가발을 쓰고 얼굴을 하얗게 분칠하고 입술에는 고상한 장밋빛 연지까지 바른 모습이었다.

안드로이드 게이샤는 부채 두 개를 들고 춤을 추기 시작했다. 부채를 빙글빙글 돌리며 춤을 추는 모습이 꼭 사람 같았다. 정말 기묘한 광경이었다. 특히 그녀의 기모노 자락이 살짝 벌어지면서 발 대신 바퀴가 달려 있었고, 이음매가 있는 다리가 드러날 때는 더욱 기묘해 보였다.

"발 대신 바퀴를 달면 진짜 게이샤처럼 조용히 매끄럽게 움직일 수 있지요." 가토가 설명했다. 그리고 덧붙였다. "나를 오해하진 마세요. 이것 때문에 여기 온 게 아니니까. 나는 이곳 음식을 좋아합니다. 하지만 당신이 다른 종류의 인공지능을 보는 데 흥미를 느낄지 모른다고 생각한 것도 사실이에요."

"당신 회사에서 저걸 만드나요?"

"아니요. 나는 저것을 우리 문화에 대한 모욕이라고 느끼지 않을 수 없어요. 왜 그런지는 확실히 말할 수 없지만…."

"우리가 캘리포니아에 갔을 때 실수로 호텔 캘리포니아라는 곳에 묵었는데요, 알고 보니 그 호텔은 뭐랄까, 사람들이 안드로이드와 관계를 맺으러 가는 곳이었어요. 사람들은 탱이 나와 함께 있는 것도 그 때문이라고 생각했고요. 저 게이샤도… 그와 비슷하다고 생각하세요?"

가토는 정말로 경악한 것처럼 눈썹을 치켜올렸다. 그 이야기를 들으면 가토가 놀랄 거라던 리지의 말이 맞았다.

"그렇게는 생각지 않아요. 로봇을 그런 식으로 취급하는 건 혐오스러워요. 로봇은 거부하지 못합니다."

"하지만 로봇은 어떤 명령도 거부할 수 없잖아요? 잔인한 명령과 용인되는 명령의 차이는 뭡니까?"

"탱을 그런 식으로 취급하지는 않겠지요?"

"물론이죠. 하지만 나는 탱한테 어떤 명령도 내리지 않을 겁니다. 아니, 나는 탱이 내 말대로 하기를 기대하지도 않아요."

"하지만 실제로는 기대하고 있어요. 어디에 가든 탱이 함께 가기를 기대하고 있잖습니까?"

"거기에 대해 그런 식으로 생각해본 적은 없는데요. 나는 탱에게 명령한다기보다 요청한다고 생각하고 싶지만, 당신 말에도 일리가 있네요. 게다가 탱은 아주 고집불통이에요. 나도 그렇지만, 탱도 나 못지않게 제멋대로지요. 정말이에요."

가토는 소리내어 웃었다.

"그럴 거라고 생각합니다."

게이샤는 이제 춤을 멈추고 음악을 연주하고 있었다. 그녀는 바닥에 앉아서 샤미센을 연주하며 노래를 부르고 있었다. 나는 안드로이드가 노래하는 것을 들어본 적이 없었다. 그녀는 노래를 아주 잘했다.

"어떻게 안드로이드가 노래를 부르게 하죠?"

"특정한 테크놀로지에 많은 에너지를 투입합니다. 그게 우리가 연예 안드로이드한테 하는 일이죠. 저 게이샤의 기술은 제한되어 있다는 것을 이제 곧 알게 될 거예요. 저 게이샤는 노래하고 춤을 출 수 있고, 아마 손님들한테 차를 대접할 수도 있겠지만, 아마 그게 전부일 겁니다. 그 이상으로 할 수 있는 안드로이드는 아직 만들어내지 못했어요. 내가 지금까지 본 안드로이드 가운데 저것과 가장 가까운 건 두 가지 기능을 수행하는 안드로이드예요. 예를 들면 가사일과 정원일을 하는 안드로이드죠. 안드로이드가 할 수 있는 건 기껏해야 그 정도예요. 볼린저도 아마 그걸 깨달았을 겁니다. 그리고 아마 인간들은 안드로이드가 너무 다양한 기능을 갖는 것을 바라지 않을 거예요. 그러면 우리가 어떻게 안드로이드를 통제할 수 있겠어요?"

나는 탱을 생각하고, 여기저기 제멋대로 돌아다니는 탱의 버릇을 생각했다.

"통제할 수 없겠죠. 그들에게 간청하거나 아니면 그들을 셧다운 시키는 게 상책일 겁니다."

"맞아요."

노래하는 지하철을 타고 호텔로 돌아오면서 나는 탱을 걱정했다. 가토와 저녁을 먹으면서 나눈 대화가 나를 불안에 빠뜨렸다. 나는 텍사스에서 다시는 혼자 남겨두지 않겠다고 탱에게 약속했지만, 또 탱을 혼자 남겨놓았다. 이번에는 적어도 탱에게 미리 알려주긴 했지만, 호텔에 도착하여 엘리베이터를 탈 때 심박수가 올라가는 것을 막을 수는 없었다.

방에 들어가서, 내가 놔둔 곳에 그대로 앉아서 여전히 텔레비전을 보고 있는 탱을 보고서야 나는 안도감에 가슴을 쓸어내렸다.

"나 왔어, 탱."

"맛있는 거 먹었어?"

"그래. 아주 맛있었어." 하지만 게이샤의 여흥에 대해서는 말하지 않기로 했다. "내가 나간 동안 뭐 했냐?"

"뭐 했냐고?"

"어떻게 지냈냐고? 텔레비전만 봤어?"

"응. 전화만 빼고."

나는 탱의 말을 제대로 들었는지 확신할 수가 없었다.

"나 전화 썼어."

"무엇 때문에?"

"텔레비전에 전화했어. 텔레비전에 나온 사람이 전화하래. 번호 보여줬어. 나 전화했어."

"생방송에 전화를 걸었다고?"

"응."

"전화가 연결됐어?"

"응."

"그래서?"

"남자가 일본말 해. 나 일본말 몰라."

16
마지막 수단

　우리를 팔라우로 데려다준 비행기는 재난 영화, 예컨대 벼락 맞은 항공기가 급강하하여 백사장에 처박히고 승객들이 멧돼지의 공격을 받는 영화에 등장한 것과 비슷해 보이는 소형 비행기였다. 가뜩이나 나는 비행기를 무서워할 이유가 충분했다. 부모님이 비행기 추락 사고로 돌아가셨기 때문이다. 그렇기는 하지만, 나 못지않게 겁을 먹은 듯이 보이는 탱을 위해 애써 태연한 체했다.

　"괜찮을 거야. 내가 보증할게. 우리 아버지도 이런 비행기를 조종하곤 했지. 실은 이것보다 좀 작았지만. 경비행기 조종은 아버지가 은퇴한 뒤에 즐긴 취미의 하나였어. 아버지와 어머니는 날씨가 좋은 날이면 자주 하늘로 올라가서 날아다니곤 하셨지. 브라이어니도 가끔 태워주셨고, 조카들도 마찬가지였어. 하지만 나는 절대로 태워주지 않았지. 태워주셨다 해도 내가 비행을 즐겼을지는 의심스러워. 겁이 많았으니까 말이야. 하하하."

나는 소형 비행기에 대해 내가 아는 좋은 점만 말해주었지만, 탱은 여전히 당황스러울 만큼 강렬한 눈빛으로 나를 바라보았다.

"이봐 탱, 저 조종사들은 항상 이 비행기를 몰아. 어쨌든 일주일에 한 번은 비행을 하잖아. 거기 갔다가 돌아오는 것까지 생각하면 해마다 백 번은 비행하는 셈이야. 저 사람들은 자기가 하는 일을 아주 잘 알고 있을 거야."

탱은 여전히 납득하지 못하는 눈치였지만, 그를 탓할 수도 없었다. 나 자신도 확신을 갖지 못했기 때문이다. 지난번에 탄 비행기의 프리미엄 좌석과 퀄리티 퍼스트인지 뭔지 하는 특별 좌석이 우리 버릇을 잘못 들여놓았다. 이 비행기는 안드로이드를 태우는 데 익숙지 않았고, 하물며 로봇은 더 말할 나위도 없었다. 탱은 자기가 '알루미늄'으로 만들어져서 가볍다고 말했지만, 나는 탱의 몸무게에 대해 추가 요금을 내야 했다. 직원들이 탱의 말을 믿은 것 같지는 않지만, 그래도 탱이 그런 얘기를 꺼낸 것은 기특한 일이었다.

비행 자체는 아주 평온했다. 소음이 심하고 술도 주지 않는 다섯 시간의 비행이었다. 탱은 창가 자리에 억지로 몸을 밀어넣을 수 없어서, 비행하는 동안 내내 내 앞으로 몸을 기울인 채 창문으로 바깥 경치를 구경했다. 덕분에 나는 다리 하나가 저렸고, 우리는 자리에 제대로 앉지 않는다는 이유로 승무원한테 질책을 받아야 했다. 하지만 비행기는 코로르(팔라우의 중심 도시)의 작은 활주로에 무사히 착륙했다. 비행기가 활주로 끝에서 벗어나 바다에 빠질 것처럼 보였기 때문에 나는 눈을 감아야 했고 탱은 얼굴을 가렸지만 착륙은 완벽했다. 다른 승객들은 우리가 한 쌍의 덩치 큰 여자애들 같다면서 우리를 비웃었다.

그런 비행을 했는데도, 아니 어쩌면 그런 비행을 했기 때문에 공항을 통과하여 팔라우에 발을 내딛는 것이 한층 더 기분 좋게 느껴졌을 것이다. 뜨거운 태양 아래에서는 전통적인 환영식이 진행되고 있었다. 댄서들이 몸을 흔들면서 춤을 추고, 그들 사이를 지나 도착장 대합실로 가는 승객들의 목에 레이라고 불리는 화환을 걸어주었다. 따뜻한 환영을 받은 탱은 적어도 다섯 개의 화환을 받았고, 정수리에 다섯 번의 키스를 받았다. 나는 탱이 그렇게 즐거워하는 것을 본 적이 없었다.

비행기 승무원은 우리에게 호텔을 추천해주었다. 코로르 시내에서 조금 떨어진 곳에 위치한 리조트 호텔이었다. 우리는 공항에서 시내까지 가는 버스를 탔다. 코로르가 무척 아름다웠기 때문에 중심가에서 버스를 내린 뒤에는 호텔까지 걸어가는 게 좋겠다고 판단했다. 나는 소매를 걷어 올리고, 땀이 배어난 머리에 파나마모자를 썼다. 호텔로 가는 동안 나는 탱의 걸음이 점점 느려지는 것을 알아차렸다.

"탱, 괜찮냐?"

"아주 뜨거."

"더운 건 나도 알아."

"아니, 뜨거. 너무 뜨거." 공항에서 받은 레이는 아직도 탱의 몸에 감겨 있었다. 탱은 화환을 벗어서 땅바닥에 내동댕이쳤다.

"나도 알아. 미안해, 탱. 어떻게 해줬으면 좋겠니? 내가 태양을 덜 뜨겁게 할 수는 없어."

탱은 그게 새로운 사실이라도 되는 것처럼 나를 쳐다보았다. 그리고 다시, 이번에는 더욱 절박하게 같은 주장을 되풀이했다.

"뜨거!" 그는 제 머리를 가리켰다. "뜨거… 뜨거… 뜨거… 뜨거… 뜨겁다고!"

나는 그의 정수리를 만져보았다. 정말로 뜨거웠다. 나는 걱정이 되었다.

"아파?"

"여기." 그는 정수리에 닿을 때까지 손을 뻗어 올렸다. "생각이 안 돼. 혼란스러."

그제야 나는 무슨 일이 일어나고 있는지를 깨닫고, 부주의한 나에게 속으로 욕을 퍼부었다. 이런 기온에 그늘도 없는 바깥에 5분만 있어도 탱의 회로를 충분히 튀길 수 있었다.

"정말 미안해. 내가 멍청했어."

나는 어떻게 할까 생각하면서 야자수 그늘로 탱을 데려갔다. 나는 부채 대신 모자로 탱에게 부채질을 해주었고, 탱의 온도가 내려가는 동안 비행기에서 가져온 물병의 물을 꿀꺽꿀꺽 마셨다. 몇 분쯤 지나자 탱은 기분이 좀 나아진 것처럼 보였다.

"이젠 좀 어때?"

"좋아지졌어…."

"그냥 '좋아졌어'라고 해야지." 나는 그의 말을 바로잡아주었다.

"이젠 그렇게 혼란스럽지 않아."

"좋아." 나는 안심했지만, 문제는 여전히 남아 있었다. 우리가 언제까지나 야자수 그늘에 앉아 있을 수는 없었다. "너한테도 모자가 필요해."

"응, 모자."

나는 잠시 생각했다. 내 파나마모자는 탱의 머리에 씌워지지 않을 것이다. 탱의 머리 모양과 전혀 맞지 않으니까 당장 머리에서 미끄러져 탱의 눈을 가려버릴 터였다. 그때 문득 좋은 생각이 떠올랐다. 나는 하얀 손수건을 주머니에서 꺼냈다. 집에서 탱을 닦아줄 때 쓴 손수건인데, 그 후 깨끗이 빨았다. 그때가 무척 오래전처럼 느껴졌지만 실제로는 한 달도 되지 않았다. 나는 손수건의 네 모둥이에 매듭을 만들어 탱의 머리 위에 씌웠다. 그리고 조금 매만지자 탱의 머리에 잘 맞았다.

"효과가 있을까? 탱, 어떻게 생각해?"

"효과가… 뭐야?"

"그게 햇볕 속에서 너한테 도움이 되겠냐는 뜻이야."

그는 어깨를 으쓱했다.

"아마도?"

"알아낼 방법은 하나밖에 없는 것 같군." 나는 배낭을 다시 짊어지고 탱에게 손을 내밀었다. 우리는 손을 잡고 적도의 강렬한 햇살 속으로 다시 발을 내디뎠다.

탱은 임시변통으로 만든 손수건 모자 덕분에 아까보다는 잘 견뎠지만, 호텔에 도착했을 때는 여전히 상태가 나빠 보였다. 호텔 프런트에 도착하자마자 탱은 바닥에 털썩 주저앉았다. 그 바람에 가슴판이 활짝 열렸다. 탱은 가슴판을 닫고, 접착테이프를 문질러 가슴판에 붙이고는 멍한 얼굴로 테이프를 만지작거렸다.

우리 방은 내가 요구한 대로 1층에 있는 넓은 방이었다. 덧문 달린 넓은 창문을 열면 베란다로 나갈 수 있게 되어 있었다. 베란다는 넓은 수영장이 있는 정원으로 통해 있었고, 정원 너머에는 호텔 전용 해변이 펼쳐져 있었다. 방은 따뜻했기 때문에 나는 덧문을 열고 열대의 산들바람이 창문으로 들어와 탱의 뜨거운 머리를 식힐 수 있게 해주었다. 탱은 특대형 트윈베드 가운데 하나로 철커덕거리며 다가가서 드러누웠다. 탱이 침대 위에 벌렁 드러눕자 가슴판이 또 열렸지만 탱은 신경 쓰지 않는 것 같았다. 평소에는 시원한 그의 가슴에 손을 대보니 아주 따뜻했다.

그때부터 탱의 상태는 계속 나빠졌다. 나는 쓸데없이 허둥대기 시작했다. 탱은 침대에 누워 머리를 한쪽으로 돌리고 베란다 덧문을 통해 해변 쪽을 바라보고 있었다. 햇빛이 탱의 몸통 위에서 어른거렸다.

"아파." 탱이 말했다.

"알아. 나도 너를 도와주고 싶어. 어떻게 해야 하지?" 나는 걱정을 드러내지 않으려고 애썼다.

"나도 몰라."

탱의 머리는 여전히 뜨거웠다. 나는 맨발로 방을 돌아다니며 탱을 식힐 수 있는 방법을 궁리하다가 선풍기를 침대 쪽으로 옮겨서 탱에게 틀어주었다. 선풍기 바람에 탱의 눈꺼풀이 파닥거렸다. 그러자 탱은 눈을 감아버렸다.

"눈이 추워."

나는 선풍기 방향을 다른 쪽으로 조금 돌렸지만 탱은 여전히 눈을 감고 있었다.

15분 뒤에 나는 탱의 온도를 다시 확인했다. 탱은 여전히 뜨거웠고, 어딘지 확인할 수는 없지만 어디선가 낮게 쉭쉭거리는 소리가 새어나오고 있었다. 나는 탱의 실린더를 살펴보았다. 도쿄에서는 절반쯤 남아 있던 액체가 이제는 4분의 1밖에 남아 있지 않았다.

"맙소사. 탱, 난 도움을 청하러 갈게. 넌 여기 있어. 제발 아무데도 가지 마. 넌 지금 건강한 상태가 아니야."

아무 반응도 없었다.

"탱?"

여전히 반응이 없었다. 나는 허리를 숙여서 탱의 머리를 만져

보았다. 그런 다음 탱을 살며시 흔들었다. 탱은 꼼짝도 하지 않았다.

"탱? 뭐라고 말 좀 해봐. 왜 움직이지 않는 거야?"

아무 반응도 없었다.

"제발 뭐라고 말 좀 해봐." 불안감이 내 안에서 분출했다. 나는 탱을 더 세게 흔들었다. "탱? 넌 괜찮아야 돼. 괜찮지 않으면 안 돼. 너를 잃을 수는 없어. 탱, 제발 말 좀 해봐!"

탱이 한쪽 눈을 떴다.

"그만 흔들어. 아파."

나는 최대한 빨리 프런트로 뛰어내려가서 호텔 직원들의 주의를 끌기 위해 단호하게 벨을 울렸다. 체크인을 담당했던 직원이 나타났다.

"무엇을 도와드릴까요?"

"제발 좀 도와주세요. 당신이라면 도와줄 수 있을 거예요. 급한 일이에요." 나는 헐떡거렸다. "아까 나랑 함께 들어온 로봇을 기억하세요?"

"그 구형 로봇 말인가요? 아주 귀엽던데요."

"그 로봇이 많이 아파요. 그런데 어떻게 해야 할지 모르겠어요. 그 로봇을 잃게 될까봐 겁이 나요." 내 목소리가 조금 갈라졌다.

"아프다고요? 무슨 일이 있었나요?"

"여기 오는 길에 몸이 뜨거워졌어요. 태양 때문에. 그애는 태양에 익숙지 않아요. 지금은 침대에 그냥 누워 있고 싶어해요. 그런데 아직도 몸이 뜨거워요. 혹시 이 호텔에 로봇을 잘 아는 사람이 묵고 있지 않을까요? 그런 분이 있다면 그애를 좀 봐줄 수 없을까요? 그애가 탈이 나지 않았나 걱정돼요."

"걱정 마세요. 그보다 더 좋은 방법이 있는데, 이 호텔엔 다양한 일을 하는 안드로이드가 여럿 있고, 그들을 다루는 전문 기술자가 한 사람 있습니다. 로봇을 다루는 데에는 익숙지 않지만 분명 도움이 될 겁니다. 그 사람한테 전화해서 당장 손님께 가도록 하겠습니다." 그는 전화기를 집어들었다.

나는 나도 모르게 눈물이 치솟는 것을 느꼈다.

"고맙습니다. 정말 고맙습니다."

눈물 한 방울이 내 코 옆을 따라 미끄러졌다. 나는 이 호텔을 떠날 때 그에게 팁을 줘야겠다고 마음먹었다.

방으로 돌아온 지 5분도 지나기 전에 노크하는 소리가 들렸다. 머리와 턱수염이 하얗고 둥근 안경에 푸른색 내리닫이 작업복을 입은 작달막하고 친절해 보이는 남자가 검은색 가죽으로 만든 커다란 연장 가방을 들고 문간에 서 있었다.

"아픈 로봇이 있다고요?"

"예, 어서 들어오세요. 여기 있습니다." 나는 그를 탱이 누워 있는 곳으로 안내했다. 탱은 여전히 눈을 감은 채였고, 여전히 베란다와 선풍기 쪽을 향하고 있었다.

그는 빠른 걸음으로 탱에게 다가가더니 바닥에 연장 가방을 내려놓고 바지의 무릎 부분을 치켜올리며 의자에 앉았다. 그러고는 탱의 머리를 만져보았다.

"정말 고전적인 모델이군. 게다가 몸에 열이 있어. 알았다."

탱은 한쪽 눈을 뜨려고 했지만 그 노력이 상당히 버거운 것 같았다. 탱은 다시 눈을 감았다.

"아파."

"저런. 괜찮아. 네가 아프다는 건 나도 알아. 넌 그냥 누워 있으면 돼." 의사는 자기와 가까운 쪽에 있는 탱의 손을 잡아서 들어 올리고 탱의 몸을 톡톡 두드려본 다음, 귀 역할을 하는 구멍속을 들여다보았다.

나는 떨리는 목소리로 실린더에 대해 설명했고, 그는 실린더를 보려고 접착테이프를 벗겼다. 그리고 가방에서 스프레이 깡통을 꺼내 탱의 머리에 전체적으로 뿌린 다음, 가슴판 아래 몇 군데에도 잠깐씩 뿌렸다. 그러고는 일어나서 나에게 손짓을 했다. 우리는 탱한테서 멀리 떨어진 방구석으로 이동했고, 그가 조용히 말했다.

"좋은 상태는 아니고, 솔직히 말하면 무척 걱정스럽다고 인정할 수밖에 없군요. 할 수 있는 일은 별로 많지 않은 것 같네요. 머리를 열고 어떤 회로가 망가졌는지 살펴볼 수는 있겠지만, 몸이 저렇게 뜨거운 동안은 안 됩니다. 그리고 지금까지 저런 로봇을 본 적이 없어서, 내가 상태를 오히려 악화시키지나 않을까 염려되기도 하고요. 저 로봇을 누가 만들었는지 아세요?"

나는 탱의 실린더에 대해 설명하고, 볼린저라는 사람을 찾고 있지만 아직 그를 찾을 기회가 없었다고 말했다.

의사는 고개를 저었다.

"귀에 익은 이름이지만, 그가 어디 사는지는 나도 모르겠군요. 사람들한테 물어보고, 그를 아는 사람이 있는지 알아보겠습니다. 그 사람을 찾을 때까지는 그저 기다리면서 열이 내리기를 바랄 수밖에 없어요. 로봇이 깨어나거든 스트레스를 주지 않도록 조심하고, 로봇이 생각을 너무 많이 하지 않게 해주세요. 회로에 휴식을 주는 거죠. 시간이 날 때마다 상태를 확인하러 올게요."

"태양 때문일까요?"

"맞아요. 일사병에 걸렸다고 말할 수 있을 겁니다."

그는 눈을 감고 두 팔을 머리 위로 내던지듯 뻗은 채 눈을 감고 조용히 누워서 꼼짝도 하지 않는 탱을 바라보았다. 그러고는 말을 이었다.

"저 로봇이 어떤 반응을 보일지는 예측할 수 없습니다. 아까도 말했듯이 저 로봇은 내가 지금까지 본 어떤 것과도 달라요. 짐작컨대 실린더는 냉각장치의 일부인 것 같습니다. 로봇이 움직이고 말하고 무언가를 할 때마다 냉각수가 사용되는데, 생각하는 기능도 거기에 포함되죠. 실린더가 망가지지 않았을 때는 아무 문제도 없었을 겁니다. 유리에 생긴 금은 작으니까, 지금까지 새어나간 액체의 양도 적었어요. 하지만 열대 환경은 너무 가혹하지요. 당신이 들을 수 있는 쉭쉭거리는 소리도 로봇의 몸통이 열을 식히려고 애쓰는 소리랍니다."

내가 이 말을 이해하는 데에는 잠시 시간이 걸렸다.

"나는 저 녀석 머리 위에 손수건을 씌워주었어요." 내 말은 애처롭게 들렸지만 의사는 한 손을 들어 나를 안심시켰다.

"그 덕에 목숨을 구했는지도 몰라요." 그는 내 팔을 토닥였다. "죄책감을 느끼면 안 됩니다. 오히려 자신을 자랑스럽게 생각해야 돼요."

나는 조금도 자랑스럽지 않았다. 나는 탱을 여기저기 더운 곳으로 데리고 다녔다. 캘리포니아, 텍사스. 나는 옳은 일을 하고 있다고, 탱을 고쳐주기 위해 애쓰고 있다고 생각했지만, 도리어 상태를 악화시켰을 뿐이다. 내 생각이 부족했다.

"당신은 몰랐잖아요." 의사가 부드럽게 말했다. "그리고 운이 좋았던 건 사실입니다. 하지만 생각해보세요. 그 일이 일어났을 때 당신은 즉각 반응했잖아요." 그는 잠시 후에 다시 말을 이었다. "두어 시간 뒤에 상태가 어떤지 보러 다시 오겠습니다."

나는 그에게 고맙다고 말하고 문 밖까지 배웅했다. 그런 다음 침대에 털썩 주저앉아 머리를 감싸 안았다.

의사는 말한 대로 두 시간 뒤에 돌아왔고, 그 후에도 평생처럼 길게 느껴지는 기간 동안 하루에 두 번씩 탱을 보러 왔다. 그는 올 때마다 마법의 깡통에 든 무언가를 탱에게 뿌리고, 그 스프레이가 탱의 열을 식히는 데에는 도움이 되겠지만 탱의 자체 냉각장치를 대신할 수는 없다고 말했다. 그는 떠날 때마다 내 팔을 토닥이고 힘없이 미소를 지으며 그냥 '때를 기다리라'고만 말했다.

그래서 나는 온종일 밤낮으로 탱 곁에 앉아 있었다. 잠도 거의 자지 못했고, 하루에 한두 번 룸서비스로 식사를 주문했지만 그것도 거의 먹지 못했다. 탱은 이따금 발작을 일으켜, 쿵쿵 소리가 날 만큼 머리를 좌우로 흔들고 두 팔을 도리깨질하듯 휘둘렀다. 그럴 때마다 쉿쉿거리는 소리는 점점 커졌고, 나는 탱을 달래고 남아 있는 노란색 냉각수를 보존하기 위해 탱을 말려야 했다.

나흘쯤 지났을 때 탱이 이따금 눈을 뜨기 시작했다. 나는 탱이 이따금 창밖을 내다보며 천천히 눈을 깜박거린 다음 다시 눈을 감고 조용해지는 것을 보았다.

엿새째 되는 날, 의사가 문을 두드리는 소리에 잠에서 깨어났다. 나는 목을 문지르며 문을 열었다. 안락의자에 앉은 채 잠들었기 때문에 목이 뻣뻣해져 있었다.

의사는 나에게 친숙해진 절차에 따라 탱의 상태를 확인했다. 그러는 동안 나는 문득 쉿쉿거리는 소리가 멈춘 것을 알아차렸다. 탱은 눈을 뜨고 있었지만 꼼짝도 하지 않았다. 내 위장이 요동쳤다.

"왜 쉿쉿거리지 않는 거죠?" 나는 물었다. "왜 움직이지 않는 거죠?"

의사는 나를 진정시키려고 일어나서 두 손을 들어 올렸다.

"그럴 필요가 없으니까요. 냉각장치가 정상으로 돌아오고 있어요." 의사는 미소를 지었다. "곧 회복될 것 같군요."

나는 내가 무슨 짓을 하고 있는지도 깨닫기 전에 의사를 두 팔로 와락 끌어안았다. 의사는 어색하게 내 등을 토닥이며 나를 달래는 듯한 소리를 냈다. 나는 의사의 어깨 너머로 탱의 눈이 내 쪽으로 돌아오는 것을 보았다. CD 투입구처럼 가늘고 길쭉한 탱의 입이 옆으로 벌어져서 미소를 짓는 것처럼 보였다. 나는 의사를 놓아주고 탱에게 다가가서 한 손으로는 탱의 손을 잡고 다른 손을 탱의 머리에 올려놓았다.

의사가 떠난 뒤 나는 한동안 발을 끌면서 방을 돌아다녔다. 앉아야 할지 서 있어야 할지, 텔레비전을 봐야 할지, 아니면 그냥 창밖에 있는 바다와 열대식물들을 내다보아야 할지, 정말로 알 수가 없었다. 의사는 이제 탱의 머리를 열 필요가 없다고 확신하지만 완전히 회복하기까지는 좀 더 시간이 걸릴 거라고 말했다. 의사는 또한 탱은 휴식이 많이 필요할 거라고 말했다. 그리고 의사가 방에서 나갔을 때쯤 탱은 이미 잠들어 있었다. 하지만 탱은 20분쯤 뒤에 깨어나서 내 이름을 불렀다. 일주일 동안 듣지 못한 탱의 목소리를 듣자 안도감이 홍수처럼 밀려왔다. 나는 탱에게 달려가 그의 서늘한 이마에 입을 맞추었다.

"우리 잠수할 수 있어?" 내가 탱의 몸을 여기저기 만지작거리며 눈을 들여다보고 있을 때, 탱이 물었다.

"잠수?" 나는 당황하여 탱을 바라보았다.

"내가 안 아프면 우리 잠수할 수 있어? 저기 물고기 봐." 그는 베란다 쪽을 가리켰다. 침대 위에 누운 탱의 위치에서는 스노클링 장비를 갖추고 물속에서 휙 나타났다가 다시 물속으로 사라지는 사람들을 볼 수 있었다. 이따금 그들 가운데 하나가 갑자기 일어나서 환성을 지르곤 했다.

"물을 싫어하는 줄 알았는데?"

"이 물은 달라. 이 물은 예뻐."

"미안하지만 우리는 잠수하러 갈 수 없어."

"왜?"

"물은 예쁠지 모르지만, 그래도 너한테는 나빠. 녹이 슬 거야." 그는 한 손을 막연하게 제 몸 위에서 휘둘렀다.

"알루미늄. 안 녹슬어."

"하지만 물속에 가라앉을 거야."

"아니야, 탱은 떠."

이런 것들을 탱이 어떻게 알았는지 알고 싶지도 않았지만, 탱의 어떤 점도 이제는 나를 놀라게 하지 않았다. 나는 오랫동안 알고 지냈는데도 여전히 그의 생각과 감정을 속속들이 알지 못한다는 느낌이 들었다.

어쨌든 탱이 잠수하러 갈 수 없는 것은 사실이었다.

"그래도 바닷물 속에 몸을 담그는 것은 안 좋아. 미안해, 탱."

"의사가 편히 쉬라고 했어. 스트레스를 주지 말라고 했어. 잠수, 응?"

고철뭉치 같은 녀석이 남의 이야기를 엿듣다니!

"탱! 그걸 감정적인 협박이라고 하는 거야."

그는 이 말을 생각하느라 잠시 입을 다물고 있었다.

"잘 들어. 위험하다고 생각되는 일을 네가 하게 내버려두면 나는 어떤 사람일까? 나는 하마터면 너를 잃을 뻔했어. 아직도 그 충격에서 벗어나지 못했어. 너한테 또 무슨 일이 일어나게 할 수는 없어. 게다가 넌 아직 고장난 상태야. 기억하지?"

탱은 가슴판의 접착테이프를 만지작거렸다.

"나중에 다른 걸 하게 해줄게. 약속해. 우리가 할 수 있는 더 좋은 걸. 됐지?"

탱은 한숨을 내쉬었지만 결국 고개를 끄덕였다.

"자, 넌 쉬어야 하고 나는 먹어야 해. 내가 밖에 나가 있는 동안 너를 혼자 놔둬도 괜찮지?"

탱은 고개를 끄덕였다.

"따라오려고 하지 않을 거지?"

"응."

"그래야 착한 아이… 아니, 착한 로봇이지. 되도록 빨리 돌아올게."

나는 탱을 믿었지만, 늦은 오후의 햇살이 들어오는 것을 막는다는 구실로 덧문을 닫았다. 햇살은 방의 절반을 오렌지색 빛으로 흠뻑 적시고 있었다. 나는 일단 밖에 나가면 문도 잠그기로 마음먹었다. 나는 다시 한번 탱의 머리에 손을 얹고 나서 방을 나왔다.

그 후 며칠 동안 나는 계속 볼린저를 찾아다니며 탱을 혼자 놔두었다. 의사도 볼린저를 수소문했지만 아무 성과도 없었고, 탱도 당면한 위험에서는 벗어났지만 그에게 남은 시간은 여전히 빠르게 줄어들고 있었다.

며칠이 지나자 탱은 회복기의 요양 생활에 익숙해진 것 같았고, 방에 갇혀 있는 동안 볼 수 있도록 밖에 나가서 잡지와 조가비, 해초, 게, 뱀장어 따위를 가져다 달라고 요구하기도 했다. 심지어는 자기만큼 키가 크고 조개삿갓으로 뒤덮인 유목(流木)을 창문으로 보았다면서, 그걸 갖고 싶으니까 해변에서 주워오라고 고집을 부리기까지 했다.

나는 자주 시내에 나가서, 호텔로 돌아가면 탱에게 보여주려고 내가 본 것들, 예를 들면 꼬챙이에 꿴 생선을 구워서 파는 노점상, 누군가가 나에게 수족관이라고 말했지만 수족관보다는 오히려 대성당처럼 보인 웅장한 돔형 건물 따위를 사진으로 찍었다. 나는 가족에게 그 사진들을 보여줄 생각을 하면서 혼자 키득거렸다. 그게 사진으로 찍기에는 다양하고 때로는 기묘한 조합이라는 것은 나도 부인할 수 없었다. 내가 찍은 사진들 중에 하나—다리가 세 개뿐인 닥스훈트—는 아무렇게나 찍은 것처럼 유난히 변칙적으로 보였는데, 나는 에이미가 그 사진을 보고 미간을 찌푸리는 모습을 상상할 수 있었다. 탱에게 그 사진을 보여주면 카일을 생각해낼지도 모른다고 생각했다. 그 사진은 에이미한테 아무 의미도 없겠지만, 아마 나는 에이미한테 사진들을 보여줄 기회도 없을지 모른다.

탱도 이제는 카메라의 개념을 이해하게 되었고, 배나 섬 풍경이나 시장의 좌판 사진에서 사진에 찍히지 않은 나머지 부분을 보려고, 내 휴대폰 아래쪽을 계속 보았다.

"탱, 사진은 평면이야."

"휴대폰 안에 있어?"

"아니, 안에 있지 않아. 꼭 그런 건 아니야." 사실 나는 로봇에게 사진을 어떻게 설명해야 할지 알 수가 없었다. 탱 같은 로봇이라 해도 마찬가지였다. 그래서 나는 탱에게 계속 같은 말을 되풀이할 수밖에 없었다. "사진은 평면이야. 사진을 찍을 때, 찍는 사람이 보고 있는 게 사진이고, 그게 휴대폰 화면에 평면으로 뜨는 거야."

결국 탱은 내 설명을 알아들은 것 같았고, 얼마 후에는 내가 산책을 마치고 방으로 돌아올 때마다 사진을 보여달라고 손을 내밀었다. 물론 휴대폰은 터치스크린 방식이어서 내가 휴대폰을 작동시켜야 했지만.

탱은 나날이 좋아졌지만, 여전히 쇠약했고 이따금 혼란에 빠졌다. 어느 날 오후 2시쯤, 탱은 갑자기 잠에서 깨어나 비명을 지르기 시작했다. 나는 탱의 어깨와 머리를 손으로 어루만지며 진정시키느라 꽤 오랜 시간을 보내야 했다. 탱 옆에 앉아 있을 때 나는 점점 커지는 불안이 등뼈를 타고 스멀스멀 기어올라 온몸으로 퍼지는 것을 느꼈다. 그 볼린저라는 사람이 정말로 탱을 만들었고 탱을 고칠 수 있다면, 내가 탱을 데리고 집으로 돌아가는 것은 탱의 목숨을 위태롭게 하는 짓이다. 우리가 여기까지 올 수 있었던 것은 탱의 실린더에 생긴 금이 작았기 때문이다. 교환한 실린더가 더 큰 손상을 입으면, 때맞춰 여기 올 수 있을지 누가 알겠는가? 탱에게는 죽음을 의미할 수도 있다.

이 깨달음은 내 마음속에서 구체화되었다. 나는 상황을 검토했다. 결국 탱에게 가장 좋은 방법은 애당초 탱을 만든 사람에게 탱을 맡기고 떠나는 게 아닐까? 그러면 생명을 위협하는 일이 일어나도 그 사람이 즉시 고쳐줄 수 있을 테니까.

이런 생각을 하자 심장이 오그라들었다. 괜찮은 방법이라고 나는 판단했다. 탱은 나와 함께 집으로 돌아가는 것보다 이곳에 그 사람과 함께 있는 편이 더 안전할 테고, 아마 더 행복할 것이다.

하지만 지금은 무거운 추가 내 가슴에 얹혀서 허파에서 공기를 빼내고 내 목을 옥죄는 것 같았다.

3주 동안 시내로 걸어들어가 돌아다닌 뒤, 어느 날 아침에 나는 다른 길을 택하여 항구에 가보기로 했다. 보이는 풍경에 변화를 줄 필요가 있었다. 섬은 경이로울 만큼 아름다웠지만, 탱이 없으면 섬이 쓸쓸하게 느껴졌고, 탱을 호텔에 남겨두고 나올 때마다 볼린저를 찾아내어 탱에게 작별인사를 할 날이 한 걸음 더 가까워지고 있을지도 모른다고 생각하면 그 외로움이 더욱 강해졌기 때문이다.

하지만 또 한편으로는 내가 볼린저를 찾아내지 못하면 탱이 어떻게 될까 하는 걱정도 계속 깊어지고 있었다. 나는 볼린저가 사는 곳을 누군가가 우리에게 알려주고, 볼린저가 탱을 고쳐주고, 우리는 며칠 안에 집으로 돌아가게 될 거라고 상상했다. 하지만 상황이 바뀌었고, 가토는 우리를 여기로 오게 했지만 우리에게 더이상의 정보는 주지 못했다. 나는 가게와 술집에서 사람들에게 묻고 다녔지만 볼린저를 아는 사람은 한 사람도 만나지 못했다.

나는 해변으로 가서 모래언덕을 올라갔다. 눈앞에 펼쳐진 광경은 나에게 미소를 자아냈다. 눈 아래, 해변에서 불쑥 튀어나간 방파제에 유람선 한 척이 묶여 있었다. 한 무리의 관광객이 그 주위를 돌아다니며 사진을 찍고 있었다. 유람선 가까이에 선장처럼 보이는 남자가 서서 사람들한테 돈을 받고 표를 내주고 있었다.

내가 방파제로 다가가자 관광객들 사이로 안내판이 보였다.

'유리 바닥 보트 투어. 물에 젖지 않고도 물고기와 헤엄을!' 더 가까이 가자, 그 밑에 적혀 있는 더 작은 글자를 읽을 수 있었다. '잠수가 두려우세요? 수영복을 잊으셨나요? 아니면 그냥 물에 싫증이 났나요? 그렇다면 물고기와 함께하는 우리 여행에 참가하세요. 바닷물에 발을 담그지 않고도 스쿠버다이빙의 재미를 맛볼 수 있습니다!'

나는 믿을 수가 없어서 두 손을 정수리에 올려놓았다. 볼린저는 찾지 못했지만, 적어도 탱의 기운을 조금이나마 북돋워줄 수 있는 방법을 발견한 것이다. 우리는 헤어지기 전에 함께 멋진 경험을 할 수 있을 것이다. 탱이 나를 기억할 수 있는 즐거운 추억을 만들 수 있을 것이다. 그야말로 안성맞춤이었다.

17
물고기

나는 탱을 놀래주려고 보트 여행에 대해서는 아무 말도 하지 않았다. 이튿날에도 나는 탱에게 이젠 너도 슬슬 밖에 나가는 게 좋겠다고만 말했다. 나는 태양으로부터 보호해주겠다고 약속하고, 밖에 나갈 때 프런트에서 우산 한 개를 빌렸다.

당연한 일이지만 탱은 불안한 듯 접착테이프를 만지작거리며, 태양이 머리에 레이저 광선을 쏘아서 구멍이 날지도 모른다고 생각하는 듯이 하늘을 힐끔거렸다. 나는 전날 혼자 걸었던 길로 탱을 데려가서 모래언덕을 넘었다. 처음엔 탱도 제법 잘 걸었다. 발밑의 모래가 단단하게 굳어져 있었고 발에 밟힌 풀들이 모래와 섞여 있었기 때문이다. 하지만 해변으로 내려갈수록 탱은 고전하기 시작했다. 발의 폭이 넓지 않아서 몸통이 모래 속에 빠지는 것을 막지 못했다. 그런데도 탱은 고개를 높이 쳐들었다. 탱에게 축복이 있기를!

마침내 잔교에 도착하자 탱은 우리가 무엇을 하려는지 단번에 알아차렸다. 탱은 눈이 휘둥그레져서 두 팔로 내 다리를 끌어안고, 물고기를 만날 수 있다는 기쁨에 꺅꺅 하는 전자음 환성을 질렀다.

"잠수 안 하는 잠수!"

"그래, 나도 그렇게 생각했어."

"벤… 벤… 벤! 물고기! 벤! 고마워, 벤! 고마워어어어어!" 이렇게 외치면서 탱은 잔교를 철커덕거리며 걸어갔다.

탱은 유리 바닥과 그 밑에 붙어 있는 불가사리들을 본 순간, 좌우로 뒤뚱거리며 손뼉을 치고 요란하게 "휘이이이익" 하는 소리를 냈다. 그는 가파른 사다리를 최대한 빠른 속도로 철커덕거리며 올라가다가 앞으로 넘어져서 나머지는 기어서 올라갔다. 그는 배 안으로 굴러떨어져서 유리 바닥에 얼굴을 눌러대고 엎어졌다. 별로 품위 있는 입장은 아니었다.

다른 승객도 몇 명 있었지만 많지는 않았다. 지금은 관광 시즌이 아니었다. 추수감사절 휴가를 보내러 온 사람들은 일주일 전에 떠났고, 크리스마스 휴가를 보내러 올 사람들이 도착하기에는 너무 일렀다.

나는 보트 한쪽에 설치되어 있는 벤치에 앉아 뱃전 너머로 한 손을 늘어뜨렸다. 손가락 끝이 바다에 간신히 닿았고, 나는 바

닷물의 온기가 내장 속으로 차오르는 것을 느꼈다. 특히 선장이 밧줄을 풀고 배를 출항시켜 속도를 내기 시작하자 그런 느낌이 더욱 강해졌다.

보트 자체는 페인트가 군데군데 벗겨지고 녹슨 선체와 최첨단 장비의 매력적인 융합체였다. 그런 장비가 조종실⋯ 아니, 계기반인가⋯ 명칭이야 무엇이든, 그런 곳에 즐비하게 배열되어 있는 것을 내 자리에서도 볼 수 있었다. 고물 쪽에 있는 내 자리는 배 전체를 조망할 수 있는 유리한 위치였다. 이 지역 특유의 강렬한 태양이 보트 외관에는 큰 타격을 주었지만, 배에서 소홀히 방치된 것은 별로 없었다.

다행히 보트는 커다란 방수포로 덮여 있었고, 이 방수포는 뱃전에서 곧장 위로 올라간 금속 막대에 단단히 고정되어 있었다. 나는 하마터면 탱을 잃을 뻔했기 때문에 끊임없이 탱을 걱정하여 조바심을 냈다. 탱은 내가 임시변통으로 만든 손수건 모자를 쓰고 있었다. 탱은 그 모자가 마음에 든 모양이었다. 방수포는 탱에게 충분한 그늘을 만들어주었지만 나는 탱의 체온을 확인하기 위해 계속 손을 뻗어 탱의 등에 손을 대보고 다음에는 탱의 머리에 손을 댔다. 그럴 때마다 탱은 내 손을 떨쳐냈다.

"탱 괜찮아. 탱 안 뜨거. 탱 너무너무 행복해."

앓는 동안 탱이 본 것은 아마 텔레비전과 내가 갖다준 잡지뿐이었겠지만, 어디선가 과장된 표현을 배워서 대화할 때 자주 그 표현을 써먹으려고 했다. 그 시도는 성공할 때도 있고 실패할 때도 있었다.

"봐, 벤! 푸른 물고기!" 그리고 조금 뒤에 또 말했다. "초록 물고기! 벤, 벤! 봐! 벤! 봐! 노란 물고기!"

해안에서 난바다 쪽으로 어느 정도 달린 뒤 선장은 조수 한명을 조타실에 남겨두고 음료가 담긴 아이스박스를 들고 내려왔다. 선장은 나에게 맥주를 건네고 내 곁에 앉았다.

"귀여운 로봇이군요."

그의 억양은 미국식이었고 차림새—햇볕에 탄 피부, 짧게 자른 억센 수염, 선글라스, 야구모자, 하얀 조끼와 청반바지—도 미국인처럼 보였지만, 음성은 무언가 다른 기미를 띠고 있어서 그가 이 섬에 오랫동안 살았다는 것을 말해주고 있었다.

"고맙습니다. 탱은 물고기를 사랑해요."

"로봇을 태운 적이 한 번도 없었어요. 인공지능 로봇은 대개 물고기에 관심이 없거든요. 사실 이 섬에서는 밖에 나와 돌아다니는 인공지능을 별로 볼 수 없지요. 너무 더우니까요."

나는 고개를 끄덕였다.

선장도 마주 고개를 끄덕였다.

"내 말을 오해하진 마세요. 이 섬에도 안드로이드가 있는데, 그저 남들과 어울리지 않고 혼자 지낼 뿐이죠. 저마다 맡은 일을 할 뿐이고 말썽에 휘말리지도 않습니다. 그리고 실내에 머물러 있지요. 그런데 이렇게 로봇을 보니 반갑군요. 좀 별나게 생기긴 했지만요. 안 그렇습니까?"

"맞습니다. 겉모양은 건조기처럼 보일지 모르지만 내부는 아주 특별해요."

"굳이 설명하실 필요는 없습니다. 서로 자기 방식대로 살아가는 거죠. 다 좋습니다."

나는 그 말을 들으니 기쁘다고 말했다. 그런 다음 유리 바닥 보트의 독창성과 유람 코스의 아름다움을 칭찬했다. 그는 나에게 고맙다고 말하고, 보트가 지나갈 때 한 몸처럼 헤엄치는 붉은 도미 떼와 샛노란 산호 군락을 가리켰다.

"이런 말을 해도 괜찮은지 모르겠는데… 이곳은 로봇과 함께 여행을 오기에는 그리 적당한 장소가 아닌 것 같은데…."

나는 미소를 지었다.

"아니, 괜찮습니다. 이야기하자면 길지만, 간단히 말하면 저 녀석이 고장나서 주인을 찾고 있어요." 나는 탱과 나의 관계에서 가장 중요한 대목만 간추려서, 우리가 처음 만났을 때부터, 팔라우에 가면 볼린저를 찾을 수 있을 거라는 가토의 말을 듣고 이곳으로 오기까지의 과정을 간단히 설명했다. 그런 다음 이곳에도 볼린저에 대해 들어본 사람은 거의 없고, 설령 들어본 적이 있다 해도 어디 가면 그를 찾을 수 있는지 아는 사람은 아무도 없는 것 같다고 말했다.

내가 볼린저라는 이름을 입 밖에 내자마자 선장이 말했다.

"내가 아는 사람 같은데요! 미친 노인네죠. 항상 반쯤 잘라낸 청바지에 밀짚모자를 쓰고 다니죠. 늘 맨발로 다니는데, 이따금 식료품이나 보급품을 구하러 여기 온답니다. 나는 보트에 타고 있을 때만 그 영감을 봐요. 그 양반은 항상 저기 있는 저 잔교를 이용하죠." 그는 해변 쪽으로 몸을 돌려 작고 초라한 잔교를 가리켰다. 멀리 떨어져 있는 잔교는 널빤지 몇 개를 모아놓은 덩어리처럼 보였다. "그 영감은 좀처럼 남과 어울리지 않아요. 저기 있는 저 섬에 살고 있지요." 그가 가리키는 쪽을 보니, 수평선 위에 핀으로 찌른 것처럼 작은 구멍 하나가 보였다. "배들이 컨테이너 따위를 싣고 오가는 게 보이는군요. 맞아요. 배들은 그 영감이 필요로 하는 물품을 직접 배달하고, 필요 없는 쓰레기나 그 밖의 물건을 가져오지요."

선장의 마지막 말은 내 귀에 또렷이 들리지 않았다. 내 위장이 갑자기 뒤집힌 것처럼 느껴졌다. 나는 벌떡 일어나서 그 섬을 바라보았다. 그런 다음 탱을 바라보고 내 손을 탱의 머리 위에 얹고 어깨를 어루만졌다. 마침내 목적지에 도착한 것이다.

그날 저녁, 나는 탱을 혼자 놔두고 나가지 않아도 되도록 룸서비스로 식사를 주문하고 탱과 함께 방에 머물렀다. 나는 보트 여행과 거기서 본 것에 대해 탱과 이야기를 나누었지만, 그 배의 선장이 이튿날 볼린저가 사는 섬으로 우리를 데려다주기로 했다는 말은 하지 않았다. 이 시점에서 이미 나는 탱이 내 계획이 뭔지 아직 물어보지 않은 것을 의아하게 생각하고 있었다. 나는 몇 번 말을 꺼냈지만, 무엇 때문인지 끝까지 털어놓을 마음이 나지 않았다. 이제 와서 생각해보면 탱은 처음부터 모든 걸 알고 있으면서도 내가 마음을 바꾸기를 기대하며 아무것도 모르는 체했던 게 아닌가 싶다.

나는 호텔방 안내 책자에 실려 있는 지역 가이드를 탱에게 읽어주었다. 그런데 한 항목이 내 눈을 사로잡았다.

"이쪽에 있는 방에서는 '코로르의 유명한 석양'이 잘 보인다고 쓰여 있군. 탱, 어때? 석양을 보고 싶지 않아?"

탱은 실눈을 뜨고 나를 보면서 두세 번 눈을 깜박거렸다. 그 표정은 분명 불안하고 신경질적으로 보였다.

"탱은 태양과 친구 아냐."

"나도 알아. 하지만 석양은 괜찮아. 태양이 다 나쁜 건 아니야. 태양을 용서할 수 있겠냐?"

"용서?"

"그래, 용서. 누군가가 너를 화나게 하거나 상처를 주는 짓을 해도, 그가 미안하다고 사과하면 다시 친구가 되잖아? 아니야?"

"탱은 아니야. 한 번도 용서한 적 없어."

"아니, 용서한 적이 있을 거야. 너는 나를 지금까지 수백 번이나 용서했지만 그 사실을 알아차리지도 못했어. 처음 비행기를 탈 때 내가 너를 화물실에 넣으려 했고, 그래서 나한테 화를 낸 거 기억하지?"

"응."

"그러다가 나한테 화내는 걸 그만두었잖아?"

"응."

"그렇다면 넌 나를 용서한 거야. 그렇지 않다면 우리는 아직도 친구가 아닐 거야. 그런데 우린 친구잖아?"

"응. 벤은 탱의 친구. 탱은 벤을 사랑해."

나는 목이 메는 것을 느꼈고, 무슨 말을 해야 할지 알 수가 없었다. '왜'라는 개념을 이해하지 못하는 로봇, 동기라는 개념을 이해하려고 애쓰는 로봇이 여기 있었다. 탱은 용서를 배운 적이 없기 때문에, 자기가 남을 용서하고 있는지 아닌지도 알지 못했다. 하지만 탱은 그가 가질 수 있었던 그 모든 인간적 감정 가운데 사랑을 이해한 것 같았다.

나는 허리를 굽혀서 탱의 작은 어깨를 두 팔로 얼싸안았다.

"가자, 탱. 우리 함께 석양을 보자."

18
제임스

우리는 오후의 조류를 타고 달렸다. 탱은 우리가 다시 배를 탄다는 것을 알아차렸을 때 무척 기뻐했다.

"유리 보트! 유리 보트! 유리 보트!"

"유리 바닥 보트야. 바닥만 유리고 나머지는 나무로 만들어져 있어."

"유리 바닥?"

탱은 유리 바닥을 가진 것은 뭐든지 즐겁고 재미있다는 생각을 갖게 되었다.

"유리 바닥! 유리 바닥! 유리 바닥!" 탱은 전에도 그랬듯이 보트 바닥에 엎드렸다.

나는 선장을 돌아보았다.

"소란을 피워서 죄송합니다."

"별말씀을. 괜찮아요. 그 녀석은 어린애와 별로 다르지 않고, 또 당신은 완벽한 아빠로 보이는데요."

이 말에 내 심장은 강하게 고동쳤다. 설마 내가 완벽한 아빠 같다는 말을 듣게 될 줄은 꿈에도 예상치 못했다.

보트는 재미있고, 섬은 아름답고, 날씨는 화창하고, 게다가 내 임무는 성공적이었다. 나는 바야흐로 탱을 본가로 돌려보내 려 하고 있었다. 그곳에 가면 탱은 수리를 받고 행복하게 살 수 있을 것이다. 하지만 탱 없이 혼자 집으로 돌아갈 생각을 하자 나는 또다시 가슴이 짓눌리는 듯한 느낌을 받았다. 탱이 없어도 내가 행복할 수 있을까? 나는 처음으로 자문했다. 대답은 어두 운 안개 속에 떠 있어서, 손을 뻗으면 금방이라도 잡힐 듯한데 좀처럼 손이 닿지 않았다. 아마 탱과 실제로 헤어지기 전에는 알 수 없을 터였다.

나는 이따금 암초나 물고기 떼가 다가오는 게 보이면 선장이 탱을 돌아보며 그것을 가리키는 것을 지켜보았다. 탱은 선장의 말을 귀담아듣고, 약속된 광경이 시야에 들어올 때마다 두 다리 를 버둥거리며 환성을 질렀다. 선장의 말마따나 탱은 꼭 어린애 같았다. 나는 늘 그것을 알고 있었지만 거기에 대해 진지하게 생 각해본 적은 없었다. 그동안 나는 조카들조차 피하려 애쓰면서 보냈고, 또한 아이들을 다루어본 경험도 거의 없었기 때문이다. 하지만 이제 그것을 자각하자, 혼자 배를 타고 팔라우로 돌아가 는 내 모습을 상상하는 것이 더욱 괴로워졌다. 이제 두세 시간

270

만 지나면 내 작은 금속 상자가 내 옆에 없을지도 모른다.

　나는 허리를 굽혀서 땀에 젖은 몸으로 탱 옆의 시원한 바닥에 엎드려 함께 물고기를 구경했다.

　선장은 우리를 바닷가의 작은 잔교에 내려주었다. 탱은 주위를 둘러보더니 얼굴을 찡그리며 배에서 내리기를 주저했다. 우리의 목적지를 알면 탱이 무척 기뻐할 거라고 기대했다. 드디어 실린더를 고칠 수 있는 곳, 액체가 새는 것을 더이상 걱정하지 않아도 되는 곳, 나도 걱정을 내려놓을 수 있는 곳에 도착했다는 것을 알 테니까. 여느 때와 마찬가지로 나는 사실 그것—감추어졌던 놀라운 사실이 밝혀지는 것—을 철저히 생각해보지 않았다. 탱이 상황을 알아차리면 나는 어떻게 할 작정이었지? 그냥 "짜잔!" 하고 말할 작정이었나?

　우리는 발을 질질 끌면서 하얗게 빛나는 해변을 최대한 빨리 걸어갔다. 탱은 내가 임시변통으로 만든 손수건 모자를 썼고 나는 파나마모자를 쓰고 있었다. 그렇게 50미터쯤 갔을 때 저 멀리 어떤 형체가 눈에 들어왔다. 햇빛 속에서 눈을 가늘게 뜨고 보니 그 형체가 점점 가까이 다가오고 있었다. 그러다가 나는 문득 그 형체가 달려오고 있다는 것, 그리고 그 형체가 '남자'라는 것을 깨달았다. 나는 탱을 힐끔 돌아보았다. 탱은 똑바로 앞을 바라보고 있었지만 걸음을 멈추고 서 있었다. 오른발과 왼발을 번갈아 디디며 제자리걸음을 하고 있었지만 나는 그 이유를 알 수 없었다. 모래밭이니까 어쩌면 모래 속으로 가라앉고 있었는지도 모른다.

"탱, 저 사람이 누군지 알아?"

"응."

"누구야?"

탱은 아무 대답도 하지 않았다. 그저 빠른 속도로 다가오는 남자를 뚫어지게 바라보고 있을 뿐이었다. 눈꺼풀이 내려가고, 손은 주먹을 쥐고 있었다.

"탱, 저 남자가 누구지?"

또다시 침묵이 흐른 뒤, 탱이 말했다.

"오거스트."

"그 얘기는 전에도 했잖아."

탱은 에이미 같은 표정으로 나를 쳐다보았다. 하지만 여느 때처럼 나는 그 표정을 이해하지 못했다.

"탱, 저 남자가 누구야?"

"오거스트! 오거스트… 오거스트… 오거스트!"

"좋아, 알았어. 8월이라고 해! 저 남자가 여기 오면 내가 직접 물어볼게."

남자는 이제 가까이 와 있었다. 키가 180센티미터쯤 되고 나이는 짐작컨대 예순 살쯤일 거라고 분간할 수 있을 만큼 가까운 거리였다. 그는 가장자리가 다 무지러진 밀짚모자를 쓰고 있었지만, 모자를 제외하면 열대 해변에 꽤 잘 어울리는 차림을 하고 있었다. 무릎 아래로 잘라낸 청반바지에 투박한 흰색 면셔츠를 입고, 발은 맨발이었다. 놀랄 일도 아니지만 피부는 햇볕에 검게 그을려 있었다. 그는 달려오면서 우리에게 손을 흔들며 뭐라고 계속 소리를 질렀다. 처음 몇 번은 그 말을 알아듣지 못했지만, 그는 이렇게 외치고 있었다. "제임스! 세상에, 믿을 수가 없어. 제임스, 널 다시 보게 되다니!"

제임스라고?

우리 앞에 이르자 그는 털썩 무릎을 꿇고 탱을 두 팔로 얼싸안았다. 탱은 두 팔을 아래로 늘어뜨린 채 뻣뻣하게 서 있었다. 남자는 로봇의 차가운 반응에도 아랑곳하지 않고 탱을 훑어보며 긁힌 자국과 움푹 들어간 곳을 하나씩 꼼꼼히 조사하기 시작했다. 당연히 그는 탱의 가슴판을 덮고 있는 너덜너덜한 접착테이프도 놓치지 않았다.

"제임스, 네 몸에 도대체 무슨 짓을 한 거냐?" 남자는 테이프를 벗기려 했지만 탱은 팔 하나를 가슴 위에 얹어서 테이프를 가렸다. "보여줘봐. 내가 고쳐줄게."

그러자 탱은 내가 지금까지 들어본 적이 없는 낮은 소리로 으르렁거렸다.

"싫어."

"제임스, 제발…."

"싫어!" 탱은 얼굴을 찡그려 단호하게 거부하는 표정을 지었다.

난처한 장면이었다. 나는 탱이 그 남자에게 저항하는 것을 이해할 수가 없었다. 남자는 분명 탱을 걱정하고 있었기 때문이다.

"탱, 네 실린더… 저분께 보여드려." 나는 탱을 타일렀지만 탱은 고집스럽게 손을 떼지 않았다.

내 말에 남자는 일어나서 내 손을 잡고 힘차게 흔들었다.

"당신이 이 아이를 발견했군요. 정말 고맙습니다. 얼마나 안심했는지, 말로 표현할 수가 없네요. 그런데 뉘시죠?"

"벤이라고 합니다." 나는 아직도 내 손을 잡아 흔들고 있는 이 초대면의 남자를 어떻게 생각해야 좋을지 몰라서, 간단히 내 이름만 말했다.

"정말 실례했습니다. 내 소개를 먼저 했어야 하는 건데. 나는 오거스트 볼린저라고 합니다. 사람들은 그냥 볼린저라고 부르지요."

오거스트? 그렇다면 탱은 지금까지 줄곧 제 주인의 이름을 알려주고 있었잖아. 그런데 내가 그걸 제대로 듣지 않았을 뿐이야.

"탱, 왜 아무 말도 하지 않았니?"

탱은 어깨를 으쓱하고 고개를 저었다.

"너는 지금까지 우리가 어디로 가고 있다고 생각했니? 너를 고쳐줄 사람을 찾고 있다는 건 너도 알고 있었잖아."

탱은 눈을 내리깔고 접착테이프를 만지작거렸다. 그리고 몇 초 동안 잠자코 있다가 대답했다.

"휴가."

나는 고개를 떨어뜨렸다. 그러고 보니 우리가 어디로 가고 있는지 탱에게 말해줘야겠다는 생각을 나는 한 번도 해보지 못했다. 그저 탱도 나만큼 잘 알고 있을 거라고 생각했다. 탱이 애당초 왜 집을 떠났는지 물어볼 생각도 나는 해본 적이 없었다. 에이미와 사는 동안에도 나는 줄곧 에이미를 이런 식으로 대한 게 아닐까 하는 생각이 문득 머리를 스쳤다.

우리가 이런 대화를 나누는 동안 볼린저는 탱 주위의 따뜻한 모래 위를 무릎걸음으로 다니며 탱을 좀 더 자세히 살펴보고 있었다. 한 가지는 내 생각이 옳았다. 탱의 주인은 탱을 무척 그리워했던 모양이다. 어쨌든 그렇게 보였다.

'오거스트'가 무엇을 뜻하는지를 알고 충격을 받은 나머지 나는 로봇의 고장난 상태를 깜박 잊고 있었지만, 볼린저가 탱의 금속 몸통을 살펴보는 것을 보고 우리가 여기 온 목적이 생각났다.

나는 갑자기 불안한 생각이 들어서 볼린저에게 말했다.

"미안하지만 여기는 너무 더우니까 좀 시원한 곳으로 자리를 옮깁시다. 탱한테 좋지 않아요. 탱의 냉각용 실린더가 고장나서 실린더 속의 액체가 거의 남아 있지 않거든요. 정말로 아팠던 적이 벌써 한 번 있었는데…" 나는 지난달의 불안을 되새기고 싶지 않아서 말끝을 흐렸다.

"그럼, 이쪽으로." 볼린저는 고개를 끄덕이고 나서 탱에게 말했다. "가자."

그러나 탱은 꼼짝도 하지 않았다. 그러다가 나에게 날카로운 눈길을 던지고는 몸을 꼿꼿이 세운 자세로 볼린저를 지나치더니, 그가 온 쪽을 향해 해변을 성큼성큼 걸어가기 시작했다.

나도 탱을 따라가려고 했지만 볼린저가 손을 내 가슴에 대고 가로막았다.

"저 녀석이 저런 기분일 때는 그냥 내버려두는 게 좋습니다. 곧 기분이 좋아질 거요."

탱을 다루는 법은 자기가 알고 있으니까 당신은 가만히 있으라는 투였다. 그런 태도가 나는 짜증스러웠다. 그런데 마치 혁명군 지도자처럼 도전적으로 해변을 철커덕거리며 걷고 있는 탱을 보니 나한테 말을 걸 기분이 전혀 아닌 듯했다.

"자…" 볼린저가 말했다. "안전한 거리를 두고 따라갑시다. 가면서 이야기 좀 나누죠."

나는 고개를 끄덕이고 볼린저와 함께 걷기 시작했다.

"저애를 탱이라고 부르던데, 왜 그렇게 부르게 되었는지, 그 이유부터 듣고 싶군요."

"그게 저 녀석 이름이잖아요? 그런데 왜 제임스라고 부르시죠?"

"저애 이름이니까요."

"왜 제임스죠?"

"저 녀석한테 뭔가 이름을 붙여주어야 했어요. 이름은 개성을 발달시키는 데 도움이 되거든요. 제임스라는 이름을 고른 건 내가 그 이름을 좋아하기 때문이고요."

"저애가 우리 정원에 처음 왔을 때는 '애크리드 탱'과 '오거스트'라는 말만 되풀이했어요. 그리고 탱이라고 부르면 항상 반응을 보였지요. 이름이 제임스라는 말은 한 번도 한 적이 없습니다."

"저 녀석은 당신한테 많은 걸 말하지 않은 모양이군요."

그건 사실이었다. 탱이 나한테 말하지 않은 게 많다는 것은 나도 짐작하고 있었다. 하지만 나도 탱에게 물어볼 생각은 하지 않았다.

"나는 '오거스트'와 '애크리드 탱'이 저애가 누구인지, 어디서 왔는지를 알려주는 단서라고 생각은 하면서도 무시했는데, 결국은 그게 중요한 단서였군요."

"어쨌든 복잡한 문제지요. 그래도 어떻게든 설명할 수 있을 것 같네요. 오늘 밤에는 내가 식사와 잠자리를 제공하고 싶은데, 괜찮겠소?" 그는 팔을 내밀었다. 그의 작은 눈은 미소를 짓고 있었다. 그게 당신이 할 수 있는 최소한의 것이겠지. 나는 생각했지만 말하지는 않았다.

볼린저의 인상적인 주택은 해변에서는 보이지 않는 곳에 교묘히 숨겨져 있었다. 우리가 가서 보니 탱은 그 집 출입구 근처의 벽장에 갇혀 있었다. 볼린저는 현관으로 들어가서 문을 닫은 다음 곧장 벽장으로 향했다.

"제임스는 여기 있을 겁니다." 볼린저가 말했다.

"그걸 어떻게 아시죠?"

"녀석은 화가 나면 항상 여기로 오곤 했지요." 그는 벽장 문을 노크했다. "제임스? 제임스?"

잠시 침묵이 흘렀다.

"탱이야." 벽장 안에서 작은 금속성 목소리가 들려왔다.

"네 이름은 제임스야, 제임스. 기억 안 나?"

"나."

"그럼 나는 너를 제임스라고 부를게."

"싫어."

"아니야."

"싫어! 탱이야! 탱… 탱… 탱… 탱… 탱!"

이럴 때 우쭐한 기분을 느끼는 것은 어른스럽지 못한 짓이다. 나는 좀 더 성숙했어야 하는데 그러지 못했다.

"저 녀석이 고집을 부릴 때는 꼭 저런 식이에요. 저애가 원하는 대로 해주세요."

볼린저는 살피는 듯한 눈으로 나를 보고는 한숨을 내쉬었다.

"좋아, 탱. 그게 지금 네 이름이라면 탱이라고 부를게." 그는 불필요하게 강조해서 그 이름을 불렀다. 그 모습을 보고 어른스럽지 못한 사람은 나만이 아니라는 것을 깨달았다. 그가 말을 이었다. "거기서 나와서 우리랑 이야기하지 않을래?"

"싫어."

"나와!"

"싫어!"

"아니야!"

"싫어! 싫어… 싫어… 싫어… 싫어… 싫어!"

"좋아. 그럼 나중에 보자. 자, 갑시다, 벤. 당신 방으로 안내할 게요."

우리는 탱을 남겨두고 그 자리를 떠났다. 우리 뒤에서 조그맣게 찰칵 하는 소리가 났다. 탱이 벽장 문을 여는 소리였다. 탱은 문을 열었지만 밖으로 나오지는 않았다.

볼린저는 넓은 단층집 안쪽으로 나를 안내했다. 그의 집은 반짝반짝 빛났고, 창밖에 펼쳐진 자연의 아름다움과는 전혀 조화를 이루지 못했다. 현지에서 나는 건축자재로 지은 집이 아닌 듯했다. 그는 평생을 철강회사에서 보낸 남자였고, 집이 그 점을 분명히 보여주었다. 은둔자가 그렇게 넓은 집을 지을 필요성을 느낀 이유가 뭘까 궁금했지만, 당장 그 의문에 대한 해답이 나타났다.

"내가 이렇게 넓은 집에서 뭘 하면서 사는지 아마 궁금하실 겁니다. 나 같은 처지에 있는 사람은 이렇게 넓은 집이 필요 없지만, 나는 비좁은 사무실과 작은 연구실에서 너무 오랜 세월을 보냈기 때문에, 여기로 이사 왔을 때 어떤 걸림돌이 있어도 반드시 내가 꿈꾸던 집을 짓고야 말겠다고 결심했지요. 그래서 그렇게 했습니다. 당시에는 좋은 생각처럼 여겨졌지만 지금은… 최근에는 집이 너무 크다는 걸 깨달았어요. 그건 탱이 떠나 있을 때였죠. 하지만 이젠 탱이 돌아왔으니까…"

그는 나를 데리고 복도를 걸어가다가 모퉁이를 돌더니 갑자기 멈춰 섰다.

"여깁니다. 내가 보기에는 여기가 제일 좋은 손님방입니다. 휴식을 취할 시간을 좀 드리죠. 지금까지 어디서 묵었나요? 세탁할 옷은 없나요? 유감이지만 세탁 로봇은 없습니다. 그런 로봇을 만드는 일에는 손을 대본 적도 없어요. 하지만 세탁기는 하나 있는데… 옷이 마를 때까지 기다려도 괜찮다면…"

나는 우리가 묵고 있던 곳을 말해주고, 가능한 한 빨리 집으로 돌아갈 계획이었기 때문에 호텔에서 체크아웃했다고 설명했다. 나는 세탁을 도와주겠다는 제의에 고맙다고 말하고, 내 배낭에서 덜 깨끗해 보이는 옷을 한 무더기 골라내어 그에게 건네주었다.

손님방은 호텔의 스위트룸과 비슷했다. 사람이 들어갈 수 있을 만큼 커다란 옷장과 지금까지 내가 본 거울 가운데 가장 큰 스탠딩 거울이 갖추어져 있었다. 출입문 오른쪽에는 검은 가죽 소파가 놓여 있고, 거기에 어울리는 발받침도 있었다. 소파에 앉으면 한쪽 벽의 전망창을 통해 열대 지방의 초록빛 잎사귀가 보였다. 그 방은 내가 묵어본 호텔방 가운데 최고라고 해도 좋았다.

무엇보다 내 주의를 사로잡은 것은 네 기둥이 달린 철제 침대였다. 눈처럼 하얀 시트로 덮인 침대는 내가 드러눕자 내 몸을 친절하게 받아주었다. 나는 혼란을 느꼈다. 가토와 탱은 둘 다 볼린저에게 화가 나 있었고, 캘리포니아에서 만난 코리의 말로 미루어보면 볼린저가 탱을 일부러 조잡하게 만들었을 가능성이 있었다. 그런데 볼린저는 아주 매력적인 남자였고, 로봇을 진심으로 걱정한 것처럼 보였다. 하지만 왠지 앞뒤가 맞지 않았다. 나는 해답을 얻어야 했지만, 그것은 나중 문제이고, 우선은 잠을 자고 싶었다.

19
샴페인

깨어났을 때는 벌써 날이 어두워져 있었다. 잠은 유익했다. 나는 아까보다 더 깊은 슬픔을 느꼈지만 마음이 한결 가벼워진 느낌도 있었다. 난생처음으로 나는 결국 무언가를 이루었고, 그 성취는 탱의 목숨을 구했다. 탱은 볼린저가 실린더를 교체하게 해주었고, 실린더를 갈자마자 탱은 당장 상태가 좋아졌다. 하지만 나는 왠지 허전한 기분이었다. 탱은 아직도 벽장 안에 있었는데, 탱이 제 발로 나올 때까지 그냥 두어야 할지, 아니면 나오라고 간청해야 할지 알 수가 없었다. 그런 일을 하는 게 내 역할인지도 확실치 않았다. 이제는 볼린저가 다시 탱의 주인이 되었고 나는 손님일 뿐이었다. 나는 속에 응어리가 생긴 것을 느꼈다.

무언가 건설적인 일을 하려고 나는 빨랫감을 내놓고 남은 옷가지를 배낭에 다시 집어넣기 시작했다. 짐을 꾸리면서, 여행하는 동안 줄곧 배낭 위쪽에서만 옷을 꺼내 입은 것을 깨달았다. 문득, 몇 주 전에 또 무엇을 배낭에 집어넣었는지 보고 싶어졌다. 배낭을 기울여 내용물을 침대 위에 몽땅 쏟아놓고 보니 이번 여행에는 전혀 어울리지 않는 물건을 잔뜩 가져왔음을 알 수 있었다. 특히 반짝반짝 윤나는 검은색 정장 구두를 보고는 고개를 설레설레 저을 수밖에 없었다. 집에서도 신은 적이 없는 구두인데, 하물며 세계일주 배낭여행에서 그 구두를 무엇 때문에 신는단 말인가. 그보다는 그럴듯한 물건 하나가 우연히 내 손에 잡혔다. 몇 년 동안 한 번도 입은 적이 없지만 배낭 속에 챙겨 넣은 반바지였다. 지금은 그 반바지를 입고 있어야 마땅했다. 나는 반바지가 깨끗한지 확인하려고 펼쳐 들었는데, 그 순간 주머니에서 무언가가 떨어졌다. 샴페인 병의 코르크 마개였다. 나는 반바지를 떨어뜨리고 얼굴을 찡그리며 코르크 마개를 집어들었다. 냄새를 맡아보려고 코에 갖다대자 젊은 시절의 에이미가 내 마음에 되살아났다.

나는 누나네 집에서 열린 만찬 모임에서 에이미를 처음 만났다. 그때 영국은 연례적인 열파에 시달리고 있었다. 열파는 매년 찾아오지만, 아직도 밖에 있는 모든 사람을 불시에 습격한다. 맨살을 드러낸 상반신이 고추처럼 벌겋게 달아오른 남자들, 병적인 탈수증에 시달리는 술 취한 젊은 여자들, 일사병에 걸린 대머리 은퇴자들이 병원으로 몰려들었다. 누나는 '야외 파티'를 열

예정이라고 말했고, 나는 그것이 바비큐 파티를 의미한다고 받아들였다. 그래서 반바지를 입고 갔다. 그리고 덧붙여 말하면, 이번 여행 때 입은 것과 비슷한 하얀색의 편안한 면셔츠를 받쳐 입었다. 하지만 요점은 반바지였다. 나는 누나네 집에 도착한 뒤에야 큰 실수를 저지를 뻔했다는 것을 알아차렸다.

누나는 한 손에 샴페인 잔을 들고, 다른 손으로 나에게 문을 열어주었다. 누나는 심플하고 실용적은 검은 드레스 차림에 어머니의 진주 목걸이를 하고 있었지만, 우리 옷차림 격식에 상당한 차이가 있다는 것을 나는 미처 알아차리지 못했다.

"늦었구나."

"응. 멋 좀 부리느라 늦었지."

누나는 미간을 찌푸렸다.

"도대체 뭘 입고 온 거냐?"

"무슨 소리야? 반바지를 입고 왔잖아."

"왜 반바지를 입고 왔냐고?"

"더우니까. 안 그러면 내가 왜 반바지를 입었겠어?"

"하지만 이건 파티야."

"바비큐 파티라고 했잖아."

"그렇게 말한 적 없는데? 야외 파티라고 말했지."

"그게 그거 아냐?"

"아니, 그렇지 않아. 넌 도대체 남의 말을 귀담아듣는 적이 없어. 조금만 말쑥하게 차려입으면 꽤 괜찮아 보일 텐데."

"고마워." 누나가 내게 그런 말을 한 것은 그때가 처음도 아니었고, 아마 마지막도 아닐 것이다.

누나는 연극적으로 한숨을 내쉬었지만, 그래도 내가 안으로 들어갈 수 있도록 옆으로 비켜섰다. 나는 안심했다. 교복을 입지 않아도 되는 날로 착각하고 사복 차림으로 등교한 학생이라도 되는 것처럼 집에 가서 옷을 갈아입고 오라고 하지나 않을까 하고 잠깐 걱정했기 때문이다.

"손님들한테 뭐라고 하지?"

"오해가 있었다고 말해."

누나는 둥근 코에 주름을 잡고 한쪽 눈썹을 치켜올렸다. 이것은 충분한 변명이 되지 않는 게 분명했다. 누나는 넓은 거실—바깥의 자연을 안으로 끌어들이는 구역—로 나를 데려가더니, 숨을 한 번 깊이 들이마시고는 나를 소개했다.

"여러분, 제 동생 벤이에요. 야외 파티라는 말을 잘못 알아듣고 이런 차림으로 왔네요. 죄송합니다." 누나는 소리내어 웃었다. 다른 사람들도 모두 따라 웃었다. 나는 왜 내가 누나네 파티를 싫어하는지 기억해냈다. 싫어하는 걸로 말하면, 파티만이 아니라 누나의 세계 전체를 끔찍하게 싫어했다.

하지만 파티는 그렇게 나쁘지 않았다. 열린 프랑스식 창문 옆에 젊은 여자가 서 있었다. 그녀 옆을 지나서 비쳐드는 햇빛 때문에 내 위치에서는 그녀가 잘 보이지 않았지만, 그래도 그녀가 다른 사람들처럼 나를 비웃고 있지 않다는 것은 알 수 있었다.

나는 저 여자야말로 그날 저녁을 함께 보낼 사람이라고 그 자리에서 당장 결정을 내렸다. 누나가 나를 놓아주자마자 나는 그 여자에게 곧장 다가갔다.

"안녕하세요? 벤이라고 합니다." 나는 손을 내밀었다.

"알아요." 그녀는 내 손을 잡았다. 나는 마음이 흔들리는 것을 느꼈다.

"아하하… 어떻게 아세요?" 나는 내 목소리가 바람둥이처럼 경박하게 들리기를 바랐다.

"브라이어니가 방금 말했잖아요."

아아, 그렇군.

"댁은 누구시죠? 이름이 뭐냐는 뜻입니다."

바로 그때 누나가 샴페인 잔을 울렸고, 사람들의 웃음소리와 유쾌한 대화 소리가 사라졌다.

"에이미, 이리 좀 와."

내 옆에 있던 여자는 미소를 지으며 누나 쪽으로 이동했다. 나는 그녀를 좀 더 또렷이 볼 수 있었다. 그녀는 누나보다 30센티미터쯤 커 보였고, 그래서 나보다는 조금 작았다. 몸매는 호리호리한 체형과 보통의 중간이었다(나중에 알았지만, 그녀는 어렸을 때 뚱뚱했기 때문에 항상 자기가 뚱뚱한 편이라고 생각했다). 그녀는 예뻤다. 금발을 세심하게 매만졌지만 군데군데 아무렇게나 묶은 작은 다발이 보였는데, 그녀가 그런 모양을 만들기 위해 애써야 했다는 것을 암시했다. 몇 년 뒤에 나를 떠난 그

286

단정하고 맵시 있는 전문직 여성과는 딴판이었다.

"여러분, 제가 새로 사귄 정말 아주 친한 친구를 소개할게요." 누나는 그렇게 말을 시작했다. 누나는 벌써 좀 취한 모양이었다. 그렇지 않다면 실내를 가득 채운 사람들 앞에서 그렇게 감정적인 표현을 쓰지는 않았을 것이다. "오늘 밤의 주빈이에요. 이번에 변호사 자격을 땄거든요!" 이 말에 우레 같은 박수갈채가 터져 나왔고 에이미는 얼굴을 붉혔다. 변호사 자격을 따는 것은 아직도 나에게는 독한 술을 퍼마시는 일종의 우아한 경쟁처럼 보였지만, 에이미한테 말을 걸 때 그런 식으로 말하면 안 된다고 판단했다.

주빈은 흥분한 군중에게 작은 목소리로 "고맙습니다" 하고 중얼거렸다.

"데이브, 술 한 병만 건네줘요."

매형은 그 말에 따랐다. 누나가 빈틈없이 매끄럽게 넘어가고 싶었다면 병을 따기 전에 수건으로 덮었을 것이다. 하지만 이 경우에는 그렇게 하지 않았다. 보란듯이 과시하고 싶었던 것이다. 샴페인을 마신 경험이 풍부한 사람만이 할 수 있는 가벼운 손놀림으로 누나는 병에서 코르크 마개를 빼냈다. 술이 병에서 흘러나와 매형이 제때에 내민 술잔 쟁반으로 쏟아지자 모두 환성을 질렀다. 모든 사람의 예상과는 달리, 병에서 튀어나온 코르크 마개를 잡은 사람은 나였다.

여기서 '잡았다'는 말은 실제로는 누나의 시시한—아니, 어쩌면 멋진—발사체가 내 젖꼭지에 명중하는 것을 막기 위해 내가 두 손을 들어 올렸다는 뜻이다. 누나는 항상 나보다 꿋꿋했고, 우리가 어렸을 때도 무엇이 아프고 무엇이 아프지 않은지를 이해하지 못했다. 누나는 코뿔소 같았다. 근엄하고 실제적이고 반듯하고 억세고 박력이 있었다.

에이미는 데이브의 쟁반에서 술잔 하나를 받아들고, 놀랍게도 옆걸음질을 쳐서 나와 함께 서 있었던 곳으로 돌아왔다.

"정말 난처했어요." 그녀가 말했다.

"누나는 늘 그런 식이죠. 죄송합니다."

"아니, 그러지 마세요. 사실은 즐거워요. 브라이어니가 떠들썩하게 축하하고 싶다면 나는 기꺼이 그렇게 하도록 내버려둘 거예요. 우리 부모님은 변호사가 하는 일을 잘 이해하지 못해서 별로 신경도 쓰지 않아요. 남에게 인정받는 건 기분 좋은 일이죠."

"자, 이건 샴페인 병에서 나온 코르크인데… 당신이 보관하세요. 그러면 이 파티가 늘 기억날 겁니다. 당신이 인정받은 날을 기억하게 될 거라는 뜻입니다." 그러면서 나는 그녀에게 코르크 마개를 건네주었다.

"당신이 이걸 잡았군요?"

"어어… 왜 그러면 안 됩니까?"

"당신이 보관하세요. 갖고 있다가, 내 기분이 우울하고 의기소침해졌을 때 나한테 보여주세요. 그러면 오늘이 생각날 거예요." 그녀는 미소를 지었다. 나도 따라 웃었다.

그것이 에이미와 나의 첫 만남이었다. 부모님이 돌아가신 지 여섯 달 뒤, 누나는 슬픔에서 빠져나오는 중이었고, 나는 아직도 내가 왜 아무 감정도 느끼지 못하는지를 의아하게 생각하고 있을 때였다. 에이미는 변호사로서 막 출세하기 시작한 참이었고, 더불어 그녀의 자신감도 높아지기 시작했지만, 가뜩이나 비틀거리던 내 경력은 며칠 전에 완전히 멈춰버렸다. 내 수의사 연수를 맡고 있던 관리관이 "가서 정상 상태를 되찾은 뒤"에 다시 오라고 말했지만, 나는 정상 상태를 되찾지도 못했고 수의사 연수를 받으러 되돌아가지도 않았다.

남태평양의 외딴 섬에 있는 한 영국인 괴짜의 집에서 배낭을 꾸리고 있을 때 문득 우울한 생각이 머리를 스쳤다. 나는 아직도 그 코르크 마개를 갖고 있었다.

나는 더이상 아무 생각도 하지 않고, 주머니에서 휴대폰을 꺼내 누나에게 전화를 걸었다. 조카딸 애너벨이 전화를 받았다.

"애너벨, 안녕? 나 벤이야."

"벤이 누구예요?"

"벤 삼촌."

"아아, 삼촌, 안녕하세요?"

전화기 너머에서 떠드는 소리가 들리더니, 쿵쿵거리는 발소리가 났다. 그런 발소리를 낼 수 있는 사람은 누나뿐이었다. 이어서 중얼거리는 소리가 났다. "이리 줘" 하는 소리가 들리고, 누나가 전화기를 넘겨받았다.

"도대체 그동안 어디 있었니? 누구한테도 말 한 마디 않고 떠나버리다니. 우리는 네가 죽은 줄 알았어. 자살했거나, 그 로봇이 널 죽인 줄 알았다니까. 거기 어디냐? 괜찮아? 집에 왔어?" 그런 질문 세례가 계속되었다. 나는 몇 분 동안 누나가 호통을 치게 내버려두었다. 사실 누나의 질책은 별로 싫지 않았고, 누나가 나를 걱정할 만큼 관심을 갖고 있다는 것을 알고 사실은 무척 기뻤다.

"난 괜찮아. 정말이야."

"캘리포니아에 있니?"

"아니…."

"그럼 어디야?"

"내가 한마디 끼어들 틈만 주면 말해줄게."

침묵.

"미크로네시아에 있어."

"그게 어딘데?"

"태평양이야. 나는 섬에 있어. 이야기하자면 길어. 로봇과 볼린저라는 남자와 함께 있는데…." 이렇게 말하면서, 내 설명이 의문에 대답하기보다 더 많은 의문을 제기한 것을 깨달았지만 자세히 설명할 시간이 없었다.

"누나, 들어봐. 지금은 이야기할 시간이 별로 없지만, 곧 집에 갈 거니까 그때 만나러 갈게. 약속해. 하지만 지금은…." 나는

말을 끊었다. 내 질문에 대한 대답을 듣기가 두려웠다. "에이미
는 아직 거기 있어?"

"그래. 하지만…."

"에이미와 통화할 수 있을까?"

"그게 너나 에이미한테 조금이라도 도움이 될지 모르겠다. 지
금은 때가 좋지 않아, 벤."

"제발 부탁이야."

잠시 침묵이 흘렀다.

"알았어. 기다려."

나는 수화기를 옆에 내려놓고 멀어져가는 누나의 발소리를
들었다. 이어서 이번에는 좀 더 가벼운, 그리고 좀 더 우아한 발
소리가 들려왔다. 에이미가 전화기를 들었다.

"벤?" 에이미답지 않게 왠지 겁먹은 목소리였다.

"당신 목소리를 들으니 좋군."

"정말 오랜만이네. 좀 더 일찍 전화하지 그랬어. 모두 얼마나
걱정했는데."

"모두?"

"그래, 모두. 어디 있어?"

"태평양의 섬에. 하지만 전화한 건 그것 때문이 아니라…."

"크리스마스에는 집에 올 거야?" 에이미는 말하는 동안 차츰
자신감을 되찾았다. 그녀의 목소리는 이제 또다시 에이미다워졌
다. 나의 에이미.

"모르겠어. 그래, 아마 갈 수 있을 거야. 하지만 들어봐. 나는 집을 떠나 있는 동안 줄곧 당신을 생각했어. 우리가 헤어진 데에는 내 책임도 있고, 그 점에 대해서는 미안하다고 말하고 싶어. 그때는 내가 뭘 잘못했는지도 몰랐어. 하지만 이제는 알아. 조금은 당신 눈을 통해 나 자신을 볼 수 있었고, 나와 함께 사는 게 당신한테 심한 좌절감을 안겨주었을 거라는 것도 알 수 있어. 나를 용서해줄 수 있을까? 제발 용서해줘."

나는 대답할 기회를 주려고 말을 멈추었지만 에이미는 아무 말도 하지 않았다.

"에이미? 듣고 있어?"

"그래, 벤. 나도 유감이야. 물론 당신을 용서할게. 나도 같이 지내기에 그렇게 편한 상대는 아니고, 당신의 감정을 충분히 고려했어야 하는 건데 별로 그러지 못했어."

"그럼 이제 된 거지? 우리 괜찮은 거지?"

다시 침묵이 흘렀다. 그때 나는 에이미가 무슨 말을 할 것인지 알아차렸다.

"벤… 다른 사람이 생겼어."

전혀 놀라운 말도 아닌데, 이 말을 들은 순간 나는 가슴이 철렁 내려앉는 기분이었다.

"아, 그렇구나. 나도 아는 사람이야?"

"데이브의 친구야. 케임브리지 시절부터 데이브와 아는 사이야. 케임브리지 출신과 옥스퍼드 출신이 어떻게 친구가 될 수 있냐는 따위의 말은 하지 마." 에이미는 킬킬거렸지만, 미묘하고 신경질적인 웃음소리였다. "외과의사야. 실은 지금 여기 있어."

'물론 그렇겠지.' 나는 속으로 생각했다.

"당신이 잘돼서 기뻐. 정말이야." 그리고 어떤 점에서는 정말로 기뻤다. 에이미는 명목상으로만 그녀의 요구를 충족시킨 사람과는 반대로 그녀가 항상 원했던 남자를 만난 것 같았다. 그 남자가 수완가처럼 여겨졌다.

"고마워." 에이미는 조용히 말했다. "벤, 그래도 우리는 친구로 남을 수 있겠지?"

나는 몇 주 전에 탱에게 한 내 독백을 생각했다. 그때 나는 에이미도 다른 누구도 두 번 다시 보고 싶지 않다고 생각했다. 나는 마음에 상처를 받았고 술에 취했지만, 주로 마음이 아팠다. 아무도 보고 싶지 않다는 넋두리는 모두 진심이었다. 이어서 나는 지금까지 탱과 함께 보낸 시간을 생각하고, 탱에 대한 지금의 내 감정을 생각하고, 나 자신에 대해 어떻게 느끼고 있는지도 생각했다.

"물론이지. 그러면 안 될 이유도 없잖아?" 이 말은 진심이었다. 하지만 그것도 눈물이 흐르는 것을 막지는 못했다.

20
불상사

전화를 끊은 뒤에도 오랫동안 나는 휴대폰을 노려보았고, 그보다 훨씬 더 오랫동안 침대 가장자리에 걸터앉아 있었다. 그때 복도에서 철커덕거리는 소리가 들리더니, 다음 순간 탱이 방에 나타났다.

"지금은 벤한테 화나지 않았어."

나는 눈물을 닦았다.

"고마워, 탱. 정말 기뻐."

탱은 철커덕 소리를 내며 다가와서 나를 쳐다보았다.

"얼굴이 젖었어."

"그래, 맞아."

"벤은 강아지처럼 새고 있어. 벤도 고장난 거야?"

"고장나지 않았어. 걱정하지 마. 아니, 고장났을지도 모르지만 괜찮을 거야."

"탱이 고칠 수 있어?"

나는 미소를 지었다.

"이건 고칠 수 있는 게 아닌 것 같아. 어쨌든 고마워."

"어떻게 고장났는데?"

"심장이 찢어졌어. 방금 전화로 에이미와 이야기했는데, 어쩌면 나는 에이미가 집에 돌아와서 나랑 함께 살지도 모른다고 생각했어. 그런데 아니야. 에이미는 이제 다른 사람을 사랑하고 있어. 내가 너무 늦은 거지."

"에이미는 왜 벤을 사랑하지 않아?"

나는 탱의 머리 위에 손바닥을 댔다.

"복잡한 문제야. 간단히 설명하자면 나는 에이미한테 맞는 남자가 아니었어. 에이미를 행복하게 해주지 못했어."

탱은 걱정 어린 표정으로 발을 구르며 눈꺼풀 밑에서 나를 쳐다보았다.

"잘 모르겠어."

"괜찮아. 넌 몰라도 돼. 내가 집에 돌아가면 텅 빈 듯이 느껴질 거야. 에이미도 없고… 너도 없고." 내 눈에 다시 눈물이 가득 고였다.

"나도… 없다고?" 탱은 찡그린 얼굴로 나를 쳐다보며 되물었다. 아니, 나한테는 탱이 얼굴을 찡그리고 있는 것처럼 보였다. 이따금 나는 로봇한테 표정을 투영하여, 그의 신체적 능력에 어쩔 수 없이 존재하는 결함을 채워준 것 같다. 나는 탱이 느끼고 있을 거라고 여겨지는 감정으로 그 결함을 메웠지만, 어쩌면 그건 탱의 감정이 아니라 나 자신의 감정이었는지도 모른다.

볼린저가 문을 두드렸다.

"방해해서 미안하지만, 15분 뒤에 저녁식사가 준비된다는 걸 알리고 싶어서요."

나는 흐려진 눈을 문질러서 눈물을 훔쳤다.

"고맙습니다. 곧 갈게요."

볼린저의 맨발이 복도를 천천히 걸어가는 소리가 들렸다.

"탱은 여기 있어도 돼?" 탱이 물었다.

"물론이지. 여기 있어도 돼. 나는 지금 가서 뭘 좀 먹고 볼린저랑 얘기를 하겠지만, 나중에 다시 돌아올 거야. 그때 얘기하자."

나는 우울했지만, 집에서 만든 음식을 먹는다고 생각하자 기운이 났다. 나는 시원한 복도를 지나면서 다시 기운을 차렸다. 복도에는 문이 늘어서 있었고, 그 문들은 텅 빈 공간 말고는 아무것도 없는 방으로 통해 있었다. 이따금 문을 열어보면 방 한복판에 방수포가 깔려 있고 그 위에 모터사이클이 놓여 있거나 책꽂이가 놓여 있어서 서재라고 해도 통할 듯한 방이 나타나곤 했다. 그런데 그 책꽂이는 실제로는 차곡차곡 쌓여서 스스로를 지탱하고 있는 책더미일 뿐이었다. 어떤 방 앞을 지나가는데 문이 빼꼼 열려 있었다. 그래서 안을 들여다보았지만 당장 후회했다. 내 눈에 들어온 것은 몸통에서 분리된 금속 다리 한 쌍이었기 때문이다. 그것을 보자 오싹 소름이 돋았다. 그 다리들은 어떤 로봇에게 달아주려고 만든 게 분명했지만, 결국 한 번도 사용되지 않았다. 그 방은 먼지로 가득 차 있었다.

마침내 나는 식당에 도착했지만, 거기가 식당이라는 걸 알려주는 것은 기다란 식탁 겸 회의용 탁자뿐이었다. 테이블 양쪽 끝에는 방과 전혀 어울리지 않는 커다란 유리 촛대가 하나씩 놓여 있었다. 사실 그 방은 식당이라기보다는 고급 오락실처럼 보였다. 나는 볼린저가 버튼을 누르면 테이블 전체가 회전하면서 초록 나사천과 룰렛 회전판이 나타나는 게 아닐까, 볼린저는 은둔자라기보다 오히려 섬의 도박장 주인이 아닐까 하고 생각했다. 하지만 그렇지는 않았다. 볼린저는 다양한 물건을 수집하여 소장하고 있는, 한 가지에 집중하지 못하고 변덕스럽게 이 도락에서 저 도락으로 옮겨 다니는 사람일 뿐이었다. 사실 그는 나와 별로 다르지 않은 사람처럼 보였다. 그거야 어쨌든, 볼린저는 내 친구 두 명을 화나게 했으니까 그것을 만회하려고 애쓸 이유가 있었다.

내가 식탁을 이리저리 살펴보고 있을 때 볼린저가 크고 섬세한 와인잔 두 개를 들고 나타났다. 그는 '르크루제'(프랑스의 주방용품 브랜드)의 감청색 앞치마를 두르고, 그것과 어울리는 행주를 어깨에 걸치고 있었다. 그는 나를 보고 깜짝 놀라는 체했다.

"괜찮으세요? 몹시 우울해 보이는데."

나는 괜찮다고 말했다.

"닭고기요." 그는 화제를 바꾸었다.

"맛있을 것 같은데요."

"내가 만들 수 있는 메뉴 가운데 1인분 이상 요리할 수 있는 건 별로 많지 않아요. 특별한 소스로 요리한 닭고기 정도가 최선이지요."

그는 나에게 앉으라는 몸짓을 하고, 이미 식탁에 준비되어 있던 병에서 값비싸 보이는 레드와인을 잔에 반쯤 따랐다. 그런 다음 방에서 나갔다가 김이 모락모락 피어오르는 음식이 담긴 파스타 그릇을 두 개 들고 돌아왔다. 그가 말한 대로 모종의 소스로 요리한 닭고기에 완두콩을 곁들인 요리였다. 그는 자리에 앉아서 나에게 어서 먹으라는 몸짓으로 말했다.

우리는 하고 싶은 말을 어떻게 시작해야 할지, 둘 다 전혀 몰랐던 것 같다. 한때 유명했던 엔지니어에게 도대체 당신이 어떻게 했기에 로봇이 도망쳤느냐고 묻는 것도, 예고도 없이 남의 섬에 불쑥 나타나서는 도대체 뭘 하고 있는지를 설명해야 하는 것도 날마다 일어나는 평범한 일은 아니다. 식사하는 동안의 꽤 편안한 침묵이 우리 두 사람에게는 일종의 유예 기간이었던 셈이다. 볼린저는 나보다 먼저 식사를 끝내더니 나이프와 포크를 접시에 내려놓고는 숨을 한번 깊이 들이마시고 나서 말을 꺼냈다.

"무슨 일이 있었는지는 가토한테 들었겠지요? 그를 만나고 나서 여기로 왔을 테니까요."

"예, 부분적으로는 가토한테 들었지만, 전부 다 들은 건 아닙니다."

"가토는 당신한테 아무 말도 하지 말았어야 했어요." 이 말을 할 때 볼린저의 목소리는 어두웠고, 그런 그를 보면서 나는 처음으로 불안감을 느꼈다. 나는 가토를 변호해야 할 것 같아서, 아까 내가 한 말을 뒤집었다.

"그렇다고 대단한 이야기를 들은 건 아닙니다. 가토는 사고가 일어날 때까지 동아시아 인공지능회사에서 당신과 함께 일했고, 사고가 난 뒤 프로젝트가 중단되었고, 프로젝트에 참여한 사람들은 모두 후한 선물과 함께 해고를 당했다고 하더군요. 내가 들은 이야기는 그게 다예요."

볼린저는 고개를 끄덕였다.

"가토는 제법 괜찮은 친구죠." 그는 빈정거리듯 대답했다.

"이해할 수 없는 게, 가토도 탱도 당신한테 화를 내고 있는데, 왜 그러는 거죠?"

"당신이 정말로 알고 싶어하는 건지, 잘 모르겠군요. 당신이 한번 알아내보세요. 내가 털어놓지 않으면 그 방법이 최선이죠."

"하지만 탱이 여기서 행복할 거라는 확신이 서지 않으면 나도 탱을 여기 남겨두고 갈 수 없어요. 그건 물론 당신도 아시겠죠?"

그는 한참 동안 나를 뚫어지게 노려보았지만, 나는 꿈쩍도 하지 않았다.

"볼린저 씨, 내가 탱을 여기 남겨두고 가려면 무슨 일이 일어났는지 알 필요가 있을 겁니다."

"좋을 대로 하세요." 그는 일어나면서 말했다. "와인을 한 병 더 가져올게요. 긴 밤이 될 것 같군요."

"나는 이 섬에 올 때 모든 걸 함께 가져왔습니다." 볼린저는 그렇게 말을 시작했다. "내 처지에서는 짐을 줄이는 게 마땅했겠지만, 나는 어떤 것과도, 심지어는 내 낡은 노트들과도 헤어지지 않을 작정이었어요. 몇 년 동안 다양한 프로젝트에 참여하면서 강철판과 알루미늄판을 모았고 티타늄과 케블라(방탄복 따위의 재료로 쓰이는 고강력 합성섬유)도 모았는데, 그걸 연구실에서 몰래 갖고 나올 수 있었지요. 그걸 전부 다 여기로 가져왔어요.

나는 생각할 시간이 필요했습니다. 하지만 집을 관리하려면 여러 가지 일을 해야 합니다. 새 집도 마찬가지예요. 나는 도움이 필요했고, 그래서 몰래 빼돌린 강철판을 조립해서 로봇 하나를 급히 만들었지요. 문자 그대로 뚝딱뚝딱 조립한 거예요. 당신도 아마 동의할 겁니다."

"으흠." 나는 탱이 급조되었다고 코리와 가토가 한 말을 생각했다. 볼린저는 그들의 말이 옳다는 것을 확인해주었다. "고장 난 실린더는 고쳤습니까?" 나는 물었다.

그는 약간 무기력한 손을 흐느적거리듯 흔들어 내 질문을 물리쳤다.

"그건 걱정하지 마세요. 탱은 그저 새 실린더와 리필이 필요할
뿐입니다. 부품을 보관해둔 곳을 알고 있다면 탱이 직접 수리할
수도 있을 거예요. 부품이 어디에 보관되어 있는지, 탱은 아마
알고 있을 겁니다. 내가 전에 만든 로봇들은…."

그는 내가 여기까지 먼 길을 온 목적을 아무것도 아닌 것처
럼, 배터리를 갈거나 주전자에 물을 채우는 것처럼 사소한 일로
취급했다. 나는 그 점을 지적하려고 입을 벌렸지만 그가 말을
이었다.

"탱은 내가 만든 최고 작품은 아니에요. 전성기 때의 나를 봤
어야 하는 건데. 내 입으로 말하는 건 좀 뭣하지만… 내가 만든
디자인은 정말 놀랄 만했지요."

그때 또다른 의문이 떠올랐다.

"잠깐만요. 탱이 강철로 만들어졌다고 하셨지요?"

"그런데, 왜요?"

"녀석이 나한테 거짓말을 했군요. 자기가 알루미늄으로 만들
어졌다고 했거든요."

볼린저는 소리내어 웃었다.

"그러니까 녀석은 벌써 거짓말하는 법을 배웠군요?" 그의 얼
굴과 목소리는 자랑스러워하는 듯한 기미를 띠고 있었다. 그가
옳았다. 탱은 세상을 배우고 있었고, 그것도 나한테 배우고 있
었다. 좋은 점만이 아니라 나쁜 점도. 그렇다면 탱이 지닌 좋은

점과 나쁜 점의 근원은 결국 나라는 얘기가 아닌가.

"탱의 목소리도 달라졌더군요." 볼린저가 말했다. "나는 아주 기본적인 음성 메커니즘으로 만들었는데, 어떻게 했는지는 모르지만 탱이 그걸 발달시켰어요. 녀석은 주위에서 들리는 목소리를 귀담아듣고 그 목소리들의 특징을 통합하고 있는 게 분명합니다."

그것은 사실이었다. 우리가 처음 만났을 때 탱의 목소리는 완전히 전자음이었고, 그래서 전반적으로 학생들이 과제물로 만든 작품 같은 인상을 주었다. 하지만 지금은 탱의 목소리에 미묘한 뉘앙스가 있었다. 빛과 그림자가 있고, 탱은 원래 음색이 갖고 있었던 귀에 거슬리는 금속성을 약간 잃어버렸다.

나는 이 모든 진화가 어떻게 가능한지 알고 싶었다.

"볼린저 씨, 탱은 어떻게 그런 지각력을 가질 수 있지요? 탱이 낡은 쇳조각을 모아놓은 것에 불과하다면, 어떻게 그렇게… 뭐랄까, 사람 같을 수 있죠?"

"탱은 단순히 낡은 강철 조각을 모아놓은 게 아닙니다. 겉으로는 그렇게 보일지도 모르죠. 나는 서두르고 있었고, 그런 껍데기는 두어 시간이면 충분히 조립할 수 있지만, 내부에는 내가 전에… 사고가 일어나기 전에 만들었던 로봇들의 기능이 모두 들어가 있습니다. 내 인공지능을 특별하게 만들어주는 칩 가운데 살아남은 칩이 딱 하나 있었는데, 바로 그걸 여기로 가져왔지요. 테크놀로지를 조리 있고 일관성 있게 만들어주는 칩, 바꿔 말하면 테크놀로지가 제대로 작동할 수 있게 해주는 칩인데, 탱은 바로 그 칩을 갖고 있습니다."

내 생각이 맞았다. 탱은 정말로 특별했다. 그야말로 유일무이한 존재였다.

"그러면 그건 탱이 공항 검색대를 통과하게 해주는 칩과는 다른 칩이군요?"

"예, 맞습니다. 전혀 다르죠. 확실합니다. 그리고 탱은 그런 칩 따위는 애당초 갖고 있지 않아요. 그런 칩은 내 관심 밖이니까요."

"잠깐만요. 탱은 휴스턴 공항의 체크인 카운터에서 항공사 직원한테 자기가 칩을 갖고 있다고 말했어요. 그러자 그 직원은 탱을 스캔하고, 그 밖에 이것저것 다 했는데 어떻게 그런 일이 가능하죠?"

볼린저는 또다시 자랑스러운 표정을 지었다.

"솔직히 말하면 나도 모르겠습니다. 탱은 거짓말하는 법을 배웠고, 아마 자기가 원하는 결과를 얻기 위해 필요한 건 무엇이든 위조하는 법도 배웠겠죠."

"설마. 있을 수 없는 일 같은데요?"

"탱이 그러고도 남을 만큼 똑똑하다고 생각진 않으세요?"

"아니, 그런 게 아닙니다. 나는 다만 탱이 그렇게 영악하고 계산적이라고는 생각지 않을 뿐입니다. 탱이 그런 결론에 도달할 수 있으려면 우선 인간의 감정을 이해해야 할 겁니다. 원인과 결과, 동기 따위에 대해서도요. 그런데 사실 탱은 '왜'라는 말의 의미도 아직 이해하지 못하거든요. 탱은 어린애 같습니다."

"아이들과 어울려본 적이 별로 없으시죠?"

이 질문은 내 안의 죄책감을 자극했다. 나는 조카들이 태어난 이후 줄곧 그 아이들에 대해 애써 무관심했고, 그러면서도 속으로는 죄책감을 품고 있었다. 아픈 곳을 찔린 나는 모욕감을 느꼈다.

"예, 그건 사실입니다. 아이들과 어울린 적은 별로 없어요. 그럼 당신은 있나요?"

"내가 졌소. 나는 자식을 가져본 적도 없으니까요. 하지만 꽃병을 깨뜨리고 부모한테 야단맞을까봐 겁이 난 아이는 꽃병을 깨뜨린 게 자기가 아닌 척할 거라는 정도는 알고 있습니다. 경험이 없어도 그 정도는 알 수 있는 일이지요."

나는 탱이 휴스턴의 우주박물관에서 전시된 모형을 망가뜨린 일을 생각해냈다. 인정하기는 싫었지만 볼린저 말이 옳았다. 탱은 자기가 원하는 것을 얻는 요령만 아는 정도가 아니었다. 탱은 혼자서 세계를 반 바퀴나 돌았는데 나는 아직도 그 방법을 알지 못했다. 이곳을 떠나기 전에 나는 탱한테서 진실을 알아내려고 애쓰겠지만, 지금 내가 알고 싶은 것은 볼린저의 진실이었다.

"이야기가 곁길로 빠졌군요. 아까 하던 이야기를 계속해주십시오. 당신의 테크놀로지에 대해 이야기하던 참이었습니다."

"우리가 연구하던 테크놀로지는 무기화합물을 사용하여 살아 있는 물질을 만드는 것이었어요. 오늘날 우리가 집이나 그 밖의 여러 곳에서 보는 안드로이드는 내가 만들어낼 수 있었던 것과는 비교가 되지 않습니다. 우리는 티타늄 따위로 외관이 튼튼한 실험체를 만들려고 애썼지만, 거기에 새로운 학습 조직을 내장시키려 했지요. 그들은 살아 있지만 살아 있지 않습니다. 인간의 두뇌와 좀 더 비슷한 무언가를 가지게 될 겁니다. 물론 인간은 아니겠지만, 학습 능력이 있으니까 배울 수 있을 거예요. 근육 기억과 통증 감각도 가지게 될 것이고, 성장할 줄도 알고 변화할 줄도 알게 될 겁니다."

"그 실험체들은 어떤 일을 할 예정이었습니까?"

"궁극적으로는 지뢰 제거부터 장시간의 외과 수술까지, 또는 전투에서 최전선에 서는 것까지 모든 일을 하도록 그 실험체를 만들었지요."

"그런데 당신은 그 실험체들이 고통을 느끼게 하는 게 유익하다고 생각하셨군요? 그건…."

"무슨 말을 하려는지 알지만, 그건 잘못된 생각입니다. 당신은 윤리니 뭐니 하는 것에 대해 장황하게 이야기하겠지만, 그건 요점에서 벗어난 얘기예요."

"요점이 뭐죠?"

"그 실험체들은 인간에 더 가까워질수록 인간의 일을 더 잘합니다. 그들이 로봇이라는 사실은 우리가 그들에게 신경 쓸 필요가 없다는 것을 의미할 뿐이지요."

나는 놀라서 어안이 벙벙해진 채 그를 바라보았다.

"당신은 학습 능력을 갖고 있지만 겨우 어린애 정도로밖에 발달하지 않은 로봇인지 안드로이드인지를 세상에 내보내서 어른의 일을 시키고, 그들이 그럭저럭 해나갈 수 있기를 기대할 작정이었군요? 그들이 뭘 배울 거라고 생각하셨죠? 당신이 그들에게 가르쳐준 것은 고통을 주고받는 것뿐이었는데, 모든 게 왜 잘못되었는지 궁금하세요? 당신들 가운데, 하던 일을 멈추고 자신이 무슨 짓을 하고 있는지 생각해본 사람이 하나라도 있었나요?"

"맞아요. 많은 사람이 그랬죠. 확실합니다. 하지만 그들은 모두 계약을 맺었고, 모두 비밀을 지키겠다고 서약했어요. 그래서 연구를 계속할 수밖에 없었던 겁니다. 물론 사고가 날 때까지였지만."

"정확히 무슨 일이 일어났던 겁니까?"

"어느 날 밤, 실험체들은 총기 다루는 훈련을 하도록 되어 있었어요…."

"세상에…."

"말을 끊지 말고 들으세요. 실험체들은 사격 훈련을 하고 있었는데, 그중 하나가 결함이 생겨서 뜻밖에도 다른 실험체를 겨냥한 거예요. 총에 맞은 실험체는 화가 나서 총을 쏜 실험체를 죽여버렸지요. 그러자 아수라장이 벌어졌고, 실험체들은 야간

근무를 하고 있던 엔지니어들을 모두 죽여버렸지요. 그 과정에
한 실험체가 가스관을 쏘는 바람에 연구소 전체가 폭발해서 건
물이 잿더미가 되었지요."

"맙소사."

"궁금해할 것 같아서 한마디 덧붙이면, 가토는 그날 주간 근
무였습니다. 그래서 다행히도 근처에 없었지요. 가토는 대단한
잠재력을 갖고 있습니다. 아니, 전에는 갖고 있었을 겁니다."

"그런데 당신은 어떻게 살아남았죠? 이야기를 들으니까 현장
에 있었던 모양인데… 어떻게 빠져나온 거죠?"

볼린저는, 이 질문에는 대답하지 않고 다른 이야기를 했다.

"나는 오작동이 일어나는 경우에는 실험체들을 막으라는 명
령을 받았습니다. 그래서 그렇게 했지요."

"어떻게요?"

"실험체들을 막는 가장 효과적이고 빠른 방법은 그들을 봉쇄
하는 것이었어요. 그리고 그들을 봉쇄하는 가장 좋은 방법은 문
을 잠그는 것이었지요."

"그들이 불에 타서 죽도록 내버려두었단 얘기군요?"

"그게 최선의 방법이었으니까."

21
갈 데가 없다?

내가 다시 말을 할 수 있을 때까지는 꼬박 1분이 걸렸다.

"가토가 옳았어요." 마침내 나는 말했다. "당신이 한 짓은 비겁하고… 용서할 수 없어요."

내가 평결을 내리듯 말하자 볼린저의 얼굴이 흐려졌다. 내가 떠나려고 일어서자 그는 얼굴을 찡그리며 무서운 눈으로 나를 노려보았다. 나는 흠칫 놀랐다.

"우린 떠날 겁니다."

"유감이지만, 떠나게 놔둘 수 없소."

"그건 협상할 수 있는 일이 아니에요. 당신은 우리가 떠나게 둬야 합니다."

"미안하지만 나는 그럴 수 없소."

그의 떨리는 목소리가 나를 두렵게 했다. 하지만 나는 그의 말을 무시했다. 두근거리는 가슴을 안고 서둘러 식당을 나오자 나를 찾으려고 철커덕거리며 복도를 걸어오는 탱이 보였다. 나는 탱의 손을 잡았다. 내 손에 닿은 탱의 몸은 시원했고 눈은 반짝반짝 빛났다. 이 두 가지는 이제 탱의 실린더가 수리되었다는 것을 말해주었다. 나는 탱을 끌고 손님방으로 돌아가서 내 물건들을 배낭에 서둘러 집어넣었다. 내 옷가지의 절반은 아직 세탁기 안에 있었다.

"벤, 우리 가?"

"그래, 우린 갈 거야. 지금 당장 갈 거야. 최대한 빨리 걸어야 해. 그리고 절대로 내 손을 놓치면 안 돼. 알았지?"

탱의 얼굴이 펴지면서 함박웃음을 띠었다. 탱은 제자리에서 발을 굴렀다.

우리는 다시 구불구불한 복도를 지나 현관홀에 이르렀다. 탁 트인 공간 너머에 볼린저가 서 있었다.

나는 배낭을 추스르고 현관문으로 다가갔다. 내가 문손잡이를 잡으려 하자 세 개의 단단한 빗장이 구멍 속으로 미끄러져 들어가는 금속성이 들렸다. 우리는 볼린저를 돌아보았다. 그는 이제 미소를 짓고 있었다. 앞으로 뻗은 손에는 작은 상자가 들려 있었다.

"리모컨 잠금 장치요." 그가 말했다. "게으름을 피우고 싶을 때는 아주 유용하지. 이 버튼을 누르기만 하면 집에서 밖으로 통하는 모든 문이 닫히고 잠기니까. 창문도 잠겨요. 혼자 사는 늙은이에게는 아주 훌륭한 보안 장치지. 그 점에 대해선 당신도 동의할 거요. 그리고 내가 당신이라면 문을 건드리지 않겠소. 상당한 충격을 받을 테니까."

나는 탱을 내려다보았다. 탱은 나를 쳐다보고 있었다. 나는 탱의 손이 떨리는 것을 느낄 수 있었다. 탱은 이제 내 손을 너무 힘껏 움켜쥐고 있어서 내 손이 아프기 시작했다.

"어리석게 굴지 말고 어서 문을 열어요."

"아무 데도 못 갈 거요." 그가 대답했다. "그러니까 나와 함께 거실로 돌아가서 편안하게 지내는 게 어떻겠소? 빨래도 챙기지 않았군."

나는 탱과 함께 거실로 돌아가면서, 어떻게 할지 방법을 궁리하는 동안 노인이 계속 지껄이게 해야겠다고 생각했다. 우리가 떠나는 것을 볼린저가 왜 그렇게 두려워하는지 그 이유를 알고 싶었다. 그래서 물어보았다.

그의 대답은 간단했다.

"그건 당신이 탱의 비밀을 알기 때문이오. 그건 나만의 테크놀로지이기도 하지. 그걸 당신이 다른 사람한테 말하도록 내버려둘 수는 없소. 또, 다른 사람이 탱에게 손을 대게 할 수도 없소. 그 지식은 나와 함께 있어야 하오. 알겠소?"

나는 노인이 연구소 학살 사건에 스스로 인정한 것보다 더 많이 관여했다는 것을 알아차리고 오싹했다.

"볼린저 씨! 가스관을 쏜 건 안드로이드들이 아니었죠? 그건 당신이었어요. 당신은 사람들이 죽게 그냥 내버려두기만 한 게 아니라, 실제로는 고의로 그 사람들을 죽인 거예요. 당신은 감옥에 있어야 돼요!"

볼린저는 큰 소리로 웃었다.

"당국은 감히 나를 재판에 회부하지 못할 거요. 감히 나를 방해하지 못할 거요. 당국은 내가 할 수 있는 일을 겁내고 있지만, 조만간 내 테크놀로지가 필요하다는 걸 깨닫게 될 거요."

나는 그를 뚫어지게 노려보았다. 털로 덮인 창백한 팔과 주름진 이마를 보자, 이 노인의 말을 믿을 수가 없었다.

나는 그의 비위를 건드리지 않으려고 애썼다.

"볼린저 씨, 탱이 무엇으로 만들어졌는지에 대해서는 아무 관심도 없어요. 당신의 테크놀로지에도 관심이 없고요. 나는 단지 이 아이를 집에 데려가고 싶을 뿐입니다."

노인은 단호하게 고개를 가로저었다.

"위험을 무릅쓸 수는 없소. 게다가 나는 칩이 필요하오. 그게 없으면 더이상 같은 걸 만들 수 없거든. 탱은 지각력이 만족스러운 수준에 도달할 때까지 여기 머물러 있기로 되어 있었소. 그런데 탱은 당신과 맺은 관계 덕분에 나와 협력할 수 있는 적절한 수준에 도달했소. 그래서 이제는 나도 칩을 회수해서 그 칩으로 탱과 비슷한 로봇을, 아니 탱보다 더 수준 높은 로봇을 만들 수 있게 된 거요. 내가 계획한 대로."

"하지만 그러면 탱은 죽겠지요?"

"벤, 탱은 로봇이오. 그렇게 감상적으로 굴면 안 돼요."

"농담하시는 거죠?"

탱이 내 손을 잡아당겼다.

"농담 아니야."

나는 작은 친구를 내려다보았다. 그는 당황하여 허둥대고 있는 것 같았다.

"벤과 탱은 갇혔어. 벤은 전기문을 만지면 안 돼."

"녀석의 말을 들어요, 벤. 녀석은 다 알고 있소. 탱, 안 그러냐? 내 테크놀로지가 나를 떠나려고 하면 이런 일이 일어나지."

"그래." 탱이 대답했다. "탱은 알아. 오거스트가 안드로이드를 만드는 데는 탱이 필요하다는 걸. 그래서 탱은 여기를 떠나려고 해. 탱은 안드로이드를 만들고 싶지 않아. 안드로이드는 위험해. 오거스트도 위험해. 탱은 살고 싶어. 그래서 탱은 떠나."

"너는 생명을 갖고 있어, 이 바보 같은 녀석아. 내가 너를 그렇게 만들었어."

"탱한테 그런 식으로 말하지 마세요." 나는 이제 격분하여 볼린저에게 소리를 질렀다. 나는 볼린저를 한방 갈기고 싶었지만, 그렇게 하면 어디선가 테크놀로지가 뛰쳐나와 나를 공격할까봐 겁이 났다. "탱은 삶을, 자신의 삶을 원한다는 뜻으로 말한 겁니다."

나는 열린 창문이 있는지 궁금했다. 그것을 확인하려고 방을 돌아다니기 시작했다. 그러자 볼린저가 나에게 달려왔다. 그는 뒤에서 나를 움켜잡았지만 나는 홱 몸을 돌리면서 그를 밀어냈다. 그러자 볼린저가 성난 황소처럼 나에게 덤벼들었다. 나에게 주먹을 날릴 작정이었던 것 같다. 나는 생각할 겨를도 없이 옆으로 비켜섰고, 볼린저는 비틀거리다가 거실문에 부딪혔다. 그 문은 아까 바깥으로 통하는 다른 문들과 함께 자동적으로 닫힌 모양이었다. 갑자기 막전(幕電, 번개가 구름에 반사하여 하늘 전체가 밝아지는 현상)처럼 불빛이 번득이고 쾅 하는 요란한 소리와 함께 에어컨과 전등이 갑자기 꺼져버렸다.

한동안 나는 무섭고 혼란스러워서 꼼짝도 하지 못했다. 그러다가 발전기가 돌아가는 소리가 나고 전등이 깜박거리다가 다시 켜졌다.

볼린저는 우리 앞에 누워서 꼼짝도 하지 않았다. 리모컨은 볼린저 옆에 놓여 있었지만 산산 조각나 있었다. 나는 볼린저의 발을 내 발로 쿡쿡 찔러보았다. 그는 움직이지 않았다. 그래서 나는 무릎을 꿇고 그를 손가락으로 쿡쿡 찔렀다.

"맙소사! 탱… 죽었나봐."

탱은 철커덕거리며 현관문 쪽으로 걸어가기 시작했다.

"탱, 돌아와! 경찰을 불러야 돼. 하느님 맙소사. 나는 무인도의 감옥에서 말라죽을 거야. 탱, 도움을 청해야 돼."

"아니야."

"'아니야'라니, 그게 무슨 뜻이지?"

"그를 그냥 놔둬."

"그냥 놔두고 갈 수는 없어." 나는 주머니에서 휴대폰을 꺼냈다.

탱은 철커덕거리며 나에게 돌아와서 내 손목을 잡았다.

"전화 안 돼. 괜찮아. 안 죽었어."

"뭐라고?"

그는 볼린저를 가리켰다.

"잠자. 깨어나. 어리둥절. 그다음 괜찮아. 전기 그렇게 위험 안 해. 좀 아플 뿐이야."

"어떻게 알지?"

탱은 어깨를 으쓱했다.

"전에도 그랬어. 오거스트는 문 잠근 걸 잊었어. 밖으로 나가려 했어. 그래서 쾅."

나는 노인의 가슴을 유심히 살펴보았다. 확실히 숨을 쉬고 있었다.

"이 영감은 정말로 미쳤군. 안 그래?"

"응." 탱이 말했다. 그리고 제 머리 옆으로 손 하나를 들어 올려 뱅글뱅글 돌렸다. "돌았어."

"하지만 우리한테는 아직 한 가지 문제가 있어."

"뭔데?"

"여기서 나갈 수가 없어."

"벤은 걱정 마."

"나는 걱정돼." 나는 다시 앉아서 두 손으로 머리를 감싸 안았다. 나는 탱을 여기 데려온 것을 깊이 후회했다. "정말 미안해, 탱."

"벤을 용서해. 벤은 몰랐어. 벤은 좋은 결과만 봐."

"하지만 내가 틀렸어. 안 그래? 넌 오고 싶어하지 않았어."

"응. 하지만 벤은 안 틀렸어. 벤은 옳았어. 나를 여기 데려오지 않았다면 냉각장치는 아직도 고장났을 거야. 멈추었을 거야. 이 제 나는 벤과 함께 가고, 나는 멈추지 않아. 나 행복해."

나는 쪼그리고 앉아서 탱을 얼싸안았지만, 그 순간 탱이 아플 때 내가 내린 결정이 생각났다.

"네 실린더가 또 고장나면 어떡하지? 내가 뭘 할 수 있지? 너 를 고쳐줄 수 없다는 걸 뻔히 알면서 어떻게 너를 데려갈 수 있 겠냐?"

"아니야. 나를 놔두고 가지 마. 우리 함께 가!" 탱은 공포에 질 린 목소리로 외치면서 두 손으로 내 팔을 움켜잡았다. 나는 크 게 뜬 그의 눈을 들여다보았다.

"하지만 여기서 떠나는 건 네 목숨을 위태롭게 하는 짓이야."

"그래, 탱은 자유로울 테고 벤과 함께 있을 거야. 오거스트와 함께 이 집에 갇혀 있지 않고. 게다가…"

탱은 네모난 얼굴로 활짝 웃으면서 가슴판—아직도 접착테 이프로 고정되어 있었다—을 열었다. 안에는 빈 실린더 두 개가 선반 위에 놓여 있었다.

"오거스트가 안 고쳤어." 탱이 말했다. "내가 고쳤어. 벽장 안에 있을 때. 쉬워. 고장난 실린더 꺼내고, 새 실린더에 액체 붓고, 가슴에 집어넣고, 가슴판을 닫아. 액체는 식용유야." 내가 멍하니 바라보자 탱은 덧붙였다. "노란 기름."

"지금까지 네 몸을 냉각시킨 게 식용유였다고?" 나는 탱을 빤히 바라보았다. "그게 어떻게 효과를 발휘하지?"

탱은 금속 어깨를 으쓱해 보였다.

"그러니까 넌 그게 냉각장치라는 걸 알고 있었구나?"

그러나 탱은 고개를 저었다.

"중요하다는 건 알아. 뭔지도 알아. 하지만 용도는 몰랐어. 호텔에서 아저씨가 말하는 거 들었어. 내가 아팠을 때. 그 전에는 몰랐어."

나는 탱의 가슴판을 닫고 탱을 끌어안았다. 안도감이 눈물로 변해서, 눈으로 치밀어 올라와 넘쳐흘렀다. 눈물이 탱의 몸통 위에 뚝뚝 떨어졌을 때, 나는 탱이 한 손을 뒤로 돌려 내 등에 대는 것을 느꼈다.

나는 한 손으로 얼굴을 문질러 눈물을 훔친 다음, 엄하게 미소를 지었다.

"하지만 그건 이론일 뿐인지도 몰라. 우리는 여기 꼼짝없이 발이 묶였어."

"아니야."

"그래. 우리는 여기서 오도가도 못하게 됐어."

"벤은 걱정 마. 탱은 전에도 떠났어. 탱과 벤은 다시 떠날 수

316

있어."

나는 탱을 내려다보았다. 탱의 얼굴은 침착함을 그림으로 그려놓은 듯했다.

"탱은 계획 있어."

"하지만 출입문과 창문이…."

탱은 고개를 저었다.

"출입문도 창문도 아니야. 뚜껑이야."

"뚜껑?"

"뚜껑."

"탱, 전에도 이런 방법으로 섬을 떠났냐?" 탱이 내 손을 잡고 현관문 옆 벽장으로 끌고 갈 때 내가 물었다.

"응, 쓰레기 배. 곧 알게 돼."

"난 모르겠어."

"오거스트는 쓰레기 배 생각 안 해. 오거스트는 쓰레기를 통에 넣고, 그러면 쓰레기가 사라져. 오거스트는 쓰레기가 어떻게 사라지는지 생각 안 해. 하지만 탱은 알아."

"볼린저의 쓰레기는 배가 와서 가져갈 때까지 지하실에 놓여 있다고 말할 작정인가 보구나. 그런 거야?"

"응. 냄새 안 좋아. 하지만 밖으로 나가는 건 좋아."

"그러니까 배가 우리를 구하러 올 때까지 커다란 쓰레기통 속에 있자는 거지?"

"응. 해 뜨면 배 와. 오래 안 기다려도 돼. 벤과 탱은 운이 좋아."

그는 벽장을 열고 손잡이가 달린 판벽널을 가리키며 싱긋 웃었다.

"뚜껑."

"여긴 정말 냄새가 고약하구나." 나는 탱과 함께 배를 기다리면서 말했다. 내 엉덩이는 바나나껍질과 오래된 영자신문과 닭뼈와 녹슨 금속 나사 같은 쓰레기더미 위에 놓여 있었다.

"고약한 냄새. 애크리드 탱."

"고약한 탱?"

"응." 탱은 나에게 미소를 지었다.

"너는 고약한 경험을 따서 이름을 지었구나."

"아니야. 탈출한 뒤에 이름을 애크리드 탱이라고 지었어. 해방된 뒤에."

그 말에 뭐라고 대답해야 할지 몰라서, 나는 탱의 몸에 한 팔을 두르고 그의 작은 어깨를 힘껏 끌어안았다.

"볼린저가 깨어나서 우리가 떠난 걸 알면 펄펄 뛰며 화를 낼 거야. 그건 너도 알고 있지?"

"응."

"볼린저가 우리를 쫓아올까?"

"아니."

"어떻게 알아?"

"몰라. 하지만 전에도 안 쫓아왔으니까 이번에도 안 쫓아와."

그 말은 논리적이었다. 나는 늙은—하지만 건장한—볼린저가 나를 찾아 지구를 반 바퀴 돌아 할리윈트넘까지 쫓아올 거라고는 생각하고 싶지 않아서 탱을 믿기로 했다.

"네 말이 맞아. 하지만 그래도 역시 도움을 청했어야 하지 않을까?"

"아니야."

우리는 한동안 어둠 속에 말없이 앉아 있었다. 그때 문득 무언가가 생각났다.

"탱, 왜 공항에서 있지도 않은 칩을 갖고 있다고 했어?"

"탱은 칩 있어."

"볼린저는 없다고 하던데?"

"응."

"응이라니, 무슨 뜻이야?"

"볼린저는 나한테 칩이 있다는 걸 몰라. 배에서 칩을 발견했어. 망가진 안드로이드가 갖고 있는 칩을 빌렸어."

"네가 스스로 칩을 장착했다고?"

"응. 나는 손을 뒤로 돌릴 수 있어. 밀어넣었어." 그는 공항에서 체크인 카운터의 직원이 스캔한 부위를 가리켰다. 확실히 쌀알만 한 크기의 작은 금속체가 불안정하게 흔들리는 대갈못 밑에 끼워져 있었다. 탱은 전체적으로 찌그러지고 상처투성이인 로봇 같은 분위기였기 때문에, 그 속에 묻혀 있는 금속체는 눈에 띄지 않고 넘어간 것이다.

"그게 망가진 걸 알았어?"

"어쩌면 쓸모 있을지도 모른다고 생각했어. 어쨌든 빌렸어."

"그게 뭔지 어떻게 알았어?"

"안드로이드가 칩을 갖고 있다는 건 알아." 그건 뻔한 일이라는 듯이 그는 어깨를 으쓱했다.

"잘했어." 나는 좀 더 지적인 대답이 생각나지 않아서 그렇게 말했다. "그럼 네가 어떻게 우리 집 정원에 오게 됐는지 말해줘. 쓰레기 배에 탄 뒤에 무슨 일이 일어났지?"

"망가진 물건들이 잔뜩 있는 곳으로 갔어. 더러워. 더 고약한 냄새."

"그 다음엔?"

"상자 속에 숨었어. 커다란 금속 상자. 오랫동안 어두웠어. 상자가 열렸어. 다른 상자들 뒤에 숨었어. 남자들이 상자를 옮겼어. 나는 상자에서 나왔어. 열차 탔어."

"네가 있는 곳이 어딘지 알았니?"

"열차 내렸어. 비행장에 있었어. 우리가 갔던 곳." 탱은 나를 쳐다보았다.

"히스로 공항?"

"응. 버스 탔어. 멋진 집 보았어. 안드로이드가 없어. 버스 내렸어. 문 열려 있어. 문으로 봤어. 말들 봤어. 나무도 봤어. 나무 밑에 앉았어. 벤이 나를 쓰러뜨려…."

내가 탱에게 말을 걸려고 했을 때 탱이 놀라서 펄쩍 뛰어오른 게 생각났다.

"그러니까 네 말은 어떻게든 컨테이너 운반선을 타고 팔라우를 떠나 어딘지 모르는 곳을 거쳐서 영국까지 갔고, 배가 부두에 닿을 때까지 줄곧 배 안에 머물러 있었다는 거지? 따분하지 않았니?"

"수면 모드. 빛 받으면 작동."

"그러니까 너는 그동안 줄곧 자고 있었고, 컨테이너가 열리면 깨어나도록 프로그램해 두었다는 얘기야? 탱, 정말 영리하구나."

"응."

"그리고 버스 정류장에서 우리 집을 보았는데, 집이 멋져 보였고 다른 안드로이드가 보이지 않았기 때문에 우리 집을 선택했다는 거야?"

"응."

"정말 놀랍구나."

탱은 그게 늘 일어나는 일이라는 듯이 어깨를 으쓱했다. 나에게 그것은 탱이 갖고 있는 또 하나의 놀라운 면모였지만, 아무리 뛰어난 지각력을 갖고 있다 해도 탱은 여전히 로봇이었고, 그 여행은 그에게 논리적인 사건들의 연속이었을 뿐이다. 그가 도착한 주에 에이미와 내가 집을 비웠다면 탱은 다른 곳으로 이동했을지도 모른다.

"그리고 말." 탱은 내 생각을 중단시키며 말했다.

"말?"

"응. 벤의 정원에서 말들이 보여."

"무슨 뜻이지? 우리 집 뒤에 있는 말들이 뭐가 특별한데?"

탱은 또다시 어깨를 으쓱했다.

"말들은 탱한테 새로워. 말들은 달려. 자유롭고 행복해 보여. 보면 행복해져."

우리는 한동안 말없이 앉아 있었다. 이윽고 내가 물었다.

"탱, 내가 너한테 말을 건 게 옳았을까? 너를 집에 데리고 들어간 게 옳았을까?"

"응."

"내가 안 그랬다면 너는 계속 돌아다녔을까?"

"어쩌면. 하지만 나 벤을 발견했어. 벤을 사랑해."

22
귀가

탱이 말한 대로 그날 밤 늦게 배가 쓰레기를 수거하러 왔다.
탱이 지난번에 탈출할 때는 어떻게든 들키지 않고 공짜로 배에
탈 수 있었지만, 우리 둘이 함께 숨을 곳은 없었다. 나는 청소부
들의 처분에 맡기는 편이 상책이라고 판단했다. 볼린저가 일종
의 미치광이라는 의견은 쓰레기 운반선에서 일하는 사람들에게
는 상식처럼 받아들여져 있었다. 내가 고액권 지폐를 한 줌 건네
주자 그들은 우리를 공항까지 안전하게 데려다주었을 뿐만 아
니라, 다음에 그 섬으로 쓰레기를 가지러 가면 볼린저가 살아
있는지 확인해보겠다는 말도 했다.

우리는 섬에 올 때 탔던 비행기를 타고 섬을 떠났다. 아주 길
게 느껴지는 여행을 끝내고 마침내 귀로에 오른 것이다.

할리윈트넘으로 돌아가는 여행은 순조로운 항해, 아니 비행이

었다. 탱과 내가 지금까지 겪은 고초에 대한 보상으로 나는 프리미엄 좌석을 구입했다.

나는 에이미에게 말한 대로 크리스마스에 맞추어 집에 도착했다. 내가 현관문을 열기도 전에 기쁨으로 가득 찬 탱은 곧장 옆문으로 들어가더니, 말들을 보려고 뒷마당으로 나갔다. 반대로 나는 불안을 느꼈다. 어딘지 모르게 집이 달라 보였기 때문이다. 그래서 나는, 부엌에서는 아버지가 샌드위치를 만들고, 거실에서는 어머니가 누나한테 책을 아무 데나 놓아둔다고 소리를 지르고, 또 소파를 발톱으로 할퀸다고 고양이를 밖으로 쫓아내는 장면을 보게 되지나 않을까 하고, 얼마쯤은 기대하고 있었다.

나는 또한 현관문 앞에 놓인 매트가 우편물로 덮여 있을 거라고 예상했지만, 우편물은 현관홀 탁자 위에 차곡차곡 쌓여 있었다. 내가 일본에서 주문한 선물이 들어 있는 소포가 우편물 더미 맨 위에 놓여 있었다.

"누나가 집에 왔던 모양이군." 나는 혼잣말로 중얼거렸다.

우편물 더미는 여러 개였지만, 그중 하나 위에 엽서 한 장이 놓여 있었다. 앞면에는 리지 카츠의 우주박물관 사진이 박혀 있었고, 뒷면에는 이런 편지가 쓰여 있었다.

벤, 당신은 내가 몹시 화가 났다는 것을 알아야 할 것 같아요. 당신은 가토한테 내 이야기를 할 권리가 전혀 없었어요. 가토는 내가 새 안드로이드를 부추겨서 당신을 공격하게 해야 한대요. 사랑하는 리지가.

추신: 낯선 사람처럼 서먹하게 굴지 말고, 언젠가 우리를 방문해주세요.

추추신: 가토가 그러더군요. 둘이서 식사를 하러 갔을 때 당신이 수의사 이야기를 했다고. 꾸물거리지 마세요.

"기회를 줘." 나는 엽서를 보면서 말했다. "나는 지금 막 세계를 반 바퀴 돌고 왔다고." 하지만 나는 팔꿈치로 슬쩍 찌르는 듯한 그녀의 부추김을 고맙게 여겼다. 사실 에이미는 결혼생활 내내 그렇게 팔꿈치로 나를 쿡쿡 찔렀고, 나는 항상 그 신호를 무시했다. 나도 새해에는 아마 새로운 삶을 쌓아올리게 될 것이다.

가토의 재빠른 행동에 박수를 보내면서 나는 부엌으로 들어가 내 조카가 딱딱한 종이로 만든 런던탑 자석을 이용하여 엽서를 냉장고 문에 붙였다. 내가 그들을 화해시켰다고 생각하자 기분이 들뜨고 좀 우쭐해졌다. 하지만 내 기분은 달콤씁쓸했다. 에이미와 재결합할 가능성이 없어 보였기 때문이다. 에이미가 꿈에 그리던 남자를 만난 지금은 늦어도 너무 늦었다.

"인터넷 데이트나 해볼까." 나는 혼잣말로 중얼거리며 차를 한 잔 만들었다. 티스푼을 꺼내려고 포크와 나이프 따위를 넣어두는 서랍 속으로 손을 뻗었을 때 결혼반지가 눈에 들어왔다. 내 손은 잠시 그 주위를 맴돌며 집을까 말까 망설였다. 결국 나는 반지를 집어서, 여권과 출생증명서 따위를 보관해두는 상자에 넣어두러 갔다. 그 반지가 다시 필요해질 거라고 생각할 이유는 전혀 없었지만, 왠지 반지를 없애는 것은 옳지 않은 일 같았다.

나는 차를 마시면서 울적한 기분을 느끼지 않을 수 없었다. 그래서 누나에게 전화를 걸었다.

"나 돌아왔어." 나는 애써 밝은 목소리로 누나에게 알렸다.

"돌아왔다고? 어디로?" 누나가 물었다.

누나의 반응에 좀 맥이 빠지지 않았다고 말하면 거짓말일 것이다.

"집에… 물론 할리윈트넘의 집이지. 어디를 말하는 줄 알았어?"

"마침내 돌아왔구나. 잘했다."

"우편물을 정리해줘서 고마워."

"내가 한 게 아니야. 네가 없는 동안 에이미가 계속 집에 들렀어. 걱정 많이 했거든."

"그래?"

"당연하지. 우리 모두 걱정했어. 네가 그냥 사라져버렸잖아. 다시는 그러지 마."

"알았어."

"그런데 돌아왔다면, 크리스마스 때 올 수 있겠구나."

"그럼… 에이미도 올까?"

"물론이지. 에이미와 함께…." 누나는 도중에 말을 끊었다.

"분위기가 어색해지지 않을까?"

"네가 어른스럽게 굴면 괜찮을 거야. 그럴 수 있지?"

"그럭저럭 해낼 수 있을 거야."

"그래. 아, 난 가봐야 돼. 할 일이 산더미 같아. 그럼 크리스마스 때 보자. 알았지? 한 시에 와."

"알았…." 내 말이 끝나기도 전에 누나는 전화를 끊었다. 몇 초 뒤에 나는 다시 전화를 걸었다.

"생각난 게 있는데… 탱을 데려가도 될까?"

"그 로봇?"

"그래, 로봇."

"함께 왔어?"

"응. 수리도 끝났어. 데려가도 돼?"

누나가 내 질문을 생각하는 동안 침묵이 흘렀다.

"글쎄, 괜찮을 것 같긴 한데… 왜 로봇을 데려올 필요가 있지? 로봇은 그냥 집에 있어도 괜찮잖아."

"아니야. 탱은… 다른 로봇과는 달라. 성가시게 하진 않을 거야. 그건 내가 보증해."

"그럼 좋아. 네가 그렇게 확신한다면. 그 로봇은 특별한 모양이구나. 그렇지 않다면 네가 그런 부탁을 할 리가 없지."

"그건 그래."

"그동안 어디 있었는지 우리한테 말해줄 거지?"

"그럴게. 다 말해줄게. 하지만 누나가 내 말을 믿을 거라고 장담할 수는 없어."

"그래? 그럼 나한테 샴페인을 충분히 줘. 그러면 네 말을 믿을 거야. 내가 어떤지는 너도 알잖아."

나는 킥킥거렸다.

"벤, 다시 전화해줘서 기뻐. 보고 싶었거든. 이 말을 했어야 하는 건데. 아랫동네에 네가 없으니까 모든 게 전과는 달랐어. 어떻게 생각할지 모르지만, 나는 정말로 네가 자랑스러워. 에이미가 떠난 뒤 걱정 많이 했는데, 너는 기운을 차리고 다시 일어났어. 잔뜩 웅크리고 집 안에 숨을 수도 있었겠지만, 그러는 대신 여행을 떠났잖아. 그건 용기가 필요한 일이었어. 내가 너라면 그렇게 못했을 거야."

"크리스마스 술잔치를 벌써 시작한 거야?"

"좀 마셨어. 어쩌면 벌써 취했는지도 몰라." 누나는 그렇게 말하고 웃었다. "하지만 그래도 달라지는 건 없어. 나는 여전히 네가 자랑스러워."

"누나, 고마워. 그건 나한테 아주 중요해."

우리가 집에 돌아온 지 며칠 뒤, 영국에 겨울 들어 첫눈이 내렸다. 아침에 일어나 밖을 내다보니 할리윈트넘은 맑고 푸른 하늘과 눈부시게 빛나는 눈에 싸여 있었다. 나는 옷을 입고 서둘러 아래층으로 내려가 계단 밑 벽장에서 장화를 찾았다. 그리고 장화 속에 거미가 들어가 있는지 확인한 다음 장화를 신고 탱을 불렀다.

"탱. 이리 와. 넌 이걸 봐야 해!"

그러나 탱은 나보다 훨씬 앞서 있었다. 내가 탱을 발견했을 때 그는 얼굴과 두 손을 프랑스식 창문에 눌러대고 정원과 그 너머 방목장을 열심히 내다보고 있었다. 정원과 방목장은 하얗고 두꺼운 눈 담요에 덮여 보이지 않았다.

"말들은… 어디?"

나는 방목장을 바라보았다. 정말로 말들은 거기에 없었다.

"아마 안에 있을 거야. 지금 밖은 말들한테도 너무 추워."

"추워?" 탱은 생각에 잠겼다. "나 추운 거 좋아해."

나는 잠시 생각했다.

"그래, 넌 더운 것보다는 추운 걸 더 좋아할 거야. 하지만 너무 차가워지지 않게 조심해야 해." 평소에는 대개 알몸으로 걸어 다니니까 탱한테 옷을 입힌다는 게 이상하게 여겨졌다. 하지만 탱이 저체온증에 걸리도록 내버려둘 수는 없었고, 녹슬 가능성도 있어서 걱정스러웠다. 적어도 모자는 쓸 필요가 있었다. 그리고 장화도.

"거기 있어." 나는 탱에게 말하고 손님방으로 올라갔다. 침대에서 깃털이불을 벗기고 내 침실을 돌아다니며 접착테이프를 찾았다. 배낭을 풀었을 때 접착테이프를 어디에 두었는지 기억하려고 애쓰면서 찾아다니다가 결국 속옷 서랍에서 양말 몇 켤레에 싸여 있는 것을 찾아냈다. 그리고 다시 생각한 끝에 손님방으로 돌아가서 베개도 집어든 다음, 그것들을 모두 들고 아래층으로 내려갔다. 가는 길에 부엌에서 비닐봉지도 두 개 챙겼다.

"됐다. 어디 보자…." 나는 깃털이불로 탱을 감싸고 접착테이프로 여러 번 둘둘 감아서 이불을 고정시켰다.

탱은 눈을 깜박거리며 몸을 움직이려고 했다.

"벤… 팔… 움직일 수 없어."

나는 잠시 생각한 뒤 책상으로 가서 가위를 찾았다. 그리고 잠시 망설이다가 이불을 잘라서 탱이 팔을 빼낼 수 있는 구멍을 만들었다. 어차피 우리 집에는 손님도 안 오는데 뭘.

나는 베개에도 가위질을 하여, 탱이 발을 넣을 수 있도록 구멍을 뚫었다.

"탱, 발 좀 들어볼래?"

탱은 표정으로 보아 적어도 이 경우에는 나를 믿어도 될지 확신이 서지 않는 게 분명했지만, 그래도 순순히 발을 들었다. 나는 베개를 하나씩 탱의 발에 뒤집어씌우고 다시 비닐봉지를 씌웠다. 내가 작업을 다 끝냈을 때 탱은 양과 금속 어묵바 사이에 태어난 잡종처럼 보였다.

"나빠 보여?" 탱이 물었다.

"아니, 괜찮아. 그건 걱정하지 마. 좀 우스꽝스러워 보여도, 몸이 꽁꽁 얼어서 병에 걸리는 것보다는 따뜻한 게 나아."

하지만 그래도 문제는 남아 있었다. 탱의 머리를 어떻게 할 것인가. 나는 부엌의 '잡동사니' 서랍에서 찻주전자에 씌우는 보온용 솜주머니를 찾아내어 탱에게 가져왔다. 어머니가 쓰던 것으로, 원래는 할머니가 만들어주신 것이었다. 아직도 찻주전자 보온 주머니를 사용하는 가정은 아마 우리뿐이었을 것이다. 그걸 다시 유용하게 쓸 수 있게 된 것이 기뻤다.

조금 잡아당겨서 늘려주자 주머니는 탱의 네모난 머리에 딱 맞았다. 찻주전자의 주둥이 쪽과 손잡이 쪽에 구멍 두 개가 뚫려 있어서 보온성이 좀 떨어지는 게 흠이었지만, 그 구멍 두 개가 탱의 귀 역할을 하는 쇠살대 위에 오도록 주머니를 조정하자 내가 일부러 구멍을 뚫은 것처럼 보일 정도였다. 나는 일어나서 탱을 바라보았다. 탱은 좀 우스꽝스러워 보였다. 하지만 탱에게는 말하지 않았다.

"가자, 탱. 밖에 나가 눈밭에서 놀 거야."

"왜?"

"재미있으니까."

"왜?"

"곧 알게 돼. 나를 믿어."

나는 창문을 열고 밖으로 나갔지만, 집에서 새어나온 온기 때문에 질척해진 데크에서 미끄러져 하마터면 곤두박이로 나가떨어질 뻔했다.

"탱, 조심해. 미끄러워."

"미끄러워?"

"으음… 넘어지기 쉽다는 뜻이야. 무언가를 단단히 붙잡고 조심스럽게 걷지 않으면 콰당 하고 넘어질 거야." 나는 탱의 손을 잡고 탱이 창턱을 넘는 것을 도와주었다.

"왜 재미있어?"

"아니, 이건 재미있지 않아. 하지만 재미있어질 거야."

"언제?"

"곧 재미있어져."

하지만 그것은 내가 생각한 것보다 힘든 일이었다. 나는 머릿속으로 탱이 창문을 활짝 열어젖히고 눈밭으로 펄쩍 뛰어올랐다가 착륙하여 당장 눈으로 천사들을 만드는 광경을 상상했다. 하지만 설령 그런 일이 일어난다 해도 오늘은 아닌 듯했다.

우리는 데크를 질러서 풀밭으로 내려갔다. 탱은 당장 베개를 뚫고 들어오는 냉기를 느꼈다.

"우우우… 브르르." 탱은 아직도 뭐가 재미있는지 모르겠다는 얼굴로 나를 쳐다보았다.

"응, 브르르… 확실히 그렇긴 해."

나는 스스로 재미를 만들어내기로 작정하고, 탱의 손을 놓고 눈을 뭉쳐서 탱에게 던졌다. 눈덩이는 탱의 깃털이불에 탁 하고 부딪쳤고, 탱은 두 팔을 도리깨질하듯 휘두르며 비명을 질렀다.

"벤, 왜?"

나는 웃었다.

"재미있으니까."

"난 재미없어!"

"그럼 이건 어때?" 나는 탱한테서 1미터쯤 떨어진 곳의 눈을

333

한데 모아서 입방체를 만들기 시작했다. "내가 눈을 쌓아올릴 테니까 도와줘. 이렇게."

탱은 손이 눈에 닿자 당황한 표정을 지으며 손을 움츠렸다.

"괜찮아. 눈은 원래 차가운 거야. 아니, 차갑게 느껴지는 거야. 눈은 너를 해치지 않아. 내가 보증할게."

탱은 여전히 미심쩍어 보였지만 그래도 어쨌든 나를 도와주었다. 탱은 내 비위를 맞추기로 마음먹은 듯했다.

우리는 탱과 같은 높이가 될 때까지 눈을 쌓아서 입방체를 만들었다. 그런 다음 작은 입방체를 만들어 앞서 만든 입방체 위에 올려놓았다. 나는 주위를 둘러보고 돌멩이를 몇 개 찾아서, 그 중 두 개를 위쪽 입방체 앞면에 밀어넣었다. 그런 다음 아래쪽 입방체 앞면에 작은 직사각형을 하나 그리고, 좌우 양쪽에 눈덩이를 붙이고, 앞쪽 땅바닥에도 그것과 조화를 이루는 눈덩이 두 개를 놓았다. 나는 뒤로 물러나서 기다렸다. 탱은 몇 초 동안 꼼짝도 않고 서 있다가 나를 쳐다보고 다시 눈로봇을 바라보고 다시 나를 쳐다보았다. 그리고 환성을 지르며 손뼉을 쳤다.

"벤… 벤… 벤… 벤… 벤… 저건 나야! 나! 벤… 벤…!"

"그래, 맞아. 저건 너야! 봐. 눈은 재미있다고 내가 말했잖아?"

탱은 싱긋 웃고는 눈로봇의 얼굴을 손가락으로 콕콕 찔렀다. 그러고는 발을 번갈아 바꾸어가며 제자리에서 외발로 폴짝폴짝 뛰었다.

"마음에 들어?" 내가 물었다.

"응, 하지만… 이젠 안으로 들어가도 돼? 브르르."

나는 웃음이 나왔다.

"물론이지. 탱, 우리 들어가서 함께 영화 보자."

23
크리스마스

크리스마스이브에 나는 집 앞에서 나는 말다툼 소리에 놀라서 깨어났다. 낡은 실내복을 걸치고 아래층으로 구르듯이 달려 내려가자 탱이 현관 앞에 서서 소형 헬리콥터처럼 생긴 물체로부터 골판지 상자를 빼앗으려 안간힘을 쓰고 있는 게 보였다. 탱은 높은 소리로 외치고 있었다.

"줘! 놔! 놔! 놔! 줘! 놔! 줘!"

"탱, 무슨 일이냐?" 나는 탱보다 더 큰 소리로 외쳤다.

"이 상자, 벤한테 온 거야. 날아다니는 기계가 안 주려고 해. 벤 대신 받으려는데 안 줘. 벤, 날아다니는 기계가 상자를 주게 해줘!"

"탱, 괜찮아. 저건 드론인데, 내가 조카들한테 주려고 주문한 크리스마스 선물을 배달하고 있는 거야. 드론은 주문한 고객이 아니면 누구한테도 주지 않도록 프로그램되어 있어. 자, 내가 해 볼게."

탱은 상자를 놓았고, 드론은 1미터쯤 뒤로 날아가 자세를 바로잡은 다음, 다시 우리에게 날아왔다. 몇 초 동안 나를 자세히 살펴본 다음, 내가 내민 손에 상자를 떨어뜨렸다. 그러자 드론의 앞면에서 서명판이 철필과 함께 나왔다. 나는 소포를 받았다고 서명했다. 드론은 탱을 잠시 노려보고는 방향을 돌려 날아갔다. 탱을 노려볼 때 드론의 눈알 역할을 하는 헤드라이트가 혐오스러운 듯 빙글빙글 돌았다.

이튿날 아침, 나는 로봇과 크리스마스 선물을 모두 현관에 모아놓고, 자동차의 상태를 확인하려고 불안한 마음으로 차고에 갔다. 나는 식료품 배달을 주문했고 몇 가지 선물도 온라인으로 주문하면서 탱과 함께 집에서 보내는 시간을 즐기고 있었다. 크리스마스 직전의 혼란 속으로 뛰어들고 싶은 마음은 털끝만큼도 없었다. 하지만 그것은 내가 집을 떠나기 전부터 지금까지 한 번도 차를 쓰지 않았다는 뜻이고, 또한 차가 마지막으로 움직인 뒤 벌써 두 달이 넘게 지났다는 뜻이었다.

나는 차고 벽과 자동차 문 사이의 좁은 틈새로 비집고 들어가 운전석에 앉았다. 차가 작동하는지 보려고 시동을 걸면서 마음 한구석에서는 가슴이 두근거리는 약간의 흥분을 느꼈다. 시동은 걸리지 않았다. 나는 걱정이 되었다. 차가 움직이지 않으면 누나네 집에도 갈 수 없다. 내가 누나네 집에 무척 가고 싶어한 다는 것을 그때 문득 깨달았다. 누나네 가족이 보고 싶었다. 그들에게 할 이야기도 잔뜩 있었다. 어떻게든 시동을 걸어야 했다.

나는 차에 대해 아무것도 몰랐지만, 내 마음 한구석에서 딸랑 딸랑 울리는 종소리가 나에게 말해주었다. 배터리가 방전되었으니까, 어디선가 부스터 케이블을 찾을 수만 있다면 시동을 걸수 있을 거라고. 나는 집 안으로 돌아가서 탱을 찾으러 갔다.

"탱, 차를 진입로로 밀어내야 하는데, 좀 도와줄 수 있겠냐? 그럴 만한 힘이 있겠어?"

"응." 탱은 말했지만 어리둥절한 모양이었다.

"시동이 걸리지 않아. 다른 차에 연결할 수 있도록 차를 밖으로 꺼낼 필요가 있어. 그래야… 내가 왜 이런 걸 설명하고 있는 지 모르겠군."

나는 차고 문을 열고 핸드브레이크를 풀었다. 탱과 둘이서 어떻게든 차를 진입로 끝까지 밀어냈다. 그런 다음 옆집으로 갔다. 파크스 씨가 문을 열었다. 그는 종이로 만든 고깔모자를 쓰고(오전 11시밖에 안 되었는데 벌써!), 빨간색과 초록색이 지그재그 무늬를 그리고 있는 스웨터를 입고 있었다. 그의 아내가 크리스마스 시즌에 입으라고 손수 짜준 스웨터였을지도 모른다. 아니, 그렇게 생각할 수밖에 없었다.

"아, 아저씨, 메리 크리스마스. 혹시 부스터 케이블이 있으면 잠깐 빌려주실 수 있나요?"

파크스 씨는 내 어깨 너머로 탱을 바라보고는 얼굴을 찡그렸다. 탱은 내 차 옆에서 묵묵히 기다리고 있었다.

"시동이 안 걸려서요." 굳이 설명하지 않아도 알 수 있을 거라고 생각했지만, 그의 표정을 보면 꼭 그렇지도 않았다.

"배터리가 방전된 것 같습니다. 누나가 기다리고 있는데, 우리가 돌아온 뒤 한 번도 차를 점검하지 않았어요. 우리 누나가 어떤지 아시죠? 내가 가지 않으면 몹시 화를 낼 거예요."

배터리 문제가 아니었다. 나와 탱, 파크스 씨와 부스터 케이블이 아무리 힘을 합쳐 애써봐도 그 빌어먹을 자동차는 움직이려하지 않았다. 이렇게 되면 어쩔 도리가 없었다. 누나한테 전화를 걸 수밖에. 통화는 내가 예상한 대로 시작되었다.

"누나, 벤이야."

"메리 크리스마스. 벌써 오고 있니?"

"저어… 누나도 메리 크리스마스. 바로 그것 때문에 전화했는데, 차가 시동이 안 걸려."

누나는 바람통에 공기를 채우기라도 하듯이 숨을 한 번 깊이 들이마셨다.

"그럴 줄 알았다! 네가 전화해서 변명할 줄 알았다고. 내가 오래전에 그 차를 처분하라고 말했지. 난 모르겠어. 왜 네가…"

"누나, 들어봐." 나는 말을 가로막았다. "우리가 갈 수 없다고 말하려고 전화한 게 아니라 누가 와서 우리를 데려갈 수 있는지 물어보려고 전화한 거야."

"그래?"

"나중에 돌아올 때는 택시를 타거나 하면 돼. 하지만 지금은 가져갈 선물과 술병이 있어서, 누군가가 와서 우리를 데려가주면 훨씬 편하겠어."

누나의 말투가 싹 달라졌다.

"그랬구나. 우리가 데리러 갈게. 미안해. 나는…"

"괜찮아. 얼마 전이라면 나도 못 간다고 변명하려고 전화했을 테니까. 하지만 지금은 아니야. 난 정말로 누나네 집에 가고 싶어."

"잠깐만 기다려." 누나가 말했다. 뒤에서 매형의 목소리가 들렸다.

"데이브가 그러는데, 로저한테 부탁해서 그 사람 운전기사를 너한테 보내고 나중에 너를 다시 집으로 데려다줄 수 있는지 알아보겠대. 그러면 너는 나중에 택시 잡을 걱정은 안 해도 돼."

"로저가 누구야?"

"으음… 데이브의 친구야."

"에이미의 남친은 아니겠지?"

누나는 잠깐 망설이다가 대답했다.

"남친 맞아. 하지만 그것 때문에 차편을 거절하진 마."

"알았어. 그럼 좋아." 나는 잠시 말을 끊었다가 이었다. "그 사람, 운전기사까지 두고 있어? 게다가 크리스마스 날도 일할 준비가 되어 있는 운전기사를? 와우, 정말로 잘나가는 사람인 모양이네."

"꽤 잘나가고 있지. 하지만 그건 인공지능 운전사니까 문제가 안 돼."

"뭐라고?"

"인공지능 운전사라고. 인공지능 하인을 만드는 회사에서 만들지. 신제품이야. 자동차는 인공지능 운전사한테 알맞게 개조되었지만, 곧 인공지능 운전사용 자동차도 나올 게 분명해. 그 회사 사람들은 자동화된 자동차보다 그게 더 안전하다고 생각하니까. 로저도 그렇게 장담하고 있어."

"그거 정말 친절하군. 나한테는 새로운 경험이 될 거야."

인공지능 운전사에 대한 내 첫인상은 솔직히 말하면 좀 오싹하다는 것이었다. 그는 화려하게 차려입은 충돌 테스트용 인형처럼 보였고, 우리 집 밖에 차를 댄 솜씨를 보니 운전 기술은 아주 정확했다.

"왜 사람한테 운전을 시키지 않아?" 탱이 까다롭게 물었다.

"우리 차가 고장났기 때문이야. 매형의 친구가 친절하게도 우리한테 운전사를 보내주었어. 이 운전사가 기묘하다는 건 나도 알아. 운전사는 안드로이드이고, 나도 불안해. 하지만 우리는 이 차에 타야 해. 걱정하지 마. 눈 깜짝할 사이에 누나네 집에 도착할 테니까. 네가 착하게 굴고 소동을 피우지 않으면 나중에 디젤을 좀 먹어도 돼."

탱은 싱긋 웃었다.

"지금 차에 타. 벤, 어서 가."

운전사는 우리를 위해 문을 열어주려고 검은색 대형차에서 내렸지만, 탱은 기다리지 않고 뒷좌석에 올라탔다. 운전사는 나를 위해 동승석 문을 열어준 다음, 내 팔에서 선물 꾸러미와 와인병을 건네받아 트렁크에 실었다. 그는 동승석 문을 닫고 탱이 올라탄 뒷문도 닫아주고 운전석으로 돌아왔다. 우리는 진입로를 미끄러지듯 내려갔다.

누나네는 이웃 동네에 살고 있어서 여행은 오래 걸리지 않았지만, 몇 킬로미터를 달렸다 해도 나는 싫지 않았을 것이다. 그보다 더 편안한 드라이브는 해본 적이 없었다. 인공지능 운전사는 차와 승객과 다른 운전자들에게 세심한 주의를 기울이고 존중하면서 운전을 했다. 제한속도로 운전하는 영구차에 타고 있는 느낌이었다. 탱조차도 드라이브가 걱정했던 것만큼 나쁘지 않았다고 인정했다.

문을 열어준 누나의 기세는 대단했다. 누나는 두 팔로 나를 너무 힘껏 끌어안아서 선물이 짜부라지고 내가 들고 있던 와인병을 떨어뜨릴 뻔했다.

"네가 돌아와서 정말 기뻐! 다시는 나한테 말도 않고 떠나지마. 알았지? 그건 너무 심했어. 거기 서 있지 말고 들어와서 멀드와인(포도주에 설탕과 향료를 넣어서 데운 따끈한 음료. 크리스마스 같은 때 마신다)이라도 마셔. 아아, 선물. 고마워. 애너벨과 조지는 네가 보고 싶어 죽을 지경이야."

나는 그 말이 의심스러웠지만 누나를 따라 거실로 들어갔다. 조카들은 나를 보자마자 포장된 선물 꾸러미에 덤벼들어 제 이름이 적힌 꾸러미를 찾았다. 나는 두 아이에게 줄 선물로 같은 음악 플레이어를 샀다. 두 아이는 나이가 달랐지만, 음악 플레이어는 같아도 괜찮을 거라고 나는 생각했다.

"애들아, 미안해. 나는 아이들이 뭘 좋아하는지 몰라. 사실 아이들에 대해서는 아는 게 별로 없어. 내년에 대비해서 조만간 공부 좀 해둘게. 약속해."

아이들은 손에 쥔 상자를 뚫어지게 바라본 다음 서로 얼굴을 마주보았다.

누나가 재촉했다.

"고맙다고 해야지."

"고맙습니다, 삼촌." 아이들은 합창하듯 중얼거렸다.

방구석에 한 남자가 한쪽 발목을 다른 쪽 무릎 위에 올려놓고 앉아 있었다. 나는 그가 로저일 거라고 짐작했다. 옷차림은 빈틈이 없었고, 골프와 스쿼시를 하는 부류의 남자처럼 보였다. 그는 소파에 앉아서, 아무 문제도 없는 것처럼 매형과 이야기를 나누고 있었다.

누나가 멀드와인이 들어 있는 머그잔을 내 손에 밀어넣었다.

그 따뜻함과 알코올이 나에게는 고마웠다. 상황이 달랐으면 어땠을까 하고 생각해봤자 좋을 게 없기 때문이다. 특히 크리스마스 날에는 더 좋지 않다.

"에이미는 어디 있지?" 누나에게 물었다. 에이미가 거기에 없는 게 너무 눈에 띄어서 모른 체하고 넘어갈 도리가 없었기 때문이다. 누나는 서투르게 주위를 둘러보았다.

"화장실에 갔나봐. 곧 돌아올 거야."

"벌써 와인을 너무 많이 마셨나?" 나는 농담을 했지만, 누나는 농담을 이해하지 못한 듯했다.

"어어… 그럴지도 몰라. 그거야 어쨌든 네 로봇은…."

"응? 그애를 데려와도 좋다고 했잖아."

"그래, 알아. 그게 아니라, 와인이나 무언가를 그것한테도 주어야 하는 게 아닐까 생각하고 있었어. 아니, 그애 말이야. 에이미가 그러던데, 너는 그 로봇을 사내아이로 여긴다면서?"

나는 고개를 끄덕였다.

"생각은 고맙지만, 그 녀석은 정말로 괜찮아. 그 녀석이 마시는 건 디젤뿐이야. 나중에 디젤을 좀 마셔도 된다고 그 녀석한테 약속했어. 내가 디젤을 좀 가져왔지만, 아직은 마시지 않는 게 좋아."

"디젤?"

"이야기하자면 길어."

"네 인생의 모든 게 그 순간에만 존재하잖아."

"거기에 대해서는 저녁을 먹으면서 말해줄게. 내 이야기를 싫어도 들어야 하는 청중이 있을 때." 나는 소리내어 웃었고, 누나도 함께 웃었다.

누나가 저녁식사를 점검하기 위해 거실을 나가자마자 에이미가 화장실에서 돌아왔다. 에이미는 나를 보더니 수줍은 미소를 지으며 어색하게 나를 껴안았다.

"돌아온 걸 환영해." 에이미가 말했다.

"고마워."

"어딘지 모르게 달라진 느낌이야."

"달라져? 어떻게?"

"모르겠어. 그냥 달라 보여."

무덤덤한 막간이 이어졌다. 탱은 에이미와 나를 번갈아 바라보았고, 나는 에이미를 바라보았고, 에이미는 나를 바라보다가 탱을 바라보았고, 나도 탱을 바라보았다. 그러다가 그 불편한 긴장 상태를 깨뜨리기 위해 나는 어떻게 지내냐고 에이미에게 물었다.

"좋아. 고마워. 물론 친정에서는 여느 때처럼 크리스마스 축하 문자만 달랑 보내왔지만, 거기엔 익숙해져 있으니까. 그것 때문에 즐거운 명절을 망치진 않을 거야."

나는 고개를 끄덕인 다음, 화제를 바꾸려고 에이미의 선물에 대해 말했다.

"여기 어딘가에 당신한테 줄 선물이 있어. 도쿄에서 구했지."

에이미는 생각에 잠긴 표정이었다. 내 말을 듣지 못한 것 같았다. "이봐, 벤…" 하고 말을 꺼냈지만, 그때 로저가 끼어들어 이야기를 방해했다. 로저는 키가 아주 커 보였다. 그는 성큼성큼 다가와서 에이미의 어깨에 긴 팔을 둘렀다.

"여기 있었군. 기분은 괜찮아?"

에이미는 나를 힐끔 바라보았다.

"물론 괜찮아. 당연하잖아. 왜 기분이 나쁘겠어? 크리스마스인데. 나는 벤이 돌아온 걸 환영하고 있었을 뿐이야. 두 사람을 소개해야겠네."

에이미는 우리 두 사람을 소개했다. 우리는 악수를 나누었다.

"미안합니다." 나는 로저에게 말했다. "당신 선물은 가져오지 않았어요. 어떻게 될지 몰라서…" 나는 말끝을 흐렸다.

"그건 걱정하지 마세요. 니도 당신 선물을 가져오지 않았으니까." 로저는 말하고 큰 소리로 웃었다. 에이미는 억지웃음 소리를 냈다.

"그건 그렇고, 운전사를 보내줘서 고맙습니다."

"천만에요, 친구. 당신이 오지 않았으면 여자들이 계속 그 이야기를 했을 겁니다." 그는 또다시 큰 소리로 웃었다.

친구? 여자들? 나는 아무리 에이미를 위해서라 해도 이 남자와 어울리는 걸 참을 수 있을지, 아직 자신이 없었다.

"이봐요, 친구. 조만간 눈이 녹으면 우리 골프를 치러 가는 게 어때요? 골프가 끝나면 내가 점심을 살게요. 그건 내가 할 수 있는 최소한의 일이죠."

그렇다면 그보다 더한 것도 할 수 있단 말인가? 나는 이 마지막 말이 무슨 뜻인지를 자세히 알고 싶지 않아서 가볍게 받아넘겼다.

"좋습니다. 그러죠, 뭐."

"좋아요."

에이미는 두 볼을 부풀렸다. 그녀는 숨을 참고 있는 것 같았다. 로저가 내 어깨를 툭 쳤다.

"내가 가서 술을 가져올게요." 그는 말하고 옆걸음질로 가버렸다.

에이미는 낯선 표정으로 나를 바라보았다.

"당신 아주 어른스러웠어."

"놀란 모양이군."

"좀 놀랐지."

"내가 지금까지 나눈 대화 가운데 가장 편안한 대화는 아니었어."

"그 사람과 골프를 치러 갈 필요는 없어."

"괜찮아. 어쩌면 그렇게 할 필요가 있을지도 몰라."

그때 누군가가 내 셔츠 소매를 잡아당겼다. 탱이 내 뒤에 서서 에이미를 엿보고 있었다. 그러다가 탱의 눈이 커지면서 에이미에게 미소를 지었다.

"아직도 저 로봇을 데리고 다녀?" 에이미는 약간 짜증스러운 듯이 말했다. "접착테이프는 뭐야? 결국 저 로봇을 고치지 못한 모양이지?"

"사실은 고쳤어. 이봐 탱, 넌 이제 새것이나 다름없지? 안 그래? 이 녀석은 접착테이프를 좋아할 뿐이야."

"응." 탱이 대답했다.

에이미와 나는 한참 동안 서로를 뚫어지게 바라보았다.

"아직도 저 로봇을 곁에 두고 싶어하는 이유가 있겠지?" 결국 에이미가 말했다.

"있지."

"벤… 벤… 벤… 벤… 벤…."

"그래, 탱. 무슨 일이야?"

"에이미는 특별해."

나는 그 말에 뭐라고 대답해야 할지 알 수가 없었다. 나는 에이미를 바라보았다. 에이미는 놀라고 당황한 것 같았다. 그녀는 얼굴을 붉혔다.

"어어… 그래, 특별하지. 하지만 우리가 여행할 때 둘이서 나눈 이야기를 잊지 마. 에이미는 이제 여기 살아." 그때 에이미가 고개를 젓는 것을 보고 덧붙였다. "아니라고?" 그러고는 다시 탱을 돌아보았다. "그래, 에이미는 전에는 여기 살았지만 지금은 다른 데서, 다른 사람과 살고 있어. 그렇지?" 나는 에이미가 아니라고 부정하기를 기대하면서 그렇게 덧붙여 물었다.

"응. 하지만… 에이미는 특별해." 탱은 고집스럽게 말했다.

"나도 알아. 하지만 지금은 그 말을 그만 해야 돼." 그러고는 에이미에게 말했다. "미안해. 탱한테 아직 분위기를 파악하는 요령을 가르치지 못했어."

저녁을 먹으면서 나는 내 여행에 대해 탱과 교대로 이야기했다. 탱은 내가 부정확하게 말하거나 중요한 세부를 빠뜨릴 때마다 끼어들었다. 탱은 음식도 먹지 않았고 크리스마스가 뭔지도 이해하지 못했지만, 누나는 친절하게도 탱이 우리와 함께 식탁에 앉을 수 있도록 자리를 마련해주었다. 탱은 선물로 폭죽을 받았는데, 그것을 몹시 무서워했다. 하지만 고깔모자는 마음에 들었는지, 그 모자를 온종일(그리고 밤새도록) 쓰고 있겠다고 고집을 부렸다. 당연한 일이지만, 캘리포니아 호텔에서 일어난 사건을 이야기하자 어른들은 모두 배를 잡고 웃어댔다. 탱과 아이들은 그 이유를 이해하지 못하는 것 같았지만, 그래도 대화에 동참하려고 함께 웃었다.

"그래서 그 프랑스인 하녀는 네가 뭘 할 거라고 예상했다니?" 누나는 가슴을 부여잡고 웃으면서 물었다.

"나도 모르지. 하지만 침대 밑에 있던 'W-40'(윤활방청제)와 12 볼트짜리 배터리가 중요한 역할을 한 건 분명해."

"듣기만 해도 무섭군." 매형이 말했다. "하지만 우리는 모두 그런 데이트를 해본 경험이 있지."

그 말에 우리는 모두 웃음을 터뜨렸다. 특히 로저의 웃음소리는 도로를 따라 길 끝에 있는 우체국까지 울려 퍼졌을 만큼 요란했다.

나는 탱을 하마터면 일사병으로 잃을 뻔했고, 그 후 탱을 섬에 남겨두고 올 수밖에 없다고 생각했을 때 또다시 탱을 잃을 뻔했다고 그들에게 말했다. 나는 또한 탱이 어떻게 혼자 힘으로 실린더를 고쳤는지를 설명했고, 그러자 사람들은 감탄하여 탱의 어깨를 몇 번이나 두드리고 탄복한 듯 미소를 지으며 머리를 흔들었다. 칭찬을 받은 탱은 손뼉을 치며 다리를 위아래로 파닥거렸다.

나는 리지 카츠와의 막간극을 그럴싸하게 얼버무렸고(그녀의 집에 가서 저녁을 먹었다는 정도로), 디젤과 호박과 립스틱에 대해서도 이야기했다. 에이미는 언짢은 표정을 지었지만 아무 말도 하지 않았다. 내가 집에 왔을 때 나를 기다리고 있던 엽서에 대해 말하자, "정말?" "그거 멋진데!" 하는 외침 소리가 일어났다. 그들은 내가 리지와 가토에게 옳은 일을 했다고 생각하는 듯했고, 나도 기분이 좋았다.

내 이야기가 끝나자 잠깐 침묵이 흘렀고, 그 끝에 에이미가 입을 열었다.

"놀라운 이야기야, 벤. 당신은 잊어버리기 전에 그걸 적어놔야 해."

"아니야." 탱이 말했다. "벤은 잊지 않아. 탱은 머릿속에 간직

해. 탱은 기억해."

"탱은 정말로 놀라운 로봇이야." 매형이 끼어들었다. "자네가 곁에 두고 싶어한 것도 놀랍지 않아. 우리 안드로이드가 탱처럼 사물을 이해하면 좋으련만."

"바로 그거예요." 나는 주위를 둘러보면서 말했다. "이 집의 안드로이드는 어디 있죠?"

누나는 얼굴을 붉혔다.

"오늘은 휴가를 주는 게 좋겠다고 생각했어. 크리스마스니까."

나는 그 말을 믿을 수가 없었다.

"자네가 누나한테 무슨 짓을 했는지는 모르겠지만…" 매형이 말했다. "누나가 안드로이드한테 말하는 태도가 완전히 달라졌어. 자네도 들어봤어야 하는 건데."

"나는 네가 탱을 여기 데려오는 문제에 대해 생각하고 있었어." 누나는 설명하려고 애썼다. "그러다가 우리 안드로이드에 대해서도 생각했지. 그러자 우리 안드로이드가 불쌍하게 느껴졌어. 그것뿐이야." 누나가 난처해서 쩔쩔매는 모습을 본 것은 그때가 처음이었다.

"난 이해할 수 없군요." 로저가 끼어들었다. "내 운전사한테 휴가를 준다는 건 생각도 해본 적이 없어요. 아니, 지금까지 누구라도 그런 얘기를 들어본 적이 있나요? 그리고 내가 운전사한테 휴가를 주지 않은 건 잘한 일이에요. 그렇지 않았다면 벤과 꼬마 친구는 지금 이 자리에 없을 테니까요."

그 말은 사실이었지만, 로저의 말은 우리가 편하게 즐기고 있던 대화의 흐름을 막아버렸다. 누나는 자기가 가장 잘하는 방식으로 분위기를 수습했다.

"와인 더 마실 사람?"

저녁식사가 끝난 뒤 나는 누나를 도와서 식탁을 치우고 식기세척기에 접시를 넣었다. 누나는 사람들이 모두 행복한지 확인하려고 이따금 거실을 엿보았다. 그러다가 한번은 미소를 지으며 손짓으로 나를 불렀다. 우리는 탱이 소파에 앉아 에이미와 대화를 나누는 모습을 보았고, 이어서 나는 에이미가 도쿄에서 온 선물을 발견하고 포장 뜯는 것을 탱이 도와주고 있다는 것을 알아차렸다. 나는 '도와주고 있다'고 말했지만, 사실은 탱이 어떤 실제적인 도움을 주고 있다기보다 그냥 에이미를 즐겁게 해주고 있을 뿐이었다. 탱의 몸에는 테이프와 포장지가 여기저기 덕지덕지 붙어 있었고, 탱은 손으로 그것을 떼어내려 애쓰고 있었다. 에이미는 그걸 보며 재미있어하는 게 분명했다. 그때 로저가 그들에게 다가가는 게 보였다. 에이미는 유머 감각의 스위치가 갑자기 꺼진 것처럼 웃음을 딱 멈추었다. 나는 충분히 보았기 때문에 다시 부엌으로 돌아갔다.

"로저는 마법사군." 나는 누나에게 말했다.

누나는 잠시 머뭇거렸다.

"식사할 때 로저가 인공지능 운전사에 대해 그런 말을 한 것은 미안하게 생각해. 평소에는 그러지 않아. 아니, 어쨌든 그렇게 나쁜 사람은 아니야. 네가 옆에 있으니까 불편한가 봐."

"왜 불편하지? 이유를 모르겠군. 어쨌든 승자는 그 친구야. 나는 에이미가 지금 그와 함께 지내는 것을 알고 있고, 그 이유도 이해해. 나는 로저와 아무 문제도 없고, 에이미가 나한테 돌아올 것 같지도 않아. 안 그래?"

누나는 식기세척기의 문을 닫고 거실로 갔다.

"우리 개구쟁이들이 네 로봇을 괴롭히고 있지는 않은지 가보자." 누나가 말했다.

애너벨과 조지는 탱을 괴롭히기는커녕 탱과 함께 컴퓨터 게임을 하면서 놀고 있었다. 화면을 둘로 분할하여 총격전을 벌이는 전투 게임을 하면서 교대로 상대를 공격하고 있었다. 나는 '교대로 상대를 공격한다'고 말했지만, 이쪽에서 저쪽으로 공격권이 넘어가는 과정은 단순히 조종자를 바꾼다기보다는 법정에서 논쟁을 벌이는 것과 더 비슷해 보였다. 아이들은 누나를 엄마로, 에이미를 외숙모로 두고 있으니까, 그것도 그렇게 놀랄 일은 아니었을 것이다.

탱은 두 아이 사이에 벌어진 논쟁에 당황하여 사팔눈이 되기 시작했지만, 말다툼의 화살이 자기한테 돌려지지 않은 데 안도감도 느꼈을 것이다. 아이들은 자기가 똑똑하다는 것을 탱에게 자랑하고 있는 것 같았다. 아마 그것은 아무도 예측하지 못한 일이었을 것이다.

결국 누나는 아이들을 떼어놓고, 우리 모두가 함께 할 수 있는 게임으로 바꾸는 게 어떠냐고 제안했다. 그래서 애너벨이 댄스 게임을 고르자 남동생 조지는 투덜거렸고, 어른들은 코카인 파이프로 손을 뻗고 싶어했지만 탱은 거기서 자신의 본령을 발휘했다.

"벤은 게임 살 수 있어?"

"우선 게임기 본체가 필요할 테고, 거기 딸려 있는 부속품이 필요해."

"살 수 있어?"

탱을 내려다보니, 탱은 크게 뜬 눈을 깜박거리며 나한테 귀엽게 보이려고 최선을 다하고 있었다.

"글쎄, 생각 좀 해보자."

아이들이 잠자리에 든 뒤 누나는 샴페인을 또 한 병 따고 건배하자고 제안했다. 누나는 에이미에게 주는 술잔에 특히 신경을 썼다.

"이 기회에 에이미를 위해 건배를…" 누나는 그렇게 말을 꺼냈지만 에이미가 말을 잘랐다.

"벤을 위해 건배해요. 무사히 돌아온 것, 그리고 세계일주라는 놀라운 성과를 거둔 것에 대해." 에이미는 누나를 노려보았고, 누나는 여느 때와는 달리 겁을 먹은 것처럼 입을 다물었다. 나는 두 사람 사이에 무슨 일이 있었는지 궁금했지만 지금은 그걸 물어볼 때가 아닌 듯했다. 나는 에이미의 건배에 우쭐해졌고, 그 뒤에 이어진 과찬의 물결을 타고 싶었다. 나는 아버지의 낡은 안락의자에 등을 기댔다. 누나가 물려받은 그 의자는 지금은 누나네 거실 구석에 놓여 있었다. 나는 그 의자에 편안히 앉아서 가족을 바라보았다. 그리고 로저. 모든 상황을 고려하면 이렇게 재미난 크리스마스는 보낸 적이 없었을 것이다. 왜 그래야 하는지는 나도 이해할 수 없었지만, 나는 그 기분을 가슴 속에 깊이 묻어버렸다. 내 술잔의 샴페인을 거의 다 마셨을 때쯤 나는 주위를 둘러보며 탱을 찾았다. 탱은 방구석에 털썩 주저앉아서 누나와 둘이 킥킥거리고 있었다. 누나가 디젤을 찾아서 탱한테 준 게 분명했다. 나는 탱한테 가서 디젤을 빼앗을까 생각했지만, 그러지 않기로 했다. 그 대신 에이미한테 가서 나를 위해 건배해준 데 감사했다.

"천만에." 에이미가 말했다. "나는 그 순간이 지나가는 걸 바라지 않았어. 당신은 충분히 칭찬받을 자격이 있어. 그 여행은 숙식과 교통편을 조달하는 문제에서 악몽이었을 거야."

나는 어깨를 으쓱했다.

"때로는 그랬지. 하지만 해내서 기뻐." 나는 잠시 생각한 다음, 먼 길을 여행한 샴페인 코르크 마개를 주머니에서 꺼내 에이미에게 건넸다.

"이게 뭐야?" 에이미는 물었지만, 얼굴 표정을 보면 그게 뭔지 알고 있다는 것을 알 수 있었다.

"나는 그것과 함께 세계일주를 했어. 그럴 작정은 아니었지. 나는 그걸 반바지 속에서 발견했어." 이 마지막 말은 하지 말았어야 했다는 것을 당장 깨닫고, 실수를 만회하려고 덧붙였다. "하지만 떠나기 전에 그걸 발견했다 해도 나는 역시 가져갔을 거야." 나는 고개를 젓고, 볼린저의 집에 있을 때 그것을 발견했는데, 당신이 생각나서 당장 전화를 걸었던 거라고 말했다. 하지만 당신이 로저에 대해 이야기한 것도 바로 그때였다는 말은 하지 않았다. 왠지 그래야 할 것 같다는 생각이 들었기 때문이다. "나는 그 마개를 당신이 가져야 한다고 생각했어. 왜냐하면… 우리는 함께 살지 않지만, 나를 기억할 만한 무언가를 당신이 갖고 있으면 좋겠어."

　에이미는 내 볼에 입을 맞추었다. 그녀는 금방이라도 울음을 터뜨릴 듯이 보였다.

　"당신을 기억하기 위해 굳이 이걸 갖고 있을 필요는 없어. 하지만 고마워."

24
시민의 의무

크리스마스가 지난 세밑의 어느 날 아침, 나는 탱이 손님방의 예비 침대에서 자고 있는 것을 보았다. 머리를 비스듬히 기울이고 침대에 대각선으로 누워 있어서 전체적으로 불편해 보였다. 나는 탱이 깨어나서 아래층으로 내려올 때까지 기다렸다가 한 가지 소식을 알렸다.

"탱, 오늘 외출할 거야."

"어디로?" 탱은 의심스러운 얼굴로 물었다.

"네가 쓸 가구를 좀 사려고."

"왜?"

"네가 앞으로도 이 집에서 지낼 거라면 네 방을 따로 갖는 게 좋겠어. 그러자면 네 물건도 갖춰놔야 하지 않겠어?"

"내 물건?"

"그래."

"나는 '물건'이 없어. 도쿄에서 벤이 사준 양말뿐이야."

"알아. 이젠 그걸 바꿀 때가 됐어. 너는 독립된 존재니까 너만의 물건을 가져야 해."

나는 크리스마스 날 시동을 걸려다가 실패한 뒤 줄곧 차고에서 먼지를 뒤집어쓴 채 서 있던 '혼다 시빅'의 동승석 문 안으로 탱을 밀어넣으려고 애썼지만, 탱이 차와 벽 사이의 좁은 틈새로 들어갈 수 없었기 때문에 나는 차를 몰고 진입로로 나갈 때까지 탱을 혼자 둘 수밖에 없었다.

"이 빌어먹을 차야, 제발 시동 좀 걸려라." 나는 간청했다. 에이미와 함께 살 때는 항상 에이미의 차를 사용했다. 에이미가 고집했기 때문이다. 에이미는 자기 차가 진입로에 있는 게 편하기 때문이라고 말했지만, 진짜 이유는 에이미의 차가 내 차보다 멋지고 값비싼 아우디였고, 혼다보다는 아우디를 타고 있을 때 그녀가 더 멋져 보이기 때문이라는 것을 나는 알고 있었다. 에이미는 내가 아우디를 몰게 해주지도 않았다. 나도 누구 못지않게 운전을 잘한다고 항변하곤 했지만 에이미한테는 통하지 않았다. 에이미는 자기 차를 맡길 만큼 나를 믿지 않았거나, 아니면 어떤 상황에서든 나에 대한 우월감을 유지하고 싶었을 것이다. 아니, 어쩌면 둘 다 맞을지도 모르겠다.

어쨌든 나는 삐걱거리는 차고 문을 안쪽에서 밀어 올리고 혼다를 살살 달래어 밖으로 끌어낼 준비를 했다. 그리고 탱에게는 나를 따라 밖으로 나오라는 지시를 남겼는데, 탱은 무사히 지시에 따랐다. 차는 기적처럼 차고에서 기어 나왔다. 차는 바퀴를 돌릴 때마다 삐걱거리며 불평했지만, 어쨌든 달리고 있었다. 어쩌면 차는 크리스마스에 내린 눈이 마음에 들지 않았는지도 모른다.

"아무래도 새 차를 사야 할 것 같아." 한편으로는 이 고물차를 무척 좋아했지만, 나는 혼잣말로 중얼거렸다. 부모님이 이 차를 샀을 때를 기억한다. 이 고물차가 번쩍거리는 새 차였을 때, 그리고 가족용 소형차 중에서는 '최신' 모델이었던 것도 그렇게 먼 옛날 일은 아닌 것처럼 느껴졌다. 아니, 어쩌면 최신 모델은 아니었을지 모르지만 우리 부모님한테는 충분히 쓸모가 있는 실용적인 차였다. 부모님은 은퇴했으니까 살림을 줄이고 싶다고 말하곤 했다. 그리고 그 대상은 집이나 차가 될 거라고 말했다. 부모님은 결국 차를 바꾸기로 했고, 누나와 나는 둘 다 안심했다.

"살림을 줄일 필요가 있나요?" 나는 부모님에게 물었다. 나는 그게 더없이 합리적인 질문이라고 생각했지만 부모님은 내가 터무니없는 바보라도 되는 듯이 나를 쳐다보았다.

"물론이지." 어머니가 말했다.

"왜요?"

"글쎄… 왜냐하면 우리는 은퇴했으니까. 은퇴하면 그렇게 하는 거야, 벤."

"네, 하지만 꼭 그렇게 할 필요가 없다면…."

"벤, 어머니한테 이의를 제기하지 마라." 아버지가 싸움을 끝냈다. "너도 우리 나이가 되면 이해하게 될 거다."

이것은 부모님이 구태여 정당화하고 싶지 않은 일을 할 때마다 내세우는 변명이었다. "너도 우리 나이가 되면 이해하게 될 거다." 항상 그랬다. 대개 그 말은 누나와 나에게 즐거움을 안겨주었다.

내가 차고 문을 닫으려고 차에서 내리자 탱이 동승석에 올라탔다. 내가 차고 문을 닫고 돌아와보니 탱은 안전벨트를 매려고 안간힘을 쓰고 있었다. 닷지를 탔을 때는 문제가 되지 않았지만 혼다에서는 안전벨트가 탱을 당황하게 만드는 것 같았다. 내가 대신 안전벨트를 매주자 탱은 얼굴을 찡그렸다.

"나도 알아. 안다고. 나는 새 차가 필요해. 네가 편하게 탈 수 있는 차."

"너무 작아."

"그래, 알아. 하지만 이 차 내부가 닷지보다 작을 리는 없어. 안 그래?"

내가 후진으로 진입로를 빠져나오는 동안 탱은 잠시 이 말을 생각하고 역시 혼다의 내부가 더 작다는 결론에 도달했다. 나는 탱이 거짓말을 하는 게 아닐까 하고 힐끔 바라보았지만 아무 말도 하지 않았다. 어쨌든 혼다를 다른 차로 바꿀 필요가 있다는 사실에는 변함이 없었다. 나는 지금 모는 차에 돈이 들어가기 시작하면 새 차를 사야 할 때라는 말을 친구들한테 들었지만, 전에는 그 말을 이해하지 못했다. 어떤 차든 간에 차를 갖고 있으면 유지비가 들지 않는가? 하지만 혼다를 모는 동안 친구들의 말뜻이 분명해졌다. 내 차는 파크스 씨의 부스터 케이블이 줄 수 있는 것보다 훨씬 많은 도움을 필요로 하는 게 분명했다.

"좋아. 내일 당장 가서 새 차를 사자."

"왜 오늘 사면 안 돼?"

"오늘은 네 침대를 사러 갈 거니까. 침대를 조립해야 할 텐데, 그러면 차를 사러 갈 시간이 없을 거야."

"조립?"

"지금 우리가 가는 가게에서 사는 물건은 차에 실을 수 있도록 여러 조각으로 분해될 거야. 그건 우리가 집에 돌아가면 그 조각들을 조립해서 온전한 침대를 만들어야 한다는 뜻이야. 드라이버 같은 걸 사용해서."

"드라…?"

"집에 돌아가면 내 말이 무슨 뜻인지 알게 될 거야."

탱은 그 후 잠시 입을 다물고 있었다. 나는 탱이 반론을 궁리하고 있다는 것을 알 수 있었다.

"벤…."

"왜?"

"조각들이 차에 들어맞아?"

"조각들이 차에 들어가냐는 뜻이겠지?"

"응."

"물론 들어가지. 아마 괜찮을 거야."

"벤은 잘 모르지? 탱은 알아. 큰 차를 오늘 새로 사는 게 좋을 거야. 가구는 나중에 사. 조각들이 차에 들어가."

탱의 논리는 내 계획의 결함을 드러내는 데 실패한 적이 없었지만, 그날 가구를 사고 이튿날 차를 사자고 고집한 이유는 내가 하고 싶은 대로 하겠다는 것뿐이었기 때문에, 나는 내 뜻을 굽히고 탱의 말에 따르기로 했다. 고집 부리는 것은 내가 로봇 앞에서 보이고 싶은 성질이 아니었다. 탱은 굳이 내가 도와주지 않아도 고집에 관해서는 이미 충분한 천부적 재능을 갖고 있었다. 그래서 나는 차를 사는 데 필요한 서류를 찾으러 잠깐 집에 돌아갔지만, 결국에는 차의 글로브 박스에서 찾아냈다. 서류는 처음부터 줄곧 거기에 있었던 것이다. 서류를 찾은 뒤 우리는 다시 출발하여, 이번에는 자동차 판매 대리점들이 모여 있는 공업 단지 쪽으로 방향을 잡았다.

물론 탱은 전시장에 있는 차를 모두 타보고 싶어했다. 하지만 자동차 대리점들은 대개 탱 같은 로봇을 환영하지 않기 때문에 결국 우리는 탱을 보고도 누구 하나 아랑곳하지 않은 것처럼 보이는 유일한 대리점에서 차를 고르기로 했다. 우리는 우선 마음에 드는 차 한 대로 선택 범위를 좁히고, 탱이 그 차의 모든 좌석에 앉아서 편안한지 어떤지를 확인했다. 탱은 또한 전시장 직원에게 라디오를 켜보게 했다. 특히 볼륨을 꼼꼼히 확인했는데, 내가 보기에는 필요 이상으로 음량이 컸다.

하지만 그 차에서 탱이 가장 마음에 들어 한 것은 버튼만 누르면 튀어나오고 다시 접히도록 자동화된 컵홀더였다. 이것이 왜 그렇게 탱을 만족시키는지는 알 수 없었지만, 이유가 무엇이든 탱은 내가 계약서를 쓰는 동안 줄곧 거기에 열중해 있었다.

차가 도착하기 전날 밤, 탱은 내가 차고에서 혼다 안에 앉아 허공을 멍하니 바라보고 있는 것을 보았다. 내 옆의 창문을 톡톡 두드리는 소리가 났다.

"벤 괜찮아?"

나는 창문을 내리고 간신히 미소를 지으며 고개를 끄덕였다.

"그냥 좀 슬플 뿐이야."

"왜?"

"이 차는 우리 부모님 차였으니까. 왠지 부모님을 버리는 듯한 기분이 들어."

탱은 당황하여 차고를 둘러보았다.

"하지만 벤의 부모님은 여기 없잖아?"

"그래, 없어. 그게 문제야. 우리 부모님은 돌아가셨어. 내가 그렇게 말한 거 기억 안 나?"

탱은 얼굴을 찌푸렸다. 그러고 보니 나는 탱한테 그런 말을 한 적이 없었다.

"우리는 한 번도 그 이야기를 하지 않았나봐. 그렇지?"

"응, 벤… 돌아가시는… 게 뭐야?"

"그건 누군가가 죽었다는 뜻이야. 섬에서 볼린저가 죽었다고 생각했을 때처럼."

탱은 고개를 끄덕였다.

"하지만 왜 그게 벤을 슬프게 해?"

"누군가가 영원히 떠나버려서 다시는 보지 못한다는 걸 의미하기 때문이야."

"벤이 섬을 떠나고 탱이 떠나지 않았을 때처럼?"

"아니, 그런 게 아니야. 죽는다는 건 누군가가 세상을 떠나버렸고, 그의 몸이 더이상 움직이지 않는다는 뜻이야."

"고칠 수 없어?"

"그래."

탱은 제 발을 내려다보았다.

"벤의 부모님도 고칠 수 없었어?"

"그래."

"왜?"

"우리 부모님은 작은 비행기를 타고 하늘을 날고 있었어. 그런데 새 한 마리가 프로펠러 속으로 들어가는 바람에 비행기가 추락했어. 설명하긴 어렵지만, 이따금 사람들이 심하게 다치면 고칠 수 없을 만큼 망가지게 돼. 때로는 의사들이 고칠 수도 있지만, 머리를 너무 심하게 다치거나 피를 너무 많이 흘리거나 하면 몸은 회복될 수 없어. 우리 부모님한테도 그런 일이 일어난 거야."

우리 부모님의 사고가 어떻게 그리고 왜 일어났는지는 탱의 관심을 끌지 못했다. 그보다 인간의 몸이 저절로 좋아질 수 있다는 생각에 탱은 놀라서 눈이 휘둥그레졌다.

"인간의 몸은 저절로 회복돼?"

"그래, 그런 경우가 많지. 예를 들어 내가 손가락을 베면, 내 몸은 저절로 고치는 방법을 갖고 있어. 그걸 치유라고 부르지."

"그러면 벤의 부모님은 치유 못했어?"

"그래, 치유할 수 없었어." 나는 목이 메고 금방이라도 울음이 터질 것 같았다. "나는 부모님의 행동에 너무 화가 났어. 부모님은 항상 밖에 나가서 바보 같은 짓, 위험한 짓을 했지. 두 분은 우리가 태어나기 전부터 암벽 등반 같은 걸 즐겼어. 물론 나는 사진으로 보았지만. 어쨌든 아이를 갖게 되자 그만두었는데, 은퇴하고 나자 그런 취미 활동을 다시 하게 된 거야. 두 분한테 무슨 일이 생기면 나와 누나가 어떤 영향을 받을지, 부모님은 전혀 개의치 않는 것 같았어. 그러다가 두 분이 돌아가셨는데, 나도 어엿한 인간이 될 수 있다는 걸 두 분께 미처 보여드리지 못한 게 화가 났어. 그때 나는 벳스쿨(Vet school, 수의학전문대학원. 유럽이나 미국에서는 수의학도 의학이나 법학처럼 전문대학원 제도를 운영하고 있다)에서 낙제한 상태였거든. 게다가 여자친구도 없고 취미도 없었어. 나는 위험을 무릅쓰는 걸 두려워했지. 그럴 때 두 분

367

이 돌아가셨고, 나는 아무것도 이루지 못한 둘째아이였어. 그런데 지금은… 지금도 전혀 다르지 않을지 몰라. 지금도 나는 부모님께 누나처럼 자랑스러운 자식일 수 없어. 그리고 부모님을 얼마나 그리워하는지를 이제는 두 분께 영원히 말씀드릴 수 없어…."

잠시 후 나는 탱의 뾰족한 손가락이 내 머리 위에 놓이는 것을 느꼈다.

"미안해. 내가 또 새고 있구나." 눈물 한 방울이 뺨을 따라 흘러내렸다.

"아니야. 벤은 새고 있지 않아. 벤은 치유하고 있어."

이튿날 탱은 아침 내내 차가 도착하기를 기다렸다. 탱은 거실 유리창에 얼굴을 눌러대고 서서 밖을 내다보다가 이따금 나를 불렀다.

"벤, 언제?"

"나도 몰라. 어쨌든 오늘 오전 중에 올 거야. 대리점에서는 그렇게만 말했어."

"차가 오면 우리 밖에 나갈 거지?"

"물론이지. 네가 쓸 가구도 살 겸, 차도 테스트할 겸해서 외출할 거야."

"우와, 탱이 즐길 게 두 가지야!"

"그래, 아마도." 탱은 고급 차와 영화를 좋아하더니 이젠 쇼핑도 좋아하게 된 모양이었다.

이윽고 차가 도착하자 탱은 현관문 밖으로 나가려고 서두르다가 앞으로 고꾸라졌다. 탱은 진입로 중간쯤에서 우뚝 멈춰 서더니 걱정스러운 얼굴로 나를 돌아보았다.

"탱, 왜 그래?"

"벤 오늘 괜찮아?"

나는 미소를 지었다.

"그래, 난 오늘 괜찮아."

탱은 얼굴을 찌푸렸다.

"정말이야. 난 괜찮아. 어서 가. 가서 차를 봐."

탱은 차를 가져온 운전사 옆을 지나 차로 급히 다가갔다. 운전사는 어리둥절한 표정을 지었고, 로봇이 보닛 위에 머리를 올려놓자 더욱 당황한 것 같았다.

"아무것도 묻지 마세요." 나는 말했다.

나는 차량 인수증에 서명하고, 내 과거의 삶을 상징하는 듯한 녹슨 차를 운전사에게 넘기고, 그가 새 차를 실어온 트럭 짐칸에 고물차를 싣는 것을 지켜보았다. 하지만 내가 혼다를 넘기고 우울한 기분을 느꼈다 해도, 탱이 새 차에 올라타려고 문손잡이를 잡아당기고 있는 것을 보자 그 우울감도 사라졌다. 탱은 이제 내 삶이었고, 적어도 내 삶의 시작이었다. 그것은 새 것을 위해 낡은 것이 자리를 양보하는 것을 의미했다. 부모님은 돌아가셨다. 에이미도 떠났다. 이제는 그들이 내 삶에 어떤 구멍도 남기지 않은 척하는 짓은 그만둘 때가 되었다. 집 안에 틀어박혀서 세상과 아내—이제 곧 전처가 될 아내—를 무시하는 삶이 아니라 진짜 삶을 살 때가 되었다. 그런 생활은 이제 질렸다.

나는 차로 천천히 다가가면서, 차가 내 키카드를 인식하고 잠금장치를 해제하는 찰칵 하는 소리를 들었다. 문이 활짝 열렸다. 탱은 리모컨의 개념을 잊은 것 같았다. 그에게 그것은 마술이었다. 탱은 나를 쳐다보면서 입을 딱 벌렸다.

"차가 살아 있어! 벤… 벤… 차가 살아 있어!"

"그건 사실일 거야. 하지만 그냥 리모컨일 뿐이야. 자, 한번 달려볼까?"

탱은 자동차 대리점 전시장에서 그랬던 것처럼 전혀 문제없이 동승석에 올라탔다. 그런 다음 쉽게 문을 닫고, 안전벨트가 몸을 휙 가로지르는 소리를 듣고는 두 다리를 대롱거렸다.

"만족해?" 내가 물었다.

"응."

"좋아. 나도 만족해."

가구점으로 올라가는 에스컬레이터는 탱의 새로운 놀이터였다. 에스컬레이터는 전에도 타본 적이 있었지만, 그때는 이런 에스컬레이터가 아니었다. 이 에스컬레이터는 쇼핑 카트를 실을 수 있도록 평평했고 낮은 각도로 비스듬히 올라갔다. 탱은 당황했고, 거기에 맞추어 자세를 조정하지 못하고 바닥과 수직 각도를 유지하는 바람에 몸이 뒤쪽으로 기울어져 있었다.

"몸을 앞으로 기울여봐. 그러면 몸이 똑바로 서게 될 거야."

"응." 탱은 순순히 대답했지만 계속 그 자세를 유지했다.

나는 에스컬레이터에서 내리자 어디를 먼저 가야 할지 보려고 주위를 두리번거리기 시작했다. 그러다가 탱이 내 옆에 없는 것을 알아차렸다. 재빨리 뒤를 돌아보니 탱은 상행 에스컬레이터에서 내리자마자 곧바로 하행 에스컬레이터에 올라탄 참이었다. 에스컬레이터가 움직이자 탱은 양쪽 난간을 두 손으로 잡고 바닥을 향해 대각선으로 기울어진 자세를 취했다.

"탱, 뭐하고 있는 거야?" 나는 소리쳤다. 내 목소리를 분명 들었을 텐데도 탱은 못 들은 척했다. "돌아와, 어서."

탱은 고개를 돌려 어깨 너머로 나를 쳐다보고는 돌아서서 하행 에스컬레이터를 거슬러 올라오려고 애썼다. 몇 번 발을 내디뎌도 소용이 없자 탱은 짜증이 나서 그게 마치 내 탓이라는 듯이 나를 쳐다보며 발을 동동 굴렀다.

"그냥 그걸 타고 아래로 내려가서 다른 에스컬레이터를 타고 올라와." 나는 몸짓을 곁들이면 도움이 되기라도 하는 것처럼 손짓 발짓을 하면서 소리쳤다.

탱은 나에게 등을 돌리고 아래로 내려간 다음 내 말대로 상행 에스컬레이터에 올라탔다. 탱이 올라오는 동안 나는 에스컬레이터에 등을 돌리고 내 앞에 있는 가구 전시장을 둘러보기 시작했다. 전시장은 소파로 가득 차 있었다. 그러다가 문득 탱이 아직도 내 옆에 오지 않은 것을 깨달았다. 탱은 다시 하행 에스컬레이터를 타고 아래층으로 내려가고 있었다. 다만 이번에는 자기가 가는 방향에 등을 돌리고 나를 쳐다보며 활짝 웃고 있었다.

"탱, 그만 좀 해. 알았어? 돌아오라고 했잖아!"

하지만 이 놀이가 탱한테는 너무 재미있는 모양이었다. 탱이 위로 올라왔다가 아래로 내려가고 다시 올라오기를 그 후에도 세 번이나 더 되풀이한 뒤에야 나는 겨우 그의 손을 잡고 에스컬레이터에서 끌어낼 수 있었다.

"이제 그만 해. 정말 어리석게 굴고 있구나. 우리는 여기서 살물건이 있잖아."

탱은 나를 쳐다본 다음 얼굴을 찡그리며 접착테이프를 만지작거렸다.

걸핏하면 토라지는 로봇을 에스컬레이터의 즐거움에서 끌어냈을 때, 탱이 원하는 물건, 아니 그보다는 오히려 탱에게 필요한 물건 목록을 만들지 않았다는 게 생각났다. 이 가게에서 그것은 위험한 일이었다. 이 가게는 정신력이 아주 강한 사람이나 구매 목록을 가진 사람을 제하고는 누구나 필요도 없는 물건, 또는 세상에 존재하는 줄도 몰랐던 물건을 사게 만드는 일종의 마력을 갖고 있었다. 그렇게 산 물건을 갖고 집에 가면, 그제야 새로 산 물건을 놓아둘 자리가 없거나 그 물건이 도대체 뭔지도 모른다는 사실을 깨닫게 된다.

그래도 어쨌든 탱에게는 침대가 필요했다. 그것은 확실했기 때문에, 다른 건 몰라도 침대 하나는 사서 집으로 돌아가야 했다.

우리는 화살표를 따라 전시장을 돌았다. 탱은 도쿄에서보다 훨씬 압도당한 것 같았다. 그는 2~3미터마다 걸음을 멈추고 소파에 앉아 보거나 스툴 위로 올라갔고, 한번은 옷장 속에 숨으려다가 나한테 들키기도 했다.

"여기 봐, 벤! 마녀 찬장이야!"

"그건 옷장이야, 탱. 옷을 놔두는 곳이지 숨는 곳이 아니야."

"하지만 마녀한테서 보호해줄 거야."

"넌 보호가 필요 없어. 이 근처에는 마녀가 없으니까." 나는 다음 핼러윈까지는 탱이 모텔 사건을 완전히 잊어버렸으면 좋겠다고 생각했다.

"탱은 숨어야 돼! 옷장이 필요해."

"하지만 너는 옷을 안 입잖아. 우리는 그보다 더 중요한 걸 사야 해."

"옷장이 필요해. 옷장이 필요해. 옷장이 필…."

"좋아, 알았어! 그래, 옷장을 사자. 이젠 좀 조용히 해."

"예이!"

"예이? 언제부터 그렇게 말했지?"

"브라이너벨이 그러던데."

"누구?"

"브라이너벨. 크리스마스 때. 나 놀아."

"내 조카딸을 말하는 거야?"

"응."

"그애 이름은 애너벨이야. 브라이어니는 그애 엄마고."

"브라이너벨."

"애너벨이라니까."

"벤의 누나. 브라이니의 조카딸. 브라이너벨."

"아니야… 아니, 됐어. 신경 쓰지 마. 이젠 네가 쓸 침대를 보러 가자."

"예이!"

가게를 돌아다니는 동안 나는 살 생각도 없었던 다양한 물건을 수집하고 있었다. 접시, 칠판, 회전의자, 쿠션 몇 개와 주걱… 그중 일부는 내가 고른 것이지만, 탱이 내 곁을 떠날 때마다 작은 램프나 배터리 묶음을 가지고 돌아왔다. 결국 나는 탱이 그렇게 능숙한 쇼핑객이 되는 법을 어디서 배웠는지 궁금해지기 시작했다. 조립식 침대는 아직 사지도 않았는데 쇼핑 카트가 가득 찼기 때문에, 그 물건들이 새 차 트렁크에 다 들어갈지도 의문이었다.

침대 매장에서 나는 주위를 두리번거리며 탱을 찾았다. 이번에도 가벼운 모포나 침대 밑에 놓아둘 수납용 자루를 가져올 게 뻔했다. 탱을 찾고 있을 때 전시장에 있는 다른 가족들이 눈에 들어왔다. 한 소년은 채소 탈수기를 갖고 노는 것을 말리는 아버지와 옥신각신하고 있었다. 또 어떤 부모는 울부짖는 어린애한테서 촛대를 빼앗으려 안간힘을 쓰고 있었다. 탱을 돌보는 일과 별반 다를 게 없어 보였다. 언젠가는 나도 아버지 역할을 감당해야 할지 모른다. 하지만 아직은 아니다. 다시금 독신이 된 데에는 한 가지 이점이 있었다. 나는 이제 시간이 있었다. 자아가 절반밖에 완성되지 않은 상태로 아버지가 되어 아기한테 상처나 고통을 줄 위험을 무릅쓰지 않고 나 자신을 성장시킬 시간이 생긴 것이다.

탱이 갈색 튜브처럼 보이는 물건을 들고 싱글벙글 웃으면서 내 곁으로 돌아왔다.

"그건 뭐지?"

그는 손에 든 것을 앞으로 내밀었다. 자랑스러움이 얼굴에 가득했다.

"카일!"

그는 문 밑에 끼워서 외풍을 막는 닥스훈트 모양의 바람막이를 발견한 것이다.

"침대도 봤어! 이리 와, 벤. 침대 보러 가."

내가 탱에게 끌려간 곳은 침구 매장이었다. 탱은 팔다리를 활짝 벌리고 이불 위에 큰대자로 드러누웠다.

"이 침대." 그가 선언했다.

"우리가 이번만은 의견이 일치하는구나. 쾌적하고 높이도 낮으니까 쉽게 올라갈 수 있겠지? 잘했어, 탱. 아주 어른스러운 선택이야."

"응. 나는 자라. 벤도 자라. 벤과 탱은 자라."

나는 빙긋 웃었다.

"그래, 네 말이 맞아. 우리는 함께 자라고 있어. 그럼, 이 침대로 하자. 편안해?"

"편⋯."

"편안." 나는 그 낱말을 달리 설명할 수 있는 방법을 궁리했다. "크기가 적당한 것 같냐? 너무 딱딱하지도 너무 푹신하지도 않지?"

"응."

"그럼 편안한 거야. 편안하지 않을 때는 적당치 않은 것처럼 느껴진다는 뜻이지."

"에이미가 벤이랑 안 사는 것처럼."

나는 어중간한 미소를 지었다.

"편안하지 않다는 말은 사실 그런 뜻이 아니야. 언젠가는 내 말이 무슨 뜻인지 알게 될 거야."

마지막에는 침구 매장을 떠나도록 탱을 설득하는 어려운 일이 남아 있었다.

"좋아. 그럼 너를 여기 놔두고 나 혼자 갈 거야."

내 위협에 탱은 당황했고, 당장 철커덕거리며 나를 따라와서 내 다리에 매달렸다.

"싫어! 탱을 놔두고 가지 마! 싫어, 싫어, 싫어, 싫어, 싫어!"

376

사람들이 노려보기 시작했기 때문에 나는 내 다리에 달라붙어 있는 탱을 떼어내고 허리를 숙여서 탱에게 말했다.

"괜찮아, 탱. 너를 영원히 여기 놔둘 생각은 아니야. 내가 돈을 내는 동안 여기서 기다려도 된다는 뜻이었을 뿐이야."

"벤은 탱을 섬에 놔두고 싶어했어. 벤은 탱을 가게에 놔두려고 해."

"아니야, 탱. 나는 너를 섬에 놔두고 싶지 않았어. 그때는 그게 옳은 일이라고 생각했을 뿐이야. 다시는 너를 놔두고 갈 생각조차 하지 않을게."

"약속해?"

"그래, 약속. 이제는 너와 나 둘뿐이야. 너도 알잖아." 나는 탱의 작은 금속 어깨를 두 팔로 끌어안았다. 탱도 나를 끌어안았다.

"이젠 침대 사. 사줄 거지?"

"육각렌치는 도대체 어디 있지?" 나는 탱의 침실에 앉아서 조립식 가구에 둘러싸인 채 딱히 누구한테랄 것도 없이 말했다.

"렌치?"

"일종의 드라이버야. 그러니까 뭐랄까… 네가 그걸 뭐라고 부르는지 모르겠는데, 어쨌든 이런 물건을 조립할 때 쓰는 물건이야."

"벤은 왜 화났어?"

"화나지 않았어. 그냥 좀 좌절감을 느꼈을 뿐이야. 이런 물건은 왜 이렇게 복잡해야 하는지 이해할 수가 없어. 설명서도 상형문자로 쓰인 것 같아서 무슨 뜻인지 알 수가 없어. 이 그림 좀 봐. 도대체 뭘 어떻게 하라는 거야? 이게 어떤 부품을 말하는 건지도 잘 모르겠다니까."

"벤은 왜 이해 못해?"

"이런 일에는 능숙하지 못하니까."

"벤은 배울 수 있어?"

"그래. 내가 지금 애쓰는 게 바로 그거야. 어떻게 너를 돌봐야 할지, 그걸 배우려 애쓰고 있다고. 하지만 그걸 배우려면 시간이 좀 걸릴 거야. 괜찮지?"

"벤이 배우면 에이미가 돌아와?"

나는 에이미에 대한 탱의 애착에 당황하여 잠시 아무 말도 하지 않았다. 에이미는 처음에 탱을 쓰레기장에 갖다버리라고 요구한 장본인이었다.

"아니야. 난 그렇게 생각지 않아. 전에도 말했듯이 때가 너무 늦었어. 그보다 내 부탁 좀 들어줄래? 내가 이 일을 하는 동안 너는 가서 텔레비전 보고 있어. 좌절감은 나 혼자 맛보는 게 좋겠어."

"알았어." 탱은 실망한 것 같았지만 그렇게 말했다.

"이 일을 끝내자마자 너를 찾으러 갈게. 약속해."

날이 저물어가고 있을 때였다.

"벤… 벤… 벤… 벤… 벤…."

"왜 그래?" 나는 계단 밑에 있는 그에게 소리쳤다.

"벤 준비됐어?"

"아니야, 탱. 끝내자마자 너한테 가겠다고 했잖아. 나를 재촉하지 마."

나는 탱이 철커덕거리며 거실로 돌아가는 소리를 들었다. 그후에도 세 번이나 더 같은 대화를 되풀이한 뒤에야 마침내 나는 일을 끝냈다. 그때쯤 탱은 완전히 넌더리가 나 있었다.

하지만 내가 새 침실을 보여주자 탱은 지루한 기다림을 까맣게 잊어버렸다. 나는 전에 탱을 억지로 쑤셔넣었던 비좁은 방보다 큰 예비실을 쓰기로 결정했다. 나는 침대와 옷장을 함께 놓고, 가구와 함께 산 깃털이불과 베개를 탱이 직접 고른 초록색 아마포로 덮었다(탱이 초록색을 그렇게 좋아하는 이유를 나는 끝내 알아내지 못했다). 나는 또한 탱에게 침대 탁자와 그 위에 놔둘 탁상시계도 사주었고, 액자에 넣은 세계 지도까지 사서 탱의 침대 위에 걸어주었다. 나는 탱이 지나온 팔라우에서 할리위트넘까지의 길을 지도에 그려주었다.

탱은 내 다리를 꽉 붙잡고 서서, 주위에 있는 새 물건들을 크게 뜬 눈으로 열심히 바라보았다. 겨울철 늦은 오후의 해질녘까지는 모든 불이 다 켜져 있었다.

"이게 다 내 거야?"

"그래, 탱. 전부 다 네 거야."

"고마워."

"천만에. 방이 마음에 드냐?"

"응, 그럼, 침대에 앉아도 돼?"

"물론이지. 마음대로 해도 돼."

25
스크램블

"벤… 벤… 벤… 벤… 벤… 벤…"

"탱, 왜 그래? 나 화장실에 있어."

섣달 그믐날 아침, 내가 잠이 덜 깬 채 화장실 변기 앞에 서 있을 때 탱이 계단 밑에서 나를 불렀다.

"벤… 벤… 벤…"

"왜?" 나는 큰 소리로 되물었다.

"아침밥."

"무슨 소리야?"

"나."

"네가 아침밥이라고?"

"아니, 나는… 내가…" 탱이 올바른 말을 생각해내려고 애쓰면서 낭패감에 사로잡혀 발을 구르는 소리가 들렸다.

"네가 아침밥을 만들었다는 거야?"

"응, 내가 만들어. 내가 아침밥 만들어."

나는 빙긋 웃고는 손과 얼굴을 씻고 아래층으로 내려갔다. 탱은 크게 뜬 눈을 깜박거리면서 계단 밑에 서 있다가, 손에 들고 있던 쟁반을 나에게 내밀었다. 쟁반 위에는 접시가 하나 놓여 있고, 접시 위에서는 엉긴 달걀 더미가 불안정하게 흔들리고 있었다. 더미라기보다는 오히려 걸쭉하고 흐릿한 얼룩 같았다. 그것이 접시에서 쟁반 가장자리까지 흘러넘치고 있었다. 나는 쟁반을 받아들었다.

"고마워. 정말⋯ 정말 친절하구나."

탱은 나를 보고 환하게 웃었다.

"이걸 어떻게 만들었지?"

탱은 머리 위의 공기를 휘저으며 자신의 행동을 몸짓으로 설명했다.

"나 손 뻗어."

"달걀을 휘저으려고 조리기 위로 손을 뻗었다고?"

"응. 안 보여. 짐작해야 돼."

"물론 그랬겠지." 나는 쟁반에서 탱에게로 눈길을 내렸다. "그런데 왜 아침밥을 만들었지?"

"탱은 쓸모 있어. 안드로이드처럼. 나 그거 보여줘."

나는 측은한 마음이 들었다. 탱은 키가 너무 작아서 레인지 앞에 설 수가 없었다. 너무 작아서 자신이 하고 있는 요리를 볼

수도 없었다. 그것을 생각하자 도쿄의 가게에서 본 안드로이드들이 생각났다. 그리고 몇 달 전에 에이미와 말다툼한 일도 생각났다. 탱과 요리에 관해서는 에이미의 말이 옳았다. 하지만 어떤 안드로이드도 자신의 가치를 실제로 입증하려고 이렇게까지 하지는 않았을 것이다.

"이봐 탱, 너는 쓸모가 있어. 넌 아무것도 입증할 필요가 없어. 나한테도, 다른 누구한테도. 너는 네 존재 자체로 훌륭해. 하지만 또 요리를 하고 싶다면, 네가 딛고 올라설 수 있는 상자나 받침대 같은 걸 찾아보자. 그러면 요리하기가 쉬워질 거야."

탱은 또 활짝 웃었다.

내가 아침을 먹는 동안 탱은 나를 지켜보았다. 음식이 입으로 들어갈 때마다 유심히 지켜보았다. 탱은 접시에서 얼굴로 올라가는 내 손을 눈으로 좇았고, 내가 음식을 삼킬 때마다 씩 웃었다. 탱에게 그것은 새로운 세상으로의 진출이었다. 그리고 나는 그가 자랑스러웠다.

그날 저녁에 나는 보이스카우트 시절에 배운 기술을 활용하여 거실에 불을 피우고 탱과 함께 앉아서 몸을 덥혀주는 위스키를 한 잔 마시면서 새해를 맞이하기로 마음먹었다. 하지만 몇 분 뒤에 탱은 난롯불이 금속으로 된 그의 몸을 너무 뜨겁게 달구고 있다는 것을 알아차리고 난롯가를 떠나 식탁 앞에 앉았다. 그래서 나는 자두처럼 빨갛게 달아오른 얼굴로 난롯가에 혼자 앉아 있거나 아니면 식탁에 가서 탱과 함께 앉아 있거나 둘 중 하나를 택해야 했다. 나는 후자를 택했다. 우리는 게임을 할 수도 있었다. 그것은 섣달 그믐날 밤을 가장 멋지게 보내는 방법은 아닐지 모르지만, 오늘밤은 무조건 재미있어야 한다고 마음먹었다.

나는 탱한테 '스크램블' 게임을 가르쳐주기로 했다. 내가 갖고 있는 게임은 낱말을 만들어 점수를 얻는 유명한 보드 게임 '스크래블'을 모방했지만 그만큼 유명하지는 않은 싸구려 복제품이었다. 치매에 걸린 게 아닐까 싶을 만큼 노쇠한 고모가 오래전에 크리스마스 선물로 어머니한테 주셨다. 우리는 아무도 거기에 흥미를 보이지 않았으니까 이 게임을 선물로 고른 것은 확실히 고모의 판단 착오였다. 어머니는 선물을 받은 날 서투른 솜씨로 한 번 게임을 해보았을 뿐, 가족용 보드 게임의 무덤인 벽장 안에 처박아버렸고, 그 후 우리는 한 번도 거기에 손을 대지 않았다.

하지만 탱이 있는 지금은 그 게임에 상당한 가치가 있을지도 모른다는 생각이 들었다. 그 게임을 이용하여 문장을 제대로 말하는 법을 탱한테 가르쳐보자고 생각했다.

"스크-램-블?" 내가 게임을 준비하는 동안 탱은 불안해 보였다.

"게임이야. 보드 게임."

"보드? 지루하다는 거야?" 그는 얼굴을 찌푸렸다. "그럼 다른 걸 해."

"아니, 지루하다는 뜻이 아니야. 철자가 달라. 이건 b-o-a-r-d라고 쓰지. 이 게임은 낱말과 관계가 있는 거야."

"그럼 스크-램-블이 뭐야?"

"게임이라니까. 내가 방금 말했잖아."

"아니, 낱말… 스크-램-블."

"아, 그건… 여러 가지 다양한 의미를 갖고 있지만, 이 경우에는 뭔가를 섞는다는 뜻이야. 우리는 글자를 골라내서 그걸로 낱말을 만들 거야. 이렇게." 나는 탱에게 보여주었다. "자, 이걸 봐. 나는 'gate(문)'라는 낱말을 만들었어."

"문?" 탱은 정원 쪽을 가리켰다.

"그래, 맞아. 그 문 같은 거야."

"망가졌어."

"그 말은 꺼내지도 마. 너는 꼭 에이미처럼 말하는구나."

"망가졌어."

"그래, 좋아. 내가 고칠게. 이젠 네가 낱말을 만들 차례야. 적어도 두 글자로 이루어져야 하고, 내가 만든 낱말과 이어져야 돼."

탱은 내가 만든 낱말을 바라본 다음, 자기가 가진 글자들을 바라보았다. 탱은 게임의 전제를 어렵지 않게 이해한 것 같았지만, 영어의 미묘한 뉘앙스는 그가 파악하기에 좀 어려운 듯했다.

"s-q-a-t-c-h."

"그건 안 될 것 같은데?"

"왜?"

"q 다음엔 u를 넣어야 하니까."

"왜?"

"그래야 말이 되니까. 영어에서는 그렇게 써."

"탱의 말. 탱어."

나는 킬킬거렸다. 탱의 말을 부인할 수는 없었다. 그는 완벽한 논리를 갖고 있었다.

"좋아, 알았어. 그런데 그게 무슨 뜻이지?"

"몰라."

"의미가 없는 낱말은 쓸 수 없어."

"왜?"

"원래 그런 게임이니까. 바로 그게 이 게임의 요점이야."

"탱은 이해하지 못해."

"그럴 때는 '나는 이해하지 못해'라고 말하는 거야."

"나는 이해하지 못해."

바로 그때 초인종 소리가 우리를 방해했다.

"여기 있어. 내가 돌아오면 다시 이야기하자. 잠깐만 기다려."

문 밖에는 눈을 뒤집어쓴 에이미가 서 있었다. 털옷을 몇 겹이나 껴입고 있었지만 그래도 추워 보였다. 에이미가 숨을 쉴 때마다 하얀 입김이 그녀의 얼굴을 가렸다.

"아니, 웬일이야?"

"안녕, 벤."

"안녕."

"들어가도 돼?"

"물론이지." 나는 에이미가 들어올 수 있도록 옆으로 비켜섰다. 실내의 열기가 에이미 옆을 지나 문 밖으로 쏟아져나갔다.

"저건 누구 차야?" 에이미가 물었다. 그녀는 내 볼에 입을 맞추고 집 안으로 들어왔다.

"내 차."

"당신 차는 혼다 시빅이잖아. 저거 누구 차야?"

"말했잖아. 내 차라고. 돈을 좀 얹어주고 혼다 시빅과 바꿨어."

이 말에 에이미는 당황했다.

"와우, 정말로 차를 바꿨구나. 도대체 무엇 때문에 BMW를 원한 거지?"

"왜 나는 BMW를 타면 안 돼?" 이 말은 내가 의도한 것보다 더 토라진 것처럼 들렸기 때문에 나는 그 차에 대해 알고 있는 지식을 늘어놓아 에이미에게 깊은 인상을 주려고 애썼다. "저 차는 다기능 계기판도 달려 있고, 스포티한 차대에 쉽고 편안한 드라이버… 뭐라더라? 어쨌든 뭐 그런 것도 있고, 시내에서 백 킬로미터를 추가로 더 달릴 수 있어."

나는 탱을 힐끔 돌아보았다. 나를 따라 현관 입구로 들어온 탱은 내 뒤에 서서 내 다리를 움켜잡고, 크리스마스 날 그랬던 것처럼 에이미를 엿보고 있었다. 내가 돌아보자 탱은 눈을 들어 나를 쳐다보면서 고개를 저었다.

"알았어." 에이미가 말했다. "그런데 그게 무슨 뜻인지 알아?"

나는 제자리걸음을 했다.

"그럼, 알고말고." 나는 대답했지만, 해머드릴처럼 뚫어지게 노려보는 에이미의 눈길에 굴복했다. "아니, 사실은 잘 몰라. 하지만 아주 편해. 그리고 가장 중요한 건 트렁크가 크다는 거야."

"로봇을 실으려고?" 에이미가 설마 하는 얼굴로 물었다.

"대개는 조립식 가구를 실을 거야. 탱은 동승석에 타니까."

"물론 그렇겠지." 에이미는 미소를 지었다.

"위도 벗겨져." 탱이 덧붙였다.

"뭐?"

"지붕이 열린다는 뜻이야." 나는 보충 설명을 했다.

"컨버터블을 샀다고? 내 눈으로 보기 전에는 못 믿겠어."

"그래, 맞아. 컨버터블. 그렇게 부르더군."

"왜?"

"왜 사면 안 돼?"

"당신은 리비에라(프랑스 동남부와 이탈리아 서북부의 지중해 연안 지역. 기후가 따뜻하고 풍경이 아름다워 관광·휴양지로 널리 알려져 있다)가 아니라 버크셔에 살고 있어."

"토스카나(이탈리아 중부에 있는 주. 주도는 피렌체)나 어딘가로 차를 몰고 갈 수도 있지."

에이미는 납득하지 못한 듯했다.

"낡은 차는 믿을 수 없었고, 돈이 들기 시작했어. 그래서 새 차를 산 거야. 그것뿐이야."

"좋아. 됐어."

나는 겉옷을 받아주겠다고 제의했고, 에이미가 눈 덮인 옷을 벗자 탱은 계속 에이미를 뚫어지게 바라보면서 손을 뻗어 에이미의 코트와 모자, 장갑과 스카프를 받았다. 그런 다음 돌아서서 그것들을 가장 가까운 라디에이터에 걸쳐놓았다.

"에이미를 위해 옷 말려. 눈 없어." 탱이 말했다.

에이미는 나를 바라본 다음, 탱에게 말했다.

"넌 정말 생각이 깊구나."

"에이미를 돌봐야 해." 탱이 말하고는 에이미의 소매를 잡고 거실로 안내하려 했다. 그들은 한참 동안 마주보고 있다가 놀랍게도 함께 거실로 걸어갔다.

"마실 것 좀 줄까?" 내가 뒤에서 외쳤다. 나는 부엌으로 가면서 덧붙였다. "레드와인? 아니면 화이트 와인?"

"그냥 차 한 잔이면 돼."

"와우, 당신도 변했나보네. 와인을 거절하다니. 처음 보는데…"

"차를 몰아야 하니까."

나는 에이미를 위해 차를 한 잔 끓여서 가져갔다. 에이미는 소파에 앉아 있었다. 내가 거실에 들어가자 마침 탱이 에이미의 발 밑에 발판을 밀어주고 있는 참이었다. 에이미는 미소를 지으며 탱에게 고맙다고 말했다. 탱은 사라졌다가 담요를 들고 돌아와서 에이미의 무릎에 덮어주었다. 그런 다음 에이미의 옆자리로 올라갔다.

"탱, 담요 함께 덮고 싶니?" 에이미가 물었다.

"아니. 에이미는 따뜻해야 돼."

"탱, 괜찮아. 에이미는 충분히 따뜻할 거야."

탱은 나를 노려보았다. 내가 완전히 바보처럼 느껴지게 하는 눈빛이었다.

"지금 에이미를 돌봐."

탱과 에이미 사이에 무슨 일이 일어나고 있는지를 이해하려고 애쓰는 동안, 침묵이 흘렀다. 나는 헛기침을 했다.

"그런데… 여긴 왜 온 거야? 당신을 보는 게 반갑지 않다는 뜻이 아니야. 실은 정말 반가워."

에이미는 어떤 대답이 가장 좋을까 하고 궁리하는 듯이 찻잔을 내려다보았다.

"크리스마스 날 당신한테 말하고 싶었어. 하지만 적당한 기회가 없었어."

어색한 침묵이 흘렀다. 탱은 그 공백을 자기가 메우기로 작정했다.

"에이미는 음식 먹어야 해. 나 달걀 만들까?"

"정말 친절하구나. 하지만 에이미가 지금 그렇게 배가 고플지 모르겠다."

"배고파. 요즘에는 항상 배가 고픈 것 같아."

"그럼 내가 저녁을 대접해도 돼?" 탱이 말하고는, 나를 보면서 의기양양한 미소를 지었다.

"탱이 정말 요리를 할 줄 알아?" 에이미가 물었다.

나는 "사실은 못해" 하고 말하고 싶었지만, 크게 뜨인 탱의 눈을 보자 차마 그렇게 말할 수는 없었다.

"음, 배우고 있어."

그러자 탱이 갑자기 큰 소리로 말했다.

"응, 벤과 탱은 함께 배워. 내가 도와줘."

에이미는 감동한 듯 탱을 돌아보았다.

"달걀은 먹고 싶지 않지만, 네가 샌드위치를 만들어주면 좋겠는데."

내가 대답하려고 하자 탱이 나섰다.

"내가 에이미를 위해 샌드위치할게. 벤은 에이미 돌봐. 에이미는 특별해. 나 가." 탱이 부엌으로 가자 에이미는 탱의 뒷모습을 계속 지켜보았다.

나는 고개를 저었다.

"미안해. 샌드위치는 아마 끔찍할 거야. 당신도 알겠지만."

에이미는 상관없다고 말했다. 그래서 나는 말했다.

"물어볼 게 있는데, 당신은 떠나기 전에 내가 탱을 쓰레기장에 버리기를 바랐지. 그런데 탱에 대한 당신의 감정이 왜 변했는지 모르겠어."

에이미는 다시 찻잔을 내려다보았다.

"우리는 10월부터 떨어져 지냈어. 그동안 당신은 변했어. 난 그걸 알 수 있어."

나는 고개를 끄덕였다.

"나도… 이젠 모든 게 달라졌어." 에이미는 말을 끊었다가 이었다. "당신은 여기를 떠나 있을 때 전화로 말했잖아. 나를 생각했다고. 나도 당신을 생각했어."

"그래?"

"물론이지. 그리고 탱에 대해서도 생각했고, 왜 당신이 그러고 싶어했는지 이해하려고 애썼어. 탱을 태어난 곳으로 데려간 것, 그리고 탱을 다시 데리고 돌아온 것도."

"계속해."

"나는 당신이 탱한테서 내가 보지 못한 무언가를 본 게 분명하다고 생각하기 시작했지. 그 여행도 당신만을 위해서 떠난 게 아닐지 모른다고 생각했어. 그러다가 당신이 그 여행에 대해 다 말해주었잖아. 크리스마스 날, 탱이 아주 특별한 존재라는 걸 우리 모두 깨달았어. 그리고 당신은 어린애를 이해할 수 없다고 늘 말하지만, 탱한테는 당신이 꼭 아버지 같았지. 아까 탱은 내 코트를 말리려고 라디에이터 위에 걸쳐놓았어. 그때 비로소 알았지."

"뭘 알아?"

"탱은 그냥 단순한 금속 상자가 아니라는 걸."

내가 대답하기 전에 탱이 치즈 슬라이스 두 조각 사이에 끼워 넣은 빵 한 덩어리를 사발에 담아서 갖고 돌아왔다. 그는 그 사발을 에이미의 무릎 위에 아주 진지하게 내려놓았다. 에이미는 탱의 손을 잡고 꽉 움켜쥐었다.

"고마워, 탱. 완벽해."

그때 탱이 질문을 던졌다.

"에이미는 언제부터 심장 소리가 두 개야?"

에이미는 탱에게 미소를 지었다. 그러고는 나를 돌아보았다.

"석 달쯤 됐어."

26
초음파

"거짓말해서 미안해." 바깥 테라스에서 덜덜 떨며 앉아 있을 때 탱이 말했다. 내가 잠시 혼자 테라스에 나와 있자 탱이 나를 찾으러 온 것이다. 에이미가 탱을 보낸 모양이었다.

"괜찮아. 사실 네가 거짓말한 건 아니야."

"하지만 벤한테 말하지 않았어."

"상관없어. 그런데 어떻게 알았지?"

"들을 수 있어."

"심장 소리를 들을 수 있다고?"

"응."

"초음파 청각을 갖고 있다고? 내가 왜 그걸 몰랐지?"

탱은 고개를 저었다.

"아니, '초'는 아니야. 그냥 어떤 건 들을 수 있어. 에이미의 아기 심장 소리를 들을 수 있어."

"어쩌면 네게는 불린저도 몰랐던 일종의 음파탐지기가 내장되어 있는지 몰라."

탱은 나를 쳐다보면서 의아한 듯이 눈을 깜박거렸다.

"걱정 마. 혼잣말했을 뿐이니까." 그때 문득 한 가지 생각이 떠올랐다. "그럼 넌 항상 모든 사람의 심장 소리를 들을 수 있다는 거야?"

"아니, 택할 수 있어. 잠에서 깨어나면 모든 소리를 듣고, 필요 없는 소리는 작게 해."

"청각을 조절할 수 있다고? 원하면 소리가 안 들리게 할 수도 있다는 거야? 정말 굉장하구나. 나도 그럴 수 있으면 좋겠는데."

탱에게 그래픽-이퀄라이저(주파수 음역대를 분할하여 각 음역대의 상대 강도를 조정함으로써 수신한 신호를 조절하는 장치) 시스템이 내장되어 있다 해도 놀라지 말았어야 했다. 그때쯤에는 탱에 관해서는 어떤 일에도 놀라지 않을 정도의 경지에 도달했어야 마땅했다. 하지만 여전히 나는 놀랐다. 탱이 제 머리에 달려 있는 무언가를 조절하는 것을 본 적이 없으니까 그 일은 모두 내부에서 이루어지는 게 분명했다. 일종의 자동 조절 기능이다.

우연인지 아니면 생존을 위한 방어본능이 작동했는지는 모르지만, 내 마음은 요점을 벗어나 있었다. 그때 에이미가 나와서 우리 곁으로 다가왔다.

"벤, 괜찮아?"

"모르겠어."

"안으로 들어가. 여긴 너무 추워."

나는 에이미의 말대로 정원 문을 통해 집으로 돌아가서 에이미가 '충격을 가라앉히기 위해' 끓여준 홍차를 받아들었다. 탱은 잠자리에 들었다.

"왜 말하지 않았어? 내가 떠나 있는 동안에 말이야."

"한동안은 나도 몰랐어. 그동안 여러 가지 일이 있었기 때문에, 두번째 생리를 거르고도 한참 뒤에야 생리가 없었다는 걸 깨달았고, 게다가 입덧도 전혀 하지 않았거든. 당신이 누나네 집에서 나한테 전화했을 때는 임신을 안 지 2주밖에 지나지 않았고, 전화로 말할 용기가 나지 않았어. 그건 옳은 방식이 아닌 것 같았지."

"당신이 말했다면 나는 곧바로 돌아왔을 거야."

"그랬을까?"

나는 아무 말도 하지 않았다. 그 질문에 대한 정직한 대답을 나 자신도 몰랐기 때문이다.

"게다가…" 에이미가 말을 이었다. "그때 당신이 한 말 때문에 나는 로저에 대해서도 당신한테 말할 필요가 있다는 것도 알았어. 그런데 뭐라고 말해야 하지? '벤, 있잖아. 나는 지금 다른 남자와 함께 살고 있지만, 임신했다는 걸 당신도 알아야 돼. 그 사람 아이일 수도 있고 당신 아이일 수도 있어. 미안해.' 그렇게 말할까?"

"당신이 그런 식으로 말하면…."

"크리스마스 날 당신한테 말하고 싶었어. 하지만 로저가 끼어들었고, 그 후에는 적당한 기회를 찾지 못했어. 그러다가 탱이 눈치를 챘고, 조심하지 않으면 내가 말하기 전에 탱이나 로저나 브라이어니 가운데 누군가가 당신한테 말할 거라는 걸 깨달았지. 그래서 모두 입을 다물고 있어 달라고 부탁해야 했어. 그들이 당신한테 어쩔 수 없이 거짓말을 하는 건 나도 바라지 않았어. 그중에서도 특히 탱을 그런 처지에 몰아넣고 싶진 않았어. 그날은 정말 스트레스를 많이 받았어."

"그랬겠군."

"말하지 않았다고 탱한테 화내지 마."

"화내지 않아. 탱은 나한테 말할 입장이 아니었어. 탱이 그걸 알아차린 건 운이 나빴던 거야. 탱한테 불운이었다는 뜻이야. 하지만 탱은 비밀을 잘 지켜. 나랑 여행하는 동안에도 나한테 많은 걸 감추었지. 녀석은 무슨 일이든 준비가 다 되었을 때만 말해. 더구나 당신이 탱한테 비밀을 지키겠다는 약속을 받아냈다면 탱은 비밀을 지키려고 최선을 다했을 거야." 나는 소파에 등을 기대고 천장을 바라보며 잠시 입을 다물고 있었다. "뭐가 더 충격인지 모르겠어. 당신이 임신한 게 더 충격인지, 아니면 내 아이인지 로저의 아이인지 당신이 모른다는 사실이 더 충격인지."

"이해해."

"글쎄, 당신이 정말로 이해할 수 있을까? 어떻게 이해할 수 있지? 그리고 어떻게 그걸 모를 수가 있지?"

"그건 시기가… 겹치는 시기가 있었어."

"멋지군."

"제발 그러지 마. 미안하다고 했잖아. 당신한테 무언가를 기대하고 온 건 아니야. 정말로 나는 아무것도 기대하지 않았어. 다만 당신이 알아야 한다고 생각했을 뿐이야." 나는 고개를 끄덕였다. 에이미가 말을 이었다. "위안이 될지는 모르지만, 당신 아이였으면 좋겠어. 아무래도 당신 아이라는 느낌이 들어."

"당신답지 않게 좀 감상적이군. 안 그래?"

에이미는 미소를 지었다.

"나도 그렇게 생각해. 임신하니까 사람이 좀 부드러워진 것 같아."

그것은 어쨌든 탱을 대하는 에이미의 태도가 달라진 이유를 설명해주었다.

"나는 성장할 기회를 갖고 싶었고, 아버지가 되기 전에 내 문제를 정리할 기회가 오기를 바라고 있었어. 아이를 키우려면 성숙한 인간일 필요가 있는데, 지금 나는 전혀 그런 사람이 아니야. 어쨌든 내가 아이를 키우게 되면 아이의 감정을 해치게 될 거야."

"벤, 당신은 9월부터 어린애를 돌보고 있어. 당신이 아직 깨닫지 못했을 뿐이야."

나는 잠깐 생각에 잠겼다.

"요컨대 당신은 내가 로봇을 돌보고 있으니까 아빠 노릇도 잘 해낼 수 있을 거라고 생각한다는 거야?"

"나는 탱을 당신이 세상에 등을 돌리고 자기 속으로 도피하기 위한 핑계일 뿐이라고 생각했어. 탱이 당신에게 얼마나 큰 도움이 될지는 미처 몰랐지."

"나도 같은 생각이야. 그거야 어쨌든, 로저는 이 문제를 어떻게 생각할까?"

에이미는 두 볼을 부풀렸다.

"당신과 거의 마찬가지겠지."

"로저한테도 당신 아이 같다고 말했어?"

"그건 공정하지 않아."

"하지만 내가 왜 그렇게 말하는지 당신은 알아야 해."

"알아. 사실 당신은 로저보다 이 문제를 더 잘 다루고 있는 것 같아. 아마 그건 로저가 이 아이를 자기 아이가 아니라고 생각하기 때문일 거야."

"당신이 아이 아버지를 알아내면 어떻게 될까? 당신은 아이 아버지를 택할까?"

"나도 모르겠어. 그렇게 간단한 문제가 아니야. 안 그래?"

"그렇겠지. 그런데 왜 당신은 내 아이였으면 좋겠다는 거지?"

"당신이 더 좋은 아빠가 될 거라고 생각하니까."

"하하하. 정말 재미있군."

"아니, 난 진지해."

"하지만 나는 직업도 없고, 내 앞가림만 하는 것도 벅차. 나는 당신을 제대로 돌보지 못했잖아?"

"인생에는 직업을 갖는 것 말고도 중요한 게 있어."

에이미는 임신 기간 동안 자주 나를 만나러 왔다. 이따금 로저 이야기를 하기도 했지만, 로저를 데려온 적은 한 번도 없었다.

내가 창밖을 내다보면서 3월의 바람이 버드나무 가지를 잡아당기는 모습을 보고, 바람이 쓰러뜨리기 전에 쓰레기통을 집안에 들여놓아야 하지 않을까 생각하고 있을 때 에이미가 말했다.

"그 사람은 아기방에 대해 아무 의견도 말해주지 않아. 그냥 관심이 없나봐. 이제 곧 아기가 태어날 거니까 시간이 없다고 계속 말하고 있지만, 그 사람은 개의치 않는 것 같아. 그가 왜 나한테 자기 집으로 들어오라고 했는지 모르겠어. 이건 나 혼자 살고 있는 거나 마찬가지야."

"그 친구도 신경을 쓰고 있을 거야. 어쩌면 좀 불안하겠지. 나도 불안한걸. 우리 모두 마찬가지야."

"나도 알아. 하지만 당신은 나한테 차를 끓여주거나 내 호흡 운동을 도와주는 것처럼 실제로 유용한 일을 하고 있잖아. 나는 그 사람한테 수수한 목제 요람을 원하는지 아니면 하얀 철제 요람을 원하는지 말해달라고 부탁했을 뿐이야. 그게 그렇게 스트레스를 주는 일이야?"

"내가 가서 아기방 꾸미는 걸 도와줄까?"

이틀 뒤, 에이미가 한밤중에 당황한 목소리로 전화를 걸어
왔다.

"아기가 움직이지 않아!"

"진정해, 에이미. 마지막으로 태동을 느낀 게 언제지?"

"모르겠어. 난 자고 있었어."

"어쩌면 아기도 자고 있을지 몰라."

"하지만 자고 있는 게 아니면 어떡해? 게다가 로저는 집에
없어."

"여기 오고 싶어?"

잠시 침묵이 흘렀다.

"응." 에이미가 말했다. 그 말투가 꼭 탱 같았다.

에이미가 도착했을 때 나는 잠옷에 가운만 걸치고 있었다. 어
쨌든 새벽 네 시였기 때문이다. 하지만 그래도 주전자를 불 위에
올려놓기는 했다. 초인종 소리에 탱이 깨어났다. 탱은 무슨 일인
지 보려고 철커덕거리며 아래층으로 내려왔다.

"무슨 일 있어?"

"에이미가 아기 때문에 걱정이 돼서 왔어. 그것뿐이야. 다시
가서 자."

"왜 아기 걱정을 해?"

402

"한동안 아기가 움직이는 걸 느끼지 못했대. 두어 시간 동안 아기가 움직이지 않으면 심장 박동 같은 걸 확인할 수 있도록 병원에 가야 한대."

탱은 발을 질질 끌면서 에이미에게 다가가더니 에이미의 맨손에 제 손을 올려놓았다.

"아기 괜찮아. 심장 소리 들려. 강해. 아기 자고 있어. 자라는 건 피곤해. 잠이 필요해. 에이미도 잠이 필요해." 탱은 미소를 지으며 잠시 말을 끊었다가 이었다. "아아, 아기가 이젠 깨어 있어."

그러자 탱이 옳다는 것을 증명하듯 에이미는 아기가 몸을 뒤치는 것을 느꼈다.

그 후 에이미는 탱한테서 떨어지려 하지 않았다. 에이미는 격정하지 않는 척하려고 애썼지만, 아기가 괜찮은지 어떤지 탱이 말해줄 수 있다는 사실만으로도 안심할 수 있었다.

에이미가 마침내 출산휴가에 들어가자 탱은 산전 교실에도 에이미를 따라가게 되었다. 탱은 임신부들 사이를 차례로 돌아다니며 아기의 심장이 제대로 뛰고 있다는 것을 말해줌으로써 임신부들을 달래주는 새로운 역할을 마음껏 즐겼다. 탱은 아기가 쌍둥이라는 진단을 내리기도 했는데, 어찌된 셈인지 아기 엄마도 그녀를 보살피는 의료진도 태아가 쌍둥이라는 사실을 모르고 있었다.

2주 뒤 아침에 기금 모금을 위한 커피 파티가 끝나고 나서 탱이 나를 불렀다.

"탱, 왜 그래?"

"내가 자라면 산파가 될 수 있을까?"

나는 뭐라고 대답해야 좋을지 알 수가 없었다.

27
공놀이

"일요일에 골프 치러 가는 거 어때요?" 로저가 나를 골프와 식사에 초대하겠다는 '약속'을 지키려고 뜻밖에 전화를 걸어왔다. 나는 그가 그 약속을 잊기를 바라고 있었다.

"으음, 일요일은 괜찮을 것 같군요. 월요일 아침에는 면접이 있지만, 골프가 그렇게 늦게 끝날 것 같지는 않으니까요."

"면접이라고요? 그럼 직장을 구하기로 마음먹었나보군요?"

나는 숨을 깊이 들이마시고 상대의 노림수에 넘어가지 않았다.

"대학원으로 돌아갈 생각입니다. 올해는 에이미가 나를 필요로 하는 것 같았어요." 나는 반격했다. "하지만 대학원에서 받아주면 9월에 복학할까 합니다."

"행운을 빕니다. 그렇게 오래 휴학한 것을 학교측이 문제 삼지 않았으면 좋겠군요."

"아마 괜찮을 거예요."

우라질.

"그럼 골프는 어떻게 할까요?" 그는 당면 문제로 돌아와서 물었다.

"일요일이면 괜찮을 겁니다."

"좋습니다."

올 겨울은 크리스마스 이후로 날씨가 비교적 온화했지만 부활절에 때아닌 눈이 내려서 많은 사람들을 당황하게 했다. 무엇 때문인지 로저는 지금이야말로 골프를 하기에 딱 좋은 시기라고 판단했다.

"눈은 문제가 되지 않을까요?"

"그럼요. 그때쯤에는 눈이 다 녹을 겁니다. 어쨌든 4월이니까요. 어차피 그 골프장은 회원들이 1년 내내 골프를 칠 수 있도록 잔디 밑에 난방장치가 되어 있지요."

"골프장 전체에 난방장치가 되어 있다고요? 와우, 아주 고급스러운 골프장이겠군요."

"그럼요. 상류층만 상대하는 고급 회원제 골프장이죠. 골프채는 갖고 있나요?"

흐음, 골프채를 갖고 있냐고? 우리 부모님은 은퇴한 뒤 골프를 취미로 삼았지만. 아버지가 어머니보다 핸디캡이 높고 그 격차가 점점 더 벌어지자 골프는 '어리석은 게임'이라면서 골프를 그만두었다. 아버지가 골프채를 보관했다면 다락방에 테니스

라켓과 낚싯대와 함께 있을 것이다.

"글쎄요. 나중에 알려드릴까요?"

"알겠습니다. 나한테 예비 골프채가 한 세트 있으니까, 어쨌든 그걸 차에 싣고 가겠습니다. 트렁크는 넉넉하니까요."

나는 이를 악물었다. '에이미를 위해서 하는 거야. 그러면 에이미가 기뻐할 테니까.' 나는 나 자신을 타일렀다.

"캐디는 어떻습니까?" 로저가 말을 이었다.

"캐디가 필요한가요?"

"당신은 캐디가 필요 없지만, 내 인공지능 운전사는 캐디 역할도 하니까 나는 캐디를 쓰겠습니다."

"잠깐만요." 나는 말하고 귀에서 전화를 떼었다. "탱, 어디 있냐?"

"여기." 탱이 집 어딘가에서 말했다.

"여기가 어디야?"

"여기."

"좋아. 내 말 들리냐?"

"아니."

"까탈부리지 마."

철커덕거리는 소리가 점점 다가오더니 탱이 나타났다.

"이젠 벤의 말 잘 들을 수 있어."

"일요일 아침에 같이 나갈래?"

"어디?"

"로저와 골프 치러."

"골프가 뭐야?"

"게임이야. 그건 나중에 말해줄게. 어쨌든 가고 싶어, 싫어?"

"로오저어?"

"탱, 제발 그런 식으로 말하지 마."

"벤이 그렇게 말해."

"좋아. 하지만 그게 문제가 아니야. 내가 그 사람과 단둘이 하루를 보내게 하지 말아줘."

탱은 입을 삐죽거렸다.

"좋아."

나는 전화기를 다시 귀에 댔다.

"나도 캐디가 있어요."

"잘됐군요."

그는 전화를 끊었다. 탱은 고개를 갸웃거렸다.

"캐디가 뭐야?"

로저에게는 별로 유쾌한 날이 아니었다. 그의 운전사 겸 캐디가 느닷없이 화를 내며 골프장과 클럽하우스를 엉망으로 만들어버렸다. 결국 로저의 보험회사 직원들이 와서 녀석을 바닥에 쓰러뜨린 뒤 끌고 가야 했다. 이 사고 때문에 로저는 영구 출입 금지 처분을 받았다.

"집까지 태워다 드릴까요?" 함께 클럽을 빠져나오면서 로저에게 물었다.

그는 나한테 신세를 질 수밖에 없었다. 나는 그의 처지가 고소해서 속으로 쾌재를 불렀지만, 사실은 그러지 말았어야 했다. 남의 고통을 즐기는 게 좋지 않다는 것쯤은 나도 안다. 하지만 예외도 있는 법. 아내를 훔쳐간 작자가 바로 그 예외에 속한다. 그렇긴 하지만 그가 좀 딱하게 느껴지기도 했다. 그런 일은 보통은 다름 아닌 나한테 일어났을 일이기 때문이다. 탱은 생애 최고의 날을 보낸 듯이 뒷좌석에 앉아서 혼자 콧노래를 부르고 있었다.

내가 차를 세우자 에이미가 현관문을 열고 커다란 배를 가로질러 팔짱을 낀 채 문설주에 몸을 기댔다. 로저는 어떻게 행동해야 좋을지 모르는 것 같았다. 그래서 필요 이상으로 오랫동안 차 안에 앉아 있었다. 이윽고 그는 나에게 사과하고, 어떻게든 보상해주겠다고 말했다.

"아, 아닙니다. 신경 쓰지 마세요. 정말 괜찮습니다." 나는 그를 위로하려고 말했다. 백미러를 보니 탱이 씨익 웃는 게 보였다.

로저는 바지의 보푸라기를 어색하게 잡아당겼다.

"이봐요. 들어가기 싫어도 조만간 들어가야 할 겁니다."

내 말에 그는 고개를 끄덕이고 차에서 내렸다. 나는 그가 에이미에게 뭐라고 말한 다음 키스하려는 것을 보았다. 그러자 에이미는 고개를 돌리더니 재빨리 내 쪽으로 다가왔다. 에이미는 열린 창문 안쪽으로 몸을 기울였다.

"저 사람을 태워다줘서 고마워. 나는 너무 화가 나. 손해를 배상하려면 돈이 엄청 들 거야. 운전 이외의 다른 일에는 그 운전사를 쓰지 말라고 그토록 말했건만, 저 사람은 내 말을 들으려 하질 않았어."

"난 괜찮아. 어쨌든 탱은 드라이브를 좋아하거든."

에이미는 나에게 활짝 웃어 보였다.

"조만간 우리 만날까? 밖에서 점심이라도 같이할 수 있을까?"

"물론이지."

"전화할게."

나는 버튼을 누르고 창문이 닫히기를 기다렸다.

"로저와 같은 처지는 되고 싶지 않아." 나는 뒷좌석에 있는 탱에게 말했다. 그 말은 진심이었다. 에이미는 달라졌을지 모르지만, 그래도 여전히 무서울 수 있었다. 특히 임신 중일 때는 그 경향이 뚜렷해졌다.

나는 그 후 로저를 별로 보지 못했다.

골프를 친 날은 일이 계획대로 되지 않았지만, 그날을 계기로 나는 탱과 함께 어떻게 시간을 보낼 것인지를 생각하게 되었다. 탱은 전자 게임과 영화를 좋아했고, 특히 애완동물을 다룬 텔레비전 프로그램을 좋아했다. 탱은 또한 말을 보는 것도 좋아했지만, 나는 다른 일도 탱과 함께할 필요가 있다고 느꼈다. 무언가 활동적인 일을 할 필요가 있었다.

이튿날 나는 공놀이를 하려고 탱을 공원에 데려갔지만, 공놀이는 낱말 게임이나 눈싸움이나 눈사람 만들기처럼 탱한테는 버거웠다. 탱은 '재미'라는 개념 자체를 이해하지 못하는 것 같았다.

나는 탱에게 공을 던졌지만 공은 탱의 머리에 맞고 튀어서 대각선으로 1미터쯤 떨어진 곳에 착륙했다. 탱은 화난 얼굴로 나를 노려보았다.

"탱, 공을 잡아야지."

"왜?"

"재미있으니까."

"난 모르겠어."

나는 왜 그게 탱한테 이해되지 않는지, 그리고 어떻게 하면 탱이 이해할 수 있을지를 잠깐 생각했다.

"우리가 유리 바닥 보트를 탔을 때 생각나지? 물고기를 본 배 말이야. 넌 좋아했잖아. 그렇지?"

"응."

"그때 기분이 어땠는지 생각나?"

"응."

"그것과 같은 거야. 네가 그 배를 타고 갈 때와 같은 기분을 느끼게 해주려고 지금 이 공놀이를 하는 거야."

보트에 대한 기억은 공놀이의 상황을 이해시키는 데 전혀 도움이 되지 않았다. 탱은 훨씬 더 혼란스러워 보였다.

"공이 물고기야? 공이… 물고기인 것처럼 해야 돼?" 탱은 풀밭에 털썩 주저앉았고, 그 반동으로 가슴판이 활짝 열렸다.

"내가 그걸 고쳐주면 안 돼?"

"싫어."

나는 축축한 풀밭 위에 탱과 나란히 앉았다.

"공을 잡는 건 게임을 하는 거나 마찬가지야. 스크램블처럼. 스크램블 기억하지?"

"응."

"보드 게임은 사람을 즐겁게 해줘."

"왜?"

나는 작은 상자 같은 탱의 머리 위에 손을 얹어놓고 한숨을 내쉬었다. 나 자신이 스크램블 게임을 싫어하는데 그 게임의 재미를 어떻게 설명할 수 있단 말인가. 불가능하다는 것을 나는 깨달았다.

"이건 어때? 네가 도쿄에 갈 때 했던 컴퓨터 게임… 사람들이 서로 걸어차는…."

탱의 눈이 반짝 빛났다.

"그 게임 재미있었지? 기억나? 어떤 사람들은 공놀이를 하거나 스크램블 게임을 할 때 그런 재미를 느껴. 알겠니?"

"어떤 사람들?"

"어떤 사람들이라니? 무슨 뜻이야?"

412

"어떤 사람들이 공놀이나 스크램블을 좋아해?"

"나도 구체적으로는 모르지만, 그냥 어떤 사람들이야. 요점은 그게 아니야."

"요점이 뭔데?"

"요점은 모든 사람이 같은 걸 좋아하지는 않는다는 거야. 그리고 어떤 사람은 공놀이를 좋아하고 어떤 사람은 좋아하지 않…"

"하지만 어떤 사람이?"

"나도 몰라. 그건 나도 모르는 어떤 사람일 거라고 그냥 받아들일 수 없겠냐?"

"그 사람들이 좋아한다는 걸 벤은 어떻게 알아?"

"내가 어떻게 아냐고? 그게 무슨 뜻이지?"

"벤이 그 사람들을 모른다면, 어쩌면 아무도 좋아하지 않을지도 몰라. 어쩌면 벤이 틀렸을지도 모르고, 어쩌면 재미가 없을지도 모르잖아?"

그래, 내가 졌다.

"탱, 우리 집에 가서 영화나 볼까?"

"응."

〈터미네이터〉를 고른 것은 실패였다. 나는 탱이 그 영화에 흥미를 느낄 줄 알았는데, 탱은 그냥 놀라고 겁을 먹은 것 같았다. 몇 분도 지나기 전에 나는 다른 영화를 보기로 결정했다.

"왜 영화를 멈춰?"

"무서우니까. 아무래도 네가 좋아할 것 같지 않아."

"나중에 봐도 돼?"

"솔직히 말하면 네가 좋아할 다른 영화가 많이 있어. 정말이야."

"우리 지금 영화 안 할 거야?"

"아니, 물론 할 거야. 아니, 볼 거야. 다른 영화를 보는 것뿐이지."

"어떤 영화?"

"스타워즈."

"스타호스?"

"스타워즈."

탱도 이번에는 정확하게 복창했다.

"하지만 그 영화는 속편이 많으니까, 그걸 다 보려면 며칠이 걸릴지도 몰라."

"속편 많아?"

"그래."

"얼마나 많아?"

"나도 잘 몰라. 아마 열두 편일 거야. 사실은 너무 많아서 기억하지 못하겠어."

"탱이 왜 좋아해?"

"그 영화에는 로봇이 나오니까. 그냥 봐. 보면 내 말이 무슨 뜻인지 알 거야."

"알았어."

탱은 몇 분 동안 꼼짝도 않고 화면에 눈을 고정시키고 있다가, 큰 소리로 외쳤다.

"저 황금빛 안드로이드 좀 봐! 히히히히 히히히! 히히히히히! 히히히!"

"그건 별로 재미난 장면이 아닌 것 같은데." 나는 말했다. 그러다가 탱의 관점에서 화면을 보니 재미있다는 생각이 들었다.

탱은 영화에 몰입하게 되자 웃음을 멈추고, 'R2-D2'(영화 〈스타워즈〉 시리즈에 등장하는 로봇 캐릭터)에게 홀딱 반해서 열중하기 시작했다. R2-D2가 조금이라도 해를 입으면 탱은 마구 화를 냈다. 제1편이 끝날 무렵에는 화면 속의 영웅이 영원히 망가진 줄 알고 미쳐버릴 정도였다. 그래서 나는 두 손으로 얼굴을 가리고 손가락 사이로 화면을 보고 있는 탱에게 아슬아슬한 장면이 다 끝나기도 전에 R2-D2는 괜찮아질 거라고 말해주어야 했다. 우리가 3편과 4편을 보는 동안 나는 탱의 침실 벽에 붙여줄 R2-D2의 포스터를 인터넷으로 몰래 주문했다.

그날 한밤중에 나는 거실에서 들려오는 쾅 소리와 덜커덕 소리와 비명 소리에 잠에서 깨어났다. 금속성 비명은 이 소란에 탱이 관련되어 있다는 것을 암시해주었지만, 그래도 나는 침대 탁자에 놓여 있던 따끈한 초콜릿이 반쯤 들어 있는 머그잔으로 무장하고 아래층으로 내려갔다.

탱은 겁에 질린 채 소파 뒤에 웅크리고 있었고, 화면에서는 터미네이터가 적에게 짓밟히고 있었다. 탱은 내가 텔레비전을 끌 때까지 비명을 지르며 발을 구르고 있었다.

"도대체 뭐하고 있는 거냐? 이건 보지 말라고 했잖아."

나는 소파에 앉아서 탱을 설득하여 숨어 있는 곳에서 나오게 하려고 애썼다.

"괜찮아. 봐, 이젠 가버렸어."

탱은 소파 등받이 너머로 검은 화면을 엿보고는 철컥거리며 소파를 돌아서 내 옆에 앉았다.

"왜 그걸 보았어?"

탱은 아무 말도 않고 눈을 내리깔면서 뚱한 표정을 지었다.

"너한테 심술을 부리려고 그런 게 아니야. 그걸 보면 네가 속상할지도 모른다고 생각했거든. 그래서 영화를 도중에 꺼버린 거야."

"속상해."

"거 봐. 그럴 줄 알았어."

"왜 사람들이 로봇과 싸워?"

"그건 그 로봇들이 사람을 해치러 온 나쁜 놈들이기 때문이야. 사람들은 그런 일이 일어나는 걸 막으려 애썼던 거야."

"좋은 로봇 없어. 불공평해. 사실은 안 그래."

"그건 나도 알아. 하지만 그걸 로봇과 인간의 대결이 아니라 사이보그와 인간의 대결로 생각할 수는 없겠어?"

탱은 가슴판에 붙어 있는 접착테이프를 만지작거렸다.

"글쎄."

이것이 윤리적으로 문제를 해결하는 방법이 아니라는 것은 나도 알고 있었다. 하지만 벌써 새벽 2시였고, 나는 침대로 돌아가고 싶었다.

"그럼 넌 괜찮은 거지? 이제 잘 수 있지?"

"응."

"좋아." 나는 소파에서 일어나 두리번거리며 내 슬리퍼를 찾았다.

"벤, 잠깐만. 안 자. 탱은 안 자."

제기랄. 거의 성공했는데.

"하지만 괜찮다고 했잖아."

"아직 무서워."

"뭐가?"

"인간이 와서 탱을 부수면 어떡해?"

나는 다시 소파에 앉았다.

"아무도 너를 부수러 오지 않아. 내가 보증할게. 내가 가만두지 않을 거야."

"함께 자면 안 돼?"

"안 돼. 넌 네 방에서 혼자 잘 수 있어야 돼."

탱은 내 실내복 자락을 두 손으로 움켜잡았다.

"싫어. 제발. 벤, 제발… 제발!"

"좋아. 오늘 밤만이야." 나는 슬리퍼 속에 다시 발을 밀어넣었다. "그럼 가자."

28
뒤죽박죽

7월 1일, 오전 7시 29분. 보니 에밀리아가 3.235그램으로 건강하게 태어났습니다. 산모와 아기는 둘 다 건강합니다. 이것이 누나와 로저, 에이미의 가족과 직장 상사에게 보낸 요약판 메시지다. 완전판은 그보다 훨씬 더 극적이다.

그날 저녁, 나는 에이미가 갑자기 집에 들렀을 때 아기를 재울 필요가 있을 경우에 대비하여 예비실 가운데 하나를 육아실로 만들려 하고 있었다. 며칠 동안 나는 방을 중성색깔로 칠했고(에이미가 아이의 성별을 미리 알고 싶지 않다고 결정했기 때문에), 가까운 유아용품점에서 가장 값비싼 물품을 잔뜩 사들였다. 내가 이런 분야에 대해 아는 게 없어서 무조건 다 구입했기 때문이다. 탱도 자기가 할 수 있는 범위 안에서 최대한 나를 도와주었지만, 그의 페인트칠은 인상파 스타일이어서 육아실이라는 주제에는 어울리지 않았다. 그래서 나는 페인트칠 대신 찻잔을 가져오고 가져가는 일을 탱에게 맡겼다. 탱은 부엌일을 하는 솜씨가 많이 좋아졌다. 특히 탱이 딛고 올라설 수 있는 상자를 마련해준 뒤로는 요리 솜씨가 몰라보게 향상되었다. 나는 자정이 되기 직전에 육아실 준비를 마치고, 오늘밤은 편히 잘 수 있겠구나 생각했다.

새벽 2시에 전화벨이 울렸다.

"양수가 터졌어."

"로저는 어디 있는데?"

"출장 갔어. 전화도 안 받아."

"정말 도움이 안 되는 친구군."

"그렇지?"

"진통 간격은 얼마나 돼?"

"진통은 아직 안 왔어."

"내가 얼른 샤워하고 그쪽으로 갈게."

"뭘 한다고?"

"샤워. 거기 가려면 몸이 깨끗해야 하잖아."

"벤, 지금 아기가 나오려고 해. 아기는 당신이 깨끗하든 말든 상관 안 할 거야."

"알았어. 그럼 옷만 갈아입고 갈게." 전화를 끊으려 했지만, 에이미가 아직도 말하는 소리가 들렸다.

"벤."

"왜?"

"탱도 같이 와."

"어어… 알았어. 당신이 원한다면."

"원해."

나는 잠을 깨려고 애쓰면서 비틀걸음으로 집 안을 돌아다녔고, 부엌에서 커피를 끓인 다음 탱을 깨우러 갔다. 탱은 투덜거리며 손으로 내 배를 밀어냈다.

"벤, 탱 혼자 두고 가."

"그럴 수 없어. 에이미가 아기를 낳으려고 해. 에이미한테는 네가 필요해."

"왜?"

"네가 옆에 있으면 에이미가 안심이 된대."

"하지만 병원이 있을 텐데."

"알아. 하지만 에이미가 너를 원해. 됐지? 지금이 한밤중인 건 나도 알지만, 에이미가 너를 데려오라고 부탁했어. 사실은 나보다 네가 거기 있는 게 더 중요한 것 같아."

"로오-저어는 어디 있어?"

"다른 데 있어."

"다른 데 어디?"

"로저가 어디 있는지는 중요하지 않아. 우리는 여기 있고, 에이미를 도와주러 갈 거야. 에이미를 사랑하니까. 그렇지?"

"응." 탱은 말하고 이불에서 마룻바닥으로 굴러떨어졌다. 쿵 소리가 놀랄 만큼 크게 울려 퍼졌다. 탱은 간신히 몸을 일으켜 두 발로 일어섰다.

"나 지금 가."

"그래. 나는 셔츠를 다림질할 거야."

탱은 눈을 깜박거리며 나를 쳐다보았다.

"셔츠를 다려야 돼. 나는 아직 옷을 입지 않았어."

"벤은 왜 셔츠가 필요해? 아무 옷이나 입으면 되잖아."

"하지만 오늘은 중요한 날이야. 말쑥하게 입을 필요가 있어."

"탱은 그렇게 생각 안 해." 탱은 눈도 깜박거리지 않고 나를 쳐다보았다. 그제야 나는 정신을 차렸다.

"내가 도대체 무슨 생각을 하는 거지? 에이미는 내가 무엇을 입든 개의치 않을 거야. 그렇지?"

바로 그때 휴대폰이 다시 울렸다.

"출발했어?"

"아니. 하지만 이제 곧 출발할 거야."

"왜 아직도 떠나지 않은 거야? 샤워는 안 하겠다고 했잖아?"

"샤워는 안 했어. 탱을 깨우느라 시간이 좀 걸렸어."

"탱도 오는 거지?"

"그래, 물론 갈 거야."

"확실해? 나는 탱이 필요해. 탱 없이는 해낼 수 없어." 에이미는 울먹였다.

멋진 얘기군! 아버지 후보는 둘 다 필요 없고, 누나 이름은 아예 입에 오르지도 않았고. 그런데 유행이 지난 구형 로봇은 에이미한테 없어서는 안 될 것 같다니. 아홉 달 사이에 우리도 정말 많이 변했다는 생각이 들었다.

"에이미, 내 말 잘 들어. 탱은 갈 거야. 우리 둘 다 갈 거야. 이제 곧 당신과 함께 있을 거야."

"나는 뭘 해야 돼?"

"으음… 출산 교실에서 이럴 때는 뭘 하라고 했지?"

"똑바른 자세를 유지하고, 심호흡을 하고, 당황하지 말라고."

"그럼 그렇게 해."

"해볼게."

"짐볼 갖고 있지? 그 위에 앉아 있어."

"맞아. 좋은 생각이야."

우리가 가고 있을 때 에이미는 우리를 위해 현관문을 잠그지 않았다는 메시지를 보내왔다. 그래서 우리는 도착하자 곧바로 안으로 들어갔다.

"에이미, 어디 있어?"

"여기."

"여기가 어디야?"

탱이 위층을 가리켰다.

"탱, 아기 소리 들려? 아기는 괜찮냐?" 나는 계단을 올라가면서 탱에게 물었다.

"응." 탱이 말했다. 나는 에이미의 침실로 먼저 달려갔고, 탱은 자기 속도에 맞추어 따라오도록 내버려두었다.

에이미는 새로 꾸민 육아실의 양가죽 깔개에 반듯하게 누워서 휴대폰을 들여다보고 있었다.

"에이미, 괜찮아? 뭐 하는 거야? 왜 누워 있어?"

"게임을 하는 중이야."

"뭘 한다고?"

"당신이 진정하라고 해서, 생각을 딴 데로 돌리려면 게임을 하는 게 좋겠다고 생각했지. 방금 내 생애 최고 점수를 딴 참이야."

"나는 잘 모르겠지만…" 내가 말을 시작하자 에이미가 나를 노려보았다. 그 순간, 출산이 진행되는 동안 내가 어떤 행동을 하고 무슨 말을 하든 에이미한테는 모두 잘못된 행동이나 말로 여겨질 테니까 에이미의 공격을 유연하게 받아넘겨 충격을 완화하면서 최선을 다할 수밖에 없다는 것을 깨달았다.

"한동안 짐볼 위에 앉아 있었지만, 너무 지루했어."

"그랬겠네."

"그런데 진통이 시작됐어."

"뭐라고?"

에이미는 몇 분 전에 겪은 가벼운 진통에 대해 설명했다.

"당신은 정말 침착해."

"나는 게임을 하고 있어. 게다가 당신이 오고 있다는 걸 알고

424

있었으니까."

해산이 끝날 때까지는 에이미의 기분 변화를 따라갈 수 있을 것 같지 않아서, 나는 아무 말도 하지 않았다.

"로저와는 아직도 연락이 안 돼."

"계속 연락해보자고." 나는 말했지만, 그 순간 에이미가 옆으로 몸을 굴리며 휴대폰을 떨어뜨렸다. 에이미의 얼굴이 고통으로 일그러졌다.

"괜찮아?"

"물론 안 괜찮아. 바보같이. 나는 지금 진통을 겪고 있다고!"

나는 에이미의 등을 문질러주려고 다가갔다.

"나한테 손대지 마."

나는 은행 강도 앞에 있는 것처럼 두 손을 번쩍 들어 올렸다. 그러자 탱이 에이미 옆으로 다가갔다.

"에이미 좋아. 아기도 좋아. 에이미, 숨 쉬어야 해."

2분 뒤 진통이 사라졌다.

"미안해." 진통이 끝나자 에이미가 말했다. "이런, 아무것도 대접하지 않았네. 커피 끓일게."

에이미는 일어나려고 애썼다. 나는 에이미를 일으켜 앉혔지만, 에이미가 물을 끓이도록 내버려둘 수는 없었다.

"지금은 그보다 훨씬 중요한 걸 생각해야 돼. 커피 같은 건 걱정하지 마."

에이미는 고개를 끄덕였다.

"병원으로 가는 게 좋지 않을까?" 나는 어떤 상태의 에이미가 이 제안에 반응할지 몰랐기 때문에, 뻔히 알면서 죽음의 위험을 무릅쓰고 있는 듯한 기분이 들었다.

에이미도 내 말에 동의했지만, 우선 병원에 전화를 걸어야 한다고 말했다.

"내가 할게." 내가 말했지만 에이미는 고개를 저었다.

"병원에서는 산모랑 직접 통화하는 걸 좋아해. 그래야 진통이 얼마나 심하고 간격이 어느 정도인지 판단할 수 있으니까."

나는 고개를 끄덕이고, 병원 전화번호를 찾아주려고 에이미의 휴대폰을 집어들었다.

"조심해. 게임을 일시 정지시켰거든. 지금까지 딴 점수를 잃고 싶지 않아."

병원에 전화를 건 에이미는 자기가 누구이고, 임신한 지 몇 주 나 되었는지(거의 39주), 그리고 분만이 어떻게 진행되고 있는 지를 그들에게 알려주었다. 1분 뒤에 에이미는 전화를 끊었다.

"뭐래?"

"진통이 별로 강하지 않고 간격도 그렇게 짧지 않으니까 병원에 오기는 아직 이르대. 그리고 목욕을 하라는데?"

"정말?"

"통증을 가라앉히는 데 아주 좋대."

"알았어. 내가 욕조에 물을 받아줄게." 나는 잠깐 멈춰 서서 생각했다. "욕실에 당신이랑 함께 있어줄까? 그래도 되겠어?"

에이미는 얼굴을 찡그렸다.

"물론이지. 무슨 질문이 그래?"

"우린 이제 함께 살지 않으니까. 그래서… 당신이 나한테 알몸을 보여주고 싶지 않을지도 모른다고 생각했어."

"벤, 내 말 잘 들어. 당신은 이 아이가 태어나는 현장에 입회해서, 아기가 내 질에서 나오는 장면을 보게 될 거야. 알몸으로 목욕하는 나를 보는 건 아무것도 아니야."

바닥에 웅크리고 있던 내가 일어났을 때 또 진통이 왔다. 나는 어떻게 해야 할지 몰랐지만 에이미가 조언을 해주었다.

"거기 그렇게 서 있지만 말고 진통제 좀 갖다줘. 그리고 얼른 가서 욕조에 물을 받아!"

에이미는 욕조에서 몇 시간을 보냈다. 정확히 말하면 네 시간이었다. 탱과 나는 에이미 곁에 앉아서 따뜻한 물을 보충해주고, 에이미가 진통이 오는 걸 느낄 때마다, 특별히 고른 향초를 에이미의 손이 닿지 않는 곳으로 옮겼다. 나는 에이미가 진통을 하는 동안은 에이미한테 손을 댈 수 없었지만, 탱은 손으로 에이미의 얼굴에서 머리카락을 걷어 내거나 차가운 수건으로 에이미의 이마를 가볍게 토닥여주었다.

진통이 잠시 멎었을 때 나는 에이미에게 예뻐 보인다고 말했다. 에이미는 힘없이 미소를 지었지만, 나는 그 칭찬이 에이미에게 행복감을 안겨주었다는 것을 알 수 있었다. 에이미가 강력히 요구했기 때문에 나는 탱을 그녀 곁에 남겨두고 커피를 끓이러 갔다가 음식을 이것저것 챙겨서 돌아왔다.

"어디서 읽었는데, 분만 전에는 뭘 좀 먹어보려고 애써야 한대."

"먹고 싶지 않아."

"그래도 한번 먹어봐. 바나나라도."

"벤이 옳아." 탱이 말했다. "에이미, 바나나."

에이미가 억지로 과일을 먹었을 때 또다시 진통이 왔다.

"탱은 지금 병원 생각해." 로봇이 말했다.

"난 괜찮아." 에이미가 대답했다. "욕조에 있으니까 기분이 좋아."

"탱 말이 옳아. 이젠 진통 간격이 아주 짧아졌어. 병원에 가야 한다고 생각해."

"탱, 네 생각이 그렇다면…" 에이미는 몸을 일으켰고, 나는 그녀를 부축하여 욕조 밖으로 나오는 것을 도와주었다.

"목욕 가운을 가져올게." 나는 욕실에서 나가려고 했다.

"벤." 에이미가 불렀다.

"왜?"

"아기 머리가 느껴져."

차에서 나는 에이미가 너무 자랑스러웠다. 에이미는 진통을 잘 견뎠고, 내가 아는 에이미답게 강한 자제력을 보여주었다. 진통이 잠시 멈춘 사이에 에이미에게 그렇게 말했다.

"아기를 안에 잡아두려 애쓰고 있어." 에이미는 나에게 알려주었다. 나는 내 얼굴에서 핏기가 사라지는 것을 느꼈다.

병원에 도착했을 때 우리는 내 항변에도 불구하고 예진실로 안내되었다. 당직 조산원은 우리에게 유쾌한 미소를 던지며 나더러 아기 아빠냐고 물었다.

"당연하죠." 에이미가 말했다. 나는 얼굴이 좀 붉어졌다.

"이것도 함께 왔나요?"

"그래요." 나는 조산원에게 말했다.

"로봇이 여기 들어오는 건 좀 그런데요. 밖에서 기다릴 수 있죠?"

내가 반론을 제기하려는데 에이미가 그 역할을 떠맡고 나섰다.

"아니요." 에이미는 험악한 표정으로 말하고는 손을 내밀어 탱이 그 손을 잡게 했다.

조산원은 탱을 쫓아내는 것을 포기하고, 에이미에게 소변 샘플을 줄 수 있겠느냐고 물었다. 그러자 에이미는 조산원의 손에서 소변 샘플용 병을 낚아채어 방구석에 있는 캐비닛 너머로 던져버렸다.

"아기 머리가 나온 게 느껴져요." 에이미가 말했다. 목청을 높이거나 욕설을 하지는 않았지만, 그 위협적인 음색만으로도 조산원의 기를 죽이기에 충분했다. 에이미는 그 음색과 말투를 무기삼아 그렇게 많은 법정 싸움에서 승리를 거두는 모양이었다.

"좋아요. 그럼 침대 위로 올라가세요. 어디 한번 봅시다." 조산원은 방 한쪽에 있는 작은 구획을 가로질러 커튼을 치면서 말했다. 에이미는 거기서 옷을 벗었다.

조산원은 벌거벗은 에이미를 보자마자 소리를 질렀다.

"빨리! 아기가 나오고 있어. 분만 키트를 가져와!"

무슨 일이 일어나고 있는지 확인하려고 내가 들여다보니, 확실히 아기 머리가 보였다.

"에이미, 머리가 튀어나와 있어!" 내가 말하자, 탱은 에이미 곁에 서서 머리카락을 어루만지고 있다가 나를 힐끔 쳐다보았다.

"산모한테 진통제를 줄 수 없나요?" 나는 조산원에게 물었다.

"그러기에는 너무 늦은 것 같아요. 걱정하지 마세요. 몇 분이면 끝나니까."

탱과 나는 에이미의 손을 하나씩 잡았지만, 손이 으스러지는 듯한 느낌은 탱이 나보다 훨씬 잘 견디고 있었다. 하지만 나도 —모든 상황을 고려하여—고통을 내색하지 않으려고 애썼다.

몇 분도 지나기 전에 아기가 태어났다. 작은 여자아이였다. 보는 순간, 내 딸이라는 것을 당장 알아차렸다.

로저는 면회 시간이 끝나기 한 시간 전에 병원에 나타났다. 보니가 태어난 지 거의 열두 시간이 지난 뒤였다. 에이미는 로저와 단둘이 이야기할 수 있도록 자리를 좀 비켜달라고 탱과 나에게 부탁했다.

나는 커피를 사러 가면서 탱에게 말했다.

"로저는 어디로 출장을 갔다 온 거지? 투발루(서남태평양 가운데 산호섬으로 이루어진 나라. 1978년 영국으로부터 독립했다)에라도 갔다 왔나?"

"아니, 플리무스야."

"플리머스(영국 잉글랜드 서남쪽에 있는 항구 도시)라고? 도대체 그걸 어떻게 알아?"

"에이미가 말했어. '플리무스에 뭐 그렇게 특별한 일이 있어서 로오-저어가 여기 올 수 없는 거지?' 하고."

"저런! 로저가 에이미한테 미운털이 단단히 박힌 모양이군."

"응." 탱은 나를 보고 미소를 지었다.

"우리가 로저를 좋아하지 않는다는 건 나도 알지만, 남이 잘못되기를 바라는 건 안 좋아." 탱이 가슴판의 접착테이프를 만지작거렸기 때문에 덧붙여 말했다. "그래도 에이미를 실망시킨 게 나 혼자만이 아니라서 다행이야. 이렇게 되면 나도 약간은 위안을 느끼지 않을 수 없어. 이렇게 나쁜 짓을 한 적은 없으니까."

반시간 뒤에 에이미가 문자를 보내왔다. 로저가 떠났으며, 야간 면회 시간이 끝나서 병원 측이 우리를 쫓아내기 전에 병실로 와달라는 내용이었다.

"로저와 무슨 일 있었어?"

에이미는 불편하게 자세를 바꾸어 보니를 끌어안았다.

"떠났어." 내가 어리둥절한 표정을 지은 모양이다. 에이미가 이렇게 말을 이었기 때문이다. "내 곁을 완전히 떠났다는 뜻이야. 로저는 애초부터 아빠가 되고 싶어하지 않았어. 그 사람은 진지한 관계를 바란 적도 없었을 거야. 나를 그저 자신과 같은 수준의 사회적 성공을 거둔 전리품, 자신의 수완을 증명하는 트로피 정도로 생각했을 뿐이야."

"쫓아가서 그놈을 늘씬 두들겨 패줄까?" 내가 제의했다.

"그런다고 도움이 될 것 같진 않아." 에이미는 울먹이는 목소리로 말했다. "하지만 고마워."

"그러면 당신과 보니는 어떻게 돼? 그놈이 당신을 집에서 쫓아냈어?"

"아직은 아니야. 내가 결정할 수 있도록 2, 3주 시간을 주겠대."

"관대하기도 하셔라."

"그렇지?"

"매형한테 친구를 제대로 골라서 사귀라고 한마디 해줘야겠어."

"당신은 줄을 서서 차례를 기다려야 할 거야. 브라이어니가 맨 먼저 이야기할 테니까."

"내가 무슨 속셈이 있어서 이런 말을 한다고 생각하진 마… 보니랑 할리윈트넘으로 돌아오고 싶지 않아?"

"하지만… 나는 당신을 버렸어. 그런데 당신은 왜 내가 당신 집으로 돌아가기를 바라지?" 눈물이 에이미의 볼을 타고 흘러내렸다.

"그 후 많은 일들이 일어났어. 재결합하자고 제의하는 건 아니야. 그냥… 뭐랄까… 당신과 보니가 내 집에서 살면 좋을 것 같아. 필요한 것도 이것저것 갖추어놨어. 아기한테 필요한 것들 말이야. 보니를 위해 육아실도 꾸며놨어. 내가 로저네 집에 가서 당신 물건을 가져올 수도 있어. 그러면 당신도 로저와 얼굴을 맞대지 않아도 되니까…" 나는 말끝을 흐렸다.

"육아실을 만들어놨다고?"

나는 고개를 끄덕였다. 에이미는 내 손을 잡고 입술에 갖다 댔다.

"지금까지 그렇게 멋진 제의는 받아본 적이 없어. 기꺼이 들어 갈게."

그 후 24시간 동안 나는 집 안을 부지런히 돌아다니며 대청소를 하느라 부산을 떨었다. 탱은 깃털 먼지떨이를 들고 철커덕거리며 돌아다녔다. 그래서 내가 병원으로 에이미와 보니를 데리러 갈 때쯤에는 1층도 2층도 바닥 절반은 티끌 하나 없이 깨끗해져 있었다.

내가 나가려고 하자 탱이 말했다.

"난 여기 있을 거야. 에이미와 보니를 위해 샌드위치 할게."

"보니는 아직 우유밖에 못 먹어. 하지만 고마워, 탱."

탱은 빙긋 웃고 철커덕거리며 부엌으로 갔다.

병원을 떠날 때 에이미가 말했다.

"나는 지금 샴페인 한 잔을 기대하고 있어."

"잊지 마, 에이미. 어머니가 된다는 건 축복이야." 내가 충고하는 목소리로 말하자 에이미는 내 팔을 꼬집었다.

"그래, 작은 잔으로 한 잔쯤은 마셔도 될 거야. 집에 도착하자마자 샴페인을 한 잔 갖다줄게. 당신은 충분히 그럴 자격이 있어. 당신을 위해 브리치즈와 훈제연어도 준비해놨어. 당신이 좋아할지 모르지만."

"아, 그렇지! 브라이어니와 데이브가 우리 결혼기념일에 선물로 준 그 샴페인을 마시면 되겠네!"

에이미가 젖 먹이는 모습을 탱이 처음 보았을 때는 대단했다. 에이미의 명예를 위해 분명히 말해두자면, 에이미는 아주 참을성이 강했다. 그때쯤에는 탱과 가까운 친구가 되어 있었지만, 그래도 로봇이 젖가슴을 뚫어지게 바라보자 당혹스러운 표정을 지었다.

"보니는 뭐해?"

"젖을 먹고 있어." 나는 설명했다.

"젖을 먹어?"

"그래. 젖은 에이미한테서 나오고, 보니는 그걸 마시는 거야." 그보다 나은 표현 방법을 찾을 수 있었을까?

탱은 얼굴을 찡그렸다.

"에이미한테서 젖이 나온다고?"

"그래."

"에이미가 고장났어?"

"아니. 왜 그렇게 묻는 거지?"

"에이미가 새고 있으니까."

"아니야, 탱." 에이미는 작은 손을 탱의 얼굴에 올려놓고 설명했다. "나는 새고 있는 게 아니야. 잘못된 건 아무것도 없어. 잘못되기는커녕, 이건 보니한테 아주 좋은 거야." 탱은 놀라서 눈을 깜박거렸다. "하지만 네가 2층에서 유축기를 찾을 수 있다면 너도 이해할 수 있을 거야. 유축기는 육아실에 있어."

"유축기?"

에이미는 유축기가 어떻게 생겼는지 설명했고, 탱은 2층으로 올라갔다.

탱은 10분쯤 뒤에 유축기를 머리 옆에 붙인 채 돌아왔다. 탱은 유축기의 전원도 켜놓았기 때문에, 있지도 않은 젖을 유축기가 억지로 짜내려고 하는 바람에 묘하게 삐걱거리는 소리와 흡입하는 소리가 로봇한테서 나고 있었다.

"아야." 탱이 말했다.

"탱, 도대체 뭐하고 있는 거냐?" 에이미와 내가 동시에 소리를 지르자 보니가 잠에서 깨어났다.

탱은 눈을 깜박거리며 우리를 쳐다보다가 손에 들고 있던 본체를 떨어뜨렸다. 유축기는 탱의 머리에 매달린 채 여전히 작동

435

을 계속하고 있었다. 나는 탱에게 다가가서 유축기의 전원을 끄고 탱의 머리에서 떼어냈다.

"왜 유축기를 머리에 붙인 거냐?"

"무슨 일이 일어날지 알고 싶었어."

"하지만 왜?"

탱은 어깨를 으쓱했다.

"왜 안 돼?"

어느 일요일, 조카들이 탱과 함께 놀고 싶으니까 우리 집까지 태워다 달라고 엄마를 졸랐다. 두 아이는 빙글빙글 돌면서 춤을 추는 이슬람교 수도승처럼 집에 들어오더니 탱을 찾을 때까지 집 안을 뛰어다녔다. 탱은 2층 방에서 옷장을 들락거리고 있었는데, 탱이 좋아하는 취미 가운데 하나였다(이제 그것은 마녀에 대한 두려움과는 아무 상관도 없었다). 내가 커피를 끓이는 동안 누나는 에이미와 수다를 떨러 갔다.

"내 사랑하는 조카딸은 어디 있지?" 거실에서 누나가 큰 소리로 말하고 이어서 뽀뽀 흉내를 내는 소리가 들렸다.

누나는 기회가 오자마자 음모라도 꾸미는 것처럼 나를 붙잡고, 은밀하게 이야기를 나눌 수 있는 거실 구석으로 데려갔다.

"그래, 에이미하고는 어떻게 되어가고 있니?" 누나가 속삭이는 소리로 물었다. "에이미한테도 물어봤지만 말하려고 하질 않아."

"무슨 말이야?"

"이러지 마. 에이미는 보니가 태어난 날 로저와 헤어져서 곧장 여기로 돌아왔어. 그걸 어떻게 생각해야 하지?"

"나는 할 말이 없어. 로저는 아빠가 되고 싶어하지 않았고 노력조차 하려고 하지 않았기 때문에 에이미가 헤어진 거야."

"아빠가 되고 싶어하지 않은 건 너도 마찬가지잖아."

"하지만 지금은 되고 싶어."

"그래서 재결합한 거야?"

"아니야. 에이미와 보니는 여기 있는 게 타당하기 때문에 여기 있는 거야. 로저는 자기 집에 에이미와 보니가 있는 걸 바라지 않았고, 나는 에이미와 보니를 오갈 데 없는 신세로 놔둘 수 없었어. 게다가 나는 에이미와 보니가 여기 있는 게 좋아."

"그래서 넌 에이미가 돌아오기를 바라니?"

"로저와 사이가 안 좋았을 때 내가 은근히 기대하지 않았다고 말하면 거짓말일 거야. 하지만 지금은 아주 미묘한 상황이야. 나는 또다시 에이미를 실망시키고 싶지 않고, 나 자신도 실망시키고 싶지 않아. 언젠가는 재결합할 수 있을지 모르지만, 지금은 아니야."

누나는 나를 끌어안았다.

"엄마 아빠도 너를 자랑스럽게 생각하셨을 거야."

"그랬으면 좋겠어. 나는 두 분이 살아 계실 때는 자랑할 만한 일을 아무것도 하지 못했어. 이젠 내가 상황을 확실히 파악하고 일을 제대로 처리하고 있다고 부모님이 생각해주셨으면 좋겠어."

"부모님은 네 여행 이야기를 듣고 싶어하셨을 거야."

나는 빙긋 웃었다.

"나도 알아. 그 여행이야말로 두 분이 했을 만한 일이지."

"너는 네가 생각하는 것보다 두 분을 많이 닮았어."

"그런 것 같아."

"두 분이 우주여행에 대해 이야기하셨던 그때, 생각나니?"

"두 분을 대신해서 우리가 우주여행을 해야 할지도 몰라. 탱도 함께 데려가자." 나는 말을 끊었다가 화제를 바꾸었다. "부모님도 에이미를 만날 수 있었다면 좋았을걸. 그리고 보니도."

"나도 같은 마음이야. 하지만 있잖아, 두 분이 탱도 만날 수 있었다면 좋았을 거라는 생각이 들어. 두 분은 탱한테 완전히 반했을 거야."

"그렇게 생각해?"

"물론이지. 두 분은 탱이 매력적이라고 생각했을 거야. 누구나 탱이 매력적이라고 생각해. 아이들은 탱을 무척 좋아해. 탱에 관해서는 네 생각이 옳았어."

나는 이 말에 뭐라고 대답해야 좋을지 알 수가 없었다.

"물론 그렇게 되면 우리는 다른 인공지능에 대한 생각을 바꾸어야겠지. 크리스마스 날 우리 집 안드로이드에게 휴가를 준 건 내 딴에는 좋은 생각이라고 자부했지만, 정작 안드로이드는 당황하더라고. 이튿날은 계속 나를 따라다니면서 자기가 할 수 있는 일이 없냐고 묻는 거야. 결국은 눈 속에서 울타리에 페인트칠하는 일을 시킬 수밖에 없었지. 그럴 필요도 없는데, 단지 안드로이드를 바쁘게 해주려고."

"걱정 마. 한 번에 한 걸음씩. 알았지? 아직 인공지능에게 대등한 권리를 주자는 운동을 조직할 필요는 없어. 그냥 안드로이드한테 친절하게 대하고, 그들을 하나의 존재물로 존중해주면 돼."

"로저의 인공지능 운전사가 오작동을 일으킨 이유가 그거라고 생각하니?"

"아마 그럴 거야. 하지만 로저를 태우고 돌아다녀야 한다면 나도 오작동을 일으킬걸."

"브라보, 벤! 과거의 벤이 새로 업그레이드된 벤으로 완전히 교체되지는 않았다는 걸 알게 돼서 기뻐."

"전부 다 바뀐 건 아니야. 내가 행복하기 위해 필요한 부분만 조금 바뀌었을 뿐이지."

"행복해지기 위해 지구를 반 바퀴나 돌 필요는 없었어."

"아니, 그럴 필요가 있었을지도 몰라."

"그게 효과가 있었니? 지금은 행복해?"

"아직도 해야 할 일이 많지만, 그래, 난 행복해."

"그렇다면 난 더 바랄 게 없어."

29
대자부

    회오리바람 같은 누나네 가족이 떠나고 에이미가 소파에 앉아 요람에 누운 보니를 흔들어 재우고 있을 때, 나는 보니가 내 딸이라는 것을 어떻게 확실히 알았느냐고 물었다.

    "검사를 받았어. 그냥 확실히 알아두려고. 병원에서 로저한테 말했어. 장기적 관계로 보면 로저는 전혀 승산이 없었어. 그건 나도 알아. 하지만 그래도 보니가 당신 아이라는 걸 알고는 불쾌해했어. 그건 로저 자신이 이미 알고 있었던 것을 다시 한번 확인해주었을 거야."

    "알고 있었던 게 뭔데?"

    "로저는 절대로 나한테 어울리는 남자가 될 수 없었어. 조건으로만 보면 내 요구를 채워줄 수 있는 남자라고 생각했지만, 실제로는 그렇지 않았어."

"그거 재미있군. 나야말로 당신한테 그런 평가를 받은 줄 알았는데."

"안 그래."

에이미는 몇 초 동안 그 말이 허공에 떠 있게 내버려두었다. 침묵이 어색해졌기 때문에 나는 다시 보니에 대한 이야기로 돌아갔다.

"나는 보니가 태어난 순간부터 알고 있었어. 보니를 봐. 저렇게 우스꽝스러운 머리카락을 가진 아이가 어떻게 내 딸이 아닐 수 있지?"

에이미는 미소를 지었다.

"당신이 원하던 것을 얻게 돼서 기뻐." 나는 말했다. "아기 말이야."

"나는 그냥 아무 아기나 원한 게 아니야. 항상 당신 아기를 갖고 싶었어."

"그걸 알 수 있었으면 좋았을걸."

"나도 좀 더 명확하게 내 뜻을 전달했어야 했는데."

"우리는 서로를 이해하지 못했어. 안 그래?"

"맞아."

"나는 당신이 뭘 원하는지를 이해하지 못했고, 당신은 내가 왜 아무 일도 않고 빈둥거리며 시간을 보내는지를 이해하지 못했지."

에이미는 고개를 끄덕였다.

"이젠 알아. 당신이 아직도 슬퍼하고 있다는 걸." 에이미는 잠시 입을 다물고 있다가 화제를 바꾸었다. "그럼, 학교로 돌아가서 다시 수의사 수련을 받겠다는 뜻이야?"

나는 좀 당황하여 에이미를 바라보았다.

"로저가 말하지 않대?"

"뭘?"

"어제 아침에 편지를 받았는데…" 나는 책상 서랍을 열고 커다란 갈색 봉투를 꺼내 에이미에게 건넸다.

"친애하는 체임버스 씨…" 에이미는 편지를 읽었다. "귀하의 복학 신청을 승인합니다. 귀하는 제프 해밀턴 박사의 지도를 계속 받게 될 것입니다…"

에이미는 읽는 것을 멈추고 부드러운 손으로 내 볼을 만졌다.

"벤, 정말 멋진 소식이네."

나는 가슴을 짓누르고 있는 무언가를 내려놓아야 할 것 같아서, 소파에 앉은 채 몸을 앞으로 기울여 입을 열었다.

"여행하는 동안, 당신을 되찾으려면 내가 달라질 필요가 있다고 생각했어. 하지만 그때 당신은 로저와 함께 지낸다고 말했고, 나는 너무 늦었다는 걸 알았지. 그러다가 내가 행동을 바로 잡고 정상 상태로 돌아가는 건 결코 당신을 위해서가 아니라는 걸 깨달았어. 그건 나 자신을 위해서였지. 당신이 다른 남자와 함께 지낸다는 말을 듣고, 이젠 내가 무슨 짓을 해도 당신이 원하는 남자는 될 수 없다는 걸 알았고, 그렇다면 문제는 내가 어떤 인생을 살고 싶은지, 그런 삶을 살기 위해서는 어떻게 할 것인지를 결정하는 것이었어. 그때는 내 인생에 아기가 포함되리라고는 예상치 못했지만, 지금은 아기가 없는 인생은 살고 싶지 않아. 9월에 대학원 강의를 듣게 되더라도 당신과 보니를 위해 여기서 지낼 수 있기를 바랄 뿐이야."

에이미는 한참 동안 나를 바라보았다. 밝은 초록빛 눈동자가 내 눈을 파고들었다. 그러다가 다시 미소를 짓고, 허리를 구부려 내 입술이 아니라 입술 근처에 키스를 했다. 에이미한테서 홍차와 젖먹이 냄새가 났다.

나는 의지력을 총동원하여 내 어깨에서 에이미의 팔을 천천히 풀어내고 소파 등받이에 몸을 기댔다.

"에이미, 지금은 적당한 때가 아니야."

에이미는 걱정스러운 표정을 지었다.

"전에 우리는 서로 상처를 주고받았어. 고통을 주고받을 위험을 더는 무릅쓰고 싶지 않아. 서로에게, 또는 보니에게."

"왜 우리가 또다시 서로에게 상처를 줄 거라고 생각해?"

"내가 당신에게 어울리는 남자인지, 당신은 아직 모르고 있으니까. 나 자신도 내가 어떤 남자인지 모르는데, 이번엔 우리 사이가 잘될 거라고 어떻게 알 수 있겠어?"

걱정스러운 듯 찡그렸던 그녀의 얼굴이 불안한 표정으로 바뀌었다. 에이미는 입술을 깨물었다.

나는 에이미의 손을 잡았다.

"나는 당신을 사랑해. 당신과 아기를 위해서라면 못할 게 없어. 하지만 우리 둘 다 적응할 시간이 필요해. 나는 어디에도 안 갈 거야. 이번에는 절대로…."

눈물 두 방울이 에이미의 볼을 타고 흘러내렸다. 에이미는 손바닥의 도톰한 부분으로 눈물을 닦아냈다. 그러고는 고개를 끄덕였다.

"가서 잠 좀 자. 보니는 내가 돌볼 테니까." 내가 말했다.

"그래도 돼?" 에이미는 밝아진 얼굴로 말했다.

"물론이지. 하고 싶은 건 뭐든지 다 해도 돼." 이 말은 진심이었다.

"탱, 이리 와." 에이미가 위층으로 올라간 뒤에 내가 말했다. "보니한테 말을 보여주러 가자."

저자의 덧붙임

이 모든 이야기는 어디서 시작되었을까?

그것은 '애크리드 탱'이라는 이름에서 시작되었다. 어느 날 저녁에 남편과 나는 냄새 이야기를 하고 있었다(그때 우리 집에는 아기가 있었다). 남편은 후각이 주는 기쁨을 묘사하는 중이었다. 나는 '고약한 탱'이 로봇처럼 들린다고 말했다. 그리고 우리는 함께 웃었다.

어쨌든 나는 그 이름을 입 밖에 낸 순간, 그 로봇이 어떻게 생겼는지를 당장 알 수 있었다. 작은 금속 상자 하나가 그보다 큰 금속 상자 위에 올라앉아 있고, 미친 과학자가 서둘러 조립한 형태였다. 나는 또한 탱이 비탄에 빠진 벤이라는 친구를 갖게 되리라는 것도 알았다. 벤은 그 로봇을 만든 사람을 찾아 로봇을 데리고 세계를 돌아다닐 것이다. 아침이 되었을 때 나는 벤이 뒷마당에서 로봇을 만나고 여기서 이야기가 시작되리라는 것을 이

445

미 알고 있었다. 그래서 나는 쓰기 시작했다.

집에 아기―이제 막 걸음마를 시작한―가 있었기 때문에 코미디의 소재는 끝없이 공급되었다. 내 아들의 행동을 구성하는 요소들을 차용하여 내 로봇에게 간접적으로 그리고 문체론적으로 적용하지 않았다고 말하면 거짓말일 것이다.

과학기술을 고려하지 않고 로봇 소설을 쓰는 것은 불가능할 것이다. 나는 과학기술에 관심이 많은 하이테크 애호가지만, 탱의 기계적인 부분―그가 어떻게 동력을 공급받는지, 음식을 먹거나 잠을 자는지―은 그의 성격이나 개성만큼 흥미를 불러일으키지 않았다. 그래서 일찍부터 나는 벤과 탱의 캐릭터를 개발하고 그들의 관계를 진전시키기로 결정했고, 실제적인 면에 대해서는 그것이 유머로 이어지는 경우를 제외하고는 나중에 고려하기로 했다. 실제로 나는 벤이 나처럼 탱에 대해 점점 더 많이 알게 되고 로봇공학 전반에 대해 알게 될수록 그것이 유머로 이어지는 경우를 종종 보았다. 비록 나는 내 로봇을 기술적으로 정확하게 만들려고 애썼다 해도, 그 분야를 제대로 다룰 수 없다는 것은 스스로 알고 있었지만.

나는 탱에게 다른 사람과 공감할 수 있는 능력, 직관적이고 고집스럽고 때로는 속임수도 쓸 수 있는 능력을 부여하기로 했다. 이런 특징이 그의 창조자인 볼린저가 의도했던 것보다, 또는 실제로 그가 설계할 수 있다고 생각한 것보다 훨씬 세련된 수준까지 발전하리라는 것을 나는 알고 있었다. 어떤 면에서 탱의 감정적 민감성은, 볼린저에게는 그것이 결여되어 있음을 반증한다. 그 악당의 문제점은 그의 피조물이 그 자신의 반영에 지나지 않는다고 생각한 것이다.

탱의 얼굴 표정은 다소 당혹스러웠다. 나는 항상 탱이 주로 몸짓언어를 통해 자신을 표현한다고 생각했다. 흥분했을 때 발을 구르는 행동이 그 예다. 때로는 벤이 로봇한테 기대하는 표정을 실제로 탱의 얼굴에서 본다고 생각했다. 나는 이따금 탱을 그로밋(1989년 영국에서 제작된 클레이애니메이션 영화 〈월리스와 그로밋〉에 나오는 캐릭터. 월리스의 애완견으로, 표정과 몸짓언어를 통해서만 의사소통을 한다)에 비유했다. 그로밋은 감정을 전달할 수 있는 입도 없고 말도 할 줄 모르기 때문에, 그의 표정과 감정은 눈과 귀와 몸짓에서 나온다. 탱은 그보다 훨씬 넓은 범위의 선택지를 갖고 있지만 본질은 같다고 나는 생각한다.

탱이 어떻게 작동하는지, 특히 탱이 어디서 어떻게 동력을 얻는지에 대한 기본적인 요점을 알아내지 못한 데 실망하는 독자들도 있을 거라고 생각한다. 그들에게 나는 스스로 결정할 기회를 주겠다. 어쩌면 탱은 벤이 발견하지 못한 태양전지판을 갖고 있는 게 아닐까? 어쩌면 볼린저가 다시 훔치기로 작정한 칩이 영구작동의 열쇠를 쥐고 있는 게 아닐까? 어쩌면 탱은 소설의 범위보다 오래 지속되는 아주 효율적인 배터리에서 동력을 얻는 게 아닐까?

아마 그건 또다른 이야기일 것이다…

옮긴이의 덧붙임

  자율주행 택시가 일반 도로에서 실제로 운행하기 시작했다거나, "앞으로 10년 동안은 인간이 패하는 일은 없을 것이다"고 했던 바둑에서 인공지능 알파고가 이세돌 9단과 5번 승부를 겨루어 4 대 1로 승리했다거나, 애인 대용 인공지능 로봇이 출시되었다는 등, 요즘에는 인공지능과 관련된 뉴스를 자주 접하게 됩니다. 이 소설은 그런 인공지능이 지금보다 더 사람들의 생활에 깊이 침투한, 그리 멀지 않은 미래의 영국 남부 마을에서 막을 엽니다.

  주인공인 벤은 아내와 둘이 사는 34세의 남성입니다. 직장도 없고, 그렇다고 집안일을 맡아서 하는 것도 아니고, 뭔가 해보려는 의지나 계획도 없이, 좌절이나 마음의 상처를 마주하지도 못한 채, 인생의 터널을 그냥 터벅터벅 헤매고 있습니다. 한편

아내 에이미는 변호사로서 착착 경력을 쌓으며, 하루하루를 멍하니 보낼 뿐 앞으로 나아가려 하지 않는 남편에게 안타까움과 불만을 품고 있습니다. 이런 위기에 놓여 있는 부부 앞에 어느 날 갑자기 로봇이 나타납니다.

9월의 어느 날 아침, 벤의 집 뒷마당에 느닷없이 나타나서 그대로 눌러앉아버린 로봇. 기능도 많고 모양도 인간을 닮은 안드로이드(인조인간 로봇)가 가정에서 예사로 쓰이고 있는 시대에, 그 로봇은 금속으로 만든 네모난 몸통에 머리통이 얹혀 있고 세탁기의 배수호스 같은 팔다리가 붙어 있을 뿐인, 참으로 복고적이다 못해 '학교의 공작 과제물' 같은 모습입니다. 게다가 온통 긁히고 찌그러진 자국투성이라서 볼품도 없고 우스꽝스럽기 그지없습니다. 말도 제대로 못해서, 벤이 어떻게든 그 로봇한테 알아낼 수 있는 것은 로봇의 이름이 '애크리드 탱'이고 지금이 8월이라고 착각하는 듯하다는 것뿐입니다.

어디서 왔는지, 주인은 누구인지, 벤의 집 정원에는 왜, 어떻게 와 있는지… 수수께끼투성이인 탱에게 벤은 차츰 흥미를 느끼게 됩니다. 그리고 탱의 몸통 아랫도리에서 단서가 될 만한 희미한 글자를 몇 개 발견합니다. 그리고 탱의 몸속 실린더에 금이 가서, 그 안에 들어 있는 노란 액체가 새고 있는 것도 발견하지요. 이것은 로봇이 고장났다는 신호이기 때문에, 어서 고쳐주지 않으면 안 됩니다.

하지만 에이미는 벤이 로봇을 핑계 삼아 현실 문제에서 눈을 돌리고 있다고 생각하고, 그런 남편에게 불만과 싫증을 느낀 나머지 이혼하자는 말을 꺼내고 집을 나가버립니다.

혼자 있게 된 벤은 탱에게 더욱 관심(처음엔 호기심에서 출발하지만 점점 동정과 애정으로 깊어집니다)을 갖게 되고, 고장난 실린더를 고치기 위해 탱을 만든 사람을 찾아 나서기로 결심합니다. 그리하여 한심한 장년 남자와 고물 로봇의 신나는(이라고 말하고 싶지만, 실은 혼란과 낭패의 연속인) 세계일주 여행이 시작됩니다.

데보라 인스톨의 데뷔작 『내 정원의 로봇』은 본국인 영국의 독자들을 매료시키고, 프랑스와 독일, 이탈리아, 스페인, 일본 등에서도 번역되었습니다. 개성이 빛나는 등장인물들 중에서도 특히 매력적인 것은 단연 탱입니다. 본국 독자들의 서평에서도 "탱이 귀엽다"는 목소리가 많이 들립니다. 나도 이 책을 번역하면서 탱의 포로가 되었지요. 기쁘면 손뼉을 치고 환성을 지르는 등 온몸으로 솔직하게 표현하는 한편, '왜?'와 '싫어!'를 연발하고, 때로는 떼를 쓰거나 토라지기도 합니다. '분위기를 읽을' 줄 모르니까, 해서는 안 될 말이나 행동을 거리낌없이 해서 벤을 쩔쩔매게 만들 때도 많지요. 눈에 보이는 것들이 모두 신기해서, 날마다 놀라고 배우는 일을 되풀이하는 철부지 어린애 같은 탱의 몸짓과 언행에 미소를 짓거나 또는 감동하여 눈시울이 뜨거워질 때도 많습니다.

탱이 세계적으로 인기를 끌게 된 것은 2016년 2월의 '베를린 국제영화제'에 봉제인형의 모습으로 참가했기 때문입니다. 정확히 말하면, '영화로 만들기 좋은 책'을 영화 관계자들에게 소개하는 'Books at Berlinale'라는 부대 행사에 작가의 대리인인 제니 새빌과 함께 참가한 것이지요(제니의 인터뷰에는 행사장에 오도카니 앉아 있는 탱의 사진이 소개되어 있습니다). 25개 나라에서 응모한 130개 작품에서 최종적으로 11권이 남았는데, 『내 정원의 로봇』이 그중 하나로 선정되었습니다.

소설을 읽으면서도 벤과 탱의 모험이 눈앞에 그려지는데, 그 이야기를 언젠가는 영화관의 대형 스크린에서 볼 수 있게 되기를 바라마지 않습니다. 또한 작가가 다음 작품을 집필하기 시작했다니까, 그 작품도 기다려집니다.

2018년 봄, 제주 애월에서
김석희

내 정원의 로봇

초판 1쇄 발행 2018년 4월 20일
초판 2쇄 발행 2019년 8월 20일

지은이 데보라 인스톨
옮긴이 김석희
펴낸이 정중모
펴낸곳 도서출판 열림원

출판등록 1980년 5월 19일(제406-2000-000204호)
주소 경기도 파주시 회동길 152
홈페이지 www.yolimwon.com
페이스북 /yolimwon
인스타그램 @yolimwon

전화 031-955-0700
팩스 031-955-0661~2
이메일 editor@yolimwon.com
트위터 @yolimwon

Illustration ⓒ OkayTina 홍수영

ISBN 979-11-88047-38-3 03840

만든 이들_ 편집 이영은 디자인 강희철